Gunter Haug

OHNE WORTE

Wie ich den Froschkönig besiegte

Mein turbulentes Leben zwischen
Wicklesgreuth und Schwäbisch Sibirien

edition
Inspiration

Gleich vorweg:

Meine Mutter hat mich dazu gezwungen.

Denn wozu soll so ein Buch gut sein?

Genau!

Das frage ich mich nämlich auch.

Die Verwandtschaft will es jedenfalls nicht. Es könnte ja etwas drinstehen, das andere Leute nicht unbedingt wissen müssen.

Und überhaupt: es gibt ja kaum etwas Nervigeres, als Autoren die mit jenseits der 60 meinen, unbedingt ihre Lebensgeschichte erzählen zu müssen.

Aber meine Mutter will das Buch unbedingt.

Das ist ein starkes Argument. Denn sie hat schon Mal recht gehabt. Als sie mich zu »Niemands Tochter« gezwungen hat. Die ich gar nicht habe schreiben wollen. Und dann ist es ein Bestseller geworden.

Folglich habe ich sämtliche Bedenken verdrängt, mich an den Schreibtisch gesetzt und mit dem Schreiben begonnen. Auch wenn ich den leisen Verdacht hege, dass es in Wahrheit nur ein Trick von ihr ist, weil sie auf diesem Weg heraus bekommen möchte, was ich ihr im Lauf der Jahre so alles verschwiegen habe. Wie auch immer: sie hat sich durchgesetzt. Und als braver Sohn habe ich das Buch geschrieben.

Schuld daran ist also meine Mutter. Beschweren Sie sich bitte bei ihr, wenn Ihnen das Buch nicht gefallen sollte. Im umgekehrten Fall dürfen Sie sich natürlich sehr gerne bei mir melden.

edition
Inspiration

Inhalt

Wie ich den Froschkönig besiegte (oder auch nicht)

Es war der Tag, an dem eine hoffnungsvolle Schauspielerkarriere ihr frühes Ende erleben sollte. Zeitpunkt des Geschehens: Ein strahlend schöner Sonntagnachmittag. Aufgrund der dabei jäh um mich herum einsetzenden, heftigen Turbulenzen weiß ich das mit dem Sonnenschein allerdings nicht mehr so ganz genau. Jedenfalls war es irgendwann Ende der Fünfzigerjahre (des 20. Jahrhunderts). Ort der dramatischen Handlung: Der städtische Kindergarten im Stuttgarter Ministadtteil Untertürkheim-Luginsland. Anlass: Ein kleines Feschtle im Kindergarten, zu dem alle Eltern, Großeltern und Geschwister eingeladen waren. Gemeinsames Kakaotrinken mit den Sprösslingen war angesagt, Kuchenessen, Vorlesen, Spiele machen – um schließlich auf den absoluten Höhepunkt des Nachmittags zuzusteuern: die Aufführung des Märchenspiels »Der Froschkönig«.

Die Kindergartentanten (ja, so hießen die Erzieherinnen damals noch) hatten für das Schauspiel eine wunderschöne Kulisse gezaubert: Einen hellgrauen Froschkönigs-Brunnen aus Pappe. Und das allerbeste dabei: Ich – ausgerechnet ich – durfte die Hauptrolle spielen. Den Froschkönig also! Vom Eckles-Steher zum Hauptdarsteller! Das war eine mittlere Sensation. Ein wahr gewordenes Märchen! Noch vor wenigen Wochen hätte ich an so etwas nicht im kühnsten Höhenflug zu träumen gewagt. Denn wir hatten da im Nägelesäcker-Kindergarten so eine ältere Kindergartentante, die konnte mich überhaupt nicht ausstehen. Was logischerweise natürlich nicht an mir gelegen hat, sondern an der griesgrämigen Tante. Das ist eine richtige Beißzange gewesen. Ihren Namen habe ich aus nachvollziehbaren Gründen längst verdrängt. Es war unglaublich: Kaum hatte ich morgens

mit meinem Vespertäschle um den Hals den Kindergarten betreten, da hieß es auch schon: »Ab ins Eckle, Gunter! Und keinen Mucks! Verstanden?!«
Dort musste ich dann immer eine gute halbe Stunde lang stehen, durfte mich nicht umdrehen, erst recht nicht mit den anderen Kindern sprechen und habe gegrübelt, was ich wohl schon wieder verbrochen haben könnte, das mir diese Strafe eingebracht hatte. Ich bin nie darauf gekommen. Ok: Fast nie. Das mit dem Eckles-Stehen konnte mir übrigens gut und gerne drei- bis viermal widerfahren. Pro Tag! Damit war ich der absolute Rekordhalter im Kindergarten.
Aber dann war die alte Beißzange plötzlich weg. An ihrer Stelle ist die Tante Gertrud gekommen, eine liebenswürdige Frau um die 40. Und schlagartig war alles anders, denn die Tante Gertrud hatte mich von Anfang an ins Herz geschlossen. Ich war der absolute Liebling von der Tante Gertrud – und habe seitdem nie mehr ins Eckle stehen müssen. Vom Tunichtgut zum Sonnenkönig! Mehr noch: vom Underdog zum Froschkönig. Womit wir wieder bei der eigentlichen Geschichte angelangt wären.

Ich also der Superstar im Märchen vom Froschkönig! Für die Aufführung habe ich ein grasgrünes Hemd angezogen bekommen und eine grasgrüne, kurze Hose (meine Lieblingssommerhose mit Hosenlatz und Trägern). Dazu haben sie mir aus Pappe noch eine goldgelb angemalte Krone auf den Lockenkopf gesetzt und mit einem Einmachgummi unter dem Kinn fixiert. Anschließend musste ich in den Brunnen klettern und dort so lange mucksmäuschenstill auf dem Linoleumboden kauern, bis das Stichwort für meinen großen Auftritt gesprochen war. Nicht von einem der anderen Darsteller, die hatten nämlich alle nichts zu sagen, sondern nur stumm in ihrem Kostüm ihre jeweilige Statistenrolle zu verkörpern, während die Tante Gertrud das Märchen vom Froschkönig vorgelesen hat. Der einzige mit einem eigenen Text, das war ich: der Hauptdarsteller!

Wenn ich mich recht erinnere, dann ist die unglückliche Prinzessin, der ihre schöne goldene Kugel in den Brunnen gefallen war, von unserer Rotzrakete gespielt worden. Ihr war schon deshalb kein längerer Text zuzumuten, weil aus ihrer Nase permanent ein mehr oder minder dünnes, weißlich-gelbes Rinnsal geflossen ist, das sich, stetig den Gesetzen der Schwerkraft folgend, seinen Weg von der Oberlippe in Richtung Unterlippe gebahnt hat. Und immer dann, wenn die Menge des Ausflusses ihren kritischen Punkt erreicht hatte, wurden die Lippen fest aufeinander gepresst und anschließend kräftig durch die Nase eingeatmet. Wodurch nicht nur der Sauerstoff, sondern auch nahezu alle anderen Rückstände, die sich zufällig auch noch im Bereich unterhalb der Nasenlöcher befunden hatten, ihren Weg durch die Atemwege der Rotzrakete genommen haben. Das bisschen Rest, das übrigblieb, konnte anschließend mühelos mit Hilfe der Zunge von den Lippen gewischt werden. Willkommener Nebeneffekt der geräuschvollen Prozedur: ein Taschentuch war absolut überflüssig. Wobei eines allein auch nicht wirklich lange gereicht hätte, denn an Nachschub aus der Nase herrschte niemals Mangel. Vielleicht war es sogar eine Art perpetuum mobile – ein ständiger, niemals endender Kreislauf. Wie dem auch sei: jedenfalls konnte man der Rotzrakete aus verständlichen Gründen unmöglich noch einen Text zumuten. Aber das war sowieso egal, denn für den Märchentext vom Froschkönig gab es ja die Tante Gertrud. Und mich.

Noch immer hockte ich also mit meinem grasgrünen Hösle auf dem Boden im grauen Brunnen und fieberte mit wachsender Nervosität dem Stichwort für den baldigen, bis dato größten Auftritt meines Lebens entgegen. Selbstredend fieberte das geneigte Publikum aus Eltern, Geschwistern, Omas und Opas im Saal ähnlich spannungsgeladen mit seinem Hauptdarsteller mit. Ganz unverhofft – viel schneller als erwartet – war es plötzlich so weit: schon hörte ich, wie sich die Tante Gertrud Wort für Wort der entscheidenden Passage für den Froschkönig näherte.

Damit überschlugen sich die Ereignisse! Gerade eben hatte die dusselige Rotzrakete ihre goldene Kugel versehentlich neben den Brunnen geworfen, ein ungeheuerliches Malheur, das aber von der Tante Gertrud geistesgegenwärtig korrigiert worden ist. Dann der zweite Versuch: dieses Mal landete die Kugel in Form eines goldgelb angemalten Balls tatsächlich im Brunnen, beziehungsweise dort zuerst auf meinem goldgelb gekrönten Haupt. Aber zum Ärgern war keine Zeit, denn unmittelbar auf den Ballwurf würde ja der Satz mit dem lange erwarteten Stichwort folgen: »Und wie sie so klagte, hörte ihr jemand zu.«

Der Satz kam: wie von der Tarantel gestochen schoss ich in die Höhe – perfektes Timing, keine Frage – und zeigte mich in meiner ganzen Froschkönigspracht, um der verblüfften Prinzessin mit stolzgeschwellter Brust meinen Text samt Ball zu präsentieren. Doch dazu kam es nicht mehr – und schuld daran waren die äußeren Umstände.

Denn diese hatten sich auf drastische Weise verändert! Während nämlich die zahlreichen Proben für den Froschkönig grundsätzlich vor menschenleeren Rängen im Kindergarten stattgefunden hatten, hockten nun plötzlich geschätzte tausend oder noch mehr erwartungsfrohe Besucher unmittelbar vor mir, die anscheinend nichts Besseres zu tun hatten, als mich herausfordernd anzuglotzen und meinen Froschkönigstext einzufordern. Pustekuchen!

Es war entsetzlich! Ein Riesenschock, denn auf diese Massen hatte mich niemals jemand vorbereitet. Womit sich nunmehr Lampenfieber und Blackout in meinem gemarterten Schädel ein gleichzeitiges, fröhliches Stelldichein zu geben begannen.

Viel mehr weiß ich nicht mehr über dieses Drama – nahezu alles Weitere ist im Dunkel einer gnädigen Gedächtnislücke (medizinisch korrekt nennt man es wohl eine temporäre Amnesie) verschwunden. Ich kann mich nur noch schemenhaft daran erinnern, dass ich diese grasgrüne Hose anhatte, dass ich im Brunnen saß, dass mir erst der Ball auf den Kopf fiel und sofort danach mein Stichwort kam … und dass ich beim Emporschießen vor dem tausendköpfigen Publikum plötzlich meinen Text vergessen hatte.

Später, viele Jahre später erst, ist mir wieder gedämmert, was mein Text gewesen wäre: »Quak!«
Lachen Sie jetzt bitte nicht! So ein einziges Wort aussprechen zu müssen, noch dazu zum exakt richtigen Zeitpunkt, das ist viel schwieriger, als man denkt. Das ist beim Schauspiel so und auch bei der Musik. Fragen Sie ruhig mal den Triangelspieler eines Sinfonieorchesters, was das für ein Gefühl ist, stundenlang auf seinen Einsatz warten zu müssen. Das ist Stress pur! Und wenn der Ton auch nur eine halbe Sekunde zu spät ertönt, dann ist man der Depp. Für immer und ewig. So einfach ist das alles also gar nicht.
Auch nicht mit dem »Quak!«, das ums Verrecken nicht aus meinem Mund dringen wollte. Kein einziger Ton. Nur Stille. Stille pur. Dezent unterbrochen von den gedämpften Geräuschen der Rotzrakete. Was für eine Peinlichkeit! Nicht nur für mich. Sondern auch für meine Eltern. Für die Großeltern. Für alle, die an mich geglaubt hatten. Auch für die arme Tante Gertrud, die mir diese einmalige Chance verschafft hatte. Vom Ecklessteher zum Froschkönig. Pustekuchen! Hatte die alte Beißzange also doch recht gehabt?

Es war die Hölle! Vor allem für die Familie! Die sich urplötzlich nur noch äußerst gedämpfte Hoffnungen auf eine erfolgreiche Schulzeit machen konnte. Und fatalerweise hat sich diese gedämpfte Version leider als zutreffend erwiesen.

Zwar hat mich – im Gegensatz zum Rest der Familie – das Froschkönigsdesaster dank weiter anhaltender, gnädiger Amnesie im Kindergarten nicht mehr sonderlich lange beschäftigt, denn auch die Tante Gertrud hatte mir ja verziehen, doch schon bald sollte mich ein neuer Alptraum in Form meines ersten Schultags an der Luginsland-Grundschule heimsuchen. Dort habe ich es immerhin geschafft, gleich am ersten Schultag meine Hausaufgaben zu vergessen. Aber dazu später mehr.

Die Sache mit dem Froschkönig hat mich im Lauf der folgenden Jahrzehnte übrigens immer wieder einmal eingeholt – meistens dann, wenn ich an nichts Böses gedacht habe. Wie das eben so ist, bei einer temporären Amnesie. Die ja, wie schon der Name sagt, plötzlich verschwinden kann. Auch dazu dann später mehr.

Aber jetzt beginnen wir erst einmal von vorne. Am Besten von ganz vorne.

Leider kein Mädchen!

Begonnen hat alles am Morgen des 5. August 1955 – und die Enttäuschung war riesig.
Zunächst war da diese schwere Geburt gewesen. Eine Niederkunft, die sich über mehr als 24 Stunden hin quälte – und die am Ende dann auch noch das falsche Ergebnis zeitigte!
Kein Mädchen!
Sondern ein Knabe!
Das freudige Ereignis, das plötzlich gar kein freudiges mehr war, ereignete sich um ganz genau 8 Uhr 52. Egal. Es hätte aber auch 8 Uhr 53 sein können. Das war jetzt auch nimmer wichtig.
Von wegen Ende gut – alles gut. Nichts war gut!
Wo sich der frischgebackene Vater doch immer und ausschließlich ein Mädchen gewünscht hatte. Über die ganze lange Schwangerschaft hinweg.
Und seine Hoffnung war durchaus begründet gewesen. Denn sämtliche Indizien aus dem Schatzkästlein der guten alten Volksmedizin hatten zahlreiche Indizien geliefert, dass es tatsächlich ein Mädchen werden würde: Die spezielle Lage des Embryos im Unterleib der Schwangeren, der Bauch als solcher, die ersten Bewegungen des Kindes im Mutterleib, die vielen Tage Verspätung zum eigentlich errechneten Termin der Niederkunft (am Ende waren es zehn). Alles passte ins (zuversichtlich erwartete) Bild.
Wie man sich doch täuschen kann! Denn in Wirklichkeit blinzelte dann das völlig falsche Geschlecht verstört in das grelle Licht des Kreißsaals der Bad Cannstatter Annaklinik.
Was für ein Reinfall! Was für eine Enttäuschung auf der Miene des frischgebackenen Papa, als er am Tag danach (in der Nacht hatte man ihn, wie damals üblich, wieder heimgeschickt) mit

zittrigen Knien in die Klinik schlich, um sich nach dem Stand der Dinge zu erkundigen.
»Mutter und Kind wohlauf.«
»Na wunderbar. Ist es ein schönes Mädchen?«
»Es ist ein Bub.«
»Wie bitte?!«
»Es ist ein Bub.«
»Kein Mädchen?«
»Kein Mädchen!«
»Wirklich kein Mädchen?«
»Wirklich nicht!«
»Und Sie sind sich ganz sicher?«
»Also, hören Sie mal, junger Mann! Für wen halten Sie uns denn?!«

Was tun? Zurückschicken als »Muster ohne Wert nach Buxtehude«? War schwierig damals. Denn seinerzeit gabs ja weder DHL, DPD, UPS, Hermes und wie sie sonst noch alle heißen. Sondern nur die gute alte Bundespost. Und die hätte die Annahme glatt verweigert. Also blieb dem schlagartig ernüchterten Vater nur die zähneknirschende Unterschrift unter die Empfangsbestätigung namens Geburtsurkunde mitsamt darauf folgender Anmeldung auf dem Standesamt.

Ich selbst (denn um mich ging es in diesem Drama) war jahrzehntelang völlig ahnungslos, was damals passiert war. Erst viele Jahre später hat mir jemand in einer Art mitleidigem Vertrauen zugeflüstert, welche Ernüchterung die Tatsache meiner Geburt bei meinem Erzeuger ausgelöst hatte.

Mitleidiges Vertrauen? Na ja … vielleicht war es auch eher ein kleines bisschen Schadenfreude. Egal. Jedenfalls hatte ich plötzlich eine Erklärung an der Hand, weshalb das Verhältnis zwischen Vater und Sohn in der Kindheit (und erst recht vor allem in der Pubertät) nicht unbedingt als immer spannungsfrei zu bezeichnen war. Aber auf eine solche Ursache wäre ich natürlich beim besten Willen nicht gekommen!

Sie haben mir dann mitgeteilt, die Uhr hätte exakt 8 Uhr 53 angezeigt, als sich der neue Erdenbürger erst gar nicht, dann aber ziemlich lautstark zu Wort gemeldet hätte. Was freilich kein Wunder ist, denn unmittelbar nach meiner, trotz allen zerplatzten Träumen ja dennoch erfolgreichen Ankunft im Kreißsaal, sagen sie, wäre ich noch stumm wie ein Fisch einfach nur da gelegen. Kein Ton sei aus meiner Kehle gedrungen, was mir relativ rasch einen energischen Klaps der Hebamme auf Rücken und Hinterteil eingebracht hat (die Prügelstrafe war damals ja bekanntlich noch nicht verboten). Aber seitdem hätte ich geschrien wie am Spieß und wäre gar nicht mehr zu beruhigen gewesen. Logisch: was für ein garstiger Empfang! Kaum bist du angekommen, setzt es schon die erste Tracht Prügel!

Das Geschrei ihres Erstgeborenen hat die frischgebackene junge Mutter freilich kaum mitbekommen, denn die war ziemlich fertig – nicht unbedingt nur wegen meines Anblicks, sondern vielmehr wegen der ewig langen Zeit, die es gedauert hat, bis ich mich in Bad Cannstatt endlich ans Licht der Welt gequält hatte. Ich war nämlich, hat mir meine Mutter viel später einmal erzählt, eine schwere Geburt. Auch das noch! Aber Ende gut – alles gut, meinte sie schließlich lächelnd (im Gegensatz zu meinem weiter säuerlich dreinschauenden Erzeuger).

Mehrfach habe ich mich in den folgenden Jahren gefragt, weshalb ich eigentlich in Bad Cannstatt auf die Welt kommen musste und nicht in Untertürkheim, wo wir doch gewohnt haben. Und wieso es eine katholische Klinik sein musste, wo wir doch bekanntlich (zumindest teilweise) evangelisch waren. Katholisch waren wir jedenfalls gar nicht. Also: wieso sind sie mit mir (noch im Bauch) im überwiegend evangelischen Stuttgart ausgerechnet in die von katholischen Ordensschwestern betriebene Annaklinik nach Cannstatt gegangen? Das kam mir mehr als seltsam vor. Und der dortigen Belegschaft ebenfalls. Denn die Eltern des demnächst eintreffenden Erdenbürgers waren nicht kirchlich getraut worden, was die beiden (sehr katholischen) Hebammen mit allen Anzeichen größter Missbilligung registriert haben, als sie das Familienbuch der Eheleute Haug durchforstet haben. Nicht kirchlich verheiratet! »No net amol evangelisch!« Diese Tatsache war dem Ansehen der demnächst Gebärenden bei den altgedienten Schlachtrössern womöglich nicht unbedingt förderlich. Was sich im weiteren Fortgang des Geschehens dann auch rasch erweisen sollte. Unbedingt habe sie sich nach der Geburt so rasch wie möglich kirchlich trauen zu lassen, wurde die sich unter starken Senkwehen windende Patientin, die doch längst ganz andere Sorgen und Schmerzen plagten, wieder und wieder auf das Strengste belehrt. Und außerdem: wegen dem bissle Schmerz solle sie sich jetzt nicht so haben und sich nicht derart gehen lassen.

Die solchen Bemerkungen wehrlos ausgelieferte Mutter in spe hat daraufhin gestöhnt, es täte aber höllisch weh, worauf sie die zynische Antwort bekommen hat: »Tja … daran hätten Sie besser halt vor neun Monaten denken sollen. Damals, als es noch so richtig Spaß gemacht hat!« Sie schwört, dass diese Sätze wirklich gefallen sind! Und zwar genau so.

Als die Schmerzen schlimmer geworden sind, haben sie sich irgendwann dann doch erbarmt und ihr zur Linderung Lachgas gegeben. Worauf sie angemerkt hat, es werde ihr plötzlich ganz übel. Aber diesen Einwand haben die Hebammen einfachignoriert. Das Resultat ihrer Ignoranz konnten sie dann freilich nimmer ignorieren. Denn das Ergebnis dieser Übelkeit ist schwallartig in kleinen Stückchen im Bett gelandet und die beiden Dragoner haben alles wieder sauber machen müssen. Selber schuld! Die Blicke, die sie ihrem Opfer dabei zugeworfen haben, hätten glatt als versuchter Totschlag ausgelegt werden können. Irgendwann war die Tortur dann aber doch vorüber und das Resultat lag als schreiendes (harsch ins Leben geklopftes) Bündel auf ihrer Brust. Zwar das falsche Geschlecht, aber Hauptsache überstanden.

Weshalb aber jetzt die Annaklinik in Cannstatt? Ganz einfach: weil der Frauenarzt meiner Mutter, ein Mann namens Dr. Soergel, dort Belegbetten hatte. Und als es in der Nacht plötzlich hieß: »Ich glaube, es geht los!«, da hat es dann schlicht und einfach »pressiert«. Da konnte es keine lange Diskussion mehr geben, ob hierhin oder dorthin, sondern nur noch: »Schnell in die Klinik zum Dr. Soergel.« So bin ich halt in einer katholischen Klinik mitten im evangelischen Stuttgart auf die Welt gekommen. Immerhin in Cannstatt. Beziehungsweise in »Bad« Cannstatt. Das klingt dann ja doch irgendwie besser, als wenn in meinem Ausweis stünde, ich käme aus Heslach, vom Bopser, vom Hasenberg, Degerloch, etc. Oder stellen Sie sich vor, man würde mich fragen, woher ich käme. Und ich müsste antworten: »Aus Stammheim.« Da kann man ja auf die dümmsten Gedanken kommen!

Dann also lieber Bad Cannstatt. Zumal sich ja dort das Neckarstadion befindet, das für mich immer das Neckarstadion bleiben wird, egal, welchen bescheuerten »Arena«-Namen sie der Schüssel auch verpassen mögen. Und egal, wie wenig Freude einem der VfB Stuttgart mit seinem Gekicke dort drinnen auch manchmal macht. Es ist und bleibt das Neckarstadion! Das übrigens einmal eines der schönsten Leichtathletikstadien der ganzen Welt gewesen ist. Bis man es dann unbedingt in eine reine Fußballarena umbauen musste. Begründung: damit siege es sich für den VfB künftig viel leichter. Kurz nach dem Umbau ist der VfB dann abgestiegen. Im alten Neckarstadion mit seiner schönen (dem Fußballerfolg angeblich hinderlichen) Tartanbahn sind sie letztmals Deutscher Meister geworden.

Aber Bad Cannstatt hat ja bekanntlich noch mehr zu bieten: sein Mineralwasser beispielsweise. Deshalb heißt es schließlich auch »Bad«. Es sind immerhin die zweitgrößten Mineralwasservorkommen in ganz Europa.

Und dann gibt es hier den Neckar. An dem Bad Cannstatt im Gegensatz zu Stuttgart ja tatsächlich liegt. Durch das alte Stuttgart dagegen fließt nur der Nesenbach. Wobei ... korrekt muss man eigentlich schreiben: durch das alte Stuttgart floss einst der Nesenbach. Der aber scheint so kümmerlich geworden zu sein, dass sie ihn längst verdolt und in den Stuttgarter Untergrund verbannt haben. Dafür macht er jetzt den Tunnelbohrern beim Bahnprojekt Stuttgart 21 gewaltigen Kummer – und den Maulwürfen nasse Füße ...

Oh, beinahe hätte ich es vergessen: noch ein zweiter erwähnenswerter Cannstatteffekt rankt sich um meine Geburt – beziehungsweise um deren Nachwehen: dabei geht es um den Ausblick im Wöchnerinnenzimmer der alten St. Annaklinik. Der war nämlich ein sehr spezieller: Von ihrem Bett aus konnte meine Mutter direkt auf einen Friedhof schauen. Das ist schon ein ziemlich verstörender Anblick, wenn man bedenkt, dass da eben erst ein Kind auf die Welt gekommen ist und die frischgebackene Mutter, die gerade mit den Folgen der ersten Nach-Schwangerschaftsdepression herumkämpft, einen Friedhof vor ihren Augen hat. Alpha und Omega sozusagen. Anfang und Ende. Andererseits war es ja nicht irgendein Friedhof, sondern der Cannstatter Uff-Kirchhoff. Das ist nicht nur einer der ältesten Friedhöfe in ganz Stuttgart, sondern auch einer der bekanntesten. Denn immerhin liegen dort so bedeutende Persönlichkeiten wie Gottlieb Daimler und Wilhelm Maybach begraben. Die Erfinder des Automobils. Im Nachhinein betrachtet ist es also kein Wunder, dass ich in späteren Jahren einige Bücher über genau diese Automobilpioniere verfasst habe. Wenn man schon als neu eingetroffener Erdenbürger mit ihnen konfrontiert worden ist – was bleibt einem da auch anderes übrig, als sich dieses Nach-Geburtserlebnis irgendwann von der Seele zu schreiben?

Aber bitte mit Sahne

Und dann war da auch noch diese Sache mit den Himbeeren und der Sahne! Das Wochenbett hat damals ja noch einige Tage länger gedauert, als nur eine Woche. Jede Menge Gelegenheit, um die Mutter und hauptsächlich deren Sprössling in der Annaklinik zu besuchen. Vor allem die frischgebackene Großmutter (väterlicherseits) hat das oft und gerne praktiziert. Wohl weniger wegen der Schwiegertochter, als wegen dem prächtig geratenen Stammhalter (im Gegensatz zu ihrem Sohn fand sie nämlich ein männliches Enkele ganz wunderbar und hat sich sehr über meine Ankunft gefreut). Und deshalb kommen jetzt die selbst angebauten Himbeeren ins Spiel. Denn schließlich bringt man ins Krankenhaus ja gerne ein kleines Geschenkle mit. Weil der Säugling aber noch nicht zur Nahrungsaufnahme in Form der Himbeeren in der Lage war, hat sie dessen Mama mit den schönen roten Früchten bedacht. Sozusagen als Belohnung für das gelungene Resultat ihrer Niederkunft.
Einerseits.

Andererseits mag im Kopf der Oma wohl auch ein bisschendie Überlegung mitgeschwungen haben, dass so einige hundert Gramm selbst angebauter Himbeeren eine ziemlich gesunde Angelegenheit sind, und damit durchaus geeignet wären, die Qualität der Muttermilch zu steigern. Was dann wiederum direkt dem Enkele zugute käme. Wie auch immer: jedenfalls hat sie regelmäßig diese Himbeeren aus dem eigenem Anbau mit ins Krankenhaus gebracht. Es war ja August. Himbeerzeit.
Und weil die Schwiegermutter zeigen wollte, wie gut sie es spätestens seit der erfolgreich verlaufenen Niederkunft mit der Schwiegertochter meinte, hat sie vorher immer noch eine Por-

tion frisch geschlagener Sahne über die Himbeeren gehäuft. Schlagsahne! Und das im Schwäbischen! Eine deutlichere Bekundung ihrer Anerkennung konnte es gar nicht geben!

Das problematische an der Sache war nur, dass die Großeltern in manchen (ungünstigen) Jahren in ihrem Garten mit gewissen Problemen in Gestalt von kleinen Maden in den Himbeeren zu kämpfen hatten. Man kennt sie ja, diese kleinen weißen Dinger – obwohl man sie halt kaum sehen kann. Und genau so ein ungünstiges Würmchenjahr scheint 1955 gewesen zu sein.

Als die Großmutter nun ihre schönen Himbeeren samt der Schlagsahne voller Fürsorge glücklich in die Klinik transportiert hat, da hatten sich in der Zwischenzeit schon die Würmchen, um unter der dichten Sahnehaube nicht dem Erstickungstod anheim zu fallen, längst aus ihren Himbeeren gelöst und sich auf den Weg nach oben durch die Sahne gekämpft. Manche von ihnen waren bereits erfolgreich an die rettende Oberfläche durchgestoßen und somit ganz ohne Deckung auch für das menschliche Auge mühelos sichtbar geworden. Im Dilemma steckten nun freilich nicht, wie man zunächst vermuten möchte, die Würmchen, sondern meine Mutter. Was tun? Guter Rat war teuer. Denn hätte sie die Sahnehimbeeren dankend zurück gewiesen (womöglich gar noch mit dem Hinweis auf die fröhlich krabbelnden Würmchen versehen), dann wäre die Schwiegermutter zeitlebens massiv beleidigt gewesen. Andererseits: würde sie die so großzügig dargebrachte Leckerei restlos verspeisen …
Es war die Wahl zwischen Pest und Cholera!
Nun ja …

Mit einer heute noch bewundernswerten Tapferkeit hat sie im Interesse eines fortwährenden Familienfriedens einfach die Augen geschlossen und die Himbeeren so rasch wie möglich hinunter geschluckt. Es war ein eher zweifelhaftes kulinarisches

Erlebnis. Aber der Familienfriede war dank dieser wahren Heldentat dauerhaft gesichert.

Meine Oma hat diese Geschichte niemals erfahren. Meine Mutter freilich hat noch viele Jahre später eine Himbeere nicht einmal von weitem anschauen können. Und ich? Irgendwie wundere ich mich schon darüber, dass ich Himbeeren eigentlich ganz gerne mag, obwohl es doch landläufig heißt, dass Säuglinge oft gewisse Dinge übernehmen, die ihren Müttern im Wochenbett begegnet sind. Also auch eine (verständliche) Abneigung gegen Himbeeren mit Sahnewürmchen, die ich unbewusst mit der Muttermilch in mich aufgesaugt habe.

Aber da ist kein Ekelgefühl. Eher im Gegenteil.

Allerdings – diese eine Vorsichtsmaßnahme pflege ich schon: Ich vergewissere mich durch genaueste Inaugenscheinnahme vor dem Himbeergenuss grundsätzlich, dass sich unter dem schönen roten Käppchen auch wirklich nichts anderes verbirgt, außer diesem himmlischen Geschmack. Und zur Sicherheit puste ich dann auch immer noch hinein. Natürlich der Würmchen wegen. Denn die haben mir ja nichts getan. Weshalb sollte ich sie also umbringen?

Psalter und Harfe wacht auf!

Irgendwann war es dann so weit. Die Taufe des neuen Erdenbürgers stand an. Auch das war ein zunächst nicht komplikationsfreies Unterfangen, denn a) war der Vater des Täuflings weder Mitglied der evangelischen noch einer sonstigen Glaubensgemeinschaft und b) waren die Eheleute Haug genau deswegen nicht kirchlich getraut worden. Was ja bekanntlich schon bei den katholischen Hebammen in der St. Annaklinik die heftigsten Missfallensbekundungen ausgelöst hatte.

Nicht minder erging es dem evangelischen Pfarrer, mit dem die jungen Eltern zum Taufgespräch zusammengetroffen waren. Dessen erster neugieriger Blick ins Haugsche Familienstammbuch endete mit einem schmerzhaften Zusammenzucken. Und auch nach dem zweiten Blick ins Stammbuch (sicher ist sicher) änderte sich an der fassungslosen Miene des frommen Mannes wenig. Was seien das denn für Eltern, die bei ihrer Hochzeit auf den kirchlichen Segen einfach verzichtet hätten! Nein, also wirklich! Am besten sei es, schlug der Pfarrer nach einigem Sinnieren vor, man mache nun aber reinen Tisch und beginne die Sache noch einmal ganz von vorne. Also zunächst einmal mit der Taufe des Kindsvaters selbst und dessen damit verbundener Aufnahme in den Schoß der heiligen Mutter Kirche. Anschließend könne dann die kirchliche Trauung erfolgen. Und wenn das alles glücklich absolviert sei, könnte danach, nachdem ja endlich geordnete Verhältnisse herrschten, auch die Taufe des Kleinkindes erwogen werden. So sei es für alle Beteiligten am Besten.
Einverstanden? Von wegen!

Nicht im Entferntesten denke er daran, sich all diesen Prozeduren auszusetzen, konterte der Kindsvater mit bereits deutlich ins Rote tendierender Gesichtsfarbe. Entweder werde einzig und allein der Säugling getauft – oder gar niemand. Es liege selbstverständlich in der Entscheidungshoheit des Pfarrers, ob er ein weiteres Schäfchen für seine Gemeinde auf immer und ewig verloren geben wolle oder nicht.
Also wirklich nur das Kind? Nur das Kind!

Zähneknirschend hat der Pfarrer schließlich eingewilligt.

So stand meiner Taufe am Erntedanksonntag des Jahres 1955 also nichts mehr im Wege. Bis zu dem feierlichen Akt sei es ein schöner, ruhiger Spätsommertag gewesen, sagen sie. Friedlich hätte ich in den Armen meiner Mutter geschlummert. Sehr zur Begeisterung der zahlreich erschienenen Tanten, die sich nicht genug darüber auslassen konnten, was für ein prachtvolles, liebes Büble da auf die Welt gekommen sei. »Keinen Mucks hat es gemacht, während des ganzen langen Gottesdienstes!«

Doch dann nahm das Unheil seinen Lauf. Um den Akt der Taufe so feierlich wie möglich einzuleiten, hat der Pfarrer die Gemeinde temperamentvoll zum Anstimmen des nächsten Liedes animiert: »Lobe den Herrn, den mächtigen König der Ehren!« was die Gemeinde auch dankbar angenommen und den Liedtext mit größter Begeisterung (unterstützt von der einen oder anderen nicht ganz korrekten, dafür umso inbrünstiger vorgetragenen Tonlage) ins Kirchenschiff geschmettert hat. Auf ein weiteres Handzeichen des Gottesmannes hat kurz darauf der Posaunenchor zur machtvollen und lautstarken Begleitung der Sänger jubilierend eingesetzt: »Psalter und Harfe wacht auf!« Ein wunderbares Zusammenwirken, bei dem freilich nicht nur Psalter und Harfe aufgewacht sind, sondern auch ich. Schlagartig aus den schönsten Träumen gerissen! Und das in einer kalten, halligen Kirche, in der ein Höllenlärm geherrscht hat, der mühelos mit jedem Presslufthammer hätte mithalten können. Oder mit mir: denn nun bin auch ich mit aller Kraft in das musikalische Chaos eingestiegen und habe gebrüllt, wie noch nie in meinem bereits mehrwöchigen Leben. Dies offenbar höchst erfolgreich, denn trotz des Trompetenschalls von Jericho sei ich in der ganzen Kirche hörbar gewesen. Und anscheinend war ich nicht mehr zu stoppen: nicht von der Mutter, nicht von der Patentante und schon gar nicht vom Pfarrer. Bis mich dann die Oma energisch geschnappt hat und mit mir aus der Kirche hinaus in den warmen Sonnenschein hinausgestürmt ist, wo ich endlich vor dem infernalischen Lärm in Sicherheit war. Und kurze Zeit später war alles wieder gut.

Zurückgeblieben ist mir von diesem Alptraumerlebnis zum Glück nichts. Na ja … fast nichts. Vielleicht ein klitzekleines, frühkindliches Musiktrauma, das ich (siehe später im einschlägigen Kapitel Schulmusik) nie mehr zur Gänze habe ablegen können. Mutmaßlich habe ich mir bei meiner Taufe auch einen leichten Hörschaden eingehandelt, der sich erst viele Jahrzehnte später so richtig bemerkbar gemacht hat – freilich etwas zu spät, um dem evangelischen Posaunenchor von Luginsland noch die Kosten für eine Hörhilfe in Rechnung stellen zu können.

Die Taufe? Ach ja: die Taufe. Die ist dann irgendwie auch noch über die Bühne gegangen, sagen sie. Genaueres weiß ich darüber nicht mehr. Denn vom Schreien war ich so müde und erschöpft, dass ich in den Armen der Oma tief und fest eingeschlafen bin. Weder Psalter noch Harfen konnten mich mehr aufwecken. Noch nicht einmal Posaunen. Denn gehört habe ich seitdem (siehe oben) sowieso nur noch eingeschränkt. So konnte also der Taufakt ohne weitere Komplikationen vollzogen werden. Obwohl mich der Pfarrer mit jeder Menge Wasser überschüttet haben soll. Ob aus Rache oder weil seine Hand wegen des vorausgegangenen, turbulenten Geschehens so stark gezittert hat: wir wissen es nicht. Denn sie haben ihn auch nicht mehr danach fragen wollen. Hauptsache, es war endlich überstanden und nichts wie hinaus aus dem ungastlichen Gotteshaus!

Bierstengel und Puschkinkirschen

Nach meiner Geburt hat meine Mutter bald wieder gearbeitet – beziehungsweise geschafft, wie man das »seinerzeit« in Stuttgart genannt hat, als die überwiegende Mehrzahl der Stuttgarter noch des Schwäbischen mächtig war. Geschafft hat sie an der Theke vom »Probierstüble« vom Robert Brüstle in Untertürkheim. Der Robert Brüstle war Weinhändler, ehemaliger Feuerwehrkommandant und ein Schulfreund von meinem Opa, so ist meine Mutter an den Job gekommen. Meiner Oma war dassehr recht, denn damit konnte sie ihren Goldschatz (mich) beinahe alleine großziehen. Und dass die Schwiegertochter etwas geschafft hat, um Geld nach Hause zu bringen, das war ja auch kein Fehler.

Das Untertürkheimer »Probierstüble« war ein Paradies auf Erden für durstige Kehlen jeglicher Coleur. Die Getränke preisgünstig, die verschiedenen Trinkerrunden gesellig, die Zigarrenrauch geschwängerte Luft zum Schneiden dick. Oder um es ganz einfach zu beschreiben: genau so, wie es sein sollte. Gemütlich halt. Und eng. Aber genau das verstärkt ja den Gemütlichkeitsfaktor enorm. Mehr als drei auf fünf Meter dürfte die Grundfläche nicht betragen haben. Und davon ging noch der Platz für die große Theke ab. Na gut: vielleicht waren es auch sechs Meter in der Länge. Jedenfalls klein genug, um gemütlich zu sein. Und immer schön warm.

Um Punkt 8 Uhr wurde aufgesperrt. Kurz danach strömten auch schon die ersten Bauarbeiter herein, um ihre »Veschper«-pause zu machen. Das Vesper wurde grundsätzlich mitgebracht, denn zum Essen gabs im »Probierstüble« nichts, nur zum Trinken. Weil sich genau gegenüber die Metzgerei befand, war das mit dem Vesper besorgen aber kein größeres Problem. Ein Weckle mit Leberkäs, ein warmes Knöchle und schon war der morgendliche Hunger gestillt. Dazu ein Viertele Trollinger und zur Verdauung noch ein schneller Schnaps, das ging immer. A propos Schnaps: besonders gerne wurde neben einem Obstler ein Wodka getrunken, den die Werbung berühmt gemacht hatte. Puschkin-Wodka. Und zu dem gab es als Dreingabe – wenn man wollte – die legendären Puschkin-Kirschen. Wollten freilich die wenigsten, denen ging es mehr um den Schnaps zum Aufwärmen.

Andererseits: wenn der Kleine schon so lieb dreinschaute… »Kannsch die Kirschen gern haben!« Da habe ich mir nicht zweimal sagen lassen. Es hat unvergleichlich toll geschmeckt: so ein bisschen künstlich, Gummibärchenmäßig, mit viel Zucker. Herrlich! Angenehmer Nebeneffekt: die Kirschen waren in Maraschinolikör eingelegt. Was am Abend für einen genauso guten, wie frühzeitigen Schlaf gesorgt hat.

Für mich hat die Mama bei meinen Besuchen maximal (aber immerhin!) einen Bierstengel springen lassen. Ich schreibe Bierstengel absichtlich mit »e«, denn damals war das ja auch so. Wie gesagt: mehr gabs ja ohnehin nicht zu essen in dieser Lokalität, die schließlich auch ein »Probierstüble« war und kein Gourmettempel. Aber so ein Bierstengel ist ja weiß Gott nicht das Allerschlechteste, was man sich zum Knabbern vorstellen kann. Gibt's die überhaupt noch, diese mit Kümmel und grobem Salz bedeckten Stangen, die meistens im halben Dutzend in einem Bierkrug steckten und mit einer Art Backpapier umwickelt waren? In dem Moment, in dem ich davon schreibe, merke ich, dass ich einen solchen Bierstengel schon seit mindestens zwanzig Jahren nicht mehr gesehen habe. War mir bislang gar nicht aufgefallen. Wäre aber eigentlich schon schade, wenn die von der Bildfläche verschwunden wären. Die Geschmäcker der Kindheit... ehrlich gesagt würde ich dafür heute noch jeden Döner stehen lassen. Von wegen Döner: der war noch nicht einmal erfunden! So gesehen war die Welt im »Probierstüble« noch in Ordnung: ein gutes Viertele Trollinger, ersatzweise einen württembergischen Salvener (Untertürkheimschwäbisch für Sylvaner) – was braucht der Mensch sonst noch zum Glücklich sein? Genau: manchmal vielleicht einen schönen, knusprigen Bierstengel. Fragt sich nur, wo es den heutzutage gibt.

Nach den Bauarbeitern kamen dann die Rentner. Jeden Morgen saß dort dieselbe Runde beisammen. Natürlich jeder immer auf demselben Stuhl. Die meisten waren Kriegsveteranen. Ob nur aus dem Zweiten Weltkrieg oder bereits aus dem Ersten, das schien mir manchmal rätselhaft. Schließlich waren die Heldengeschichten, die sie sich erzählt haben, unerschöpflich. Und genauso spannend wie Gänsehaut erzeugend für so einen kleinen Dreikäsehoch wie mich. Denn sie waren ja nicht bloß Kriegsveteranen, sondern die meisten von ihnen hatten für das Vaterland auch ein Bein oder einen Arm gelassen. Das hat ihren Geschichten natürlich eine ganz besondere Glaubwürdigkeit verliehen. Überhaupt die Kriegsversehrten: sie gehören zu den Bildern meiner Kindheit – bis weit in die 60er Jahre hinein. Überall hat man sie gesehen: die Männer mit nur noch einem Bein, einem Arm, der Augenklappe, der gelben Binde mit den drei schwarzen Punkten am Oberarm. Das Echo des Krieges. So einen Anblick vergisst man nicht.

Zurück ins »Probierstüble«. Da hing hinten an der Wand, gleich neben dem Tisch mit den Veteranen, dieser ständig in den herrlichsten Farben blinkende Automat mit den drei großen, gelben Rädern. Manchmal, wenn sie schon das zweite Viertele Trollinger intus hatten oder gerade eine besonders schöne Heldengeschichte erzählt hatten, haben mir die Veteranen ein Zehnpfennigstück in die Hand gedrückt, das ich dann in den Automaten reinstrecken durfte. Und sofort danach hat es noch wilder geblinkt, die gelben Räder haben sich zu drehen begonnen, die gesamte Maschine hat auf das Heftigste gerattert und geklingelt. Gleichzeitig musste man schwer auf der Hut sein, um die kurzzeitig aufleuchtenden Tasten zu drücken, mit denen die rotierenden Räder an der richtigen Stelle zu stoppen waren. Drei Kronen, drei Münzen oder zumindest drei grinsende Kasperlesköpfe (letzteres war, glaube ich, das Symbol für eine weitere, diesmal kostenlose Runde). Nur in so einem Fall war man erfolgreich. Mit anderen Worten: das schöne Geld war immer ruck-zuck weg. Egal, wie sehr ich mich auch angestrengt habe und wie viele Zehnerle sie mir auch zugesteckt haben (aber mehr als drei waren das ohnehin nie).

Die Zeiten waren schließlich hart und mehr als eine mickrige Versehrtenrente haben sie für ihren Dienst am Vaterland sowieso nicht bekommen. Höchstens eine Trostrunde war bei dem blöden Automaten drin – sehr zur Freude des Automatenaufstellers, einem Mann mit blütenweißem Perlonhemd und großen Schweißflecken unter den Achseln, das sich mühsam über den mächtigen Bauch spannte, der von einer gemusterten Krawatte nur unzureichend verdeckt wurde. Zufrieden grinsend hat er seinen Goldesel ein oder zweimal pro Woche geleert, die vielen Dutzend Münzen in die Hosentaschen gesteckt, dem Herrn Brüstle ein paar Mark Pachtgeld bezahlt, rasch ein (manchmal gerne auch zwei) Viertele Trollinger hinuntergestürzt und ist dann fröhlich pfeifend wieder aus dem »Probierstüble« gewatschelt. Zum Melken des nächsten Automaten.

Ob ihm auch die Musikbox gehört hat, die gleich neben dem Spielautomaten stand, das weiß ich nicht mehr. Eher nicht, glaube ich. Aber das ist im Grunde genommen auch egal. Jedenfalls war sie da, diese Musikbox. Ein echtes Wunderwerk der

frühen Unterhaltungselektronik! Manchmal hat jemand – es waren eher die Bauarbeiter und sonstigen Besucher, als die Veteranen – ein paar Zehnpfennigstücke in die Musikbox geworfen, dann zwei, drei Tasten gedrückt, worauf sich in dem Gerät wie von Zauberhand ein Greifarm bewegte, um die ausgewählten Schallplatten aus der Sammlung herauszupicken. Und schon ertönten die Stimmen der wildesten deutschen Rock 'n Roll Stars wie Lill Babs, Ted Herold und Peter Kraus, während die Veteranen gequält die Augen verdrehten. Als dann später auch noch diese merkwürdigen Pilzköpfe namens »Beatles« auf Englisch (!) aus dem Lautsprecher quäkten, da wars mit dem Verständnis der älteren Herrschaften endgültig vorbei.
Negermusik!

Was für eine Welt, für die sie einst ihre Knochen hingehalten hatten! Alles Amerika, wohin man nur schaute: Coca-Cola, Kaugummi und Texashosen, die von den Jungen Jeans genannt wurden – und die plötzlich auch die Frauen angezogen hatten. Frauen in Männerkleidern! Es war die Zeit, in der sich der Rentnerstammtisch allmählich aufzulösen begann – altersbedingt sind sie sowieso immer weniger geworden. Und irgendwann wars dann auch mit dem »Probierstüble« leider vorbei.

Aber das hat zum Glück schon noch eine Weile gedauert. Zumindest so lange, bis auch meine Kindheit zu Ende war.

Sie glauben also, ich hätte meine halbe Kindheit bei den fröhlichen Zechern im »Probierstüble« vertändelt? Nein, ganz und gar nicht! Ich war höchstens dreioder viermal da! Keinesfalls öfter. Das hätte meine Oma nämlich nicht geduldet. Bei den Faulenzern und Tagdieben zu sitzen – unter denen auch noch die letzten verbliebenen Kommunisten von Untertürkheim gewesen sind (und ebenso ihre nach wie vor unverbesserliche Gegenseite)! Mehr als ein paar Stunden dürften ganz sicher nicht zusammengekommen sein, die ich dort verbracht habe. Aber irgendwie haben die trotzdem einen nachhaltigen Eindruck bei mir hinterlassen.

Schade, dass es das »Probierstüble« nicht mehr gibt. Denn manchmal, wenn ich in Untertürkheim bin, würde ich gerne wieder hineingehen, schon der Nostalgie wegen. Und um zu schauen, ob das alles wirklich so war, oder ob die Kindheitserinnerung in der Rückschau die Farben weich gezeichnet hat. Aber da ist nichts mehr. Eine Untertürkheimer Institution weniger. Ein Jammer.

Roßmucken und Hasenmist

Gewohnt haben wir in also Luginsland. Das ist ein Stuttgarter Ortsteil oberhalb von Untertürkheim in Richtung Fellbach. Kurz vor dem 1. Weltkrieg ist Luginsland als Mustersiedlung geplant worden und in den Jahren danach allmählich entstanden. Hauptsächlich waren es Reihenhäuser für die Familiender Arbeiter, die in den gewaltig wachsenden Fabriken von Daimler und Bosch geschafft haben. Damit sich die Arbeiter so ein eigenes kleines Häuschen überhaupt leisten konnten, hat man eine Baugenossenschaft gegründet. Alles für das Wohl der Arbeiter. Klar, dass Luginsland seit seinem Bestehen deshalb immereine Hochburg der Roten gewesen ist. Mit einer starken Genossenschaft, mit der Arbeiterwohlfahrt, mit der SPD und mit vielen Kommunisten (die waren hier beinahe noch stärker als die SPD – anfangs jedenfalls). Und nicht zu vergessen die Gewerkschafter: Willi Bleicher beispielsweise, der legendäre IG-Metall Bezirksleiter, hat in der Annastraße gewohnt.

Viele Straßen in Luginsland haben übrigens Frauennamen erhalten. Es gab nicht nur die Annastraße, sondern auch die Gertrudstraße Nummer 6 (in der wir gewohnt haben), den Hedwigweg, die Erikastraße und die Irenenstraße. Eine schöne Idee – die natürlich aus Gründen der männlichen Gleichberechtigung konsequenterweise in einem Dagobertweg, der Kilianstraße, Barbarossastraße und dem Otfriedweg weitergeführt worden ist. Sie haben wirklich an alles gedacht, die genialen Stadtplaner von vor einhundert Jahren. Das sind wahrhaft vorausschauende Leute gewesen, die auch den sozialen Aspekt immer fest im Blick hatten. Herausgekommen ist eine für die

damalige Zeit absolut mustergültige Siedlung. Luginsland: die Gartenstadt.
Alles, aber auch wirklich alles, hatte seinen sorgfältig geplanten Sinn: vor den Reihenhäuser gab es die Blumengärten, hinten waren die Gemüsebeete angelegt, die kleine Wiese mit Obstbäumen, Hasen- und Hühnerställen. Die ganze Siedlunggruppierte sich um das Anlägle herum. Heute würde man das eine Multifunktionsanlage nennen: Ein Spielplatz für die Kinder und ein Ausruhplatz mit Bänkle für die älteren Semester. Auf einer Seite vom Anlägle befanden sich die größeren Wohnblöcke, darin waren neben den Wohnungen noch der Konsum untergebracht, eine Drogerie, der Gärtner, ein extra Blumenladen, die Post, der Metzger, das Milchlädle (hier konnte man sich frische Sahne auf ein Waffelhörnchen zapfen lassen, das man dann wie ein Eis geschleckt hat. Und frische Buttermilch zum-gleich-zum-trinken gabs auch!), dann die Gaststätte »Luginsland« mit einem großen Saal, wo sich die Gartenstädter zu Versammlungen treffen konnten: an alles war gedacht.

Oh, jetzt hätte ich doch glatt den Bäcker vergessen, dabei darf der auch gar keinen Fall unerwähnt bleiben. Denn das war ein ganz besonders Guter! Der Bäcker Hiesinger hatte nämlich nicht nur die besten Schokoladenbananen der Welt, sondern auch selbergemachtes Milcheis und Brezeln! Richtige schwäbische Brezeln! Da müssten die heutigen Bäckergenerationen (selbst die in der Brezelhauptstadt Stuttgart, wo es geschmackstechnisch halt auch nicht mehr so ist, wie früher) durch die Bank schamrot anlaufen, wenn sie die Laugenbrezeln vom Bäcker Hiesinger probieren würden: knusprig, schmackhaft, sagenhaft! Wie eine Brezel halt sein muss. Und das ist jetzt keine kindheitsverklärte Rückschau in Sachen Geschmack, sondern eine laugenbrezeltechnische Tatsache. Eine industriell hergestellte Brezel kann ja auch schlichtweg gar nicht so gut schmecken, wie eine von Hand gemachte. Erst recht nicht, wenn die schwäbischen Brezeln als Teiglinge tiefgefroren aus Tschechien oder Vietnam kommen. Aber nicht nur die Brezeln, auch alles andere war absolut stimmig im Luginsland der 60er Jahre. Die Siedlung sinnvoll angeordnet und den Bedürfnissen der Menschen angepasst. Kurze Wege. Die Läden mühelos zu Fuß erreichbar. Deshalb hatte man nur wenige Garagen zu den Häusern gebaut und die Straßen auch nicht so gewaltig breit gemacht. Klar. Warum auch? Denn die Leute hatten ja noch nicht so viele Autos. Und wenn man ohnehin alles zu Fuß erledigen konnte…

Aber genau das war, wie sich ab den 60er Jahren allmählich herausstellte, der Kardinalfehler, den sie gemacht haben, denn damit hatte keiner der genialen Planer wirklich rechnen können, dass plötzlich vor jedem Haus durchschnittlich mindestens zweieinhalb Autos parken würden. Und das bedeutet mittlerweile – leider – dass die schöne Gartenstadt von einer unübersehbaren Blechkarawane zugeparkt ist. Die meisten Vorgärten haben längst geteerten und gepflasterten Parkplätzen und Garagen weichen müssen, aber trotzdem werden es nicht weniger, sondern eher noch mehr Autos, mit denen die engen Straßen in Luginsland inzwischen hoffnungslos verstopft sind. Das gemütliche Flair von einst hat längst dem Statussymbol von heute weichen müssen. Klar: die Leute, die hier wohnen, produzieren unten im Tal ja schließlich all diese, immer größer werdenden Benzinkutschen. Und bekommen als Arbeiter vom Daimler ordentlich Nachlass auf den Neupreis. Wer wird denn da schon mit dem Bus ins Gschäft fahren wollen? So ändern sich die Zeiten. Nicht immer nur zum Guten. Zumindest Vorgartentechnisch nicht.

Aber damals, in meiner Kindheit, da gab es noch die ursprüngliche Gartenstadt mit viel Grün drum herum und innen drin. Na gut, die ersten Parkplatzstreitereien hat es auch schon gegeben. Aber im Großen und Ganzen hielt sich die Blechlawine noch in überschaubaren Grenzen. Wie in der Gertrudstraße, wo wir gewohnt haben. Nummer 6. Ein Eckhaus. Vor dem Haus befand sich ein kleiner Blumengarten, bestens geschützt vor Nachbars Lumpi durch einen hellgrauen Gartenzaun. Und auf der Rückseite war der große Holzschuppen, dahinter der Hühnerstall und ganz am Ende der Hasenstall. Daneben lag der Gemüsegarten, mit dem großen Birnbaum (»Stuttgarter Geißhirtle« natürlich – schwäbische Ehrensache!) und dann kam noch die klitzekleine Wiese mit Wäscheseil und einer winzigen »Miste« für den Hühner- und Hasenmist. Als Krönung des Ganzen ein Gartentürle zum hinten-raus-zum-schlüpfen aufs Gängle (einem schmalen Fußweg). Eine Mega-ideale Planung im Sinne der stressfreien Hasenmistabfuhr per Leiterwagen. Man stelle sich vor: das alles mitten in einem Wohngebiet! Das sollte man sich heutzutage mal erlauben, in ein reines Wohngebiet einen Hasenund einen Hennenstall mitsamt der Miste hin zu bauen. Was wäre das für ein Spaß! Die Rechtsanwälte würden sich die Hände reiben.

Direkt an den beiden vorderen Fassaden vom Wohnhaus in der Gertrudstraße (es war ja ein Eckhaus) hat sich eine »Kammerz« hochgerankt. Kammerz, so haben die Alten, die noch der Urform des Schwäbischen mächtig waren, einen Weinstock genannt, der sich weit ausbreiten durfte. In unserem Fall waren das gut und gerne zehn Meter lange Ranken, die im September ganz ordentliche Trauben geliefert haben. Viel mehr, als man essen konnte. Der Rest vom Ertrag der Kammerz ist deshalb in den Moscht geflossen.

Diese Kammerz hatte im Frühjahr noch einen weiteren Nutzen. Denn sobald die Sonne kräftiger schien, haben die Wurzeln des Rebstocks wieder Saft nach oben in die Knospen transportiert. Und dieser Rebsaft sei ein gutes Mittel gegen Sommersprossen

– hat es geheißen. Ich hatte jede Menge Sommersprossen. Klar, bei meiner hellen (käsweisen), sonnenempfindlichen Haut und dem rötlichen Haaransatz, der sich unter meinen braunblonden Locken versteckt hat, war ich ein klassischer Kandidat für Sonnenbrand und Sommersprossen. Und kaum hatte mich im Frühjahr das erste Sonnenlicht gestreift, sind diese Rossmucken, wie sie die Oma Emma treffsicher genannt hat, nur so gesprossen: mein ganzes Gesicht war über und über mit den kleinen, hellbraunen Punkten gesprenkelt und ich habe tatsächlich so ausgesehen, als sei ich mit dem Kopf voraus voll in einen Haufen Pferdeäpfel geknallt.

Überall Rossmucken! Auf keinen Fall wollte ich die haben. Was aber tun? Die Ärztin hat nur ratlos den Kopf geschüttelt: Da gibt's nix! Das war der Zeitpunkt, an dem dann meine Oma eingegriffen hat: Und ob es da was gibt! Ein altes Hausrezept nämlich. Und dabei handelte es sich um das frische Wasser der heftig tropfenden Kammerz. Mehrmals täglich habe ich mich also an die Kammerz gestellt, um das Tropfwasser in einem Glas aufzufangen und es mir dann von der Oma ins Gesicht schmieren zu lassen. Und obwohl ich es bis heute überhaupt nicht leiden kann, wenn mir jemand mit der Hand im Gesicht herum wischt, habe ich die lästige Prozedur tapfer und klaglos hinter mich gebracht. Täglich. Mehrfach. Erfolg: gleich null. Am uralten, seit Jahrhunderten bewährten, Hausrezept könne es jedenfalls nicht liegen, hieß es. Woran aber dann? Vermutlich daran, dass ich beim Zapfen des kostbaren Rebenwassers immer zu lange in der Sonne gestanden hätte. Und so habe wohl der eine Effekt den anderen gleich wieder egalisiert. Eine ernüchternde Erkenntnis – verbunden mit der Tatsache, dass mich die Rossmucken das ganze Frühjahr, den ganzen Sommer und noch ein gutes Stück in den Herbst hinein begleitet haben.

Nur im Winter hatte ich einigermaßen Ruhe. Und im nächsten Frühjahr, wenn die Dinger aufs Neue munter gesprossen sind, da hat die Ärztin wieder bedauernd den Kopf geschüttelt, während die Oma vorgeschlagen hat, man könne es vielleicht einmal mit einem alten (bewährten) Hausrezept probieren. Die Hoffnung stirbt ja bekanntlich zuletzt. Worauf ich halt wieder Rebenwasser gezapft habe und anschließend vergeblich (wie weiland die bayerische Staatsregierung auf die Erleuchtung) auf das Verschwinden der Rossmucken gehofft habe. Alle Jahre wieder.

Wie gesagt: Hennen und Hasen hatten wir auch noch. Jeden Abend hat also der Opa Gustav, wenn er von der Arbeit heim gekommen ist, erst einmal den Hasenstall ausmisten müssen. Und das nach einem sowieso schon langen Arbeitstag. Der Opa ist immer »ins Gschäft« nach Untertürkheim gelaufen. Das hieß: morgens um 5 Uhr aufstehen, einen wässrigen Kaffee trinken, in den er den alten Hefezopf eingetunkt hat, dann gings den Buckel runter ins Neckartal. Insgesamt waren das zirka vier Kilometer Fußmarsch – und abends um 5 Uhr ist er wieder den Hang hoch geschnauft. Am Samstagvormittag dieselbe Prozedur – denn man hat ja in den 60er Jahren auch noch den halben Samstag lang gearbeitet. Was genau er geschafft hat? Das ist mir nie ganz klar geworden. Denn immer, wenn ich ihn danach gefragt habe, hat er nur in sich hinein gelächelt und gebrummelt, er sei bloß der Bachel vom Dienst (übersetzt: der Depp der Firma). Jedenfalls hat er bei Rotex in Untertürkheim geschafft, denn auf einer Urkunde für jahrzehntelange Betriebszugehörigkeit stand das drauf, und als Tätigkeitsbezeichnung: Lagerist. Was das aber genau bedeutet hat?

»Ich hab Dirs doch schon Mal gesagt: Den Bachel vom Dienst spielen.«

Klar: es wäre auch ein Bus nach Untertürkheim hinunter gefahren und abends wieder rauf. Er hätte also nicht unbedingt laufen müssen. Aber wenn man das Geld für den Bus sparen kann …

dann läuft man halt lieber. Alte schwäbische Tugend. Kein Wunder haben die öffentlichen Verkehrsmittel in Stuttgart dunkelrote Zahlen geschrieben.

In der Rückschau rechne ich das immer wieder mal durch: Fünfeinhalb Tage Arbeit, die langen Fußmärsche dorthin und neben den Hasen, Hennen und dem Garten am Haus auch noch der »Semmles« (ein riesiger Obstund Gemüsegarten) und der »Sonnenbühl« (eine zweite große Obstwiese). Beide natürlich nicht nebeneinander gelegen, sondern in entgegengesetzter Richtung und jeweils gute zwei Kilometer (einfach) von der Gertrudstraße entfernt.

Wie die Großeltern das alles geschafft haben (und zwar piccobello!), das ist mir immer noch schleierhaft. Das Futter für die Hasen ist natürlich nicht gekauft worden. Dafür gabs ja Gras auf den verschiedenen Wiesengrundstücken und für den Winter hat der Opa im Semmles extra für die Mümmelmänner Welschkorn angebaut (Mais), dazu noch Angersche, das waren riesige Futterrüben, aus denen man auch wunderbar einen Rübengeist schnitzen konnte. Wenn sie nur nicht so bockelhart gewesen wären! Aber genau deswegen grade richtig für gesunde Hasenzähne.

Wo dieser Semmles zu finden ist? Gar nirgendwo mehr. Er ist längst unter der Asphaltdecke der »B 14« zwischen Untertürkheim und Waiblingen verschwunden. Und der Sonnenbühl? Aus dem ist eine Reihenhaussiedlung in Untertürkheim geworden – gleich neben dem Friedhof. Aber bloß kein Neid: zu dem Zeitpunkt, zu dem ihn die Oma seinerzeit verkauft hat, war es, was den Verkaufspreis betrifft, grade mal ein saures Wiesle. Bauland ist der Sonnenbühl erst kurz danach geworden. Mit einem dementsprechend durch die Decke geschossenem Quadratmeterpreis.

Einmal im Jahr hat der Opa seinen Hasenmist in den Semmles gefahren. Seltsamerweise war das immer an Heiligabend der Fall. Auch das habe ich nie heraus bekommen, weshalb das am Heiligen Abend hat sein müss. Mit dem Christkindle hatte es wohl eher weniger zu tun… Andererseits: Tradition ist Tradition. Und irgendwann musste der Mist halt weg.

Für unsere Hasen habe ich im Frühjahr oft frisches Gras gesammelt – und Löwenzahn. Den mochten sie besonders gern. Am liebsten mitsamt der Wurzel. Kein Problem. Denn am Ortsrand von Luginsland gab es jede Menge von der Hasenleibspeise in den seinerzeit noch reichlich vorhandenen Wiesen, da hat man seinen Korb schnell voll bekommen. Die Technik, um auch die Wurzel mit heraus zu bekommen, war ganz einfach: das Blätterbüschel mit einer Hand ziemlich weit unten fest umklammern und dann mit einem kräftigen Ruck aus dem Boden ziehen. Man musste halt bloß darauf achten, möglichst weit außerhalb des Aktionsradius der (damals noch ziemlich seltenen) Hundebesitzer zu agieren. Was fatalerweise manchmal jedoch nicht so hundertprozentig geklappt hat. Mir läuft heute noch eine Gänsehaut den Rücken herunter, wenn ich daran denke, wie ich mit bloßen Händen arglos in das prächtige Löwenzahnbüschel hinein gegriffen habe, dessen Basis sich plötzlich so seltsam weich angefühlt hat. Schlagartig dräute die Erkenntnis – aber leider um Sekundenbruchteile zu spät. Die dunkelbraune Farbe an den Händen war jetzt eher das kleinere Problem. Die beiden größeren hießen Nase und Magennerven.

Aber immerhin: die Hasen haben mir meinen heldenhaften Einsatz grundsätzlich mit ihrem freundlichsten Gemümmel gedankt und den schönen Löwenzahn mit wahrer Begeisterung in sich hinein geschlungen. Angesichts einer so aufmerksamen Pflege sind sie logischerweise auch rasch zu prächtigen Stallhasen-Exemplaren heran gewachsen. Von denen das eine oder andere gegen Ende der Woche jedoch plötzlich aus seinem Käfig verschwunden war, um am nächsten Sonntag in leicht verändertem Zustand auf dem Mittagstisch wieder aufzutauchen. Das war – solange man sich nicht an den konkreten Vornamen des Bratens erinnerte – ein richtiger Festtag, wenn es so einen Hasenbraten gab. Natürlich flankiert von Spätzle (mit in Butter abgeschmelzten Semmelbröseln obendrauf), Kartoffelsalat, grünem Salat und Soße. Ganz viel Soße. Denn das ist das Nonplusultra bei einem guten Hasenbraten. Die Soße: Es gibt schlichtweg keine bessere Soße, als die von einem Hasenbraten. Umso bedauerlicher, dass der gute alte Hasenbraten mittlerweile von der Speisekarte fast völlig verschwunden ist.

Wie gesagt: wir waren nicht das einzige Haus mit einem Hasenstall. Hasen hatten viele. Und das Wissen, dass es durchaus nicht ganz ungefährlich sein kann, einen Hasenbraten zu vertilgen, war folglich weit verbreitet. Denn so ein kleiner Hasenknochen kann ziemlich spitzig sein, wenn er zerbricht. Vorsicht ist also angesagt, wenn man sich an einer Hasenkeule zu schaffen macht. Erst recht, wenn Heißhunger mit im Spiel ist. Und genau das war bei einem unserer Nachbarn der Fall, der die Reste seines sonntäglichen Hasenbratens am Tag danach bei der Vesperpause in seiner Wengerthütte genüsslich abgenagt hat. Die kalte Keule hat ihm dabei so hervorragend gemundet, dass er sein Taschenmesser irgendwann beiseite gelegt und den Knochen direkt in den Mund gesteckt hat. So lässt sich auch noch das klitzekleinste Fleischstück verspeisen. Dumm nur, dass der Nachbar ein bisschen zu gierig geknabbert hat und so kam es, wie es kommen musste. Der Knochen ist abgebrochen und ein Teil des Hasenknöchle hat sich im Hals des Mannes quer gelegt. Dort ist es einfach stecken geblieben und war nicht mehr heraus zu bekommen. Egal, wie heftig der auch gehustet hat. Was zunächst lediglich als unangenehmer Nebeneffekt des Hasenmahls hätte durchgehen können, entwickelte sich jedoch in kürzester Zeit zur lebensbedrohlichen Tragödie. Denn das Hasenknöchle steckte fatalerweise im falschen Teil des Halses fest! Also nicht, wie es bei ordnungsgemäßer Vertilgung des Hasenbratens eigentlich hätte sein müssen, in der Speise-, sondern in der Luftröhre. Und die Luft in den Lungen des Verunglückten wurde nun immer knapper. Mit letzter Kraft hat er sich, um Hilfe suchend, aus seinem Wengert in Richtung Luginsland geschleppt, wo er röchelnd und japsend endlich auf das erste menschliche Wesen getroffen ist. Auf mich, einen damals zirka acht Jahre alten Schulbuben, der natürlich zu Tode erschrocken war, als da ein wild gestikulierendes älteres Männlein mit dunkelrotem Kopf auf ihn zustürmte und unverständliche Laute aus seiner Kehle keuchte. Mit viel Mühe gelang es mir schließlich, zu verstehen, wo des Pudels Kern beziehungsweise des Hasen Knöchlein steckte. Was aber tun? Logisch: Den armen, allmählich in sich zusammen sinkenden Nachbarn abstützen und zum nächsten Doktor schleppen, den wir dann auch mit letzter Kraft (wie weiland im Gedicht vom Erlkönig so treffend beschrieben) erreicht haben. Dessen Sprechstundenhilfe hat sich von unserem dramatischen Auftreten jedoch nicht sonderlich beeindrucken lassen. Anstatt, wie erwartet, sofort den roten Knopf zu drücken und den Herrn Doktor zu alarmieren, hat sie nur mitleidslos (höchstwahrscheinlich handelte es sich bei ihr um eine frühe Vertreterin der Veganerbewegung) mit den Schultern gezuckt und gemeint: »So schnell stirbt mr net! Jetzt setzet sie sich erst einmal dort hin und dann wartete se, bis se an der Reihe sind. Einer nach dem anderen! Wo kommen wir denn sonst auch hin, wenn jeder meint, er könne einfach nur herein stürmen und sofort den Herrn Doktor sprechen?!«

Eine gefühlte Ewigkeit später, als endlich alle Patienten (deren Hausarzt der Herr Doktor war) das Wartezimmer verlassen hatten und ärztlich bestens versorgt nach Hause strebten, war die Reihe an den erstaunlicherweise immer noch lebenden Hasenunfall gekommen. Mit kritisch gerunzelter Stirn nahm der Doktor meinen Bericht über das Malheur zur Kenntnis und den verunglückten Esser (dessen Hausarzt er nicht war) streng in sein Visier. Dann holte er mit dem Arm weit aus und ließ unvermittelt einen kräftigen rechten Schwinger auf den Rücken des ahnungslosen Patienten hernieder krachen, worauf dieser wie eine vom Sturm gefällte Eiche zusammenbrach, um zeitgleich, begleitet von einem langgezogenen, qualvollen Seufzer, das Hasenbeinchen in hohem Bogen auszuspucken. Er war gerettet! Ganz ohne Notoperation und sonstige chirurgische Inanspruchnahme. »So einfach geht's«, brummelte der Herr Doktor mit süß-säuerlicher Miene und verabschiedete uns mit einem kurzen Kopfnicken, nicht ohne seiner veganischen Sprechstundenhilfe die Anweisung zu erteilen, zwecks späterer Abrechnung mit der Krankenkasse die Daten des Patienten aufzunehmen. Unter welchem Verbuchungsschlüssel die Entfernung eines Hasenbeinchens aus einer Wengerterkehle mithilfe eines heftigen Fausthiebs dann freilich abgerechnet worden ist, das entzieht sich leider meiner Kenntnis.

Tatsache ist und bleibt jedoch, dass der solchermaßen Gerettete diesen Doktor nie wieder aufgesucht hat. Ganz im Gegenteil: anstatt dem Mediziner für seinen schlagkräftigen, lebensrettenden Einsatz dankbar zu sein, hat er noch Jahre später geschimpft, dass ihn der Kerl »fascht« habe verrecken lassen. Stundenlang habe er, einen elendigen Erstickungstod unmittelbar vor Augen, in dessen Praxis ausharren müssen, während ihm jeder Fußpilz- und Hämorrhoidenkranke vorgezogen worden sei.

Auch daran können die geneigten LeserInnen einmal mehr erkennen, wie sich die Sitten und Gebräuche mittlerweile doch verändert haben, denn in der Prozesshansel-Ära heutiger Tage hätte der Hasenknöchlepatient ganz anders reagiert, als bloß still und wütend vor sich hin zu schimpfen. Er hätte sich vielmehr (dank Rechtsschutz für alle möglichen und unmöglichen Lebenslagen) der juristischen Hilfeleistung eines Advokaten versichert, und somit hätte sich das unbehandelt gebliebene Hasenknöchle für den hartherzigen Herrn Doktor und seinen noch mitleidsloseren Sprechzimmerdrachen zu einer durchaus problematischen Angelegenheit entwickeln können. Aber die durchgehende Streuung von Rechtsschutzpolicen ist damals, in den 60er Jahren des vorigen Jahrhunderts, noch weitaus weniger verbreitet gewesen, als heute – weshalb bei der überwiegenden Mehrheit der Beteiligten folglich rasch das Gras des Vergessens über die leidige Angelegenheit wachsen konnte.

Zu unserer aller Beruhigung sei abschließend noch angemerkt, dass eine Wiederholung dieses Dramas mit ziemlicher Sicherheit ohnehin so gut wie ausgeschlossen sei dürfte, denn nachdem es in ganz Luginsland längst keine Hasenställe mehr gibt (zumindest nicht mehr solche, mit denen die Absicht verbunden ist, sich darin einen guten Sonntagsbraten heranzuziehen) scheint die Wahrscheinlichkeit, dass es noch einmal zu so einem solchen oder ähnlichen Malheur kommen könnte, deutlich gegen Null zu tendieren.

Die Sache mit dem Laubfrosch

Und dann habe ich natürlich auch einen Frosch gehabt. Klar. Das hatte damals ja fast jeder. Aber meiner, das war ein richtiger, echter, grasgrüner Laubfrosch – nicht so eine hässliche dreckbraune Kröte, wie sie die meisten anderen besessen haben und dreist behaupteten, daraus würde einmal ein ganz besonders großer und schöner Frosch werden! Haha! Von wegen: darauf bin ich nicht reingefallen, denn mit Fröschen kannte ich mich seit dem Kindergartenerlebnis schließlich aus! Den (Laub) frosch hatte mein Vater eigenhändig gefangen. Das hat er zumindest behauptet – was ich ihm aber nie so richtig geglaubt habe, schon allein deshalb nicht, weil zeitgleich mit dem Auftauchen meines Laubfrosches derjenige, den ich bislang immer in der Zoohandlung in Untertürkheim bewundert hatte, plötzlich aus dem Schaufenster verschwunden war. Egal. Jedenfalls hatte ich jetzt einen. Einen echten! Lange Ersehnten. Endlich war er da. Begleitet von der Frage, die sich kurz danach vor mir aufgetan hat: was macht man eigentlich mit so einem Laubfrosch? Kann man mit dem spielen? Kann man nicht! Wozu habe ich dann aber überhaupt einen Laubfrosch?

Das grasgrüne Tierchen hatte als Behausung den alten Frosch-Glaskasten zugewiesen bekommen, den schon mein Vater als kleiner Bub damals für seine Frösche besessen hatte, und der den Krieg und die Bomben des 2. Weltkriegs erstaunlicherweise unversehrt auf dem Dachboden überstanden hatte. Ein wunderbarer klassischer Glaskasten für einen Frosch: mit frisch gesammeltem Moos, Grasbüscheln und Löwenzahn als Polsterung auf dem Boden und mit einer kleinen hölzernen Leiter drin, auf der mein Frosch, wenn das Wetter schön zu werden versprach, eigentlich hätte ganz oben hätte sitzen, beziehungsweise thronen, müssen. Um bei bevorstehender Wetterverschlechterung das Ganze umgekehrt zu praktizieren: dunkle Wolken über dem Käfig, Frosch zurück auf den Boden. Zackzack. Das würden (Laub)frösche für gewöhnlich machen. Das sei so bei Frosch und Co, hat man mir glaubhaft versichert, weswegen ich so einen netten grünen Wettervorhersage-Frosch ja auch unbedingt hatte haben wollte. Um mit dem Frosch wettertechnisch kommunizieren zu können. Das müsste doch eine tolle Sache sein – hatte ich mir gedacht. Doch die Wirklichkeit sah anders aus: der blöde Frosch ist den ganzen Tag über nur unten auf dem Käfigboden gehockt und hat mich mit seinen Glubbschaugen saudumm angeglotzt. Die Leiter hat er völlig ignoriert. Und den aktuellen Stand der Sonne genauso. Von wegen Wettervorhersage! Pustekuchen!

Im Froschglas hat offenbar ständiger Tiefdruck geherrscht. Sonst nix! Gar nix!

Und gequakt hat das dumme Viech natürlich auch nicht, obwohl das Frösche doch angeblich gemeinhin zu tun pflegen. Vor allem dann, wenn sie gut behandelt und gefüttert werden. Der Wohlfühlfaktor sei da schon mitentscheidend, hat mir einer dieser angeblichen Froschexperten anvertraut, den ich um Rat gebeten hatte.

Worauf wir unser depressives Exemplar also erst recht tonnenweise mit eigenhändig gefangenen Mücken verköstigt haben, die wir von oben durch das Loch in der Abdeckung der Froschbehausung quasi direkt in Richtung Froschmaul geworfen haben. Bequemer kann es so ein Frosch doch eigentlich gar nicht haben! Aber das doofe Viech hat sein Maul erst gar nicht aufgesperrt und hat die schönen Fliegen noch nicht einmal eines Blickes gewürdigt. Stur wie ein Esel ist er weiterhin nur auf dem

Boden gehockt. Was hatte ich bloß falsch gemacht? Auch nach ausgiebiger Lektüre sämtlicher Froschpflege-Handbücher bin ich nicht darauf gekommen. Denn eigentlich hatte ich laut Lehrbuch alles richtig gemacht. Mein Frosch schien das aber nicht begriffen zu haben. Es war ein einziges Mysterium.

Stundenlang habe ich also vor dem Käfig gehockt und gerätselt, wie dem grasgrünen Gesellen doch noch auf die Sprünge zu helfen sei. Na gut: nicht unbedingt nicht viele Stunden lang, aber doch gut und gerne eine halbe, wenn nicht gar eine Dreiviertelstunde lang, habe ich ihn beobachtet, Grimassen geschnitten, ermuntert, freundlich angelächelt, mit dem Zeigefinger zur Leiter hinübergedeutet und langsam eine Bewegung nach oben gemacht. Doch nichts ist passiert. Nada!

Bis er ganz plötzlich, wie aus dem Nichts heraus, seinen Kopf verdreht, das Froschmaul aufgerissen und mich bitterböse angestiert hat. Was für ein schrecklicher Anblick! Und was für eine fürchterliche Erkenntnis! Denn schlagartig ist mir die Alptraumszene mit dem Froschkönig im Kindergarten wieder ins gemarterte Bewusstsein geschossen: das war ja gar kein einfacher, grasgrüner Wetterfrosch! Das war irgendwie etwas ganz anderes. Alles – nur kein stinknormaler Frosch. Ganz klar: das war ein verhexter Frosch! Nur ohne Prinzessin und Rotzrakete. Die Dämonen der Vergangenheit hatten mich wieder eingeholt. Und meinen Geduldsfaden in Sachen Wettervorhersage ratzfatz zerreißen lassen. Ich wollte keinen Frosch mehr haben.

Aus! Schluss! Vorbei!

Am frühen Abend haben mein Vater und ich ihn frei wieder gelassen. Sind extra mit dem Frosch im Glaskasten zwei Kilometer weit zum Gemüsegarten der Großeltern gelaufen und haben ihn dort an einer grasbewachsenen Böschung sachte aus der Behausung gepflückt und zwischen die Gräser gesetzt. Gedankt hat er es uns nicht. Keinen einzigen Quaklaut hat er von sich gegeben. Stumm wie ein Fisch hat er seine Freilassung unkommentiert über die Bühne gehen lassen! Das undankbare Ding! Sollten ihn meinetwegen die Reiher fressen, oder die Füchse. Oder sonst wer. Mir jetzt auch egal! Er hatte seine Chance bekommen.

Man stelle sich vor, diese Szene hätte sich heutzutage ereignet und nicht vor gut und gerne 50 Jahren. Heute wäre das sein sicheres Todesurteil, ihn an jener Stelle auszusetzen, die wir damals so sorgfältig für den Frosch ausgesucht hatten. Denn wo seinerzeit am Stadtrand von Stuttgart Wiesen, Bäche, kleine Tümpel und Obstgärten waren, hat ja längst die vierspurige Bundesstraße in Richtung Remstal alles eben gemacht. Mehr als ein plattgewalztes Abziehbild auf der Betontrasse bliebe von dem schönen Laubfrosch heute nicht mehr übrig.

So ändern sich Zeiten, Frösche und Landschaften.

Nun gut: den undankbaren Frosch also war ich los. Aber was nun? Gab es eine Chance auf irgendein anderes Haustier? Schließlich war ich ja zu jener Zeit noch ein Einzelkind (das hat sich mit später eintreffendem Bruder und Schwester dann noch deutlich zum Besseren gewendet). Aber was? Hund und Katz kamen keinesfalls in Frage, das war klar. Ich brauchte dazu noch nicht einmal ins Gesicht der Oma zu schauen, wenn ich das Stichwort auch nur andeutungsweise in den Mund genommen habe. Ok. Hunde mag ich bis heute nicht – und Katzen tun eh, was sie wollen. Was blieb also noch übrig? Hund nicht. Katz nicht. Frosch auf gar keinen Fall mehr. Einen Vogel? »Den haben wir selber!« gab die Oma postwendend zurück.

Einen Hamster? Allein der Tonfall sagte bereits alles. »Sonscht noch was?!«
Letzte Möglichkeit: Ein stressfreies Haustier. Irgendwas, das keinen Dreck macht. Richtig! Das war des Rätsels Lösung: eine Schildkröte. Die ist langsam. Die kann man einigermaßen in Zaum halten – und außerdem ist sie äußerst genügsam. Freut sich über ein paar Salatblätter. Mehr braucht sie nicht. Ein bisschen Wasser noch dazu und fertig ist die Mahlzeit. Was mir plötzlich an so einem Schildkröt attraktiver erschienen ist, als an einem teilnahmslos auf dem Boden hockenden Frosch, das ist mir im Nachhinein ein Rätsel! Tausche apathischen Frosch gegen lahmarschige Schildkröte. Na toll! Aber gut: jetzt also hatte ich meinen Schildkröt.

Um zunächst einmal möglicherweise aufkommende orthografischen Verwirrungen bei der geneigten Leserschaft zu erklären: ja, genau so hieß das bei uns. Nicht: *die* Schildkröte, sondern *der* Schildkröt. Auf gut Stuttgarter Schwäbisch halt. Das war in dieser Zeit durchaus noch eine angesagte Form der Konversation. Zumindest unter den Ureinwohnern von Stuttgart. Mittlerweile ist das Stuttgartschwäbisch aber eine (leider) akut vom Aussterben bedrohte Mundart, die eigentlich längst unter Artenschutz gestellt gehörte! Immaterielles UNESCO-Weltkulturerbe sozusagen. Denn wenn sie heute – selbst unter einheimischen Stuttgartern(!) – die Formulierung *der* Schildkröt gebrauchen, ist die Wahrscheinlichkeit groß, dass sie milde lächelnd korrigiert werden. Es heiße *die* Schildkröte, genauso wie man nicht *der* Butter sondern *die* Butter zu sagen pflege und erst recht nicht *das Tunnell*, vielmehr *der Tunnel*. Dabei kennt doch jeder aufrechte Stuttgarter die Straßenröhre unter der Uhlandshöhe durch als *das Wagenburgtunnell*! Aber gut – oder eben auch nicht gut – die Zeit dieser schönen Begriffe und Artikel ist perdu. Auch in Stuttgart. Es ist ein Jammer! Aber so sind sie halt, die Schwaben: lassen sich von irgendwelchen mitleidig grinsenden Nordlichtern nur allzu gerne darüber ins Bild setzen, dass ihre Artikelwahl genauso grottenfalsch sei wie ihre Aussprache. Und sofort pressen sie ihr schwäbisches Breimaul erschrocken zusammen und sagen lieber gleich gar nichts mehr. Zum Vergleich: Das sollten die Vertreter der reinen Lehre einmal einem Berliner ins Gesicht sagen: er würde die deutsche Sprache nicht richtig beherrschen! Aber hallo! Die Schwaben dagegen, die lassen sich das seltsamerweise immer gefallen. Siehe den schwäbischen Fernseh-Tatort, wo ja schon längst keiner des Schwäbischen mehr mächtig ist. Über diese seltsame, wenig selbstbewusste Eigenart ihrer Landsleute haben sich weiland schon Graf Zeppelin und Robert Bosch geärgert. Gerade letzterer hat ja als alter Mann im breitesten Schwäbisch (das er Zeit seines Lebens sorgsam gepflegt hat) wieder und wieder erzählt, er habe alle Länder bereist und dabei alle möglichen und unmöglichen Völker kennengelernt. Aber nirgendwo auf dem Erdball sei er auf bessere Menschen gestoßen, als die Schwaben (nur noch gefolgt von den Franken, danach sei es aber rum!). Da könnte man doch gefälligst auch ein bisschen selbstbewusster auftreten. Heidanei! Können sie aber anscheinend nicht. So ischs no au wieder!

Wie dem auch sei. Ich jedenfalls habe damals also *einen Schildkröt* bekommen, das heißt, genau genommen habe ich sogar zwei besessen, allerdings nacheinander. Denn wie in Schildkrötenkreisen gemeinhin üblich, haben die gepanzerten Tierchen, die doch so robust aussehen, nie den Winter im Keller überlebt, in den ich sie fürsorglicherweise, gut eingepackt mit Holzwolle in einer Holzkiste, verbracht hatte. Da war nie was zu machen. Ende des Winters hat sich nichts mehr geregt. Ein kleiner Trost war die Tatsache, dass auch die Schildkröten meiner Spielkameraden in der Nachbarschaft im Frühjahr nie wieder aufgewacht sind. Es endete jedes Mal also mit einem kleinen Grab im Gemüsegarten hinter dem Haus, mit einem selbstgebastelten Holzkreuz drauf. Und so hatten meine beiden temporären Hausgenossen wenigstens als Dünger für die Radieschen und die Kohlrabi der Oma noch einen klitzekleinen Nutzen. Meine Trauer über das frühe Ableben von Schildkröt 1 und Schildkröt 2 hielt sich dann jedoch in relativ engen Grenzen, denn ehrlich gesagt: so ein besonders prickelndes Spielgerät waren sie eigentlich ja nie gewesen, wenn sie mit provozierender Langsamkeit den Kopf aus dem Schutzpanzer schoben um mit unendlicher Geduld ihr Salatblatt zu zermalmen. Man glaubt gar nicht, wie lange es dauern kann, bis so ein einzelnes Salatblatt restlos vertilgt ist! Die Entdeckung der Langsamkeit. Wer nicht weiß, was Langeweile bedeutet, der kaufe sich einen Schildkröt!

Mit dem Ableben von Exemplar Nummer 2 endete das Kapitel Haustiere in der Gertrudstraße 6. Ein für allemal.

Kaiser Wilhelm, Welschkorn und Radieschen

Werfen wir noch einmal einen Blick zurück in den Garten, in dem wir den trägen Laubfrosch artgerecht in die Freiheit entlassen hatten und über den heute die Blechkarawane in einer nicht enden wollenden Doppelreihe hinweg donnert. Der Semmles, so hieß ja der Garten, befand sich wie gesagt knapp zwei Kilometer entfernt vom Haus in Luginsland. Weil es in der Gertrudstraße, in der wir gewohnt haben, für ein Auto ziemlich eng zuging, hat mein Vater dort im Semmles eine Wellblechgarage für seinen VW Käfer gebaut. Das brachte den mehr oder minder willkommenen Nebeneffekt mit sich, dass der Papa bereits am frühen Morgen ziemlich munter bei seiner Arbeitsstelle erschienen ist. Denn bevor an das Bewegen des fahrbaren Untersatzes zu denken war, mussten ja erst einmal die zwei Kilometer zur Garage absolviert werden. Und abends wieder zurück. Ein ganz ordentliches Fitnessprogramm – und noch dazu völlig kostenlos. Das ist der Unterschied zu heute: während die PKW Lenker heutiger Tage ihr Heiligs Blechle üblicherweise keine 100 Meter vom Sofa entfernt in der Garage stehen und zum Zwecke des Erlangens einer besseren Kondition ein nicht ganz billiges Ticket fürs Sportstudio gebucht haben, ist das kostenlose Sportprogramm meinem Vater einfach vor die Füße gefallen. Das Geheimrezept lautet folglich: das Auto in eine Garage stellen, die ein paar Kilometer entfernt ist – und schon gibt's die Fitness gratis obendrauf.

Zugegeben: primär war das Sportprogramm nicht der eigentliche Grund dafür, weshalb mein Vater die Wellblechgarage in den Semmles gestellt hat. Sondern a) ganz einfach die Tatsache, dass er mit seinem Motorrad regelmäßig »soichnass« geworden und deshalb wie der sprichwörtliche begossene Pudel bei der Arbeit erschienen ist. Weshalb er b) beschlossen hat, ein Auto zu kaufen, das nun c) eine Garage benötigte, die d) in der Gertrudstraße aufgrund der beengten Platzverhältnisse nicht gebaut werden konnte, worauf man nolens volens e) Garagenmäßig eben in den etwas entfernter gelegenen Semmles ausgewichen ist.

Während es sich bei seinem allerersten Auto um einen Fiat mit Holzkarosserie handelte, wurde in der Folgezeit nur noch Volkswagen gekauft. Denn der schöne Fiat sah zwar schick aus, blieb aber leider allzu gerne liegen. Und weil ein Auto, das nicht fährt, seinen Fahrer nicht unbedingt zum treuen Markenfan werden lässt, war die Entscheidung schnell getroffen: nie wieder einen Fiat! Sondern nur noch ein deutsches Produkt. Made in Germany. Einen Volkswagen also! Das war lange vor dem Abgasskandal. Zu einer Zeit, als die Abgastrickser späterer Jahre noch gar nicht geboren waren. Als VW noch einen Ruf wie Donnerhall besaß. Und der Käfer lief und lief und lief. Diese Verlässlichkeit wurde mit einer Nibelungentreue sondergleichen belohnt, denn seitdem wurde im Hause Haug nie mehr eine andere Automarke als VW in Betracht gezogen. Wieso auch?! Es hat sich ausgezahlt für Volkswagen. Ganz im Sinne von Robert Bosch, der ja oft schlaflose Nächte verbracht hat, vor lauter Angst, seinen Kunden jemals ein fehlerhaftes Produkt auszuliefern. Weshalb er seinen Arbeitern ein ums andere Mal nachdrücklich eingeschärft hat: »Lieber Geld verlieren, als Vertrauen!« Denn wenn das Vertrauen erst einmal weg ist, kommt es nie mehr wieder. Tja … hätten die VW-Trickser mal lieber dem alten Vadder Bosch zugehört, anstatt an Dingen herum zu schrauben, von denen sie besser die Finger gelassen hätten. Jetzt freilich ischs zu spät.

Aber ich muss noch die Geschichte mit dem Motorrad erzählen, das ja (wg. soichnass) der Auslöser für den Garagenbau gewesenist. Dieses Motorrad war (lange vor meiner Ankunft auf dieser Erdenscheibe) der ganze Stolz meines Vaters. Das erste motorisierte Vehikel, das er sich von seinem Gesellenlohn zusammen gespart hatte. Eine BMW! Ein prächtiges Teil. Nur leider ohne Dach. Was durchaus als genereller Konstruktionsmangel eines Motorrads angesehen werden kann, hauptsächlich bei Nässe, Sturm und Hagel. Aber diese Erkenntnis dämmerte ihm erst einige Zeit später an einem regnerischen Morgen. Zunächst war da nur pures Besitzerglück gewesen. Eine echte BMW. Stolz wie Oskar ist er also mit der neu erworbenen Maschine in Luginsland vorgefahren, um sie den staunenden Mitbürgern zu präsentieren. Irgendwann hatten dann alle das wunderschöne Teil gesehen und gebührend bewundert, so dass er also den Motor ausmachen und vom Sattel hätte steigen können. Doch oh Schreck! Der Verkäufer hatte ihn nur dahingehend eingewiesen, wie man den Motor in Gang setzen konnte, nicht, wie das mit dem Ausschalten funktionierte. Was also tun? Guter Rat war teuer! Da half nur, aus der Not eine Tugend zu machen, und so lange mit der BMW um das Anlägle (den Spielplatz) herum zu fahren, bis das Benzin im Tank zur Neige gegangen war. Ein kurzes Spucken und Stottern, ein letztes Aufbäumen – und der Motor war verstummt. Vollbracht! Meine Oma hat mir diese Geschichte sicherlich ein Dutzend Mal erzählt. Zur Ehrenrettung ihres Sohnes muss ich aber korrekterweise hinzufügen: Mein Vater bestreitet die Geschichte genauso vehement, wie sie mir meine Oma bestätigt hat. Wer nun Recht hat und wer nicht? Letztlich wohl nie mehr zu klären, denn da steht Aussage gegen Aussage.

Wie dem auch sei, jedenfalls ähnelt diese Story haargenau der (in diesem Fall absolut verbürgten) Schilderung der ersten Motorradfahrt der Weltgeschichte. Als nämlich Paul Daimler

am 10. November 1885 (an Schillers Geburtstag) auf dem von seinem Vater Gottlieb Daimler und Wilhelm Maybach konstruierten »Reitwagen« zum ersten Mal von Cannstatt aus nach Untertürkheim zum Bahnhofsvorplatz gedüst ist (Durchschnittsgeschwindigkeit ca. 12 Stundenkilometer!) und vor der begeisterten Menschenmenge eine Ehrenrunde nach der anderen gedreht hat. Sehr zur wachsenden Besorgnis seines Vaters, der seinem Sohn mehrfach vergeblich zugerufen hatte, er möge endlich anhalten und den Motor ausmachen, bevor noch ein Unglück passiere. Doch trotzdem fuhr der Bengel weiter seine Runden – bis der Motor ins Stottern kam, weil der letzte Tropfen Benzin verbraucht war. Auf die Frage seines zornbebenden Vaters, warum er denn in Dreiteufelsnamen nicht angehalten hätte, gab Paul achselzuckend zur Antwort: »Weil du mir nicht gezeigt hast, wie man das macht!« Damit war diese Angelegenheit eindeutig geklärt – während sich im Fall der Motorradfahrt ums Luginslander Anlägle meine Quellen nach wie vor heftig widersprechen. Luftlinie liegen die beiden Handlungsorte übrigens höchstens drei Kilometer voneinander entfernt.
Geschichte wiederholt sich – sagen ja manche Historiker. Andere wiederum bestreiten diese These vehement…

Das BMW Motorrad jedenfalls war der eigentliche Grund für den Garagenbau im Semmles.

Beim Semmles handelte es sich um ein richtig schönes Gartengrundstück mit freier Sicht zur romantischen Königs-Grabkapelle auf dem Württemberg – in dem nun einzig und allein die Wellblechgarage den Anblick einigermaßen gestört hat. Aber auch nur einigermaßen. Deshalb treibt es mir regelmäßig die Tränen in die Augen, wenn ich bei der Fahrt auf der Bundesstraße versuche, einigermaßen die Stelle zu lokalisieren, an der es über den Semmles geht, in dem ich früher eine so schöne Kinderzeit erleben konnte.

Da gab es sämtliche Arten von Gemüse, Blumen, Welschkorn (Mais), Angersche (Futterrüben) – und wie mit einem Linealgezogene Reihen mit Salatköpfen. Wegen diesen Salatköpfen habe ich übrigens die erste und einzige Ohrfeige kassiert, die mein Opa Gustav jemals ausgeteilt hat. Und das aus gutem Grund, denn wieder einmal hatte er sorgfältig seine Reihen in die Erde gezogen und dann die Setzlinge sauber in Reih und Glied eingepflanzt. Einen nach dem anderen. Ein bisschen Erde angehäufelt, mit Wasser angegossen. Fertig. Im wahrsten Sinn des Wortes, denn als er sich nach getaner Arbeit umgedreht hat, musste er zu seinem erstaunten Entsetzen sehen, wie all die schönen Setzlinge gewaltsam herausgerupft neben ihrer Reihe auf dem Boden vor sich hin welkten. Der Übeltäter war schnell ausfindig gemacht – und so setzte es diese erste und einzige Ohrfeige, die freilich mehr eine Art Wangenstreicheln war. Tränen sind deswegen trotzdem vergossen worden. Aber nicht von mir (es hatte ja überhaupt nicht weh getan). Sondern vom Opa: denn der war im Nachhinein völlig entsetzt darüber, dass er seinem Enkele (völlig zurecht!) eine gelangt hatte. Am späteren Nachmittag war dann aber beiderseits schon wieder Gras über die Angelegenheit gewachsen. Die Salatsetzlinge hatten sich nämlich retten lassen und steckten ein zweites Mal wieder gut bewässert in der Erde, während ich genüsslich an einem Eis schlotzte, das mir der Opa in der nahen Sportgasstätte spendiert hat. Voller Erleichterung darüber, dass ich ihm huldvoll verziehen hatte.

Ursprünglich ist der Semmles-Garten ein reiner Wengert (Weinberg) gewesen und auf rund einem Drittel der Fläche hatte mein Opa (Ehrensache als Spross einer alteingesessenen Untertürkheimer Wengertersfamilie) deshalb auch noch weiterhin seine Weinstöcke stehen. Natürlich hat er traditionsgemäß die altwürttembergischen Reberziehung bevorzugt, bei der die Reben mit Weidenruten an drei Holzpfählen befestigt werden. Alle möglichen Sorten waren in seinem Wengert vertreten, so

wie man es früher halt gemacht hat: Trollinger, Portugieser, Gutedel, Müller-Thurgau, Sylvaner, Riesling fröhlich durcheinander: das ergab dann nach der Ernte den berühmten (früher auch berüchtigten) »gemischten Satz«. Den Wein haben sie Schiller genannt. Übrigens nicht, wie vielfach vermutet, als Hommage an den schwäbischen Dichterfürsten Friedrich Schiller, sondern weil der Wein im Glas so schön rötlich geschillert hat – im krassen Gegensatz zu seinem meist etwas weniger schönen, ziemlich säuerlichen Geschmack. Ich muss deshalb immer wieder lachen, wenn ich mitbekomme, welcher Hype heutzutage um den guten alten gemischten Satz gemacht wird, nur weil das grade – aus welchen Gründen auch immer – schickimickimäßig angesagt ist. Früher war der bunt durcheinander gewürfelte Anbau aller möglichen und unmöglichen Rebsorten nämlich eine aus der puren Not heraus geborene Angelegenheit. In der Hoffnung, es mögen während der Eisheiligen schon nicht alle Rebblüten gleichzeitig erfrieren, hat man einfach die verschiedensten Sorten mit verschiedenster Frostempfindlichkeit zusammen in den Wengert gepflanzt, um sie dann im Herbst, ob reif oder noch nicht ganz reif, auch alle zusammen zu ernten und zu keltern. Das war in manchen ungünstigen Jahren eine durchaus abenteuerliche Angelegenheit, weshalb die Lästermäuler damals diesen bitterbösen Spruch über den Reutlinger und den Tübinger Wein erfunden haben:
»Der Tübinger brennt einem ein Loch in den Magen und der Reutlinger zieht es wieder zusammen!« Oder umgekehrt. Eine Charakterisierung, die seinerzeit genauso auf den Untertürkheimer, Cannstatter oder Uhlbacher »edlen« Tropfen gepasst hat. Dem Opa war das egal. Der war ja sowieso nichts anderes gewöhnt. Und seinen Wein hat er ohnehin selber getrunken. Ehrlicherweise in einem Mostkrug. Denn so ungefähr hat er auch geschmeckt. Wobei damit aber kein schlechtes Wort über den guten schwäbischen Most verloren worden sein soll!

Um einen einigermaßen gescheiten (= schwäbisch-hohen) Ertrag vom Weinberg zu ernten, hat man einen relativ langen Anschnitt der Triebe praktiziert und die Rebstöcke eng aneinander gereiht. Quantität vor Qualität. »Hauptsach' es gibt viel aus!« Diese Überzeugung war bekanntlich jahrhundertelang im schwäbischen Erbgut felsenfest verankert. Mit der Muttermilch eingesogen sozusagen. Und das war gut so.
Die Menge als solche hat in normalen Weinjahren also bereits ein schönes Fäßle gut gefüllt. Damit das möglichst oft der Fall sein konnte, hat der Opa im Wengert regelmäßig die aus Amerika eingeschleppten Pilzkrankheiten Mehltau und Peronospora bekämpft. Nach alter Väter Sitte natürlich. Also hat er mit einer Mischung aus Kupfervitriol und Kalk gespritzt, wie das seit Königs Zeiten üblich war und wie er das eben gelernt hatte. Dafür gab es am Wengerthäusle extra ein kleines Wasserbecken aus Beton, dessen Wände mich als Kind fasziniert haben, weil sie so schön bläulich-grünlich geschimmert haben. Der Grund dafür war das Kupfervitriol, das sich verfärbt, wenn es mit Wasser in Berührung kommt. Natürlich war das alles andere als ungiftig und deshalb war es mir strengstens verboten, das Wasser aus dem schönen Becken auch nur zu probieren. Zum Glück war ich ein folgsames Kind und habe mich daran gehalten.

Eine ganz besonders große Hektik im Wengert ist meistens um Mitte Mai herum ausgebrochen, wenn sich wieder einmal die »Kalte Sofie« und ihre Eisheiligengeschwister angekündigt haben. Schon Tage vorher hat man zwischen den Weinstöcken Ölöfen aufgestellt, in denen dann Altöl verbrannt worden ist, wenn sich gegen Abend die Temperaturen bedrohlich dem Gefrierpunkt angenähert haben. Diese Öfen sollten Wärme erzeugen, um die frostempfindlichen Triebe zu schützen. Viel geholfen hat es meistens nicht, denn wenn das Thermometer erst einmal minus drei oder noch mehr Grad angezeigt hat, dann ist die Wirkung der Ölöfen äußerst bescheiden geblieben: eine

Riesensauerei durch den rußigen Altölqualm und ein Mordsgestank im Wengert, während die Reben dennoch erfroren sind. Und so musste der Opa im Herbst als Ersatz für den ausgefallenen Weinjahrgang eben mehr Äpfel aufsammeln und Most machen, um sich in den folgenden zwölf Monaten damit zu begnügen. Das mit dem Most wiederum war kein Problem: Äpfel und Birnen hatten wir im Überfluss. Vor allem die Kaiser-Wilhelm-Äpfel sind mir in Erinnerung geblieben, das waren Riesendinger, die man kaum mit zwei Händen umfassen konnte. Sehr zur Freude der schwäbischen Baumbesitzer.

Dazu gabs im Semmles natürlich auch noch Kirschen, Mirabellen, Zwetschgen und Reineclauden. Alles, was man brauchte, um obstmäßig gut versorgt über den Winter zu kommen. Da wurde eingeweckt, eingekocht, versaftet und vermarmeladet, was der Garten zu bieten hatte. Und so standen an den Wänden im Keller (im »Suttrai«) dicht an dicht Regale mit Weckgläsern voller Essiggürkle, Zwetschgen, Birnen, Kloden, Apfelsaft, Gsälz, Blumenkohl und vieles andere mehr. Eine Heidenarbeit, dieses Einwecken, aber Tiefkühltruhen gab es damals ja noch nicht. Immerhin war man dank des Eigenanbaus den Winter über weitestgehend autark und brauchte nicht um teures Geld im Laden einkaufen.

Für mich hat das nur eingeschränkt gegolten. Denn ich habe das ganze eingeweckte Zeugs nie gemocht. Schon gar nicht die Zwetschgen in ihren großen Einmachgläsern. Die sahen im Glas schon so unappetitlich schwammig-braun aus, wie Präparate in der Gerichtsmedizin. Obwohl ich ja gar nicht wusste, wie es dort aussieht. Aber meine Phantasie hat mir gesagt: genau so müsse es sein. Irgendwie schlonzig eben – und so war es dann ja auch um die Konsistenz der ehedem knackig frischen Zwetschgen bestellt, wenn sie aus dem Weckglas auf den Teller geploppt sind. Brrr… Gerichtsmedizin! Nahrungsaufnahme ver-

weigert. Von wegen: »dr Honger treibts ronter (der Hunger treibt es runter)!« Noch nicht einmal die Drohung der Oma: »Dann setze ich Dir den Teller mitsamt den Zwetschgen auf!« konnte mich dazu bewegen, den Schlonz hinunterzuwürgen. Ende der Diskussion.
Die ganze Arbeit mit dem Einmachen – in meinem Fall leider vergebliche Liebesmühe.

Natürlich war so ein eigener Garten wie der Semmles für meine Großeltern besonders in der Zeit unmittelbar nach dem 2. Weltkrieg von einem unschätzbaren Wert – wie vielen anderen ungebetenen Besuchern aus dem übel zerbombten Stuttgart damals allerdings auch. Scharenweise sind sie zu den Hängen gepilgert, die den Stuttgarter Talkessel umrahmen und in deren Gärten (wie im Semmles) all die schönen Sachen angebaut wurden, die es unten in Stuttgart nicht mehr gab. Und so wurde (verständlicherweise) gehamstert, was das Zeug hielt.

Vor allem in der Kirschenzeit hat das meinen Opa mordsmäßig gewurmt. Denn an jedem Morgen, an dem er in den Semmles gegangen ist, um seine Kirschen zu ernten, waren die allerschönsten Kirschen in unschöner Regelmäßigkeit bereits in der Nacht gestohlen worden. Und natürlich die untersten zuerst. Diejenigen, an die man bequem ohne Leiter gelangen konnte. Von Tag zu Tag wurden es weniger Kirschen auf dem Baum und die Weckgläser der Oma waren noch längst nicht alle befüllt. Was also tun, um dem diebischen Treiben Einhalt zu gebieten? Im Semmles übernachten? Eher nein. Aber was dann? Schließlich kam ihm der rettende Einfall: er hat ein Schild gemalt, auf dem »Achtung Tretminen!« zu lesen stand. Es war ja erst kurz nach dem Krieg und die Gefahr, irgendwo auf eine Mine zu treten, also durchaus vorhanden. Das Schild hat er am Kirschbaum befestigt. Das müsste eigentlich genügen, um das diebische Volk von den Kirschen fernzuhalten. Hat er gedacht. Aber Pustekuchen!

Denn als er am nächsten Morgen hoffnungsfroh nach dem Kirschbaum geschaut hat, war der schon wieder geplündert worden! Die Kirschen waren weg! Dafür war das Schild mit der Warnung »Achtung Tretminen« mit Frage ergänzt worden: »Wo denn, du Depp?«
Glücklicherweise hat sich die Versorgungslage in Stuttgart bald stabilisiert, die Leute mussten nicht mehr hamstern und der Opa brauchte sich keinen neuen Warnhinweis für seinen Kirschbaum mehr auszudenken.

Dieser Kirschbaum hat mich übrigens nicht nur durch meine ganze Kindheit, sondern bis weit ins Erwachsenenleben hinein begleitet. Genau gesagt: bis zu dem Zeitpunkt, an dem der Semmles unter einer Asphaltdecke begraben worden ist. Dieser Kirschbaum dürfte gut und gerne 70 Jahre alt gewesen sein und ist jedes Jahr ein Stückchen höher gewachsen. Schwindelerregend hoch. Ein regelrechtes Monstrum von einem Kirschbaum, mit wunderbar schmeckenden, schwarzroten Kirschen in Hülle und Fülle. Die freilich jedes Jahr ein bisschen kleiner geworden sind – je mehr der Baum in die Höhe gewachsen ist und seine Kraft für Äste, Zweige und immer noch mehr Kirschen benötigt hat. Im Grunde genommen ist der absolute Kirschenertrag damit jahrelang gleich geblieben: es waren zwar immer mehr Kirschen, die aber wurden kleiner und kleiner. Trotzdem waren es Zentner, die wir dort Jahr für Jahr geerntet haben. Mehrere Zentner. Und egal, wie viele Zentner es wirklich gewesen sind: keine einzige Kirsche wurde dabei vergeudet. Das wäre ja noch schöner gewesen! Das hätte die Oma niemals toleriert. Mit Adleraugen hat sie den abgeernteten Baum noch einmal durchforstet und festgestellt: »Da isch doch noch eine! Und dort oben auch! Und die da drüber, die habt Ihr auch übersehen!« Die paar

Dinger angesichts des bereits geernteten Zentnerertrags einfach hängen lassen?
»Ha no!« Mit anderen Worten: undenkbar!
Da half kein Jammern und kein Flehen, ganz egal, wie lange man an diesem Tag schon im Kirschbaum zugange war und wie heftig inzwischen die Abneigung gegen Kirschen jeglicher Größe und Farbe: die Leiter musste umgestellt werden, so dass auch noch die allerallerletzte Kirsche »die ganz da oben links« in den Pflückkorb wandern konnte. Erst danach herrschte zufriedene Seelenruhe unter dem Kirschbaum und bei der Oma, für die jetzt die Arbeit in ihrer Küche beginnen konnte.

Übrigens: die neben dem Sellerie (!) mit Abstand schauderhaftesten Erzeugnisse aus dem eigenem Anbau, das waren die Bohnen. Es handelte sich dabei zu meinem allergrößten Leidwesen um Feuerbohnen. Wahrhaft ideale Bohnen für die sparsame schwäbische Seele. Denn keine andere Bohnenart bringt so lange, breite und pelzige (!) Bohnen hervor, wie die Feuerbohne. Da hat man jede Menge Ertrag. Erst recht natürlich dann, wenn man die Bohnen recht lange wachsen lässt. Also von wegen Prinzessböhnchen und so. Das waren richtig dicke Dinger, die meine ob der Riesenausbeute freudestrahlende Oma da geerntet hat. Und als ob das an Zumutung für meine Geschmacksnerven noch nicht genug gewesen wäre, hat man die geschmacksneutralen (pelzigen!) blassgrünen Dinger zu einem schauderhaften Bohneneintopf verwurstet. Natürlich wieder einmal gut schwäbisch-sparsam. Nur mit Wasser gekocht. Von wegen Sahne zur Verfeinerung dazu! Das wäre ja Verschwendung gewesen! Völlerei und Co! Dass Bohnen in Wahrheit ganz gut schmecken können, wenn man sie frühzeitig erntet und dann beim Kochen ein bisschen Sahne hinein gibt, das habe ich erst Jahrzehnte später mitbekommen. Und seitdem mag ich sogar Bohnen. Es müssen ja nicht unbedingt Feuerbohnen sein. Ich finde, die sollte man, weil sie so schön rot blühen, durchaus als eine Art Blumenschmuck im Garten anbauen, aber bitte niemals (!) zum Kochen verwenden. Das kann nur schiefgehen. Ein immergleicher Kommentar meines Vaters hat dieses Bohnenmartyrium jahrzehntelang begleitet. »Bohnen – meines Herzens Kronen. Wecken und Weißbrot – meines Herzens sicherer Tod«, hat er fröhlich grinsend jedes Mal zum Besten gegeben und die Geschichte des Mannes erzählt, dessen böses Weib ihm niemals seine Lieblingsspeise habe zubereiten wollen. Deshalb hat der Bohnenverächter einen Trick angewandt, um den (Feuer)bohnen künftig zu entgehen, indem er behauptet hat, dieses Gericht sei seine absolute Leib- und Magenspeise. Und schwupps: schon war er vom weiteren Genuss der Köstlichkeit ein für allemal ausgeschlossen. Leider hat der Spruch bei meiner Oma nie funktioniert. Aber ich habs ja überlebt …

… und habe mir des Öfteren so meinen Gedanken gemacht, weshalb die Feuerbohnen im Semmles dermaßen gut gewachsen sein könnten. Bis ich auf des Rätsels Lösung gekommen bin: schuld daran war nämlich der Superkompost von der Stadt Stuttgart. Diese hatte den Gütlesbesitzern Anfang der 60 er Jahre den Kompost sogar kostenlos angeboten, was in Kreisen der schwäbischen Bohnen, Erbsenund Salatanbauer natürlich auf begeisterte Zustimmung gestoßen ist. Wie großzügig von der Stadt, ihren wertvollen Kompost einfach herzuschenken. Natürlich haben auch meine Großeltern sofort dankbar zugegriffen. Nicht allzu lange Zeit später sollte sich freilich herausstellen, dass sich hinter dieser ungewöhnlichen Großzügigkeit ein nicht gänzlich hasenreiner Hintergedanke versteckt hat (wie das im Epizentrum des Schwäbischen eigentlich ja auch nicht anders zu erwarten war). Der gute Kompost stammte nämlich von der städtischen Kompostieranlage, hinter deren klangvollem Namen sich in Wahrheit nichts anderes verbarg, als die zentrale Müllsammelstelle von Stuttgart, wo man, um der stetig in den Himmel wachsenden Müllberge irgendwie Herr zu werden, aufdie Idee verfallen war, den Müll in kleinste Teile zu zerschreddern, eine Zeitlang zwischenzulagern und ihn dann, wenn die Vergärung eingesetzt hatte, großzügig an die – zunächst noch genau so ahnungslosen wie dankbaren – Stuttgarter Gütlesbesitzer zu verteilen. Als aber die ersten LKW Ladungen mit dem Superdünger auf den Feldern gelandet waren, da kam das große Erwachen: der kostbare »Humus« war durchmischt mit kleinen, bis zu einem Zentimeter großen bunten Plastikteilen, die man – im Gegensatz zum Metall – nicht aus dem Müll hatte entfernen können. Keine Sorge, das zersetzt sich irgendwann – hieß es zum Trost für die entgeisterten Gemüseanbauer, deren einstmals piccobello saubere Gärten plötzlich eine fatale Ähnlichkeit mit den städtischen Müllkippen angenommen hatten. Und zwar in puncto Aussehen genauso wie im Hinblick auf den bestialischen Gestank, der in den ersten Wochen vom Boden aufstieg. Das zersetzt sich alles. Die Frage war halt nur: wann? Und was ist mit den klitzekleinen Glassplittern im Kompost? Zersetzen sich die etwa auch? Es sind viele Jahre ins Land gegangen, bis von der bunten Hinterlassenschaft nichts mehr zu sehen war. Jahre, in denen es meiner Oma regelmäßig die Zornesröte ins Gesicht getrieben hat, wenn sie nach einem Regenguss in den Garten gekommen ist und beim Bohnenstecken, Radieschensäen und Blumenzwiebel setzen wieder tausend kleine Plastikteilchen aus dem Boden gekratzt hat, die der Regen freigespült hatte. Alles in allem dürfte sie dabei eine gute Lastwagenladung an Plastikmüll heraus gesammelt haben. Der dann wieder auf der Stuttgarter Deponie gelandet ist. Ein ewiger Kreislauf, eine ziemlich frühe Form des Recyclings, die zweifelsohne noch nicht als der Weisheit allerletzter Schluss bezeichnet werden kann. Auch deshalb, weil nie so ganz genau untersucht worden ist, was denn da wohl sonst noch so alles an gesundheitsfördernden Inhaltsstoffen im guten Dünger mit enthalten war: zermalmte Batterien, zerfetzte Verpackungen, eingetrocknete Farbreste – alles, was in einem durchschnittlichen Haushalt an Restmüll halt anfällt. Und das war damals in Zeiten des durchstartenden Wirtschaftswunders doch noch einiges mehr an Abfall verglichen mit der heutigen aktiven Mülltrennung, wo Müll ja plötzlich auch nicht mehr Müll heißt, sondern Wertstoff.

Was damals alles als angeblicher 1a-Dünger im Garten der Großeltern gelandet ist, das möchte ich eigentlich gar nicht in allen Details wissen. Aber ganz harmlos war das Zeug sicher nicht. Jedenfalls ist meine Oma wenige Jahre nach der Kompostaktion an Leukämie (Blutkrebs) erkrankt. Und vor einiger Zeit bin ich wegen einer Allergie behandelt worden. Dabei hat der Arzt ein großes Blutbild bei mir machen lassen, bei dessen Analyse ihm beinahe die Brille von der Nase gerutscht ist: in meinem Blut fand sich ein ganzes Chemielabor: Riesenmengen von Blei, Quecksilber und noch vielen anderen, berühmt-berüchtigten Schwermetallen! Für den Arzt, der das Zeug zum Glück erfolgreich aus meinem Körper geschwemmt hat, war es ein Rätsel, wie ich mir das eingefangen haben könnte. Als hätte ich jahrzehntelang mit bleihaltigen Farben in der Lackiererei einer Schiffswerft gearbeitet oder Fieberthermometer im Eigenbau hergestellt. Hatte ich aber nicht. Irgendwann ist mir dann ein Licht aufgegangen, woher der giftige Cocktail stammen könnte: von diesen wunderschönen, extra großen Bohnen, die auf dem Kompost im Semmles so besonders freudig gewachsen sind. Beweisen kann ich das natürlich nicht. Aber Feuerbohnen esse ich jetzt erst recht nicht mehr. Und gelernt habe ich: selbst als Schwabe sollte man nicht jedem geschenkten Gaul blind vertrauen.

So negativ können die Erinnerungen an den schönen Semmles natürlich keinesfalls enden. Das wäre nicht in Ordnung. Und so habe ich die Sache mit dem Kompost längst beiseite geschoben und denke beim Semmles lieber an den VfB Stuttgart, der unsereinem in den letzten Jahren ja leider nicht immer nur Freude bereitet hat.

Was der VfB Stuttgart mit dem Gemüsegarten meiner Großeltern zu tun hat? Das ist schnell erzählt. Bekanntlich waren wir ja ein durch und durch schwäbischer Haushalt, beheimatet wie gesagt im Epizentrum des Schwäbischen. Logisch, dass man deshalb immer dem VfB Stuttgart die Daumen gedrückt hat, wenn ein wichtiges Fußballspiel angesagt war. Und genauso logisch, dass man dafür kein Geld ausgegeben hat. Nicht fürs Daumendrücken, sondern für den Besuch im Neckarstadion. Das wäre ja nochmal schöner gewesen, am helllichten Samstagnachmittag, wenn alle Welt fleißig am Schaffen ist, ins Stadion zu pilgern! Und noch Geld für das Gekicke auszugeben! Das ist auf gar keinen Fall in Frage gekommen. Der Semmles freilich war – willkommene Fügung des Schicksals – nur runde drei Kilometer Luftlinie vom Neckarstadion entfernt. So dass ich, wenn ein Tor gefallen ist, den Jubel der Massen bis hierher habe hören können. Genauso war es nach dem Schlusspfiff, wenn der VfB gewonnen hat.

Aber wehe, der Gegner hat mehr Tore geschossen, als die Heimmannschaft, dann ist es die ganze Zeit über bedrückend still geblieben. Da war nichts zu hören. Eventuell ein Unentschieden? Womöglich ein torloses 0 : 0? Das war das undankbarste Resultat von allen. Nicht nur für die Zuschauer im Stadion, die sich um ihren schönen Torjubel gebracht sahen, sondern auch für den spannungsgeladenen Mithörer im Semmles, der nichts Gutes ahnend im Garten stand und die verschiedenen Möglichkeiten durchgespielt hat. Unentschieden oder Niederlage. Auf keinen Fall konnte der VfB gewonnen haben. Denn kein einziger Jubelschrei war aus dem Neckarstadion in den Himmel gestiegen. Und Nordwind herrschte auch keiner, der den Jubel in die falsche Richtung geweht haben könnte. An solchen Tagen dauerte es dann knappe zwei Stunden, bis ich endlich Gewissheit hatte, ob es ein Unentschieden oder eine Niederlage geworden war. Die Gewissheit kam in Gestalt des Nachbarsohns angetrabt. Das Tagwerk im Semmles war beendet und wir alle in die Gertrudstraße zurückgekehrt. Hier brauchte ich jetzt bloß noch am Fenster stehen und auf den Wolfgang Blumenstock (den Nachbarsohn) zu warten. Denn der hat kein einziges Heimspiel ausgelassen. Der war immer dabei. Und immer mit einer riesengroßen VfB-Fahne bewaffnet. Die er beim Einmarsch in unsere Straße enthusiastisch geschwenkt und stimmgewaltig begleitet hat, wenn der VfB gewonnen hatte. Wenn es nur ein Unentschieden geworden ist, dann war in Sachen Fahnenschwenken eher gebremste Euphorie an der Tagesordnung, aber immerhin: ein kleines laues Lüftchen samt einem unentschiedenen Brummen war schon noch zu verspüren. Am schlimmsten war es aber, wenn Schwabens Fußballstolz eine Niederlage kassiert hatte: dann ist der arme Wolfgang mit tief gesenktem Kopf und eingerollter Fahne stumm wie ein Fisch ins Nachbarhaus geschlichen. Und mein Opa hat mich kurz angestupst und mit einem vielsagenden Kopfnicken in Richtung des am Boden zerstörten Fußballfans gemeint: »Siehsch! Jetzt hat er den Dreck! Der VfB hat verloren und's Geld isch au no weg!«

Wir – beziehungsweise die Großeltern – hatten wie gesagt noch ein zweites großes »Stückle«. Das war der Sonnenbühl in Untertürkheim, auf dem viele große alte Obstbäume standen. Darunter ein Apfelbaum, der für mich als Kind ein kleines Weltwunder gewesen ist. Denn auf diesem Baum sind vier verschiedene Apfelsorten gewachsen. In jede Himmelsrichtung eine andere. Die einen Äpfel waren rot, die anderen gestreift, die dritten gelb und die vierte Sorte, das waren die Lederäpfel mit einer eher bräunlichen Schale. Wie war das möglich? Ganz einfach: der Opa kannte sich bestens aus in Sachen Obstbaumschnitt und Umpfropfen. Das konnten die Gütlesbesitzer damals eigentlich alle. Das war ja Ehrensache. So mancher Baum mit einer schlechten Obstsorte ist so mit einer besseren Sorte hochgetunt worden. Der Vorteil: der Stamm des umgepfropften Exemplars war meistens schon kräftig, weshalb der Ertrag viel früher einsetzen konnte, als wenn man einen neuen Baum gepflanzt hätte, der erst einmal zehn Jahre lang wachsen musste. Neben der ganzen Arbeit saß beim Opa auch immer ein bisschen Schalk im Nacken und so hat er den Baum halt gleich mit vier verschiedenen Sorten bestückt. Was den Vorteil mit sich brachte, dass sie unterschiedliche Reifezeiten hatten und wir wochenlang frische Äpfel direkt vom Baum ernten konnten. Erst die von der gelben Sorte, dann die von der gestreiften und so weiter.

Wenn ich daran denke, wie ich schon seit 15, in Worten: fünfzehn (!) Jahren vergeblich versuche, diesen einen einzigen Apfelbaum am Haus, dessen Äpfel uns nicht schmecken, umzupfropfen … Dann frage ich mich schon, weshalb ich eigentlich nie aufgepasst habe, wenn der Opa umveredelt hat. Das war eine Kunstfertigkeit, die ich erst jetzt, nach zahlreichen eigenen Fehlversuchen, so richtig begreife. Aber es ist längst zu spät, ihn zu fragen.

Der Sonnenbühl also befand sich in Untertürkheim. Und genau das war das Problem. Denn Untertürkheim liegt unten im Neckartal. Das zwei Kilometer entfernte Luginsland dagegen oben am Rand des Talkessels. Von Untertürkheim nach Luginsland geht es ziemlich steil den Berg hoch. Das kommt einem noch wesentlich steiler vor, wenn es darum geht, ein paar zentnerschwere Obstsäcke vom Tal nach oben zu transportieren. Mit dem Auto kein Problem. Ein Auto besaßen die Großeltern aber nicht. Nur ein hölzernes Leiterwägele mit eisenbeschlagenen Reifen. Und so blieb ihnen nichts anderes übrig, als Herbst für Herbst das Leiterwägele mit den Zentnersäcken zu beladen und die Äpfel zum Mosten mühsam den Buckel hoch zu schieben. In der Rückschau staunt man ja schon darüber, wie die Leute das damals alles geschafft haben. Zwei Grundstücke bewirtschaften, alles zu Fuß, außerdem war der Samstagmorgen in der 60er Jahren noch ein regulärer halber Arbeitstag. Aber ein Jammern oder Klagen, das hat es nie gegeben. Wieso auch? Es war halt so – und schließlich hat so ein Stückle ja auch eine gute Ernte gebracht.

Das Grundstück im Sonnenbühl hat der Opa mit seiner Schwester Sophie geteilt. Sophie – was für ein schöner Name! Mit diesem vornehmen französischen Klang. Mögen Sie jetzt vielleicht denken … Aber von wegen französisch! Meine Tante Sophie hat niemand vornehm-französisch angesprochen, sondern bockelhart auf schwäbisch. Und das klang dann doch ziemlich anders. Nicht französisch elegant in die Länge gestreckt. Also nicht mit »ph«, sondern mit kurzem, hartem Doppel-F: Soffi! Sie war halt die Soffi. Erst viele Jahre nach ihrem Tod habe ich mitbekommen, dass sie in Wirklichkeit ja Sophie hieß. Aber kein aufrechtes schwäbisches Breimaul hätte sie in Untertürkheim jemals Sophie genannt. Und falls je doch, dann hätte sie sich höchstwahrscheinlich gar nicht angesprochen gefühlt. Denn sie war keine vornehme Sophie. Sie war eine durch und durch schwäbische Soffi. Ein altlediges Fräulein, winzig, zäh, sparsam – und ein kleines bisschen verschroben. Manchmal ein bisschen zu arg verschroben. Vor allem dann, wenn sie sich wieder einmal – zum heftigsten Missfallen meiner Oma – in Ermangelung einer Toilette mitten auf dem (schmalen) Grasweg zum Grundstück erleichtert hatte. Obwohl doch ihr Bruder auf seinen Teil des Sonnenbühls extra ein Klohäuschen mit Donnerbalken hingebaut hatte – fürs große Geschäft. Aber dann hätte sie den ganzen langen Zugangsweg ja wieder zurück laufen müssen, nur weil sie ausgerechnet jetzt von diesem plötzlichen Drang in den Gedärmen heimgesucht worden war. Die Mühe konnte man sich doch sparen. Außerdem wars Dünger für das Graswegle. Allerbeschter Dünger.
Ansonsten war sie eine herzensgute Frau, die gespart hat, was das Zeug hielt. Einen halben verfaulten Apfel wegschmeißen?

Ha no! Das kam ja überhaupt nicht in Betracht! Und wenn sich der halbierte Apfel in seinem Innenleben als leider schon ziemlich durch den Wind gegangen erwiesen hat: du liebe Güte! An einem fauligen Apfel sei ihres Wissens noch niemand gestorben, hat sie dann gemeint – und die zweifelhafte Köstlichkeit ruckzuck vertilgt. Ohne mit der Wimper zu zucken. Bloß nix verkommenlassen!

Sparen bis zum Abwinken. Die berühmte schwäbische Knickerigkeit, die natürlich ihre jahrhundertelange, bittere Vorgeschichte hat, mit den schwäbischen Hungerjahren ab 1816 als traurigem Tiefpunkt. Als Dutzende verhungert und Hunderttausende ausgewandert sind. Viel Geld hatten die Leute auch in den Jahren danach nicht. Da ist nur durchgekommen, wer »sein Sach'« fleißig zusammen gehalten und eisern gespart hat.
Was Wunder, dass die Soffi eines Tages im hohen Alter mordsmäßig erschrocken ist, nachdem ihr der Doktor eine Arznei verschrieben hat und sie mit dem Rezept zur Apotheke gegangen ist, wo der Apotheker von ihr doch tatsächlich eine Rezeptgebühr verlangt hat. Schlagartig sei sie leichenblass geworden, erzählen Leute, die sie in der Apotheke erlebt haben. Auf keinen Fall könne sie die drei Mark bezahlen, denn sie habe überhaupt kein Geld. Was durchaus glaubwürdig gewirkt haben dürfte, denn wer gesehen hat, was die Soffi am Leib trug, der hat sofort Mitleid mit der offenkundig bitterarmen Frau bekommen. Wenig später ist die Soffi dann gestorben – vielleicht gar an den Nachwirkungen des Apotheker-Schocks. In ihrem Nachlass hat sich ein Sparbüchle gefunden. Darin war eine sechsstellige Summe eingetragen: über 100.000 Mark. Ihr ganzer Stolz. Sparsam bis zum Abwinken. Ahnungslose Nordlichter bezeichnen das als Geiz.
Wir dagegen nennen es die schwäbische DNA.

Mein Opa und seine Schwester stammten ja aus einer alteingesessenen Untertürkheimer Wengerterfamilie. Da war schaffen (arbeiten), schaffen und nochmal schaffen angesagt, wenn man über die Runden kommen wollte. Und natürlich sparen. Den Vater vom Opa und der Soffi haben sie in Untertürkheim zur Unterscheidung von den vielen anderen Haugs dort wegen seines langen, roten Rauschebarts nur den »Barbarossa-Haug« genannt. Und von dem hat sich in unserer Familie die Lebensweisheit erhalten, dass man sich beim Vespern im Wengert möglichst auf einen spitzen Stein setzen sollte, weil das derart unbequem ist, dass man nicht viel Zeit mit dem Vespern verplempert, sondern lieber schnell weiter schafft.

Im Umfeld der Soffi haben sich noch zwei weitere altledige Fräulein bewegt. Das waren die Lydia und die Erna – die Schwestern vom »Munkahans«, der wiederum die andere Schwester meines Opas geheiratet hatte, die Tante Martha. Ich erinnere mich deshalb noch ganz genau an die beiden, weil jede Begegnung mit ihnen eine kleine Sensation gewesen ist. Sie haben nämlich ein kleines, dreirädriges Auto besessen, samt Ladepritsche hinten »fürs Sach'«: vorne ein Rad, hinten zwei. Das Vehikel für sich allein genommen, war schon ein Unikum. Aber dass die beiden ihr Dreirad höchstpersönlich gelenkt haben, das war dann der Gipfel des Fortschritts. Denn eine Frau am Steuer, das war in den frühen 60er Jahren ja eine absolute Seltenheit.

Auch sie haben natürlich eisern gespart, ähnlich wie die Soffi. Warum nur? Sie hatten doch keine Kinder. Die oft gehörten Argumente, die beispielsweise meine Oma immer ins Feld geführt hat, wenn man ihr gesagt hat, sie solle sich doch auch einmal etwas gönnen, und nicht alles aufs Sparbuch einzahlen: »Wir sparen dafür, dass ihr es dann einmal besser habt als wir!«, die konnten bei ihnen also eigentlich nicht gelten. Und trotzdem haben sie gespart wie die Weltmeister. Denn selbst wenn da keine Kinder waren, eine erbberechtigte Verwandtschaft gab es natürlich schon. Und der musste man anstandshalber doch etwas hinterlassen! Wie wäre man denn sonst dagestanden – beziehungsweise von dieser Welt gegangen? So ganz ohne gut gefülltes Sparbüchle?! Nein – eine solche Blamage wollten sich die beiden keinesfalls antun. So ist erst die eine gestorben und hat ihr Sparbüchle der anderen Schwester weiter vererbt. Im hohen Alter ist die zweite Schwester schwer erkrankt. Wochenlang lag sie in ihrem Bett, das nicht mehr unbedingt das allerbeste war. Eine zusätzliche Belastung für den ohnehin schon geschwächten Körper. Worauf eine Besucherin zur (erbberechtigten) Nichte gemeint hat, sie solle für die Tante doch bitte ein besseres Bett anschaffen, damit ihr das Liegen leichter fiele. Kopfschüttelnde Antwort: »Des lohnt sich jetzt nemme, des alte Bett hält die scho no voll aus!« Einige Jahre später hat sich das schwäbische Geizkarussell bei jener Verwandtschaft dann ein kleines Stückchen weitergedreht. Es war am Tag der Hochzeit ihrer Tochter, als wir – zugegebenermaßen zu vorgerückter Stunde und nach dem zweiten oder dritten Glas Wein – dem Bräutigam noch einmal herzlich zur Hochzeit gratuliert haben. Verbunden mit der gespielt-verwunderten Frage, weshalb er, eigentlich doch ein fescher Bursche, ausgerechnet so einen Besenstiel von Frau zum Heiraten ausgesucht habe. Worauf die Miene des frischgebackenen Ehemanns plötzlich ernst geworden ist, während er mit dem Brustton der Überzeugung deklamiert hat:

»Liebe vergeht – Hektar besteht!« Das sollten wir uns gefälligst hinter die Ohren schreiben.

Die Ehe besteht noch immer.

Bärle, Katz und Co

Zurück zum Wohnort Luginsland, genau gesagt in die Gertrudstraße 6. Wo wir gewohnt haben. Haus an Haus mit den Nachbarn. Wir hatten das Eckhaus, so dass wir nur eine direkt angebaute Nachbarschaft gehabt haben. Auf der anderen Seite der Wand haben gleich drei Familien gelebt. Die Familie Bärle, im Stockwerk darüber die Familie Katz und ganz oben im Dach die Scherers: Großeltern, Eltern, Tochter mit Mann und Enkele. Mehr als 120 Quadratmeter dürften es nicht gewesen sein. Für alle drei Familien zusammen natürlich. Aber es war ok so. Die ganz großen, exquisiten Ansprüche an die Wohnfläche hatte man seinerzeit noch nicht. Hauptsache, ein Dach über dem Kopf. Ein eigenes.

Uns gegenüber auf der anderen Straßenseite hat die Familie Hammer gewohnt, die in Untertürkheim ein Bekleidungsgeschäft geführt hat. Um die geneigte Nachbarschaft immer wieder an diese schöne Tatsache zu erinnern, hat man extra an der Straßenecke auf dem Grundstück der beiden (altledigen) Fräulein Warth eine Vitrine aufgestellt, in der die wunderbare Mode ausgestellt war, die es im Geschäft der Hammers in Untertürkheim zu kaufen gab. Und genau das war das Problem. Denn einerseits war es natürlich eine gewisse moralische Verpflichtung, bei der Nachbarschaft einzukaufen, andererseits … waren die Kleidungsstücke nicht gerade extrem preiswert und entsprachen auch nicht unbedingt dem Geschmack meiner Großeltern. Und schon gar nicht dem meiner Mutter. Aber die gutnachbarlichen Beziehungen aufs Spiel setzen und anderswo einkaufen? Guter Rat war teuer. Also hat man halt, wenn die Hammers wieder ihre Hammer-Sparpreise im Winterschlussverkauf prä-

sentiert haben, zähneknirschend einen Pullover erworben oder eine Jacke, die dann freilich ein genauso unbeachtetes wie tristes Dasein im Kleiderschrank gefristet haben, ehe sie ein paar Jahre später anlässlich einer Kleiderspendeaktion für Erdbebenopfer auf Nimmerwiedersehen verschwunden sind.
Eine zweite Variante in diesem Katz-und-Maus-Spiel gab es auch noch: man hat den bei der Konkurrenz gekauften, neuen Pullover einfach unter einer alten Jacke versteckt, bis sich im Lauf der Zeit eine gewisse Patina über die Sache gelegt hat und die Hammers nicht mehr allzu säuerlich reagieren konnten, wenn sie mit ihren Adleraugen den alten, ganz offenkundig nicht bei ihnen erstandenen Pullover erspäht haben. Denn wer würde sich wegen einem alten Pullover noch großartig echauffieren?

Zum guten Glück war ich bei der ganze Sache weitgehend außen vor. Denn Kinderkleider hatten wir noch genug von meinem Vater. Die brauchten nur ein bisschen umgenäht zu werden. Und alten Kleiderstoff gabs es auch noch. Ebenso eine Nähmaschine. Gegen diese ehrenwerte Form von Sparsamkeit konnte die Hammers natürlich schwerlich etwas einwenden oder gar die Beleidigten spielen. Das ging nicht. Und so konnte ich vom Frühjahr bis in den Herbst hinein mein geliebtes grasgrünes Latzhösle anziehen, ersatzweise das hellbraune, wenn das grasgrüne grade in der Wäsche war. So war kleidungstechnisch alles in bester Ordnung – bis auf die Sonntage. Wenn es nämlich zu irgendwelchen Familienfeiern ging und ich die kratzige lange Festtagshose anziehen musste, die nicht von der Oma genäht, sondern bei den Nachbarn gekauft worden war. So viel fürs Erste. Eine etwas ausführlichere Beschreibung meiner Familienfeiermartyrien kommt dann gleich.

Zunächst muss ich noch vom Sohn der Hammers erzählen. Denn der Heinz war Anfang der 60er Jahre der Superheld von

Luginsland. Kein Wunder, Heinz war Pilot bei der Bundeswehr. Einer von denen, die sogar einen jener Düsenjäger fliegen durften, die am Himmel plötzlich für diesen gewaltigen Überschallknall gesorgt haben, bei dem Tausende auf dem Boden erschrocken zusammengezuckt sind. Das war damals ja schon beinahe alltägliche Routine. Und dennoch ist man immer wieder aufs Neue zusammengefahren, wenn es ohne jede Vorwarnung geknallt hat. Dazu alle paar Monate der Probelauf der Sirenen mit ihrem sich durch Mark und Bein ziehenden Heulton. Schauderhaft! Aber es war ja die Zeit des Kalten Krieges, die Zeit der Starfighter, dieser berüchtigten Kampfjets des amerikanischen Flugzeugherstellers Lockheed, die vom damaligen Verteidigungsminister Franz Josef Strauß angeschafft worden waren und für heftige politische Debatten gesorgt haben. Denn die superschnellen F 104 Düsenflieger haben haben unter dem zynischen Spottnamen »Fliegende Witwenmacher« schon bald eine traurige Berühmtheit erlangt: innerhalb von 20 Jahren sind von den 916 Starfightern der Luftwaffe 269 abgestürzt.

Heinz Hammer, der Nachbarssohn, ist im Jahr 1964 mit seinem Jet tödlich verunglückt. Die gigantische Trauerfeier auf dem Untertürkheimer Friedhof vergesse ich nie. Heerscharen von mit Orden und Lametta bedeckten Uniformträgern standen mit bedeutungsvollen Mienen vor dem Sarg des großen Piloten, der im Dienst fürs Vaterland gestorben sei und dessen Heldenmut man niemals vergessen werde – diesen und noch viel mehr unsäglichen Quatsch haben sie von sich gegeben. Was mich schon in meinen jungen Jahren allem Prunk, Protz und Pomp zum Trotz doch einigermaßen verwundert hat. Denn wie konnte man allen Ernstes so etwas sagen? Im Angesicht der am Boden zerstörten Eltern, der hemmungslos weinenden Frau und des Kindes, das nun keinen Vater mehr hatte.

Gestorben für Volk und Vaterland! Na wunderbar! So wie ich den Heinz kennengelernt hatte, hätte der viel lieber noch ein paar Jährchen mit seiner Familie gelebt, als ein pompöses Heldenbegräbnis gesponsert zu bekommen.

Jetzt aber wieder auf die andere Straßenseite, in die Gertrudstraße 6. Da bin ich aufgewachsen. Und weil, wie ich vorher beschrieben habe, meine Mutter im Probierstüble in Untertürkheim gearbeitet hat, wurde ich von meiner Oma unter die Fittiche genommen. Der war das nur recht, denn so konnte sie ihr zunächst einziges Enkele, ihren ganzen Stolz, auch in ihrem Sinne erziehen. Wer weiß, was die fränkische Schwiegertochter sonst aus dem netten Büble gemacht hätte! Kein Wunder, dass mein Verhältnis zur Oma Emma immer ein ganz besonders inniges gewesen ist. Die Emma Haug freilich war eine recht resolute Person, das habe weniger ich, sondern vielmehr ihre Kunden beim Wein– oder Bierkauf erfahren können. Denn die Großeltern haben nebenher noch Getränke verkauft.

Der Opa war als Sohn eines Wengerters und aus alter Verbundenheit stolzes Mitglied der Weingärtnergenossenschaft Untertürkheim. Im Vorgarten unseres Hauses stand deshalb ein Schild: »Hier Abgabe von Flaschenwein«. Wein in Flaschen war damals noch etwas Besonderes. Flaschen sind erst nach dem 2. Weltkrieg so richtig in Mode gekommen. Vorher hatte man sein (Holz)fäßle im Keller mit dem Wein drin. Aber in Zeiten, in denen immer mehr Eigentumswohnungen und Häuser ohne Keller gebaut wurden, war es notwendig, den Wein mehr und mehr in Flaschen abzufüllen. Natürlich hat der Opa Gustav ausschließlich den Wein von der Genossenschaft in Untertürkheim verkauft, das war ja klar. Mittlerweile nennt sich die Genossenschaft »Weinmanufaktur«.

Wenn das mein Opa wüsste …

Neben dem Wein gab es wie gesagt auch noch einen Bierverkauf. Das Bier kam von der Brauerei »Bräuchle« inMetzingen. Naturgemäß hat mich als Kind weniger der Gerstensaft als solcher, sondern vielmehr das Etikett interessiert. Das war so ein komischer Springbock mit ganz langen Hörnern, der über einen Krug mit schäumendem Bier gehüpft ist. Warum auch immer. Jedenfalls war das ein Markenzeichen, das einem im wahrsten Sinn des Wortes ins Auge gesprungen ist. Die Brauerei in Metzingen gibt es jammervollerweise schon längst nicht mehr. In der 70er Jahren sind die Produktionsanlagen abgebaut und nach China verkauft worden. Die Marke als solche ist inzwischen aber wiederbelebt worden: im Zuge der Nostalgiewelle, die gerade über die schwäbischen Biertrinker hinweg schwappt, gibt es wieder Bierflaschen mit dem »Bräuchle«-Springbock drauf. Immerhin.

Natürlich hat der Getränkeverkauf zu den üblichen Zeiten stattgefunden. Welche das sein sollten, stand nicht auf der Tafel im Garten. War auch nicht nötig, denn es war ja klar, wann man morgens schon klingeln konnte und wann abends nicht mehr. Und der ohnehin ziemlich überschaubare Kreis der Kunden hat sich dran gehalten, dafür hat schon die strenge Miene meiner Oma gesorgt, falls es mal knapp geworden ist mit der Zeit. Na ja ... natürlich gab es, wie überall, auch in der Gertrudstraße einen, der in schöner Unregelmäßigkeit aus der Reihe getanzt ist. Das war der Nachbar Richard Blumenstock (der Vater vom VfB Fan), ein seelenguter Kerle, der halt immer einen guten Durst gehabt hat. Eigentlich war er unser bester Kunde, weswegen ihn die Oma ja ruhig ein bisschen milder hätte behandeln können. Aber Sonderbehandlung oder Vitamin B, so etwas gab es bei uns im Haus nicht. Manchmal also hatte sich der Richard in Sachen Durst an einem Samstagabend verkalkuliert – und nun wäre guter Rat teuer gewesen ... hätte es nicht den benachbarten Getränkehandel der Großeltern Haug gegeben. Was also tun, um am Abend nicht auf dem Trockenen sitzen zu müssen? Klar: Schnell rüber zu den Haugs und zwei Flaschen Trollinger kaufen. Und das am heiligen Samstagabend! Nach dem samstäglichen Bad! Der Richard B. war sich der drohenden Gefahren, in die er sich begeben würde, vollkommen bewusst. Aber egal. Das war jetzt schlichtweg Abwägungssache. Denn wenn es um den Durst ging, dann hieß es, den Arsch in der Hose fest zusammen kneifen, auf die Haugsche Haustürklingel drücken, eine Demutsmiene aufsetzen und die Ohren auf Durchzug stellen. Und das Donnerwetter, das in Gestalt der Oma Emma über ihn herein brach, war kein kleines. Was ihm eigentlich einfalle, so spät noch zu klingeln, wo doch jeder anständige Mensch längst frisch gebadet zuhause sitze und sich auf einen ruhigen Samstagabend freue?! Ob er sich denn nicht vorher überlegen könne, wie viel er für seine Sauferei einkaufen müsse und überhaupt … und so weiter und so fort. Der Richard hat den Hagelsturm jedes Mal tapfer über sich ergehen lassen, denn es ging ja um das große Ganze. Sprich: um den Trollinger. Und siehe da: der Racheengel hatte ein Einsehen mit dem verdurstenden Nachbarn und hat dem freudestrahlenden Richard seine zwei Flaschen Trollinger in die Hand gedrückt. Nicht ohne streng hinzu zu fügen, dass es dieses Mal jetzt aber wirklich das alleralerletzte Mal gewesen sei. Er solle bloß nicht glauben, dass er morgen Abend schon wieder zu einer unchristlichen Uhrzeit aufkreuzen könne. Damit sei jetzt endgültig Schluss. Der Richard hat es fest versprochen und sich tapfer daran gehalten. Bis zum nächsten Samstag.

Der Sohn vom Richard, also der Wolfgang (der mit der VfB Fahne), war ungefähr gleich alt wie ich. Und da wir in der Nachbarschaft gewohnt haben, sind wir auch gemeinsam in die Schule gegangen und haben mittags »auf der Gass« zusammen gespielt. In meinen ziemlich frühen Jahren, wir waren gerade eingeschult worden, war der Wolfgang in gewisser Hinsicht eine

Art Katalysator für eine Charaktereigenschaft von mir, die ich mein Lebtag lang nicht mehr ablegen sollte. Ob zu meinem Vorteil oder zu meinem Nachteil, darüber kann man durchaus geteilter Meinung sein. Denn diese Eigenschaft hat sich dahin gehend relativ schmerzhaft bemerkbar gemacht, dass ich oft Prügel bekommen habe. Nicht vom Wolfgang, sondern wegen ihm. Wie das? Ganz einfach: der Blumenstock Wolfgang hatte als Kind einen leichten Sprachfehler. Er konnte beispielsweise nicht Gunter sagen, weil er das »G« einfach nicht über die Lippen brachte. Das hörte sich immer ganz eigenartig an. Eher wie »Under« anstelle von Gunter. Mir war das ziemlich einerlei, ich hatte mich längst dran gewöhnt – aber als wir in die Schule gekommen sind, da haben sich die Mitschüler über den Sprachfehler vom Wolfgang lustig gemacht. Er hat das mit dem »G« einfach nicht hinbekommen, obwohl er sogar in ein spezielles Sprachtraining gegangen ist. So sehr er sich auch angestrengt hat: das »G« wollte nicht über seine Lippen gehen. Und deswegen haben ihn die lieben Schulkameraden gerne gehänselt. Vor allem in der Pause und auf dem Nachhauseweg. So eine unverschämte Bagage! Bloß, weil der arme Kerl nicht hundertprozentig richtig sprechen konnte! Irgendwann sind dem Wolfgang dann die Tränen gekommen. Und bei mir ist der Kragen geplatzt. Ich habe die Schandmäuler zur Rede gestellt und ihnen heftige Prügel angedroht, sollten sie es noch einmal wagen … Dummerweise waren sie in der Überzahl: Fünf gegen Zwei. Aber das war mir egal, derart aufgebracht, wie ich war. Und so nahm das Verhängnis seinen Lauf. Zunächst gab ein Wort das andere. Relativ zügig sind wir dann in Phase zwei gewechselt: anstelle des Austauschs von mehr oder minder passenden Tiernamen für die jeweilige Gegenseite waren jetzt die handfesteren Argumente an der Reihe. Wie gesagt: Fünf gegen Zwei. Das musste noch lange nicht den Untergang bedeuten. Ach was: Mit einer energischen Gegenwehr müsste es mir möglich sein, mich in der Senkrechten zu halten. Dumm nur, dass der Wolfgang, kaum waren die ersten Fäuste geballt worden, Reißaus genommen hatte. Den Ballast in Form seines Schulranzens hatte er vorher abgeworfen. Unglaublich, wie schnell ein Mensch sprinten kann, wenn er glaubt, der Teufel sei hinter ihm her! Folglich lautete das Kräfteverhältnis jetzt Fünf zu Eins. Und da war dann wirklich kein Blumentopf mehr zu gewinnen. Mit anderen Worten: ich bin nach allen Regeln der Kunst verdroschen worden. Als ich schließlich eine Viertelstunde später als üblich, endlich daheim aufgetaucht bin, Rotz und Wasser heulend und mit zwei Schulranzen auf dem Buckel, dem vom Blumenstocks Wolfgang (den ich Depp ihm sogar noch hinterher getragen habe) und meinem, da habe ich von der Oma gleich noch eine Strafe verpasst bekommen: das Mittagessen war ersatzlos gestrichen. »Marsch, hoch auf Dein Zimmer und denk drüber nach, wie blöd ein einzelner Mensch eigentlich sein kann!« Was sie besonders wütend gemacht hat: mir war das nicht zum ersten Mal passiert. Und eben auch nicht zum letzten Mal. Diese fatale Eigenschaft, für andere einzustehen und als eine Art »Robin Hood für Arme« dann die Prügel zu kassieren, während diejenigen, um die es eigentlich ging, schon längst das Weite gesucht haben, hat mich mein Lebtag lang begleitet. Das wars, was die Oma zur Weißglut getrieben hat. »Irgendwann muss man doch mal schlau werden!« Bin ich nicht geworden. Aber wer kann schon gegen seine Gene ankämpfen?

Einen Nutznießer gab es natürlich immer: anfangs hieß der Wolfgang, später sind andere Namen dazu gekommen. Welche? Längst vergessen. Egal! Schwamm drüber. Ich habs ja überlebt. Und was uns nicht umbringt, macht uns stärker. Nicht wahr? Eben!

Wo waren wir stehen geblieben? Richtig: in der Gertrudstraße. Wir haben dort neben Bier und Wein auch noch einen »Markt« gehabt, was bedeutete, dass wir Gemüse, Salat und Beeren aus dem eigenen Garten verkauft haben, was den durstigen Richard freilich eher wenig interessiert hat. Die beiden Fräulein Warth aber umso mehr. Vor allem wegen der Preise, die wir verlangt haben. Die Fräulein Warth, das waren Schwestern, zwei altledige Fräulein, die oben am Eingang der Gertrudstraße ihr Haus hatten. In der Garage daneben haben sie eine Ziege und einen (fürchterlich stinkenden) Geißbock gehalten. Und zwar bis weit in die 60er Jahre hinein, wenn nicht sogar bis Anfang der 70er Jahre. Direkt neben dem Geißenstall haben die Fräulein Warth einen kleinen Verkaufsstand für Salat, Äpfel und Gemüse gehabt. Deshalb das Interesse an unserer Preisgestaltung. Und umgekehrt natürlich genauso. Wobei sie aber deutlich größere Mengen umgesetzt haben, denn sie hatten weiter oben in der Gartenstadt noch eine zweite Garage zu einem Verkaufsladen umfunktioniert.

Manchmal konnte es passieren, dass sie ihr Leiterwägele am Abend mitsamt den nicht verkauften, in der Hitze des Tages schon etwas »lommelig« gewordenen (lädierten) Salatköpfen, mit geknickten Mienen nach Hause gezogen haben. Wer nun aber glaubte, dass jetzt wenigstens die Geißen vom mangelnden Verkaufserfolg hätten profitieren können, der sah sich genauso getäuscht, wie die hungrigen Geißen. Denn die Fräulein Warth haben aus der Not grundsätzlich eine Tugend gemacht: Die äußeren Salatblätter sind zunächst, so sparsam wie nur irgend möglich, entfernt worden, anschließend ist der leicht angebraunte Salatkopf kurz in den Wassereimer getunkt worden (in den, aus dem die Geißen getrunken haben) und schon hat der »grüne« Salat wieder etwas hergemacht. Jetzt konnte man ihn am nächsten Morgen durchaus noch einmal anbieten. Dieses Spiel hat sich fast allabendlich wiederholt.

Der Höhepunkt des Salattunings war übrigens immer dann erreicht, wenn einer der ahnungslosen Kunden sich Tage später über den ganz besonderen Geschmack ausgelassen hat, den der Salat auf dem Gaumen hinterlassen habe. Ja, hat da eines der Fräulein Warth immer eifrig genickt, so seien sie jetzt eben, die neuen Salatsorten. Viel schmackhafter, als die alten. Rot geworden ist sie dabei nie.

Eigentlichhabeichdiebeidenganzgernegemocht. Auch wenn ich nicht unbedingt ihre unmittelbare Nähe gesucht habe. Schon deshalb nicht, weil so ein Geißbock einen ziemlich durchdringenden Geruch verströmt, der auf der Skala meiner Lieblingsdüfte nicht unbedingt ganz weit oben zu finden ist. Und wenn du so einen Geißbock in der Garage hast, dann bleibt es nicht aus, dass ein Teil des Duftes auch auf den Nutzer der Garage und seine Kleider hernieder strömt. Worin er sich dann hartnäckig-festkrallt. Aber nun gut.

Wir waren also sozusagen Kollegen. Die Fräulein Warth und meine Großeltern. Beziehungsweise ich. Denn ich war ja derjenige, der für die Expansion zuständig war. Zumindest in jenen Jahren, in denen der Garten besonders viel Ertrag abgeworfen hat. Dann hat es nämlich nicht gereicht, den »Markt« vom Haus aus zu betreiben. Dann war Aktivität gefragt. Und das hieß, dass die Großeltern ihr Leiterwägele zum mobilen Marktstand umfunktioniert haben. Also wurden die ganzen schönen Erzeugnisse dort hinein geladen, zusätzlich wurde das Wägele mit einer Küchenwaage bestückt – und ab ging es ins Zentrum von Luginsland. Wenn Ferien waren, durfte ich der Verkäufer sein. Ich hab das liebend gern gemacht: die Gürkle verkaufen, die Breschtling (Erdbeeren), die Klaräpfel, die Birnen, Bohnen (die ich damit nicht selber essen musste), Zwetschgen, Tulpen und Gladiolen. Die einen Stückweise, die anderen Pfundweise. Um den Verkaufserfolg ein bisschen zu befördern, habe ich vorher immer beim »Konsum« geguckt, zu welchem Preis der seine Äpfel, Bohnen und Birnen angeboten hat. Bei mir war dann alles ein paar Pfennige billiger. Besser sowieso. Keine Frage. Diese Taktik hat sich durchaus bewährt, solange ich mich nicht, wie einmal geschehen, mit meinem Leiterwägele und den Dumpingpreisen direkt vor dem Eingang vom »Konsum« aufgebaut habe. Da haben sie mich dann davon gejagt. Und so bin ich eben an meinen angestammten Platz weitergezogen, den an der Ecke der Goldbergstraße bei der Post, gleich neben dem Verkaufsstand der Fräulein Warth. Damals habe ich mich noch gewundert, dass mich die eigentlich sonst immer ganz freundlich dreinschauenden Fräulein etwas verdrossen beäugt haben. Ich konnte mir keinen Reim darauf machen, warum das so war. Heute, wenn ich diese Zeilen niederschreibe, beschleicht mich jedoch eine vage Ahnung, woran das wohl gelegen haben mag.

Lange habe ich nie darüber nachgrübeln können, denn kaum hatte ich das Leiterwägele strategisch geschickt postiert, die Küchenwaage auf das Nudelbrett gehievt, die Preisschilder verteilt (nicht ohne nochmal einen verstohlenen Blick auf die Preisgestaltung der Konkurrenz zu werfen), da ging es normalerweise auch schon los. »Send die Breschtling ganz frisch?« (Sind die Erdbeeren ganz frisch?). »Habt ihr scho Goißhirtla? (eine frühe Stuttgarter Birnensorte)«. »Hosch vielleicht au Guggommer (kleine Gurken) dabei?«. »Gibt's bei Euch demnäggscht Krombira (bald Kartoffeln)?«

Ich hatte alles – und falls nicht, dann zumindest eine Antwort. Und so hat mich der Markt mit meinem Leiterwägele ganzgute Verkaufserfolge erzielen lassen. Das lag allerdings nicht nur an meiner erstklassigen Ware und meiner Großzügigkeit, weil ich immer noch einen Apfel draufgelegt, eine Handvoll Bohnen extra dazugegeben und eine Birne großzügig zum Probieren angeboten habe, sondern vor allem an meinen Lockenhaaren. Hauptsächlich bei den älteren Damen meiner Kundschaft (und die waren in der absoluten Überzahl) waren meine Locken der absolute Hit. Alle wollten sie unbedingt einmal über die herrlichen Locken streicheln. »So an schöner Lockabua!« Wo ich meine lockigen Haare in Wahrheit doch gehasst habe! Aber nun denn: im Interesse des gesteigerten Umsatzes habe ich halt – im wahrsten Sinn des Wortes – meinen Kopf hingehalten. Und Laute des Entzückens sind nun an meine erstaunten Ohren gedrungen. Was aber konnte an diesen welligen, widerspenstigen Haaren schön sein? »So schöne Locken hätte ich auch gern. Dann könnte ich mir die Dauerwelle sparen!« Aha! Ich dagegen hätte viel lieber ein Glätteisen besessen. Oft haben mir die dauerwelligen Damen zusätzlich zu ihrem (jetzt tatsächlich) üppigen Einkauf vor lauter Begeisterung sogar noch eine Tafel Schokolade geschenkt. Was sie danach mit den Tonnen von Bohnen, Birnen und Äpfeln gemacht haben, die sie mühselig nach Hause schleppen mussten, das entzieht sich meiner Kenntnis. War mir ja auch egal. Hauptsache, mein Umsatz war dank der Streicheleinheiten ordentlich in die Höhe geschnellt.

A propos Schokolade: eine der Nachbarinnen in der Gertrudstraße, die Frau Frank, die an der Ecke gegenüber den Fräulein Warth gewohnt hat, die war besonders süchtig nach mir und meinen Lockenhaaren. Von der Frau Frank habe ich grundsätzlich eine Tafel Schokolade bekommen, wenn sie mich entdeckt hat. Natürlich nie, ohne mir vorher ausgiebig über die Locken gestreichelt zu haben. Und zur Verabschiedung hat sie immer diesen merkwürdigen Spruch rezitiert, den sie mir damit auf ewige Zeiten ins Gedächtnis gebrannt hat: »Gehen wir, sagtder Scheich zum Emir.« Was auch immer das heißen sollte. Seitdem muss ich geradezu zwanghaft an den Emirspruch denken, wenn jemand die Worte fallen lässt: »Gehn wir … sagt der Scheich zum Emir«, murmle ich dann stumm in mich hinein. Und denke dabei an die Frau Frank, an die Schokolade und an ihre Locken-Streicheleinheiten, bei denen ich so tapfer still gehalten habe. Was tut man nicht alles für eine Tafel Schokolade, die

übrigens bei der Frau Frank grundsätzlich aus dem Kühlschrank kam und deshalb (Gourmettipp!!) besonders gut geschmeckt hat.Im Laufe der Jahre bin ich größer und die Streicheleinheiten weniger geworden.
Was nicht nur für meine Zähne gut war.
Irgendwie ist es aber wohl doch zu einer Überdosis gekommen. Denn bis heute kann ich es nicht ausstehen, wenn mir jemand über die Haare streicht! Erst recht nicht, wenn es danach keine Schokolade zur Belohnung gibt!

Überhaupt: die Haare! Diese elendigen Locken! Wo ich doch immer einen Scheitel hatte haben wollen. Denn so ein schöner, glatter Seitenscheitel, das war damals in. So, wie ihn alle hatten. Bloß ich nicht! Denn mit Locken geht das nicht. Da bekommt man höchstens Schokolade. Aber Seitenscheitel ist nicht drin. Wollte ich aber unbedingt haben. Einmal, ich glaube es war beim Friseur Ungericht in Untertürkheim, habe ich so lange ein solches Theater vollführt, bis der verzweifelte Figaro mir die Haare stoppelkurz rasiert hat, dann schnell Wasser drauf gesprüht, gekämmt: fertig war mein Scheitel. Und ich stolz wie Oskar! Endlich ein Seitenscheitel! Keine fünf Minuten folgte die Ernüchterung auf dem Fuß, denn kaum waren die Haare an der frischen Luft getrocknet, da haben sie sich wieder aufgestellt. Und nicht nur das: sie haben gleich wieder versucht, sich fröhlich zu Locken zu kringeln. Was aufgrund der stoppelkurzen Frisur jedoch nur zur Hälfte gelungen ist. Dafür hat es jetzt ganz besonders dämlich ausgesehen. Aber nicht nur das! Ich bin gleich doppelt bestraft worden: Denn meine Mutter, die mich zum Friseur begleitet hatte und der das ganze Theater natürlich hochnotpeinlich gewesen ist, hat mir, kaum war bezahlt und wir zur Tür draußen, zu allem Überfluss auch noch den Hintern versohlt. Der schöne Scheitel war weg, dafür hat mir jetzt der Allerwerteste weh getan! Super!

Kein Wunder, dass ich seitdem an einem Friseurtrauma leide. Ein Trauma, das sich in Lauf meiner Kindheit noch weiter gesteigert hat. Einmal nämlich hat mich die Oma wieder zum Friseur geschickt, dieses Mal nach Luginsland. Zu dem Haarkünstler vorne an der Bushaltestelle. Eine Viertelstunde später war ich schon wieder zuhause. Alles war ratzfatz gegangen. Angekommen – drangekommen. So, wie ich das heute noch mag. Keine lange Warterei, kein großes Brimborium, sondern zackzack die Haare geschnitten und fertig. Die Oma hat dementsprechend verwundert geguckt. Erst verwundert, dann verärgert. Schließlich hat sie den Kopf geschüttelt und gemeint: »Der hat ja gar nix weggeschnitten! Jetzt gehst du sofort noch mal hin und sagst dem Friseur einen schönen Gruß von mir und dass er gefälligst auch für fünf Mark runterschneiden soll!«

Als braves Enkele habe ich den Befehl der Oma natürlich wortgetreu an den Meister der Schere weiter gegeben. Was glauben Sie, wie ich danach ausgesehen habe! Im schwäbischen nennt man so was ein Käpsele. Hochdeutsch sagt man dazu: kahlgeschoren. Jedenfalls musste ich dann monatelang nimmer zum Friseur gehen – so lange hat der Kahlschlag gehalten. Mein Trauma war damit zementiert: seit damals gehe ich nicht mehr gerne zum Haareschneiden.

In den späten 60ern, Anfang der 70er, geschah dann das Wunder: plötzlich waren Scheitel out und Locken in. Jimmy Hendrix und so. Plötzlich galt das als cool – und ich … wäre der Obercoolste gewesen, wenn ich die Haare hätte so lange wachsen lassen dürfen, wie der Jimmy Hendrix. Aber da hatte mein Vater was dagegen. »Willst du etwa aussehen, wie ein Gammler?« und: »Du kannst deinen Putzwollenkopf ruhig mal wieder zum Friseur schleppen!« Mit solchem verbalen Sperrfeuer wurde mein Kampf um jeden Millimeter Haarlänge seinerzeit gekontert. Und immer dann, wenn sich die Haare endlich über die

Ohren gelegt hatten, war der nächste Gang zum Friseur überfällig. Was mein Verhältnis zu diesem ehrenwerten Berufsstand auchin den späten 60ern und frühen 70ern nicht unbedingt befördert hat.

Mitte der 70er, als mein Kampf um die Haarlänge wg. Volljährigkeit dann endlich ausgefochten war, folgte das ungläubige Erstaunen. Eines Tages, als ich mich missmutig wieder einmal zum Figaro geschleppt hatte, erblickte ich auf dem Nachbarstuhl einen Menschen mit Lockenwicklern in den Haaren. Einen Mann! Einen, den ich flüchtig kannte. Vom dem ich wusste, dass er stolzer Scheitelträger war. Beziehungsweise gewesen war. Denn der ließ sich jetzt um teuerstes Geld in einer stundenlangen Prozedur und mit einer Eselsgeduld Locken in seine schönen glatten Haare drehen. Minipli hießen diese Dinger, mit denen die Männer plötzlich meinten, durch die Weltgeschichte rennen zu müssen! Ausgesehen hat das, als hätten sie in der Mikrowelle übernachtet! Da waren ja sogar meine Locken noch schöner!

Du liebe Güte! Wenn ihr wüsstet, wie dämlich das ausschaut – dachte ich kopfschüttelnd und habe auf dem Weg dieser Erkenntnis allmählich meinen Frieden mit den widerspenstigen Lockenhaaren gemacht. Außerdem ist so ein Putzwollenkopf eigentlich ganz praktisch, denn weil die Haare sowieso in alle Richtungen abstehen, ist das mit dem Kämmen eine ziemlich easy Sache. Der allmorgendliche Kampf um einen korrekten Scheitel bleibt unsereinem jedenfalls erspart. Einmal schnell mit der Bürste drüberziehen und fertig ist die Lockenpracht.

Schimmel macht gscheit

Kennen sie den Spruch, den man früher immer rezitiert hat, wenn sich das Kind einen Schluckauf eingefangen hatte, einen Hickser – schwäbisch Häcker genannt? Dann gab es – bei uns in Stuttgart jedenfalls – den Rat: »Du musst jetzt erst so lange wie möglich die Luft anhalten und dann dreimal ›Häcker spring übern Necker‹ sagen – und zwar ganz schnell hintereinander. Danach ist der Häcker ruckzuck weg.« Aha: Necker. Das sollte wohl, habe ich messerscharf kombiniert, Neckar heißen, auf gut schwäbisch »Necker« ausgesprochen. Also dann: folgsames Kind, das ich nun mal gewesen bin, habe ich den Ratschlag natürlich befolgt. Genauso gutgläubig, wie ich mir gegen meine Rossmucken wochenlang das Rebenwasser ins Gesicht habe schmieren lassen.

Dummerweise hat mich der Häcker trotzdem nicht losgelassen – egal wie oft ich das Sprüchle auch aufgesagt habe. Eher im Gegenteil. Der saudumme Häcker ist gekommen und gegangen, wann er wollte. Inzwischen war mir vom vielen Luftanhalten aber ziemlich schwummerig geworden, so dass ich mich meistens bereits in einer Art Wachkoma befunden habe, bis der blöde Hickser endlich von mir geschwunden ist. Aber nicht etwa wg. Luftanhalten und Sprüchle aufsagen. Sondern einfach so. Diese Erkenntnis ist mir freilich erst sehr viel später gedämmert. Jahrelang habe ich an die alte Weisheit aus dem Schatzkästlein der Volksmedizin geglaubt.

Und immer wieder habe ich meine Tippgeber befragt, woher eigentlich dieser seltsame Name käme? Das hat aber niemand gewusst. Das sei halt einfach so, hieß esachselzuckend.

Mich hat die Frage aber nie losgelassen, bis mir endlich, während des Geschichtsstudiums in Tübingen ein Licht aufgegangen ist. Häcker. Das klingt ja im Schwäbischen normalerweise genau gleich wie Hecker. Ein schwäbisches Breimaul kann da nicht mit einer feinziselierten sprachlichen Differenzierung aufwarten. Und eine badische Zunge übrigens genauso wenig. Damit auch das geklärt ist!

Also: mit dem Häckerspruch hat es folgende Bewandtnis. Der Friedrich Hecker aus Eichtersheim bei Sinsheim war einer der tragischen Helden in der Deutschen Revolution 1848 / 49. Als sein Revolutionsheer in der Schlacht von Waghäusel von den Preußen vernichtend geschlagen worden war, blieb ihm und den Seinen nur die Flucht ins Ausland. Wenn man ihn ergriffen hätte, dann wäre es sein sicherer Tod gewesen. Folglich hieß es: »Hecker, spring über den Neckar. Da bist du dann in Freiheit«. Denn der Neckar hat in jenen Zeiten in der Nähe von Heidelberg die Grenze zwischen dem Großherzogtum Baden, Hessen und dem Königreich Württemberg markiert. Weil das aber eine eher kleine Grenze gewesen ist, ging der Spruch sinnvollerweise noch weiter. »Hecker, spring über den Necker. Spring über den Rhein – aber fall nicht hinein!« Anscheinend hat er den Tipp beherzigt, denn er hat den Preußen ja tatsächlich entkommen können. Im Exil in den Vereinigten Staaten von Amerika hat er später – wie viele andere ehemalige 48er Revolutionäre auch – im dortigen Bürgerkrieg gegen die Sklaverei gekämpft und ist als General der Nordstaatenarmee zu höchsten Ehren gelangt. Im Lauf der vielen Jahre, die seitdem vergangen sind, ist dann halt aus dem badischen Hecker irgendwann der schwäbische Schluckaufbekämpfer Häcker geworden. Und selbst wenn mir das schöne Sprüchle leider nie etwas genützt hat: gut, dass dem wackeren Freiheitskämpfer auch auf diese Art und Weise ein kleines Denkmal gesetzt worden ist. Schade nur, dass die wenigsten wissen, was dahinter steckt. Aber meine LeserInnen brauchen jetzt ja nur diese Zeilen hein bisschen weiter zu verbreiten.

Übrigens: was sich so unbekümmert und schnodderig liest, ist natürlich in Wahrheit eine ganz und gar ernste Angelegenheit. Eine lebensgefährliche sogar. Ich habe mich nämlich schlau gemacht. Und dabei heraus gefunden, dass der längste Schluckauf der Welt vom Jahr 1922 bis zum Jahr 1991 gedauert hat. Vielleicht auch nur gedauert haben soll. Denn sage und schreibe 69 Jahre lang mit einem Häcker durch die Weltgeschichte zu stolpern, das stelle ich mir alles andere als lustig vor. Also, ich weiß nicht… Laut Guinessbuch der Rekorde hat es das Opfer aber tatsächlich gegeben. Einen Menschen namens Charles Osborne, der sich den Hickser im Alter von 28 Jahren eingefangen hat und ihn bis zu seinem Tod nicht mehr losgeworden ist. Da sind dann hochgerechnet gut und gerne 480 Millionen Hickser zusammen gekommen. Hätte der arme Tropf doch nur das Sprüchle vom Friedrich Hecker gekannt und es halt ein paar Jahre lang (samt Luftanhalten) tapfer vor sich hergebetet. Ich glaube kaum, dass sein Hickser das 69 Jahre lang ausgehalten hätte.

Wenn wir jetzt schon bei den alten Volksweisheiten sind: im Haugschen Haushalt der beginnenden 60er Jahre gings bekanntlich ziemlich »päb« zu. Sparsam also. Logo. Schwäbische DNA und so. Schimmliges Brot wegwerfen? Aber bloß nicht! Da schneidet man halt ein bissle was weg, dann ist es sogar noch viel besser, als ein frisches Brot. Denn »Schimmel macht gscheit« hat meine Oma im Brustton der Überzeugung immer gesagt. »Und gscheit macht schön!« hat sie manchmal schmunzelnd noch eins obendrauf gesetzt. Das war Sparen bis zum Abwinken, ganz klar. Seine Ursache hatte das natürlich nicht nur in der schwäbischen Grundausstattung, sondern auch in der Lebenserfahrung. Meine Großeltern hatten das Trauma zweier Weltkriege erlebt – und jetzt war man mitten im Kalten Krieg angekommen. Mit Mauerbau und Kubakrise. Da musste man vorsorgen und »mit dem Sach« haushalten, denn es könnten ja nochmal schlechte Zeiten kommen. Niemals hatten sie an eine so lange Friedensphase geglaubt, wie wir sie bis heute (und hoffentlich noch viel, viel länger) erleben dürfen.

»Bloß nix verkomma lassa!« Das war absoluter Ehrenkodex in der Gertrudstraße. Ob beim schimmeligen Brot oder beim Obst. Äpfel, Birnen und Zwetschgen hatten wir ja mehr als genug. Und mein Opa hat natürlich aus jedem noch so wurmstichigen Apfel, aus jeder noch so verfaulten Birne versucht, das letzte, was noch verwertbar sein könnte, herauszuholen. Und so hat er ab Anfang Juni seine ersten Geißhirtle (eine frühe Birnensorte) und Klaräpfel, die vom Baum gefallen sind, sorgfältig aufgelesen und »eingeschlagen«, also in ein Holzfass gefüllt, um daraus später Schnaps zu brennen. Abend für Abend saß der Opa nun im Garten, umschwirrt von Heerscharen gieriger Wespen und hat das herunter gefallene Obst mit einer bewundernswerten Seelenruhe sorgfältig klein geschnitten: Klaräpfel, Geißhirtle, angemackte Zwetschgen, Pflaumen, Kirschen – alles.

Im Herbst hat man die Maische dann nach Untertürkheim in die städtische Schnapsbrennerei gebracht, wo der Onkel Hans, der »Munka-Hans«, Brennmeister gewesen ist. Der »Munka Hans« war eine absolute Respektsperson. Großgewachsen, mit schlohweißen Haaren und immer mit einem Stumpen (einer Zigarre) im Mundwinkel. Er hatte die Schwester Martha von meinem Opa geheiratet. Das war eine ganz zierliche Person, die man neben dem breitschultrigen Onkel Hans kaum wahrgenommen hat. Der also war der Brennmeister in der Schnapsbrennerei. Und für mich war es das höchste der Gefühle, wenn ich mit zum Schnapsbrennen kommen durfte.

Das hat sagenhaft gerochen, da drin! Vor allem dann, wenn die fertig destillierte Maische abgelassen worden ist und kochend heiß in den Abfluss geströmt ist. Man musste allerdings höllisch aufpassen, der wunderbar nach Obst duftenden, zähen Flüssigkeit nicht zu nahe zu kommen, denn an den heißen Dämpfen konnte man sich in Sekundenschnelle eine üble Verbrennung auf der Gesichtshaut einhandeln, die tagelang wie ein Sonnenbrand gestochen und gespannt hat.

Weil der Opa ja wirklich auch noch die allerletzte faulige Zwetschge und den unreifsten Klarapfel ins Fass eingeschlagen hatte, war seine Maische nicht unbedingt von der allerbesten Qualität. Weshalb man der Maische sicherheitshalber noch ein Bündel mit Kräutern zugegeben hat, um den etwas seltsamen Fehlgeschmack zu übertönen. Wermut, Minze, alles Mögliche haben sie also mit erhitzt. Aber der aus diesem Mischmasch heraus destillierte Obstler war immer noch ein bisschen »eigen« im Geschmack. Und deswegen hat man zu einem zweiten Trick gegriffen: man hat den Alkohol, der anfangs mit 80 Prozent aus der Brennblase getröpfelt ist, noch über ein Sieb laufen lassen, in das man ein gutes Dutzend Stückchen Würfelzucker gelegt hatte, um den Obstler noch ein bisschen aufzupeppen. Es gab dann immer diesen Zeitpunkt, an dem ich den Onkel Hans fragend angeschaut habe, worauf der mir erst zugelächelt und dann aufmunternd zugenickt hat. »Nimm dir ruhig so einen Lutscher: Das schmeckt gut!«
Das hat es. Und wie!

Meistens ist es deshalb nicht bei dem einen einzigen, alkoholgetränkten Zuckerstückchen geblieben. Zwei oder drei konnten es am Ende schon gewesen sein. Und der Onkel Hans hat gelächelt und genickt. Und genickt und gelächelt.
Und ich … habe in der folgenden Nacht so selig geschlafen, wie sonst das ganze Jahr über nicht. Was damals übrigens gar nicht

ging, das war, auf offener Straße (auf der Gass) das Essen in sich hinein zu stopfen. Allenfalls den Kindern war es an heißen Tagen gestattet, öffentlich ein Eis zu schlotzen, wofür mir die Oma manchmal 20 Pfennig für ein Vanilleoder ein Erdbeereis am Stiel gegeben hat, das man im Milchlädle kaufen konnte. Oder eine Portion Sahne auf der Eiswaffel. Das hat himmlisch geschmeckt. Als es einmal besonders heiß war, habe ich die Oma gefragt, ob sie denn nicht vielleicht auch so ein Eis wolle. Ihre Antwort kam wie aus der Pistole geschossen: »Um Gottes Willen! Nein!« Denn waswürden die Leute von ihr denken, wenn die Oma am helllichten Werktag »auf der Gass stehen« und ein Eis schlotzen würde?! Die würden sagen: »Hat die Faulenzerin denn nix zum schaffa?« Undenkbar für sie, einfach nur dazustehen und den Herrgott einen netten Mann sein lassen!

Was die Oma wohl heutzutage sagen würde, wo es beinahe schon zum guten Ton gehört, dass alle Welt auf offener Straße genüsslich mampfend seinen Hamburger, Döner oder sonst was in sich hineinstopft? Times are chancing… Nicht immer und unbedingt zum Stilvolleren.

Sparen bis zum Abwinken

Den Tisch im Wohnzimmer (der guten Stube) in der Gertrudstraße hat, solange ich denken kann, grundsätzlich eine Wachstischdecke bedeckt und über *den* Schässlo (das Sofa) war ein großer Schoner drüber gebreitet. Wie die Tischplatte und das Sofa in Wirklichkeit ausgesehen haben, das habe ich erst nach dem Tod der Oma entdeckt. Als wir dann – erstmals seit 50 Jahren – die Schoner weggenommen haben, sind Sofa und Tischplatte wie nagelneu ans Licht des Tages gekommen, so gut waren sie vor Umwelteinflüssen jedweder Art geschützt.

Natürlich war auch am traditionellen schwäbischen Badetag, dem Samstagnachmittag, Sparen angesagt. Und deswegen haben die Großeltern unten in der Waschküche, dort, wo manchmal die frisch geschlachteten Stallhassen hingen, hintereinander gebadet. Erst die Oma. Dann der Opa. Selbstverstädlich im gleichen Badewasser. Denn was für die Oma gut war, hat auch für den Opa noch gelangt. Und wenn man das Wasser abgelassen hat, konnte man damit gleich noch den Kellerboden sauber schrubben.

An Weihnachten hat es nie viele Geschenke gegeben. Woher sollten die auch kommen?! So viel Geld haben wir ja nicht gehabt. Und selbst wenn das anders gewesen wäre: bloß nix übertreiben!

Aber natürlich gab es für mich an Weihnachten schon ein Geschenkle – ganz so päb gings dann doch nicht zu. Alle Jahre wieder durfte ich ein paar selbstgestrickte Socken auspacken. Man stelle sich meinen riesengroßen Freudentaumel vor, in den

ich gefallen bin, als ich die neuen, grauen oder braunen Wollsocken endlich in meinen Händen halten durfte!
Eigentlich hätte ich mir ja denken können, was in dem Päckle drin war. Aber jedes Mal hat die erwartungsvolle Hoffnung über die jahrelange Erfahrung gesiegt. Und so war meine Enttäuschung am frühen Heiligen Abend regelmäßig perfekt. Alle Jahrewieder.

Dabei hätte ich allein schon wg. Geschenkpapier misstrauisch sein müssen. Denn dieses Geschenkpapier hat mich über viele Weihnachtsfeste hinweg treu begleitet. Schon deshalb, weil man das Päckle natürlich nicht einfach stürmisch aufgerissen hat, um so schnell wie möglich das Geschenk zu entdecken. Nein, da ist erst mal die Schnur sorgsam aufgeknotet worden, dann wurde das Papier vorsichtig angehoben, das Geschenk herausgenommen und beiseite gelegt. Denn erst galt es, das Weihnachtsgeschenkpapier ordentlich glattzustreichen, zusammenzufalten und in die entsprechende Kommodenschublade zurückzulegen. Dort hinein, wo üblicherweise die Geschenkpapiere für Geburtstag, Ostern und Weihnachten aufbewahrt worden sind. Einmal im Jahr sind sie dann zu ihrem bestens bewährten Einsatz gekommen. Wie gesagt: Alle Jahre wieder.

Meine Geschenkesituation an Weihnachten hat sich also eher bescheiden ausgenommen. Selbst ich habe irgendwann begriffen, dass es besser war, in Sachen Vorfreude lieber auf Sparflamme zu köcheln. Aber zum Ausgleich gab es ja den Quellekatalog. Das war mein Ein und Alles! Vor allem die Seiten mit den Spielsachen – lauter Dinge, die ich niemals geschenkt bekommen würde. Und dennoch habe ich sie alle besessen. Mit einem Trick namens Phantasie: einfach den Katalog mit den bunten Bildern anschauen und dir vorstellen, was man mit den schönen Sachen spielen könnte. Und schon haben sie alle mir gehört. So lange, bis ich den Katalog wieder zugemacht habe.

Im Nachhinein betrachtet hat mir also gar nichts gefehlt. Eher im Gegenteil: denn so ein phantasievoller Ausflug in die Traumwelt ist nicht das Schlechteste, das einem widerfahren kann. Und außerdem ist jedes noch so kleine Geschenk, das man bekommt, dann wirklich etwas ganz Besonderes. Es müssen ja nicht unbedingt selbst gestrickte Wollsocken sein. Obwohl … beim Skifahren sind solche Socken das Nonplusultra. Es gibt nichts Besseres, wenn die Skistiefel wieder mal granatenmäßig drücken. Dann wünsche ich mir die schönen Wollsocken von der Oma an die Füße. Doch die habe ich Depp natürlich längst in den Kleidercontainer geworfen. Geschieht mir grade recht, wenn die Stiefel drücken!

Jetzt muss ich aber etwas korrigieren. Nicht, dass Sie den Eindruck bekommen, ich hätte an Weihnachten überhaupt nie Geschenke bekommen. Oder nur selbst gestrickte Wollsocken. Nein: an Weihnachten 1962 war alles ganz anders. Ich war ja jetzt im 8. Lebensjahr angekommen. In die Schule bin ich auch schon gegangen. Folglich alt genug für eine Eisenbahn, hat sich mein Vater gedacht und mir tatsächlich zusammen mit dem stolzen Rest der Familie eine Eisenbahn geschenkt. Natürlich was Gscheites! Eine »Märklin«. Keine von »Trix« oder womöglich gar von »Fleischmann«! Allein die Auswahl war ja eine Art Weltanschauung. Wie beim Füller zwischen »Geha« und »Pelikan«. »Pelikan« natürlich! Oder wie später dann zwischen den »Beatles« und den »Rolling Stones«. Warmduscher oder Hardrocker!

Eine »Märklin« also. Mit Spurbreite H0. Der Klassiker. Das war sonnenklar. Da hat mein Vater nicht den Hauch eines Kompromisses gemacht. Er hat sich in dieser Sache engagiert, wie selten zuvor, sodass gleich nach der Präsentation am Heiligen Abend ein vager Verdacht in mir gekeimt ist: könnte es sein, dass das schöne Geschenk eventuell gar nicht für mich gedacht war, sondern dass sich mein Papa selbst beschenkt hatte? Und nur so getan hat, als sei die Eisenbahn für mich?

Die Tatsachen sprachen für meinen Verdacht, denn sobald ich die Lokomotive, eine schwarze Güterlok, vorsichtig (!) aus dem Geschenkpapier ausgewickelt hatte, wurde sie mir sofort aus den Händen gerissen. »Gib mal her!« Auch bei den zwei dunkelgrünen Personenwagen und beim Transportwagen war das so. Dann ging es zur Probefahrt auf den Dachboden. Dort oben stand auf zwei Holzböcken die Sperrholzplatte, auf die ein kleiner Kreis aus Schienen mit einem noch kleineren Abstellgleis montiert war. Dazu der Trafo, ein Plastikhäuschen mit Licht drinnen. Fertig.
Natürlich musste die Anlage erst einmal ausgiebig getestet werden. Nicht von mir – um Himmels Willen! Sondern von meinem Vater, der ja schließlich Elektriker gelernt hatte. Also: Lokomotive auf die Schienen setzen, langsam den Hebel vom Trafo bewegen. Vorwärts fahren, rückwärts fahren, die Waggons entkuppeln, den Zug neu zusammenstellen. Hin und Her. Her und hin. Und ich mit sehnsuchtsvollem Blick tatenlos neben meiner frisch geschenkten Eisenbahn – zum Zugucken verdonnert.

Nach einer halben Stunde endlich die Erlösung. »Hasch ganz genau zugeguckt, wie das geht?«
»Ja!«
»Willsch auch mal?«
Heftiges Kopfnicken meinerseits und noch heftigeres Herzklopfen.
»Aber Vorsicht, gell?«
»Ja.«
»Langsam anfahren! Verstanden?«

Wieder Kopfnicken.

»Also. Je weiter du den Hebel am Trafo nach oben drehst, desto schneller fährt die Lok. Vorsicht also.«

Freudestrahlend habe ich mich an den Tacho gestellt, den Hebel erst zaghaft, dann fester angefasst und ihn mit einem entschiedenen Ruck ganz nach oben gedreht. Man glaubt gar nicht, was für eine Kraft in so einer kleinen Maschine entfesselt werden kann. Aufheulend und mit durchdrehenden Rädern ist die Lokomotive von Null auf Hundert sofort nach vorne geschossen, um auf der kurzen Geraden eine sensationelle Geschwindigkeit zu erreichen, bevor sie ungebremst in die Kurve gerast und in hohem Bogen aus derselben geflogen ist. Mit einem dumpfen Plopp ist die Lok von der Sperrholzplatte herunter auf den (zum Glück hölzernen) Boden gekracht und noch ehe sie dort unten angekommen war, ist schon eine mittelprächtige Ohrfeige gegen meine Backe geklatscht. »Hab ich dir denn nicht grade eben noch gesagt, du sollst vorsichtig sein und langsam anfahren???!!!«

Das Drama endete mit dem strikten Verbot, die Eisenbahn noch einmal zu berühren, schon gar nicht ohne väterliche Aufsicht. Und so hat mein Vater zwischen Weihnachten und Neujahr die Lokomotive unter Ausschluss der familiären Öffentlichkeit erst einmal durchgecheckt, ob auch alles in Ordnung sei, oder ob sie bei dem von mir verursachten Sturzflug auf den Boden einen Schaden davon getragen haben könnte. Er hat das sehr sorgfältig gemacht. Stundenlang hat er die Lokomotive getestet und dafür verdienstvollerweise seinen ganzen Weihnachtsurlaub geopfert. Zum guten Glück konnte er am Ende des Testmarathons Entwarnung vermelden: die Lok hat nach wie vor einwandfrei funktioniert. Made in Germany eben.

Am Tag vor Dreikönig war meine Strafzeit abgelaufen: unter der strengen Aufsicht des Papa, der zuvor sicherheitshalber am

Trafo noch eine Markierung angebracht hatte (»Bis hierher – und ja nicht weiter!« durfte ich die Eisenbahn ein paar Runden im Schneckentempo drehen lassen. Was spätestens nach der vierten Runde eine relativ öde Angelegenheit gewesen ist. Aber vielleicht würde er die Markierung ja morgen ein bisschen weiter nach hinten verschieben, so dass ich mein Zügle etwas schneller würde fahren lassen können. Die Hoffnung stirbt bekanntlich zuletzt – manchmal jedoch schon am Dreikönigstag. Denn an Dreikönig wird in einem normalen schwäbischen Haushalt nicht nur der Christbaum aus dem Wohnzimmer verbannt, sondern auch die Eisenbahn abgebaut und sorgsam wieder in ihre Originalverpackung zurückgelegt. Wo sie nun die nächsten 352 Tage aufbewahrt wird. Bis es endlich wieder Weihnachten ist.

Rotkäppchens Rache

Eigentlich sollte ich ja ein Mädchen werden – und wie bereits weiter vorne im Buch beschrieben, war mein Vater ziemlich enttäuscht darüber, dass plötzlich ich daher gekommen bin. Und ich war nun einmal kein Mädchen. Was für ein Reinfall! Aber da war nichts zu machen, denn den Sprössling mit dem falschen Geschlecht als Muster ohne Wert nach Buxtehude zurückzuschicken, oder sonst wo hin, das war logischerweise unmöglich. Also galt es gute Miene zum enttäuschenden Resultat zu machen und auf den nächsten Sprössling zu setzen, der, beziehungsweise natürlich die (!), hoffentlich nicht allzu lange auf sich warten lassen würde.

Aber auch bei Kind Nummer zwei hat die Hoffnung leider getrogen: nicht nur, dass beinahe neun Jahre ins Land gehen mussten, bis endlich der neue Erdenbürger in Gestalt meines Bruders angekommen ist. Schon wieder kein Mädchen! Aber dieses Mal haben sie es deutlich entspannter aufgenommen. Und jetzt halt auf Kind Nummer drei gesetzt, das 14 Jahre nach mir das Licht der Welt erblickt hat. Und das dann tatsächlich die ersehnte Tochter geworden ist. Endlich!

Einmal im Jahr haben sie sich an mir gerächt. Immer an Fasching. Da haben sie mich als Rotkäppchen verkleidet! Meine Oma hat extra dafür so ein dunkellila Kleid gehäkelt, das sie mir über die Schultern gezogen haben und dann hat die Oma gesagt: »Auf jeden Topf gehört ein Deckel!« Weshalb sie mir einen alten Plastikblumentopf verkehrt herum auf den Kopf gesetzt und mit einem alten roten Geschenkband von Weihnachten unter meinem Kinn festgeknotet haben.

Zum guten Glück war ich an jedem Fasching krank: Mumps, Masern, Pest, Scharlach und Cholera. Die ganze Palette. Und das war mein Glück. Denn stellen Sie sich vor, man hätte mich in diesem Aufzug auf die »Gass« gelassen! Ich wäre das Gespött der Nation geworden. Mit meinem saudummen Rotkäppchenkostüm und dem blöden weißen Plastikblumentopf auf dem Kopf. Dazu die feuerroten Backen. Die allerdings hatte ich vom Fieber. Klassisches Rotkäppchen mit den schönen roten Bäckchen eben. Nein: so gesehen war eine Krankheit an Fasching direkt eine Gnade des Himmels.

Am nächsten Tag, dem Faschingsdienstag, hatten sie meistens ein bisschen Mitleid mit mir. Da durfte ich mir dann eine andere Verkleidung aussuchen. Dafür musste ich nicht lange überlegen: Cowboy. Ganz klar. Also habe ich ein rotes Schnupftuch um den Hals gebunden bekommen, eine »Texashose« anziehen dürfen (heutzutage Jeans genannt) und meine Oma hat mir mit einem Brikettrest vom Küchenherd einen schwarzen Schnurrbart ins Gesicht gemalt. Dann habe ich eine Käpselespistole in die Hand gedrückt bekommen, die sie tatsächlich extra für mich gekauft hatten! (Es gab sie im Konsum manchmal im Sonderangebot). Wie gesagt: eine Käpselespistole. Keine Schreckschusspistole! Die wäre viel zu teuer gewesen. Käpsele, das waren diese kleinen hellroten Papprollen, auf die im Abstand von einem halben Zentimeter winzige Pulverblättchen aufgedruckt waren. Diese Rolle musste man vorsichtig in die Pistole hineinfingern und dann konnte man es zirka fünfzigmal knallen lassen. Wenn die blöden Dinger immer funktioniert hätten! Haben sie aber zu gut und gerne einem Drittel nicht! Meine Cowboyration bestand immerhin aus einer Stange á fünf Rollen, die ich von der Haustür aus (ich hatte ja immer noch ein bisschen Fieber) in Richtung Gertrudstraße verknallen durfte. Dabei hat die Oma mit Argusaugen darüber gewacht, dass ich mit der Käpselespistole ja nie direkt auf jemanden zielen würde. »Das

macht man nicht!« Meinen Einwand, das seien doch bloß Käpsele, da könne man niemand treffen, hat sie kategorische beiseite gewischt: »Das macht man nicht! Man zielt nicht auf Menschen! Noch nicht einmal mit einer Holzpistole!« Diesen Satz habe ich nie vergessen – und deshalb zucke ich heute noch zusammen, wenn Kinder mit ihren Spielzeugpistolen direkt auf mich zielen. Denn in der Tat: das macht man nicht! Wehret den Anfängen!
Die Pulverblättchen, die ich mit der Käpselespistole nicht zum Knallen gebracht hatte, die habe ich dann hinterher mit dem Daumennagel aufgekratzt. Was immerhin zunächst eine kleine Stichflamme erzeugt und gleichzeitig die Haut am Daumen gebrannt hat, wenn man den Finger nicht schnell genug weggezogen hat (Was oft genug der Fall gewesen ist). Das war dann eine ziemlich schmerzhafte Angelegenheit, die mich noch eine ganze Woche lang an den Tag, an dem ich ein Cowboy war, hat zurückdenken lassen.

Also habe ich beschlossen, künftig kein Cowboy mehr sein zu wollen. Am nächsten Fasching mochte ich jetzt lieber Indianer sein. Natürlich – wie leider immer – erst am Tag nach dem obligatorischen Rotkäppchendrama. Logischerweise war ich auch in diesem Jahr wieder krank, befand mich am Faschingsdienstag aber bereits auf dem Weg der Besserung. Schon deswegen, weil ich mein Rotkäppchendasein endlich überstanden hatte. Jetzt also ein Indianer. Warum? Weil die doch so einen schönen bunten Federnschmuck auf dem Kopf trugen. Nun gut – ich solle aber bloß nicht glauben, dass man den Federschmuck teuer im Geschäft kaufen werde, hat mich die schwäbische Oma klar und deutlich aus meinen bunten Federträumen gerissen. So etwas könne man schließlich selber machen. Denn wir hätten ja Hennen. (Hühner – im Stall hinterm Haus). Diese Hühner waren freilich alle braun! Wie sollte denn bitte aus deren Federn ein schöner, mehrfarbiger Indianerkopfschmuck entstehen?Das sei überhaupt kein Problem, meinte die Oma. Denn sie habe von Ostern im vergangenen Jahr noch ein wenig alte Ostereierfarbe übrig. Damit könne man die braunen Federn ganz einfach bunt machen. Und tatsächlich: wenn man die Federn gegen das Licht gehalten und ganz genau hingeguckt hat, dann hat es tatsächlich ein bisschen grün und rot und gelb und blau durchgeschimmert. Aber der Kopfschmuck war trotzdem braun!! Eine Katastrophe! Ein Alptraum!

So – jetzt wissen Sie, weshalb ich mit Fasching bis heute nicht das Geringste am Hut habe. Ich muss nur ans Rotkäppchen, die Käpselespistole oder den Federschmuck denken, und schon ist der Ofen aus. Und überdies bin ich sowieso an jedem Fasching krank. Das ist bei mir Tradition.

Wie gesagt, das war schon früher so. Welche Kinderkrankheiten ich gehabt habe? Die Antwort meiner Mutter auf diese Frage war eindeutig: »Wie die alle heißen, weiß ich auch nicht mehr. Sag aber einfach, du hättest alle gehabt. Das stimmt auf jeden Fall.«
Also: Windpocken, Mumps, Scharlach, Keuchhusten und Masern. Die ganze Palette halt.
Bei Pest und Cholera bin ich mir da nicht mehr so ganz sicher. Andererseits wurden früher so die Leute beschrieben, die von der Schwäbischen Alb stammten. »Pest, Cholera, von der Alb ra.« Und ich habe viele Jahre meines Lebens auf der Schwäbischen Alb verbringen müssen. Aber dazu später.

Ganz dunkel kann ich mich nur noch an das Scharlach erinnern. Das war heftig. Oder waren es die Masern? Die waren auch heftig. Egal, was es war. Es war jedenfalls schlimm. Hohes Fieber. Ich kurz vor dem Delirium tremens. »Der arme Bub!« Wie durch einen Wattebausch habe ich die Antwort von meinem Opa gehört: »Wenns was Gutes wäre, dann würde es jeder haben wollen!« Auch wieder wahr. Er hat das übrigens durchaus mitleidig gemeint. Und das Fieber ist gestiegen und gestiegen. Was also tun?

Da konnte nur noch das alte Geheim- und Hausrezept der Oma helfen: bei hohem Fieber zunächst einmal Wadenwickel machen, die ordentlich mit Franzbranntwein getränkt werden müssen. Das kühlt schön – und bringt den angenehmen Nebeneffekt mit sich, dass die langsam aus den Wadenwickeln entweichenden Schnapsdämpfe beim noch jungen Patienten einen ohnmachtsähnlichen Zustand hervorrufen, der durchaus mehrere Stunden andauern kann. Und der schließlich oft mit einem gewaltigen Brummschädel endet. Kleiner Kollateralschaden, aber bei 40 Grad Fieber ist einem auch das irgendwann schnurzegal.

Noch viel besser wirkt Rezept Nummer zwei: Kartoffelwickel. Dazu müssen Kartoffeln (man nehme möglichst die mehlige Variante) erst einmal eine knappe Stunde lang gekocht werden. Dann eine alte Windel oder sonst ein Baumwolltuch ausbreiten. Darauf die Kartoffeln zerdrücken, das Tuch sorgfältig zusammen falten und es nun so schnell wie möglich auf die Brust des Fieberpatienten legen. Aber Achtung: bei unsachgemäßer Anwendung können Verbrennungen ersten, wenn nicht zweiten Grades die Folge sein. Man glaubt ja gar nicht, wie heiß so eine Kartoffel werden kann und wie lange sie die Hitze speichert! Schon manchem Kranken ist das Fieber vor lauter Verbrennungsschmerz rasch vergangen. Wie heißt es doch so schön? Der Zweck heiligt die Mittel. So war das wenigstens bei uns. Ein wahrer Satz, der sicherlich aus dem bewährten Band: »Die Frau als Hausärztin« stammt, der früher in so gut wie jedem Haushalt zu finden war. In unserem auf jeden Fall.

Nachdem ich also alle Behandlungsmaßnahmen einschließlich der literweisen Verabreichung von selbst pasteurisiertem Apfelsaft und Kamillentee tatsächlich überlebt hatte und mich auf dem Weg der Besserung befand, was bei mir rein optisch schon an der Tatsache ablesbar war, dass ich endlich wieder mein kniefreies grasgrünes Stoffhösle mit Hosenlatz anziehen durfte (weswegen ich übrigens im Sommer grundsätzlich mit aufgeschürften Knien unterwegs war), konnte man allmählich mit der Frau Doktor besprechen, wie sich solche Krankheiten künftig vermeiden lassen könnten. Beispielsweise meine ständigen, fiebrigen Halsentzündungen.
Das sei ganz einfach, meinte die Frau Doktor. Wenn das mit der Mandelentzündung in diesem Jahr noch einmal der Fall sei, dann müssten die Mandeln dringend raus.
Endlich mal eine gute Nachricht von der Fieberfront!
Denn nichts wäre mir lieber gewesen, als so eine Mandel-OP. Unter meinen KindergartenkollegInnen gab es nämlich schon einige, deren Mandeln entfernt worden waren. Und die uns staunenden immer-noch-Mandelbesitzern wahre Wunderdinge über ihren Krankenhausaufenthalt berichteten.
Beispielsweise die Tatsache, dass sie drei Tage lang nur Eis zum Essen bekommen hätten. Speiseeis: von morgens bis abends! In allen Geschmacksrichtungen! Mit anderen Worten: sie hatten den Himmel auf Erden erleben dürfen!

Also hatte ich keinen sehnlicheren Wunsch, als dass der Himmel auch mir gnädig sein und mich mit einer ordentlichen Mandelentzündung bedenken möge. Auf dass die Frau Doktor ihr Versprechen wahr machen und mich für eine Mandel-OP mitsamt anschließender Erdbeer-Vanille-Schokoladeeis-Kur ins nächste Krankenhaus einweisen würde.

Aber wie das Leben eben so spielt: ausgerechnet in diesem Jahr habe ich keine Mandelentzündung mehr bekommen. Erst wieder im übernächsten. Aber da galt das Versprechen der Frau Doktor schon längst nicht mehr. Die Mandeln sind also drin geblieben. Ich habe sie heute noch.

Anstelle der ersehnten Mandelentzündung hat mich in jenem Jahr dafür der Keuchhusten heimgesucht. Für dessen Bekämpfung hat man aber leider kein Eis verschrieben bekommen. Sondern die ärztliche Empfehlung, es doch mal mit einem Keuchhustenflug zu versuchen. Natürlich auf eigene Kosten. Das war eine ordentliche Summe. Das weiß ich noch. Und für meine Eltern deshalb völlig undenkbar. Weil mein Keuchhusten aber immer schlimmer geworden ist und den Eltern zahlreiche schlaflose Nächte beschert hat, haben sie sich dann doch zu der Investition durchgerungen. Eine Stunde lang in einer Propellermaschine über Stuttgart zu kreisen, das könne wahre Wunder bewirken, hatte die Frau Doktor meinen übernächtigten Eltern in Aussicht gestellt. Mein Vater, der genauso wie ich, noch nie im Leben in einem Flugzeug gesessen hatte, hat sich unerschrocken und todesmutig dazu bereiterklärt, mich bei dem Keuchhustenflug zu begleiten.

Also Start vom Flughafen in Echterdingen. Und zwar schon ziemlich früh. Nach einer wiederum weitgehend schlaflos verbrachten Nacht. Dementsprechend KO fühlte ich mich, als mich mein aschfahler Papa mit zitternden Händen in die Maschine gehievt hat. Kurz darauf brüllte der Propeller auch schon los. In einer ohrenbetäubenden Lautstärke. Plötzlich waren wir in der Luft. Das Land unten. Wir oben. In schwindelnder Höhe. Was dann passiert ist, weiß ich nimmer. Mein Vater hat später erzählt, ich hätte geschrien wie am Spieß. Dann sei ich eingeschlafen und erst nach der Landung wieder aufgewacht. Er selbst hätte auch gerne geschlafen. Ging aber nicht. Dafür habe er vor Angst fast in die Hose gemacht. Aber zum Glück sei man ja sicher gelandet.

Im Anschluss an die glückliche Landung hat ein ordentlicher Batzen Geld den Besitzer gewechselt. Und mein Keuchhusten? War kein bisschen besser geworden. Eher im Gegenteil.

Das schöne Geld! Wo man doch ansonsten gespart hat, wo es nur ging. Ein Beispiel noch:
An Sylvester Böller oder gar Raketen kaufen? Niemals! »So vertut man doch sein Geld net«, hieß es kategorisch bei uns, wenn ich nur die Frage angetippt hatte, ob man denn vielleicht an Sylvester …
Und außerdem gebe es ja mehr als genug Leute in der Nachbarschaft, die umso ausgiebiger der Knallerei verfallen seien. Beispielsweise der Richard Blumenstock (der mit dem phasenweise großen Trollingerdurst). Da wurde an Sylvester in der Tat geknallt, geböllert und geschossen, was das Zeug hielt.

Früh am folgenden Morgen, wenn halb Luginsland noch mit Brummschädeln das Bett gehütet hat, bin ich dann mit meinem Vater losgezogen. Überall haben wir nach Blindgängern gesucht, also nach Böllern und Kanonenschlägen, die nicht richtig gezündet hatten. Und normalerweise sind wir an den einschlägig bekannten Adressen auch ganz ordentlich fündig geworden. Freudestrahlend haben wir unser Beutegut heim geschleppt und am späteren Vormittag hinter dem Haus unser eigenes Neujahrsfeuerwerk veranstaltet, indem wir die verkaterte Nachbarschaft mit ihren vermeintlichen Blindgängern ziemlich lautstark im Neuen Jahr begrüßt haben.

Ein einziges Mal habe ich es als Kind aber doch geschafft, für Sylvester eine Rakete zu kaufen. Eine einzige, die ich mir wochenlang vom Mund abgespart habe. Im wahrsten Sinn des Wortes. Denn beispielsweise habe ich die Schokoladentafeln, die ich von der Frau Frank wg. Lockenstreicheln geschenkt bekommen hatte, weiterverkauft. Und irgendwann hat das Geld

für meine eigene Rakete gelangt. Mein ganzer Stolz. Die schönste Rakete von allen. Logisch.
Nach dem ersten Donnerwetter, das sich über mir wegen der sinnlosen Geldverschwendung entladen hatte, wurde von meinem Vater verfügt, dass ich dieses gefährliche Teil natürlich keinesfalls selber in den Himmel schießen dürfe. Dazu brauche es den Sachverstand eines Erwachsenen. Wen er damit meinte, war allen natürlich sofort klar. Nun gut: Hauptsache, es war meine Rakete, die heute Abend den Sylvesterhimmel über Luginsland verzaubern würde.

Immerhin durfte ich beim fachmännischen Anfertigen der Abschussrampe mithelfen. Dabei handelte es sich um eine leere Sektflasche, die wir zu zwei Dritteln im Gemüsebeet vergraben haben. Von dort aus sollte die Rakete nach Einbruch der Dunkelheit abzischen. Ich konnte es kaum noch erwarten. Die Stunden zerflossen zäh wie Kaugummi. Doch endlich war es so weit: die dunkle Sylvesternacht war angebrochen, der große Moment stand unmittelbar bevor.

Nicht ohne mir zuvor noch die letzten sicherheitstechnischen Verhaltensmaßregeln erteilt zu haben (Abstand halten, Ohren zudrücken etc., etc.) hielt mein Vater das Streichholz an die Zündschnur und entfernte sich rasch, als die ersten Funken zu sprühen begannen. Fünf, vier, drei, zwei, eins: Jetzt! Es war ein Bilderbuchstart, mit dem meine Rakete aus der Sektflasche zischte. Mit staunenden Augen verfolgten wir die Flugbahn des superschnellen Geschosses! Das freilich dauerte höchstens zwei Sekunden, dann war der Flug bereits beendet. Schuld daran war eine kleine Unaufmerksamkeit meines Vaters, denn der hatte die Abschussrampe mit der Rakete darin leider etwas zu schräg im Gemüsebeet platziert, wodurch die Rakete, anstatt wie geplant senkrecht in den Himmel zu zischen, nun mit dem Dachvorsprung unseres Hauses kollidierte, wo sie zunächst vergeblich versuchte, das Hindernis zu durchbohren, bevor sie anschließend noch eine knappe halbe Minute lang einen beeindruckenden Sprühregen in Gestalt von explodierenden roten, grünen und blauen Farbkugeln auf meinen schreckensbleichen Vater herunter schleuderte.

Sobald er seine Fassung wieder gefunden hatte, bewaffnete er sich mit zwei bis an den Rand gefüllten Wassereimern und raste damit hinauf ins Dachgeschoss, um einen möglichen Hausbrand schon im Keim zu ersticken. Dieses Spiel wiederholte sich in dieser Nacht alle dreißig Minuten, denn man konnte ja nie wissen, ob nicht doch noch irgendwo in den Ritzen des Dachvorsprungs ein Glutnest heimlich am Glimmen war. Ein Schuldiger an dem gründlich verdorbenen Sylvesterabend war natürlich ebenfalls rasch gefunden: ich. Wer sonst?! Denn hätte ich nicht die Rakete gekauft gehabt, wäre der Familie das ganze Drama erspart geblieben.
Aber schön war der Funkenregen trotz allem gewesen. Und unvergesslich sowieso.
Auch wenn damit, wie die Oma spitz anmerkte, das ganze schöne Geld im wahrsten Sinn des Wortes zum Fenster heraus geschmissen worden war!

In den Urlaub sind wir nie gefahren. »Bei uns isch es doch so schön, da braucht mr net ins Ausland«, hieß es immer. Und schon gleich gar nicht (wie die Nachbarschaft, die das natürlich stolz überall rumerzählt hat) bis nach Rimini oder Weiß-Gottwohin fahren. In den Urlaub gehen und für die Übernachtung noch Geld ausgeben, wo man doch daheim ein Dach über dem Kopf hat, das nichts kostet: also wirklich! Undenkbar für meine Großeltern – und auch für die Eltern, die vielleicht schon gerne gegangen wären, wenn da nicht die Oma …
Wobei – so ganz stimmt das mit dem Nie jetzt auch wieder nicht. Tatsächlich war ich mit meinen Eltern doch einmal bei-

nahe eine ganz Woche lang im Ausland. Bis nach Österreich sind wir gefahren! Natürlich war das kein Urlaub im klassischen Sinn, sondern eher eine Art Kuraufenthalt. Denn ich war ja, wie bereits erwähnt, von einer hartnäckigen Keuchhustenattacke befallen worden, die mich auch nach dem teuren Keuchhustenflug nicht verlassen hat. Da helfe jetzt nur noch eins: Tapetenwechsel. Reizklima. Hat sich die Frau Doktor unter den zunehmend kritischer werdenden Blicken meiner Oma tatsächlich zu sagen getraut. Österreich. Die Berge. Das könnte (vielleicht) helfen.

Na ja. Weils das Enkele war. Hat man sich eben darauf eingelassen und auf die Landkarte geguckt. Wo fängt dieses Österreich eigentlich an? Aha: Gleich hinter Lindau. Danach kommt Bregenz, die Hauptstadt von Vorarlberg. Knapp hinter Bregenz kommen dann schon die ersten Berge. Dort sind wir also hingefahren, um meinen Keuchhusten im Reizklima der sommerlichen Bergwelt zu bekämpfen. Ein Zimmer mit fliessend Wasser haben wir auch gefunden. Und viele schöne Kieselsteine im Gebirgsbach. Nach fünf Tagen, vielleicht waren es sogar sechs, das weiß ich nicht mehr so ganz genau, hat uns aber das Heimweh nach Stuttgart gepackt und wir sind wieder heimgefahren. Der heiße Tipp der Frau Doktor hatte eh nix gebracht. Na ja, bis auf eine Entdeckung vielleicht: den Kaiserschmarrn dort. Der war wirklich gut. Aber den Keuchhusten habe ich auch mit der Kaiserschmarrndiät nicht wegbekommen. Der hat mich noch lange kräftig durchgeschüttelt.

Wieder zuhause angelangt, konnte ich es kaum erwarten, der staunenden Nachbarschaft die Geschichten meiner Abenteuer im fernen Ausland zu berichten. Doch die Nachbarschaft – gerade erst von der Adria zurückgekehrt – wollte meine Berichte gar nicht hören! Keiner von denen ist am üblichen Treffpunkt erschienen! Seltsam. Erst die Frau Bärle, die nicht in den Itali-

enurlaub mitgefahren war, hat mich aufgeklärt: der Rest der Familie liege mit einer granatenmäßigen Magenverstimmung im Bett – und einen fürchterlichen Sonnenbrand hätten sie auch mitgebracht.
Trockener Kommentar meiner Oma: »Wäret se drhoim blieba, dia Bachel! Was müsset dia au ens Ausland?!« (Bleibe im Lande und nähre dich redlich …)

Einmal im Jahr, wenn wieder Cannstatter Volksfest (das zweitgrößte der Welt) gewesen ist, hat meine Mutter ihr mühsam erspartes Trinkgeld vom »Probierstüble Brüstle« in die Hand genommen und ist mit mir aufs Volksfest gegangen.
Traditionell gings zunächst an den Verkaufsständen vorbei, wo man früher noch Unterhosen, Kretten (geflochtene Körbe), Blumenzwiebel, Rebscheren, Kittelschürzen und Leitern kaufen konnte – eben alles, was man in Stuttgart zum Leben so brauchte. Das alles hat mich zwar eher wenig interessiert, aber dieser Weg war Pflicht, denn unsere Untertürkheimer Verwandtschaft hat dort auch einen kleinen Verkaufsstand gehabt – an dem man natürlich nichts gekauft, aber vorbeigeguckt hat. Und damit seine verwandtschaftliche Solidarität unter Beweis gestellt hatte. Darum ging es.

»So – bisch au aufm Volksfest?«
»Wo soll ich denn sonst sein«, habe ich jedes Mal stumm in mich hinein gemumelt, in Wirklichkeit als braves Kind aber freundlich mit dem Kopf genickt und »Ja« gesagt.
Dann endlich kam der Bereich mit dem richtigen Volksfest. Mit Autoscooter, Geisterbahn, Riesenrad und Achterbahn, an deren Buden immer diese Schilder befestigt waren: »Junger Mann zum Mitreisen gesucht!« genau so sahen die verwegenen Typen ja auch aus: souverän die Zigarette im Mundwinkel balancierend, thronten sie mit ihren Lederstiefeln auf der Gummistoß-

stange der Boxautos, die sie lässig mit einer Hand in die Parkbucht zurück bugsiert haben.
Das Riesenrad! Das wärs natürlich gewesen. Dieses gigantische Teil, das nachts in allen Farben in den Cannstatter Himmel geleuchtet hat. Aber das hätte unser Budget deutlich gesprengt. Riesenrad war nicht drin. Angucken und staunen, das musste reichen. Tat es auch, denn immerhin wartete ja noch ein weiterer Höhepunkt auf mich: das Karussell! Am Kindernachmittag gab es da drei Fahrten zum Preis von einer. Nicht schlecht. Also Karussell. Doch Jahr für Jahr das immer gleiche Problem: Feuerwehrauto und Polizeiauto waren besetzt. Da konntest du dir die Füße in den Bauch stehen, solange du wolltest, aber der Rotzlöffel, der das Polizeiauto in Beschlag genommen hatte, hat grundsätzlich so lange gequengelt, bis seine entnervte Mutter noch einmal zum Kassenhäuschen gestolpert ist und ihrem verzogenen Sprössling zehn weitere Fahrkarten unter die Nase gehalten hat. Im Feuerwehrauto war das kein Haar anders. Nichts zu machen. Im Grunde genommen wurmt mich das bis heute.

Also musste eine Alternative her. Und die gab es zum Glück. Das war so ein Fahrgeschäft, in dem die Autos auf einer hölzernen Fahrbahn über verschlungene Kurven gerattert sind. Das war eine deutlich anspruchsvollere Beschäftigung, als das blöde im-Kreis-herum-fahren mit dem doofen Polizeiauto. Denn hier musste man sich konzentriert hinter das Lenkrad klemmen und genau darauf achten, das Auto behutsam in der Spur zu halten. Eine schweißtreibende und höchst aufregende Tätigkeit, ohne Führerschein in so einem Ding zu hocken und ständig gucken zu müssen, dass es gut um die Kurven kommt und nicht entgleist! Ich habe um mein Leben gekurbelt! Aber ich habe es geschafft! Schweißnass, aber mit stolz geschwellter Brust bin ich am Ende meiner unfallfreien Fahrt aus dem Vehikel geklettert, um den verdienten Beifall meiner Mutter entgegen zu nehmen.

Erst viele Jahre später haben sie mir gegenüber behauptet, die Angst vor dem Entgleisen, die ich ausgestanden hätte, sei völlig unbegründet gewesen, denn das Ding sei fest mit einer Schiene auf dem Holzboden verbunden gewesen. Was für Schlaumeier! Als wären die da drin gehockt und nicht ich!

Zur Belohnung für meine fahrerische Meisterleistung und zur Beruhigung der schwer gestressten Magennerven gab es jetzt noch ein »Bluna« und ein Heringsweckle. Danach war man satt und zufrieden. Denn das waren richtige Heringsweckle, nicht welche mit einem halbem Pfund roher Zwiebeln drauf und kaum Fisch drin, sondern solche mit Gürkle, mit lange in Essig eingelegten, schön weichen Zwiebeln und allem Drum und Dran: es war der Gipfel der kulinarischen Genüsse. Und damit war das Kapitel Volksfest für dieses Jahr erfolgreich abgeschlossen. Einmal Karussell, ein Heringsweckle mit »Bluna«, ein sehnsüchtiger abendlicher Blick auf das wunderbar beleuchtete Riesenrad. Das musste langen. Und das hat es.

Der Seggel

Ein Name, der mir für immer unvergesslich bleiben wird, das ist der des Herrn Deyhle. Der Herr Deyhle hat in der Nachbarstraße gewohnt. Auf dem Weg zum Kindergarten bin ich immer beim Herrn Deyhle vorbei gekommen. Natürlich auf auf dem Weg zurück. An diesem Tag nun hatte ich im Kindergarten ein neues Wort gelernt. Es war ein schöner warmer Sommertag und der Herr Deyhle hat gerade seinen Gartenzaun gestrichen. Genau der Richtige, dem ich mein neu erworbenes Wissen präsentieren konnte! Ich habe ihn also gegrüßt mit den fröhlichen Worten: »Grüß Gott du Seggel!« und bin freudestrahlend weiter gelaufen, während dem Herrn Deyhle vor Empörung der Pinsel aus der Hand gefallen ist. Wieso auch immer: denn dass Seggel ein böses Wort ist, das hatten mir die Spielkameraden im Kindergarten nicht gesagt.

Am Nachmittag – während ich bereits wieder im Kindergarten war – hatte sich der Herr Deyhle so weit erholt, dass er sich bei meiner Oma bitter über den unverschämten Enkel beschwert hat. Weshalb ich, ahnungs- und arglos, wie ich war, bei meiner Rückkehr erst gar nicht verstanden habe, für welches Vergehen ich diesen kräftigen Hieb aufs Hinterteil bekommen habe. Und auch auf die strenge Anweisung, jetzt sofort zum Herrn Deyhle zu gehen und sich bei ihm zu entschuldigen, habe ich mir überhaupt keinen Reim machen können. Denn ich war mir ja keiner Schuld bewusst! Trotzdem habe ich mich natürlich beim Herrn Deyhle entschuldigt, weshalb auch immer. Das wiederum hat der Herr Deyhle so großartig gefunden, dass er mich seitdem immer als Erster gegrüßt hat!

Viele Wochen später bin ich dann darüber aufgeklärt worden, dass Seggel nicht unbedingt ein Kosewort ist.

Sie merken es: meine Oma Emma ist schon eine recht resolute Person gewesen. Da wurde nicht lange gefackelt, sondern immer rasch und konsequent gehandelt. Und nicht groß um eine Sache herum geredet. Was sie gleich gar nicht leiden konnte, das war, wenn jemand versucht hat, ihr zu schmeicheln (oder, wie sie das formuliert hat: Brei ums Maul zu schmieren). Beispielsweise jener Verkäufer, der sie mit den Worten »Gnädige Frau!« empfangen hat, worauf er postwendend die Antwort erhielt: »So gnädig bin ich meischtens gar net.« Solchermaßen waren die Claims rasch abgesteckt.

Die Oma war in Münsingen auf der Schwäbischen Alb als Tochter des Metzgermeisters Mayer geboren worden und im nahen Buttenhausen aufgewachsen. Der Metzgermayer war ein gestandenes Mannsbild, der in Buttenhausen das Gasthaus »Adler« betrieben hat. Aus dieser Zeit hat sie den Tiberius »Bere« Fundel gekannt, den später alle Welt den »König vom Lautertal« genannt hat. Während des Ersten Weltkriegs, wo der »Bere« als Soldat im Fronteinsatz war, hat sie ihm immer wieder aus dem »Adler« ein schönes Fresspaket an die Front geschickt, was ihm, hat der »Bere« später behauptet, das Leben gerettet habe. Das war zwar ein bisschen übertrieben, aber er war ihr für die schönen Pakete von damals ewig dankbar.

Der »Bere« war von Beruf Müllermeister und stammte aus Indelhausen im Lautertal. Nach dem zweiten Weltkrieg hat er als Landtagsabgeordneter einen geradezu legendären Ruf erworben. Unerreicht bis heute waren seine sensationellen Wahlergebnisse. Nun gut, er war bei der CDU, bei den Schwarzen, das war in einer Gegend natürlich von Vorteil, von der es früher hieß, »die wählen dort grundsätzlich nur einen Schwarzen, und wenns der Geißbock ist: Hauptsache schwarz.« Aber trotzdem: keiner seiner (schwarzen) Nachfolger ist auch nur ansatzweise an die Wahlergebnisse vom »Bere« heran gekommen. Natürlich haben die Leute von ihm schon wissen wollen, wie ihm dieses Kunststück bei jeder Wahl gelingen konnte. Worauf der »Bere« sein verschmitztes Lächeln aufgesetzt und gemeint hat: »Des isch ganz einfach: i gang auf jede Leich!« Der »Bere« war überall. Auch Leute mit weniger gottgefälligem Lebenswandel, denen eher das Fegefeuer, als das Paradies drohte, hat er auf ihrem letzten Gang begleitet. Nicht ohne mit einem Augenzwinkern hinzuzufügen: »Des gibt a warme Leich!«

Ich habe den »Bere« noch selber kennenlernen können, denn ein Schulfreund von mir war sein Enkel. Und so konnte ich erleben, wie er war: Unverstellt, ehrlich, kerzengerade heraus – auch ihm war, wie seiner Jugendfreundin, jedes gedrechselte Geschwurbel ein wahrer Graus. Der »Bere« war mit allen und jedem grundsätzlich per Du – und hat sich (genau wie meine Oma) auch vor keinem noch so großen Namen in die Hosen gemacht. »Sind alles auch bloß Menschen wie Du und ich«. Ob ein Schüler, wie ich vor ihm stand, oder der Ministerpräsident: egal. Für ihn gabs da keine Unterschiede.

Im Stuttgarter Landtag hat er nie ein Blatt vor den Mund genommen. Manchmal allerdings ist ihm der Kragen geplatzt, wie beispielsweise in jener (verbürgten) Szene, als ein Abgeordneter, der bereits ewig um den heißen Brei herum geredet hatte, sich dann zu der Formulierung verstieg: »Meine Damen und Herren, ich habe das dringende Bedürfnis…« Lautstarker Zwischenruf des »Bere«: »Dann gehen Sie bitte sofort raus aufs Klo, bevors hier noch a Sauerei gibt!«

Wie kommen wir jetzt wieder zurück in die Gertrudstraße Anfang der 60-er Jahre? Ganz einfach, indem ich mich an die

Moschtpresse vom Opa Gustav zurück erinnere, die im Schuppen hinter dem Haus stand – und heute in meiner Garage. Damals wie heute ist sie noch voll funktionsfähig. Nur, dass ich im Vergleich zu meinem Opa weitaus weniger Äpfel zum Mosten habe. Die gabs in den beiden Gärten ja in Hülle und Fülle. Und alle wurden sie mühselig auf dem völlig überladenen Leiterwägele in die Gertrudstraße gekarrt. Weniger beim Schieben, als vielmehr beim Mosten habe ich begeistert mitgeholfen. Das war schon eine klasse Sache, den megafrischen Apfelsaft trinken zu können. Was manchmal jedoch, vor allem zu Beginn der Mostsaison, anschließend in stundenlangen Sitzungen auf der Toilette mündete.

Dennoch war das Mosten Jahr für Jahr ein großes Vergnügen für mich, so lange bis… ich mir die Mostäpfel einmal etwas genauer angeguckt habe. Du meine Güte! Da waren ja welche mit braunen Stellen dabei, angefaulte, solche mit Wurmlöchern! Worauf ich den Opa mit der bangen Frage konfrontiert habe, ob dieser eindeutig wurmige Apfel etwa auch mit in die Presse käme. Der Opa hat mich nur verwundert angeguckt und mit den Schultern gezuckt. Das hätte ich doch schon tausend Mal gesehen. Natürlich werde auch dieser Apfel gepresst. Obwohl da ein Wurm drin sei?
»Das ist beim Mosten doch egal!«
»Aber der ist doch dann im Saft mit drin!« Erneutes Schulterzucken.
»Machst Du das etwa immer so?«
Genervtes Stirnrunzeln. »Das weißt Du doch!«

Seitdem habe ich, zum völligen Unverständnis meiner Großeltern, gut und gerne fünf Jahre lang jeglichen Konsum von Apfelsaft strikt verweigert. Was sie kopfschüttelnd mit der Anmerkung kommentiert haben: »Irgendwann wird der auch noch schlau!«

Sie haben Recht behalten. Jahr für Jahr erzeuge ich mit der alten Mostpresse vom Opa rund 300 Liter Most, die am Ende der Saison immer restlos ausgetrunken sind. Wie sich die Zeiten und Geschmäcker doch ändern können!

Da fällt mir die Geschichte von den ersten Menschen ein: Adam und Eva. Nachweisbar keine Schwaben.
Woher ich das wissen will?
Ganz einfach: denken Sie an die Geschichte vom Sündenfall. Wie die Eva ihrem Adam den Apfel gegeben hat. Und wie der Trottel dann einfach hineingebissen hat!
So etwas hätte ein Adam mit einer schwäbischer Abstammung nie im Leben gemacht: der hätte den Apfel nicht gegessen, sondern gemoschtet – und die Menschheit würde sich immer noch im Paradies befinden.

In den 60ern wurden die Zeiten allmählich andere. Was für eine schöne Binsenweisheit! Nein, ehrlich: es waren plötzlich andere Zeiten angebrochen. Nicht nur in Sachen Musik, mit diesen durchgeknallten, langhaarigen Pilzköpfen da, die sehr zum Entsetzen meiner Oma plötzlich über die Mattscheibe hüpften. Auch im unmittelbaren Lebensumfeld hat sich einiges verändert. Die ersten kleinen Läden haben geschlossen, dafür wurden diese unglaublich riesigen Supermärkte nach amerikanischem Muster aufgemacht. Wo man sich seine Sachen selber aus dem Regal holen musste. Wo es keine Tante Emma und keinen Kaufmann mehr gab. Einer der allerersten Supermärkte in unserer Nähe wurde bei Esslingen eröffnet. Wochenlang war bereits mit Werbesendungen (auch das etwas ganz Neues) dafür geworben worden. Und dann haben die lieben Leute vom neuen Supermarkt auch noch einen kostenlosen Bus vorbei geschickt, der uns dorthin zum Einkaufen gebracht hat. Wie nett!
Grillgöckele gabs dort auch. Knusprig fertig gebraten und ganz billig – eigentlich beinahe geschenkt! Wir alle waren restlos

begeistert von der schönen, neuen, billigen Einkaufswelt, mit der sie die schwäbische Seele (und das Sparbüchle) gestreichelt haben. Alle – bis auf die Besitzer der kleinen Läden, die mit verkniffenen Mienen gemeint haben: das große Erwachen wird bei Euch schon noch kommen. Spielverderber!

Ganz neue Marken und Produkte sind plötzlich in den großen Regalen aufgetaucht: »Miracoli« beispielsweise. Da waren Teigwaren drin, die nicht Spätzle hießen, sondern Spaghetti. Und nicht Bratensoße, sondern irgendwas Flüssiges, Tomatiges. Und dann noch Käse, den sie sogar schon gerieben hatten. Den sollte man dann über die Nudeln mit der Soße drüberstreuen. Was für ein exotischer Genuss, mit dem ich natürlich niemals meinen Gaumen hätte verwöhnen lassen können, wenn es da bei den netten Leuten im Supermarkt an einem Stand mit italienischen Fähnchen (die man geschenkt bekommen hat!) nicht noch so kleine Gratis-Probierpäckle gegeben hätte. An dem ich dann halt fünfmal vorbei geschlendert bin, bis eine komplette Mahlzeit für die ganze Familie gesichert war.
Neben dem Miracolistand wartete schon eine Frau mit weißer Mütze, rotweißkarierter Bluse und einem weißen Kittel auf uns: die Frau, die kannte ich! Das war die Clementine aus dem Fernsehen, die uns ein Päckchen mit Waschpulver in die Hand gedrückt hat. »Kostet nix!« Du liebe Güte! Wie wollten die netten Leute vom Supermarkt denn Geld verdienen, wenn sie doch alles hergeschenkt haben?
Hinter der Clementine stand noch ein Mensch, der uns mit Papiertaschentüchern Marke »Tempo« beglücken wollte. Aber das hat die Oma strikt abgelehnt: »Sowas braucht mr net!« Das sei die pure Verschwendung, denn schließlich habe man ja sein Sacktuch (schwäbisch für Taschentuch) dabei, das nach (mehrmaligem) Gebrauch einfach in die Waschmaschine gesteckt werden könne und danach (dank Clementine) wieder blitzsauber einer weiteren Verwendung harre. Wohingegen so ein lap-

periges Papiertaschentuch ja nach einmaliger, kräftiger Benützung für immer verschlissen sei.

Ich habe mir dann hinter dem Rücken der Oma heimlich doch noch ein Päckle Tempos schenken lassen. Nicht für mich, sondern für die Rotzrakete im Kindergarten. Um damit vielleicht die Waschmaschine von ihrer Mutter wenigstens ein bisschen zu entlasten.

Lurchi und Co

Einmal im Halbjahr haben wir – mitten unter der Woche! – einen Ausflug nach Stuttgart gemacht. Meistens an einem Mittwochnachmittag. Die Oma, die Mama und ich. Immer dann, wenn die großen Kaufhäuser wieder das Sortiment umgestellt haben: von Winterauf Sommerkollektion, beziehungsweise umgekehrt.
Wobei uns die anderen Kaufhäuser eigentlich gar nicht interessiert haben. Wir haben grundsätzlich immer nur einund dasselbe angesteuert: das Kaufhaus »Breuninger«. Denn da gab es für mich den Breunibär, den man manchmal sogar live im Schaufenster erleben konnte, es gab Schallplatten mit den Abenteuern vom Breuni zu kaufen, dazu als Höhepunkt das sensationelle Breuni(Soft)eis an der Breuni-Kinderbar. Immerhin durfte ich mir jedes Mal eine kleine Portion in der Waffel mit Vanille-Erdbeergeschmack bestellen.

Meiner Mutter und meiner Oma war das mit dem Breunibär nicht ganz so wichtig. Sie sind in erster Linie gekommen, um zu schauen, was es denn so Neues gäbe. Wohlgemerkt: zum Gucken, nicht etwa zum Kaufen. Denn eingekauft hat man an solchen Tagen höggschtens (!) im Untergeschoss, dem »Breuninger U«. Dort gab es (damals) aber nie die allerneuste Mode, sondern eher Strümpfe und günstige Unterhosen.

Fatalerweise jedoch waren die Schaufenster immer verhängt, wenn wir kamen. Und warum? Wg. umdekorieren von Winterauf Sommerkollektion natürlich! Sie hätten es ja eigentlich ahnen können. Aber dieses Schauspiel mit den enttäuschten Mienen von Oma und Mama wiederholte sich im Abstand von sechs Monaten in allerschönster Regelmäßigkeit. Mir selber war das ziemlich egal, denn ich war ja sowieso nur wegen dem Breuni-Softeis gekommen.

Aber weil man nun schon einmal da war und unverrichteter Dinge vor den verhängten Schaufenstern stand, könne man doch schauen, ob es im Schuhgeschäft »Salamander« zufällig ein Paar günstige Schuhe geben würde. Der Weg führte uns über den Marktplatz am »Spielwaren-Kurtz« vorbei, dem absoluten Supergeschäft meiner Kindheit: mit Tausenden von Steifftieren im Schaufenster, mit riesigen Legoburgen und – im Obergeschoss – mit einer gigantischen Eisenbahnabteilung. Ohne einen Abstecher zum »Spielwaren-Kurtz« durfte kein Tag in Stuttgart enden. Heute ist in dem Gebäude übrigens so ein Schickimicki-Nespressoladen drin …

Nach einer guten halben Stunde Aufenthalt bei den Eisenbahnen vom »Spielwaren-Kurtz« konnte es dann weitergehen zum »Salamander«. Auch das war immer eine feine Sache: denn in den Schuhläden vom »Salamander« gab es eine Rutsche, auf der man vom Erdgeschoss in die Kinderabteilung hinuntersausen konnte. Und dort unten stand so ein großer, hölzerner Kasten, in den man seine Füße hineinstrecken sollte. Zwecks Ermittlung der richtigen Schuhgröße. Die Schuhe durfte man dabei sogar anlassen. Das war toll, denn von oben konnte man durch eine Glasscheibe sehen, wie die Füße (durch die Schuhe hindurch!) mit einem magischen, grünlichen Licht durchleuchtet wurden. An der Seite waren noch zwei Durchguckscheiben angebracht: eine für die Verkäuferin, eine für die Mama. Und zackbumm: schon war die exakte Fußgrösse glasklar festgestellt. Für die Auswahl der Schuhe mit der richtigen Passform konnte man die Füße samt neuem Schuh später nochmal rasch ins Maschinchen (es hieß offiziell »Pedoskop«) schieben, um zu überprüfen, wie genau der Schuh den Fuß tatsächlich umschloss. Und lieber einmal zu oft durchgucken, bevor nachher die neuen Schuhe qualvoll drückten. Das Pedoskop war der absolute Hit! Aber einige Jahre später waren die Wunderapparate plötzlich spurlos aus den Schuhgeschäften verschwunden. Und die Schuhverkäuferinnen haben die Größe wieder ganz klassisch mit einem mechanischen Schieber von Hand ausgemessen. Auf meine verdutzte Frage, wo denn die schönen Apparate abgeblieben seien, senkten die Verkäuferinnen verlegen den Blick und murmelten irgendetwas von nicht mehr dürfen, geht auch so und ähnliche Ausflüchte mehr. Na gut: es ging ja tatsächlich auch anders. Obwohl man sich die Schuhe dafür jetzt extra ausziehen musste. Und die neuen Schuhe auch nicht mehr via Durchleuchtung auf ihren tadellosen Sitz hin überprüfen konnte.

Viel, viel später habe ich dann mitbekommen, was es mit dem Verschwinden der Pedoskope wirklich auf sich hatte. Das waren ja Röntgenapparate gewesen! Ungeschützte Röntgenapparate. Mit denen sich nicht nur der Schuhkäufer, sondern auch dessen Begleitung und sämtliche Verkäuferinnen hoffnungslos einer üppigen radioaktiven Strahlung ausgesetzt haben. Schuhkauf unter Lebensgefahr! Wenn wir – stolz wie Oskar – mit den neuen Schuhen (die wir natürlich immer gleich angelassen haben) aus dem Schuhgeschäft marschiert sind, dann müssen wir gestrahlt haben, wie ein ganzes Atomkraftwerk! Vermutlich hätten wir dank der Strahlendosis nachts auch keine Taschenlampen mehr gebraucht.

Schuhkauf überlebt! Was noch fehlte zum großen Schuhkäuferglück, das war jetzt nur noch ein Lurchiheftle. Die kleinen grasgrünen Heftchen mit den Abenteuern des Salamanders Lurchi und seiner Kameraden Unkerich, Pippin und Co. Das waren meine ersten literarischen Bekanntschaften. Wenig Text, viele, wunderschön gezeichnete bunte Bilder. So ein Heftchen gab es zum Schuhkauf gratis obendrauf. Natürlich nur beim »Salamander«. Und natürlich auch nur, wenn man vorher Schuhe gekauft hatte. Das Problem war nur, dass die Lurchiheftchen viel schneller erschienen, als man schon wieder neue Schuhe gebraucht hätte. Und deshalb bin ich eben manchmal mit Bittstellermiene ins Salamandergeschäft gepilgert undhabe gesagt, ich hätte leider beim letzten Schuhkauf vergessen, das neue Heftle mitzunehmen. Ob ich also vielleicht ... eventuell ... Die Verkäuferinnen haben den Braten meistens gerochen, aber dennoch oft Gnade vor Recht walten lassen und mir – verbunden mit einem wissenden Blick – so ein Heftchen in die Hand gedrückt. Vor lauter Glück habe ich dann auf einen Fußgrößentest am Pedoskop verzichtet, denn ich wollte ja so schnell wie möglich mein neues Lurchiheftle lesen. Was mir eine neuerliche Überdosis an Röntgenstrahlen erspart hat.

A propos Strahlendosis: der Sonntagvormittag gehörte mir und meinem Vater. Was im Spätsommer und im Herbst bedeutete, dass wir einen Ausflug in die Wälder auf Stuttgarts Höhen unternommen haben, um dort Pilze zu sammeln. Bevorzugt am Schloß Solitude. Da gabs die schönsten Pilze. Und mein Vater hat sich mit denen ausgekannt. Er wusste, welcher giftig war und welcher nicht. Und wenn er doch im Zweifel darüber war, dann hat er vorsichtig einfach ein winziges Stück von dem rohen Pilz abgebissen und es im Mund ganz langsam zerkaut. Anschließend sagte er, jetzt wisse er Bescheid. Offenkundig war das wirklich so: denn er hat diese Aktionen überlebt, ohne jemals auf der Intensivstation zu landen. Aber vermutlich hätten wir ohnehin eher in die Strahlenquarantäne gehört, denn die größten Pilze, die gab es in den frühen 60 er Jahren. In der Zeit der Atombombentests mitten im Kalten Krieg. Ganz besonders schöne Pilze sind meistens am Tag nach einem warmen Regenschauer aus dem Boden gesprossen – böse Zungen haben das später einen radioaktiven Fallout genannt.

An eine Sorte, die es häufig an der Solitude gegeben hat, kann ich mich noch ganz genau erinnern. Das waren so schwarze trichterförmige Pilze. Sie hießen »Totentrompeten«. Warum auch immer. Denn die haben wir auch gegessen. Und sind am Leben geblieben.

Falls am Sonntagnachmittag noch ein weiterer Ausflug angesagt war, ging es entweder ins »Blühende Barock« nach Ludwigsburg oder auf den Killesberg in Stuttgart. Dorthin bin ich aber nicht sonderlich gern gegangen, denn einmal hat mich dort ein Schwan ins Hinterteil gebissen, weil ich ihm von meinem 20-Pfennig-Eis (Vanille) nichts habe abgeben wollen. Und mit dem Parkbähnle durfte ich auch nicht fahren, weil das laut meinem Vater viel zu teuer war. Also hatte ich auch keine Lust mehr, auf den blöden Killesberg mit seinen doofen Killerschwänen zu gehen.

Lieber ins »Blühende Barock«. Denn da gab es eine Märchenwelt mit vielen lustigen Figuren. Allerdings hockte da auch – oh Schreck! – ein dicker, fetter, grasgrüner Froschkönig missmutig auf einer Insel im Teich herum! Dem konnte man sich auf steinernen Platten nähern, die über das Wasser führten. Doch kaum hatte ich die ersten Schritte gemacht, da hat mich die fiese Kröte nass gespritzt. Was mein Verhältnis zu Fröschen, insbesondere zu solchen mit einer Krone auf dem Quadratschädel, nicht unbedingt verbessert hat.

Einen richtigen Weltspartag gab es damals (in der Steinzeit) übrigens auch noch. Alljährlich am 31.Oktober bin ich deshalb mit meinem Sparkässle zur Untertürkheimer Bank gepilgert, wo die Banker tatsächlich noch Geld in die Hand genommen haben. Ja, doch! Ehrlich! Ich schwörs! Und sie haben es auch gleich gezählt. Und zwar von Hand! Nicht mit so einem Automaten. Und sie haben auch keinen verkniffenen Mund dazu

gemacht. Sondern einen sogar noch gelobt, wenn man brav gespart hatte. Einen Luftballon und ein Malbuch hat man dann auch noch geschenkt bekommen. Das war wirklich so.
In der Steinzeit eben …
… in der auch noch richtig gute Jugend-Fernsehserien gesendet worden sind. Was wichtig war, denn es gab ja anfangs nur ein einziges Fernsehprogramm. Doch! Ehrlich.
Und in diesem Programm haben sie dann beispielsweise »Mike Nelson – Abenteuer unter Wasser« ausgestrahlt – weshalb ich unbedingt Taucher werden und mit Vornamen Mike heißen wollte. Das klang in meinen Ohren irgendwie amerikanischer als Gunter. Und Amerika war bei uns jungen Leuten in diesen Zeiten einfach der Hit.
Auch die anderen amerikanischen Serien haben uns gezeigt, wie schön und easy dort drüben alles ist. »Rin Tin Tin«. Das war eine Hundeserie. Und »Lassie« auch. Aber noch viel besser war »Fury«. Das waren die Abenteuer eines Jungen mit seinem Pferd, das zu Beginn der neuen Folge zur Begrüßung immer gewiehert hat. »Na Fury! Wollen wir einen kleinen Ausritt machen?«
»Wieher, wieher!« (Natürlich, du Blödmann!)
Der Junge mit dem Pferd hieß, glaube ich, Jim. Weshalb ich nun auch Jim heißen wollte. Ging aber nimmer.

Schließlich kamen endlich die ersten deutschen Vorabendserien. »Funkstreife ISAR 12«. Da hießen die Hauptdarsteller Alois, Dieter und Herbert. So wollte ich nicht heißen. Aber die Serie hat mir trotzdem gefallen. So gut, dass ich im zarten Alter von sechs Jahren vor lauter Begeisterung ein Bilderbuch gemalt habe. Ein Super-Buch. Mit neuen Abenteuern für »ISAR 12«. Mit dramatischen Verfolgungsjagden, viel Blaulicht und wenig Text. Es war für meine noch nicht geborenen Kinder gedacht – ist aber leider verschollen. Ich finde es nicht mehr. Schade drum. Wäre ganz sicher ein Bestseller geworden.

Der schönste Mann

Aus jenen Jahren datiert meine erste, ernstere Sinnkrise. Und schuld daran war die Tante, die uns im Kindergarten immer diese Geschichten über den lieben Gott und das Volk Israel erzählt hat.
Vielleicht war ich aber auch selber schuld. Weil ich immer so viel gefragt habe.

Zum Beispiel wollte ich von der Tante wissen, wie das mit dem lieben Gott im Himmel denn nun ganz konkret sei. Ob der wirklich da droben auf einer Wolke sitze. Und vor allem: wo genau.
»Ha ja, natürlich.«
»So ein großer alter Mann mit weißem Haar und Rauschebart?«
»Genau so einer.«
»Und der sitzt auf einer Wolke im Himmel?«
»Habe ich doch grade gesagt!«
»Ganz hoch oben?«
»Ganz hoch oben.«
»Aber wieso hat ihn noch nie jemand gesehen? Ein Pilot zum Beispiel. Die können mit ihren Flugzeugen doch höher als die Wolken fliegen.«
»Der liebe Gott sitzt noch viel viel höher oben.«
»Höher als die Flugzeuge fliegen können?«
»Höher als die Flugzeuge fliegen können.«
»Also praktisch fast schon im Weltraum?«
»Ja, fast schon im Weltraum.«
Nun muss man freilich wissen, dass zwischenzeitlich die bemannte Raumfahrt begonnen hatte, was ich ungeheuer spannend fand und immer ganz genau verfolgt habe. Nächste An-

merkung meinerseits: »Aber im Weltraum gibt es doch gar keine Wolken mehr.«
»Die vom lieben Gott gibt's dort schon noch.«
»Und warum haben die Astronauten den lieben Gott dann nicht gesehen?«
»Weil der noch viel weiter weg im Weltall sitzt.«
»Ja, aber grade eben hast du doch noch gesagt, Tante, dass der liebe Gott auf einer Wolke im Himmel sitzt. Und der Himmel ist unter dem Weltraum. Und deswegen …«

Schlagartig durchfurchte nun eine steile Zornesfalte die Stirn der Religionstante. Ich solle jetzt endlich den Mund halten und nicht noch mehr so saudumme Fragen stellen. Viel lieber solle ich gefälligst dem lieben Gott danken, dass er mich auch heute wieder so gut behütet habe. Womit wir bei der nächsten Bibelgeschichte angelangt waren. Die habe ich der Tante aber jetzt gleich zweimal nicht mehr geglaubt. Seitdem haben mich die Zweifel nie wieder ganz losgelassen. Denn meine Frage von damals, ob saudumm oder nicht, steht leider immer noch unbeantwortet im Raum.

Es gibt da noch ein zweites Rätsel aus meiner Kindheit in Luginsland, das ich auch schon seit über 50 Jahren vergeblich zu lösen versuche. Das ist die Sache mit dem »schönsten Mann«. Ich weiß nicht einmal, ob ich ihn je persönlich gesehen habe. Ich weiß nur von meiner Oma, dass es in Luginsland jemanden gab, den die Leute hinter vorgehaltener Hand immer nur »den schönsten Mann« nannten. Wie er wirklich hieß, das weiß ich nicht.

Seinen eigenartigen Spitznamen hatte er deshalb bekommen, weil seine Mutter mordsmäßig stolz auf ihren schönen Buben war. Weshalb sie allen unbedingt erzählen musste, wie unglaublich hübsch ihr Junge doch geraten sei: »Mei Bua ischt halt der

schönste Mann!« Und zack: damit hatte der Junior seinen Spitznamen für alle Zeiten weg!
»Der schönste Mann«. Vielleicht hat er sich ja gewundert, dass ihn in Luginsland alle Leute immer angegrinst haben, wenn er aufgetaucht ist. Aber sicher hat er das darauf zurück geführt, weil er so schön war – nicht wissend, dass sich die Luginsländer in Wahrheit immer über den armen Kerl mit seinem (ihm unbekannten) Spitznamen halbtot gelacht haben.

Vor einigen Jahren habe ich beim Luginsländer Altenverein einen Vortrag über meine nostalgischen Kindheitserinnerungen an Luginsland und Untertürkheim halten dürfen. Oder war es der Seniorenverein?
Wie dem auch sei – damals habe ich in die Runde der älteren Herrschaften gefragt, wer denn wohl dieser »schönste Mann« gewesen sein könnte. Die Antwort war Schweigen.
Ob sie es nun nicht wussten (was angesichts der teilweise ratlosen Mienen wohl der Wahrheit entsprach) oder ob es nicht sagen wollten (was in Anbetracht von so manchem verlegenen Blick auch nicht ganz von der Hand zu weisen war): jedenfalls ließ sich die Frage nicht klären.
Wobei … eines der maßgeblichen Vorstandsmitglieder, ein besonders gut gekleideter Herr mit einer für sein Alter noch erstaunlich üppigen Haarpracht, in die sich kein einziges Silberfädchen gemischt hatte, dieser Herr hat seitdem bis zum Ende meines Vortrags nur noch starr an mir vorbei geguckt und ist hinterher sofort grußlos verschwunden. Dabei hatte er mich zu Beginn der Veranstaltung doch noch ganz besonders überschwänglich begrüßt!
Die Vermutung dürfte also nicht von der Hand zu weisen sein, dass ich den Nagel peinlicherweise mitten auf den Kopf getroffen hatte.
Wie dieses Vorstandsmitglied denn heiße, wollte ich dann von den anderen Teilnehmern noch wissen.

Doch sowohl mein Nebensitzer zur Rechten wie zur Linken hatte ganz plötzlich – was ihnen beiden jetzt aber schon furchtbar peinlich sei – den Namen des Kollegen vergessen. Kann bei einem Altenverein ja schon mal vorkommen. Da braucht man nun gar nicht so überrascht zu tun.
Alzheimer und Co halt. Vielleicht kommen sie eines Tages ja wieder auf den Namen ihres Vorstandsmitglieds.

Nix für Warmduscher

Was meiner Mutter ganz besonders wichtig war: dass ich möglichst früh Schwimmen lernte. Was dann auch der Fall war. Mit einigem (berechtigten) Stolz kann ich deshalb auf die Tatsache verweisen, dass ich im Cannstatter Mineralwasser schwimmen gelernt habe. Das können nur wenige von sich behaupten. Und das schon während meiner (frühen) Kindergartenzeit!

Schwimmen lernen im Mineralbad Cannstatt. Das hört sich toll an. War aber kein Zuckerschlecken für so einen vierjährigen Knirps wie mich. Das war harte Arbeit. Wobei meine Mutter versucht hat, mir die Sache so schonend wie möglich beizubringen. Sie ist mit mir deshalb extra am Warmbadetag ins Mineralbad gegangen. Das hat zwar ein bisschen mehr gekostet, als sonst, aber da hat man ausnahmsweise einmal nicht gespart. Wenns um das Wohl des (damals noch hoffnungsvollen) Sprösslings geht, dann kann man ja ruhig mal ein bissle tiefer in die Tasche greifen. Wobei … eigentlich hätte ich ja gewarnt sein müssen. Denn schließlich liegt der Kurort Bad Cannstatt mitten im Epizentrum des Schwäbischen. Was auch gewisse Auswirkungen auf den Warmbadetag gezeitigt hat.
Um es milde auszudrücken: beim Warmbadetag im Mineralbad Cannstatt handelte es sich um die schwäbische Variante eines Warmbadetags. Denn das Wasser dort war arschkalt. »Naturkühl« nennen sie das heute.

Jedenfalls gibt es im Cannstatter Mineralbad verschiedene Mineralwasserbecken. Beim einen kommt das Wasser mit 16 Grad aus der Quelle, beim anderen mit 18 Grad. Doch während die Becken heute (teilweise) bis auf 36 Grad hochgeheizt werden, waren das damals meinem Gefühl nach die exakten Temperaturen. Mit anderen Worten: ich habe bei (bestenfalls) 18 Grad Wassertemperatur Schwimmen gelernt! Und dabei gar nicht so schnell zittern können, wie ich gefroren habe.

Ich sehe ihn noch genau vor mir, den Bademeister, den Herrn Ade. Eine weißgekleidete Respektsperson, die eine lange Holzstange über das Becken gehalten hat. Ganz langsam hat er diese Stange dann auf Höhe meiner Nase vor mir übers Wasser gezogen und wie ein zähneklappernder Ertrinkender habe ich versucht, die blöde Stange irgendwie zu erhaschen. Als sei das alles noch nicht Zumutung genug, hat er mich dabei mitten durch so eine Fontäne bugsiert, von der dann auch noch »naturkühles« Wasser auf mich heruntergerieselt ist. Ich habe Wasser geschluckt ohne Ende! Na gut: immerhin handelte es sich ja um das heilkräftige Cannstatter Mineralwasser. Weshalb sich das Mitleid des guten Herrn Ade auch in überschaubaren Grenzen hielt. Wer sonst bekommt denn beim Schwimmen-Lernen eine Überdosis Heilwasser verabreicht?! Dazu noch eine kostenlose! Nach vielen Litern kostenlosem Mineralwasser hatte ich dann tatsächlich Schwimmen gelernt.
Als Belohnung für die zuvor ausgestandene Todesangst habe ich anschließend von meiner Mutter immer bei der Bäckerei am Mineralbad eine Zitronenrolle spendiert bekommen – dazu einen Schluck saures Wasser vom Mineralbrunnen im Kurpark. Als hätte ich vorher nicht schon mehr als genug Wasser geschluckt! Aber dieses hier, das saure, das sei ganz besonders gesund, hieß es.

Nachdem ich also leidlich Schwimmen gelernt hatte, ging es ab jetzt nur noch ins »Leo-Vetter-Bad« nach Stuttgart-Ost. Da ist es billiger gewesen, als im vornehmen Mineralbad Cannstatt. Klar, denn im »Leo-Vetter-Bad« gab es kein Mineralwasser. Und es ist auch nicht so edel-stilvoll zu gegangen wie in Cannstatt.

Dafür aber war das Wasser dort deutlich wärmer. So dass ich, ohne weiterhin den Erfrierungstod befürchten zu müssen, meine Schwimmtechnik allmählich verfeinern konnte.

Im Nachhinein frage ich mich natürlich schon, weshalb sie mit mir nicht gleich in das Bad mit dem wärmeren Wasser gegangen sind. Meine Mutter verweigert dazu jeden Kommentar. Das tut sie, in dem sie behauptet, das »Leo-Vetter-Bad« gar nicht zu kennen! Dann glaube ich das halt auch noch …
Die einzige Erklärung, die mir plausibel erscheint, ist die, dass sie gedacht haben, im kälteren Wasser ginge das mit dem Schwimmenlernen deutlich schneller. Was dann auch der Fall war.

Es hätte aber auch noch andere Alternativen gegeben, denn Stuttgart hat ja noch mehr Bäder. Immerhin die zweitgrößten Mineralwasservorkommen in ganz Europa – gleich nach Budapest. Woraus die Stuttgarter freilich viel zu wenig machen.

Aber dass wir früher jemals ins Mineralbad »Berg« oder gar ins Mineralbad »Leuze« gegangen wären: das war undenkbar. Das war uns viel zu teuer. Im Sommer gleich zweimal. Da gabs als Alternativen das Schwimmbad in Fellbach oder das Untertürkheimer Inselbad. Weswegen ich erst vor einigen Jahren in den Genuss dieses einzigartigen »Mineralbad-Berg«Gefühls gekommen bin. Und so durfte seitdem kein Sommer mehr vergehen, ohne dass ich zwei- bis dreimal im »Berg« ins angeblich 22 (schwäbische) Grad »warme« Wasser gehüpft bin. Was den Vorteil hatte, dass man selbst an brütend heißen Hochsommertagen anschließend den ganzen Tag nicht mehr schwitzen musste, wenn man vorher eine halbe Stunde im naturkühlen »Berg«-Mineralwasser überlebt hat.

Und kaum hatte ich mich an diese Tradition gewöhnt, da haben sie das »Berg« auch schon geschlossen. Wg. Umbau. Für mindestens zwei Jahre. Wenn nicht drei!

Aber zurück zu der Frage, wohin. In welches der beiden Mineralbäder hätten wir damals gehen sollen? Das ist gar nicht so einfach zu beantworten. Denn es sind regelrechte Weltanschauungsfragen, die sich da vor einem auftürmen. Und wer sich schließlich entschieden hat, für den/die heißt es dann: einmal »Neuner«, immer »Neuner«. Andersrum in Sachen »Leuze« ist das natürlich genau so.
Wieso denn jetzt »Neuner«? Weil das »Berg« in eingeweihten Kreisen (zu denen ich mich mittlerweile auch ein bisschen zählen darf) nämlich gar nicht »Berg« heißt, sondern eben »Neuner«. Und das ist nicht wegen einer eventuellen Straßenbahnlinie 9 so. Denn die verkehrt dort nicht. Und es ist auch nicht wegen einer mutmaßlichen Hausnummer 9 so. Denn die hat das »Berg« nicht. Es heißt so, weil der »Berg« Gründer, der das Bad schon im Jahr 1856 eröffnet hat, ein königlicher Hofgärtner namens Friedrich Neuner war. Damit ist das »Berg« übrigens das älteste Schwimmbad von Stuttgart und lange Zeit auch das größte Mineralschwimmbecken von Deutschland gewesen.

Mineralbadepolitisch korrekt muss ich also von den »Neunern« schreiben, die für die Warmduscher vom »Leuze« nur ein verächtliches Lächeln übrig haben. Denn die Frühschwimmer vom »Neuner«, die steigen auch bei minus 20 Grad Außentemperatur morgens um 6 Uhr ins naturkühle Mineralwasser. Das ist Ehrensache.

Zugegeben: Ganz so weit bin ich dann doch noch nicht. Insofern handelt es sich bei mir auch (noch) nicht um einen ganz und gar waschechten »Neuner«.

Aus diesem Grund hatte ich vor dem Umbau natürlich auch noch keinen Stammplatz, wie ihn die altgedienten »Neuner« schon seit Jahrzehnten beanspruchen dürfen. Jedem sein eigenes Plätzle, da darf um Gottes Willen niemand anderes hinsitzen, als man selber – und sei es noch so heiß und die Liegeflächen noch so dicht belegt. Da sind schließlich schon die Oma und der Opa gesessen. Und so haben die Schwätzbasen grundsätzlich ihre eigene Ecke, die stillen Beobachter, die Dauerschläfer, die Ewigjungen, die Kartenspieler und die oben-ohne-Seniorinnen. Schlichtweg alle, die schon seit Menschengedenken hierher kommen.
Vielleicht irgendwann auch ich. Wird sich dann nur noch die Frage stellen: wo? Zukunftsmusik.

Also, wie gesagt: erst viele Jahrzehnte später habe ich mich erstmals ins Berg getraut. Zur Unterstützung begleitet von Ehefrau und Tochter. Alles war wunderbar. Die Sonne schien, die Schwätzbasen hatten noch ein Eckle freigelassen, auf dem wir unsere Handtücher ausbreiten konnten, das Wasser lockte verführerisch, die Infotafel an Beckenrand versprach verheißungsvolle 22 Grad. Rasch also hinein ins Vergnügen. Und genauso schnell wieder raus. Denn das Wasser war eiskalt! Von wegen 22 Grad! Die Temperaturangabe konnte ich mir nur damit erklären, dass das Thermometer vorher eine Stunde lang in der prallen Sonne gelegen haben musste.

Vor allem für meine damals 18 Jahre junge Tochter war das ein Schock. Nur knapp am Herzinfarkt vorbeigeschwommen, ist sie wie von einer Tarantel gestochen aus dem Becken herausgespritzt. Nach einer ausgiebigen Wiederaufwärmphase an der prallen Sonne hat sie sich an den Beckenrand gesetzt und schaudernd die todesmutigen Schwimmer beobachtet, die durch das Eiswasser gepflügt sind. Unter denen, das darf ich voller Stolz

anmerken, auch ich mich, zitternd zwar, aber immerhin, getummelt habe.
Einem der altgedienten »Neuner«-Routiniers war die Szene nicht entgangen und so kam er jetzt langsam und mit prüfendem Blick auf mich zu geschwommen. Kurz vor mir machte er halt, um mich, begleitet von einem eindeutigen Seitenblick auf die am Beckenrand kauernde Tochter zu befragen: »Was hat se?«
»Es isch ihr zu kalt.«
Worauf seine ohnehin schon kritische Miene schlagartig zu einem Eisblock gefroren ist. Stirnrunzelnd kratzte er sich an der weiß-blauen Badekappe, holte tief Luft und krächzte mit aller mitleidigen Abneigung, die man in eine Stimme legen kann:
»Dann muss se halt ens Leize!«
Die Höchststrafe! Klassischer Fall von Warmduscher und Co. Ein weiterer, verständnisloser Blick traf nun mich, der ich als ehemals Erziehungsberechtigter offenbar total versagt hatte! Das arme Kind.
Seitdem hat jener »Neuner« nie wieder ein Wort mit mir gewechselt.

Wenn wir schon beim Schwimmen sind: Kennen sie eigentlich die Geschichte vom Untertürkheimer Inselbad? Diese Story hat unter uns Kindern Anfang der 60er Jahre rasend schnell die Runde gemacht. Das war ja die Zeit, in der dank des Wirtschaftswunders die ersten Gastarbeiter aus Italien gekommen sind. Die Itaker, wie man sie genannt hat. Oder – weniger vornehm – die Spaghettifresser. Weil sie angeblich immer nur Spaghetti gegessen haben. Was natürlich nicht stimmte. Aber immerhin haben sie damals die Spaghetti mitgebracht.

Das Inselbad jedenfalls hatte einen 10-Meter-Turm. Von dem aus – so ging die Geschichte – sich eines schönen Tages ein Italiener todesmutig ins Becken gestürzt habe. Dummerweise sei er aber mit dem Bauch aufgekommen. Ein Bauchpflatscher aus zehn Metern Höhe! Das ist kein Vergnügen. Das war jedem von uns bewusst, die wir schon mal einen Bauchpflatscher vom 3-Meter-Brett fabriziert hatten. Aber vom 10-Meter-Turm?! Furchtbar!

Sie werden sich nun fragen, woher wir gewusst haben, dass es ein Italiener war? Das ist die eigentliche Geschichte: im Schwimmbecken seien nämlich lauter Spaghetti aus dem geplatzten Bauch des verunglückten Turmspringers herumgeschwommen. Womit zur Genüge bewiesen sei, dass es sich nur um einen Italiener gehandelt haben könne. Hieß es. Also, ich habe die Geschichte lange geglaubt – und noch heute kriege ich eine Gänsehaut, wenn ich am Inselbad vorbei fahre. Denn dabei muss ich immer an den armen Italiener und seine Spaghetti denken …

Alptraum Rothenburg ob der Tauber

Viele Jahre lang habe ich nicht begriffen, was es eigentlich mit Rothenburg ob der Tauber auf sich hatte. Nun gut. Meine Mutter stamme von dort, haben sie mir gesagt. Ich fand das einigermaßen seltsam, denn »dort hinten« haben sie ganz anders gesprochen, als wir. Auch anders, als meine Mutter. Fränkisch halt. Mit mir hat sie aber immer Schwäbisch geredet.

Ab und zu haben wir die Verwandtschaft in Rothenburg besucht. Das waren für mich immer die Tage, an denen ein Alptraum über mich herein gebrochen ist. Denn wann fährt man üblicherweise zur buckligen Verwandtschaft? Immer dann, wenn irgendein bedeutenderes Familienfest ansteht. Und das ist fatalerweise meistens am Sonntag der Fall. Am heiligen Sonntag, an dem man ja eigentlich liebend gern einmal so richtig ausgeschlafen hätte. Aber Pustekuchen.
Bei weiter entfernten Fahrtzielen (wie Rothenburg) kommt zwangsweise noch dazu, dass ein frühzeitiges Aufstehen angesagt ist.

Es hieß also: Aufstehen im Morgengrauen. In des Wortes doppelter Bedeutung. Denn schon beim ersten Hahnenschrei (damals gabs tatsächlich noch die stolzen Gockel im Hühnerstall hinter unserem Haus) wurde ich mehr oder minder sanft aus meinen schönsten Träumen gerissen, dann im noch halb bewusstlosen Zustand sofort in diese kratzigen Festtagsklamotten gesteckt, die Ende der fünfziger, Anfang der 60er Jahre ja wirklich noch furchtbar »gebissen« haben. Mich sowieso.
Denn ich habe eine äußerst empfindliche Haut. Und so stand ich blass wie ein Gespenst einfach nur da in meinem Bleylean-

zügle und dem kackbeigen Pullover, den sie mir auch noch übergestülpt hatten und habe versucht, mich so wenig wie möglich zu bewegen. Ich fühlte mich nicht nur hundeelend, sondern sah auch genau so aus. Äußerlich zwar fein herausgeputzt, innerlich aber wie frisch gekotzt.
Die nächste Tortour folgte in Gestalt des Rücksitzes im VW-Käfer. Heckmotor. Sitzbank direkt auf der Hinterachse.
Den Benzingestank habe ich heute noch in der Nase.

Und dann gings los. Von Luginsland aus in Richtung Norden. Holter-di-polter sind wir über Stock und Stein mitten durch den Schwäbischen Wald gegurkt. Eine Autobahn gabs zu dieser Zeit ja noch nicht.
Weshalb wir plötzlich in einem Ort gelandet sind, der mir den Angstschweiß aus allen Poren getrieben hat. Bubenorbis!
Die Geschichte dazu geht so: wenn ich (wieder einmal) meinen Teller nicht leer gegessen habe, weil es halt schon wieder Feuerbohnen oder Gaisburger Marsch mit Sellerie oder irgend eine andere Zumutung für meine zarten Magennerven gegeben hatte, dann hat mein Opa mir manchmal lächelnd gedroht:
»Warte nur. Wenn du so weiter machst, dann müssen wir dir bald mal die Zunge schaben!«
Oder – und das war die Höchststrafe: »Oder Du kommsch nach Bubenorbis!«
Ich habe immer bloß die Auge verdreht und spöttisch gemurmelt. »Ja, ja, Bubenorbis …« Als wenn es so einen komischen Ort tatsächlich geben würde. Für wie blöd hielt der Opa mich denn eigentlich?!
So – und nun fuhren wir also durch den Schwäbischen Wald. In der Schule hatte ich grade die ersten Buchstaben gelernt, als wir an einem Ortsschild vorbei kamen, auf dem ich mühsam den Namen B-u-b-e-n-o-r-b-i-s entzifferte.
Bubenorbis!
Das gab es ja wirklich!

Sie machten also ihre Drohung war!
Fuhren gar nicht nach Rothenburg! Sondern brachten mich nach Bubenorbis!
Um mich dort meinem Schicksal, dem Sellerie und den Feuerbohnen zu überlassen!
Es war eine grauenhafte Vorstellung, die mein Herz wild zum Rasen brachte.
Ich schlug die Hände vor die Augen, während der Käfer unaufhaltsam dem Ziel entgegen steuerte.
Dem Zentrum von Bubenorbis.
Das musste ein gewaltig großer Ort sein, denn das Auto fuhr und fuhr.
Ohne anzuhalten.
Eine erste zaghafte Hoffnung begann in mir aufzukeimen. Vorsichtig lugte ich mit dem linken Auge durch meine Finger. Und siehe da: wir befanden uns auf einer baumlosen Hochebene. Kein Ort mehr weit und breit. Bubenorbis lag hinter uns. Sie hatten mich doch nicht dorthin gebracht!
Kein Sellerie.
Keine Feuerbohnendiät. Überlebt!
Erleichtert atmete ich durch.
Bis heute habe ich übrigens nicht begriffen, was das arme Bubenorbis mit meiner Essensverweigerung zu tun haben sollte. Es ist mir ein Rätsel geblieben. Vermutlich ist es der eigenartige Ortsname. Aber so ganz genau weiß ich es nicht.

Egal. Bubenorbis war also überstanden.
Jetzt wurde das Land deutlich hügeliger. Wir näherten uns allmählich der Hohenloher Ebene. Die Luft hinten auf der Rückbank im VW Käfer wurde immer dicker. Das Gehoppel und Geschaukel auf der Hinterachse immer heftiger. Der Kaba und mit ihm das mittelgroße Stück Marmorkuchen, das sie mir zum Frühstück eingetrichtert hatten, begannen in meinem Magen lustig zu glucksen.

Und gleich hinter Schwäbisch Hall kam die Cröffelbacher Steige.
Da ist es immer passiert. Der (heldenhafte) Kampf, zwischen mir und meinem Magen war zu Ende.
Vollbremsung des VW-Käfer. Aber es war zu spät. Erster Sieger: der Magen!
Mein Vater hat getobt – und meine Mutter musste die Sauerei aufwischen. So, wie es damals halt war.
Dann ging es weiter über die angebliche Hohenloher Ebene. Seit dieser Zeit weiß ich, dass das mit der Ebene ein bösartiges Gerücht ist. Denn wo gab es hier eine Ebene?!
Permanent ging es nur noch steil rauf und steil runter. Wie in einer Achterbahn!
Kochertal! Bühlertal! Jagsttal! Taubertal!
Und halt: fast hätte ich das Vorbachtal vergessen! Mit anderen Worten: es ging mitten durch die Pampa. Kreuz und quer durch württembergisch Sibirien.

Hier in Hohenlohe war eindeutig der Hund begraben. Was mir aber auch egal war. Am liebsten hätte ich mich zum Hund dazu gelegt. Denn seit der Cröffelbacher Steige war mir sterbenselend. Und alles wegen dieser angeblichen Hohenloher Ebene.
Dabei war ich – ohne das zu ahnen – eine Riesenattraktion. Na gut: weniger ich, als vielmehr der Käfer mit dem Stuttgarter Kennzeichen. Denn weil sich in den abgelegenen »Nestern« von Hohenlohe tatsächlich Fuchs und Hase Gute Nacht gesagt haben und es den wenigen Kinder dort besonders am Wochenende furchtbar langweilig war, haben sie oft die Stunden damit totgeschlagen, indem sie die Kennzeichen der Autos aufgeschrieben haben, die sich in ihr Dorf verirrt hatten.
Es waren wenige genug. Vielleicht zehn am Tag.

Großer Jubel brach immer dann aus, wenn tatsächlich einmal so etwas Exotisches, wie ein Stuttgarter Kennzeichen vorbei

gedüst ist. Mit mir hinten drin. Wer hätte das gedacht?! Ich in meinem elenden Zustand jedenfalls nicht.
Das war die ganze Freizeitbeschäftigung. Das stimmt wirklich. Das haben mir viele gleichaltrige Hohenloher, die ich in den vergangenen Jahren kennen gelernt habe, erzählt. Hohenlohe war – zumindest aus Stuttgarter Perspektive – so etwas wie das Ende der Welt. Eine öde Leere im hinterletzten Zipfel des Landes, in die württembergische Pfarrer und Beamte oft strafversetzt worden sind, wenn sie in Stuttgart in Ungnade gefallen waren. Das Galiläa der Heiden. So nannte man Hohenlohe in Kirchenkreisen.
Und heute? Ist Hohenlohe eine Boomregion, in der sich ein Weltmarktführer nach dem anderen die Klinke in die Hand gibt. Und viele von denen sind mittlerweile heftig umworbene Sponsoren von Events in der Landeshauptstadt. Atemberaubend, wie sich der Wind innerhalb von zwei, drei Jahrzehnten gedreht hat!

Das alles gab es aber bei meinen Alptraumfahrten über die angebliche Hohenloher Ebene in Richtung Rothenburg ob der Tauber leider noch nicht. Der Kampf mit den Magennerven ging munter in die zweite Runde, als endlich die dunkle Silhouette der alten Festungsstadt vor uns auftauchte. Drohend. Abweisend. Fürchterlich.
Und wieder musste der Käfer erst den Hang hinunterkurven, um sich dann – kaum im Tal unten angekommen – mit jämmerlich keuchendem, Benzindämpfe versprühendem Heckmotor wieder nach oben zu schrauben, bis es endlich in die Stadt hinein ging.
Es war immer beim Spitaltor, daran kann ich mich noch erinnern. Vor allem aber erinnere ich mich an das Kopfsteinpflaster, über das wir in die Stadt geholpert sind. Kopfsteinpflaster!
Dabei war mir doch schon hundeelend! Und jetzt noch Kopfsteinpflaster!

Wie rückständig die »dort hinten« sind, schoss es mir bitter durch den Kopf!
Haben noch Kopfsteinpflaster, während wir in Stuttgart stolz auf die vierspurigen, autobahnähnlichen Straßenschneisen waren, auf deren makellos glatter Asphaltdecke man mit 80 oder noch mehr Sachen fröhlich durch die Stadt brettern konnte.
Und »dort hinten« hatten sie noch Kopfsteinpflaster!
Dachte ich kopfschüttelnd. Bis ich vor wenigen Jahren erfahren habe, dass das Absicht ist von den Rothenburgern. Um den Touristen aus Amerika, Japan und China vorzugaukeln, wie wunderschön romantisch das Mittelalter doch gewesen ist. Rothenburg vermarktet sich ja höchst erfolgreich als die Stadt des Deutschen Mittelalters. Der Romantik. Der Guten Alten Zeit – die es freilich niemals gegeben hat. Auch in Rothenburg sind sie im Mittelalter durch knöcheltiefen Straßendreck gewatet und nicht über Kopfsteinpflaster stolziert. Aber die Touristen glauben das mit dem Kopfsteinpflaster gerne. Und so lässt man sie schmunzelnd in ihrem Glauben.

Mitten in der Stadt war unsere stundenlange Odyssee endlich an ihrem Bestimmungsort angekommen. Vom Marktplatz aus musste man nur noch über die Hafengasse in eine enge Straße abbiegen, die »Alter Keller« hieß. Alter Keller! Auch das noch! Und angehalten haben wir schließlich vor einem winzig kleinen, windschiefen Haus. Dort haben meine fränkischen Großeltern gewohnt. Es ist bis heute das kleinste Haus von ganz Rothenburg. Ein typisches Tagelöhner-Häuschen, wie wir es manchmal noch in den Bauernhofmuseen sehen können.

Gewohnt haben die Großeltern mit ihren acht Kindern nur in den oberen Stockwerken ihres Häuschens. Unten, da war nämlich der Stall. Da wohnte das liebe Vieh.
Also die Sau (wenn man eine hatte), die Ziege, die Hühner und die Hasen. Das war insofern clever, als die vierbeinigen Hausge-

nossen ihre Wärme von unten in die oberen Geschosse abgegeben haben. Wärme steigt ja bekanntlich nach oben. Eine kostenlose Bioheizung sozusagen. Die Leute früher waren ja nicht blöd.

Noch in den 60er Jahren konnte man es riechen, obwohl die Großeltern längst kein Vieh mehr im Stall hatten. Aber so ein Geruch hält sich ja hartnäckig. Und so habe ich nur die Nase gerümpft und meine Mutter gefragt, wie sie diesen Gestank denn früher ausgehalten habe?
Worauf sie nur mit den Schultern gezuckt, mich mitleidig angeschaut und gemeint hat, das könne ja nur so ein Stadtkind wie ich fragen. Denn wenn man in den Gestank hinein geboren wird, dann riecht man ihn nicht. Dann ist das ja normal. Riechen tut das nur ein im wahrsten Sinn des Wortes Reingeschmeckter. Also ich. Stimmte auch wieder.
Aber dennoch …

Um in den Wohnbereich zu gelangen, musste man eine steile, ausgelatschte Holztreppe hochsteigen. Anstelle eines Geländers war an der Wand ein dicker Strick angebracht. Oben endlich angekommen, prasselte aus den Kehlköpfen der überwiegend rothaarigen Verwandtschaft ein fränkischer Wortschwall auf uns nieder, von dem mein Vater und ich kein einziges Wort verstanden. Es hätte durchaus auch chinesisch sein können.
Offenbar hatten sie uns in ihrer Sprache aber willkommen geheißen und nun – der Enge im Flur halber – gleich ins Wohnzimmer gebeten, wo schon in wenigen Minuten das Mittagessen auf uns warte. Obwohl ich wg. Cröffelbach und Co eigentlich absolut keinen Hunger hatte. Aber gut.
Die gute Stube entpuppte sich als winziger Raum, mit einer ziemlich niedrigen und zur Außenwand hin recht schiefen Decke. Die war so niedrig, dass ich mit dem Kopf daran streifte, so dass mir nichts anderes übrig blieb, als mich gleich auf dem

durchgesessenen Sofa niederzulassen. Was meinen Stuttgarter Opa, der einmal beim Besuch dabei war, zu der Anmerkung brachte, das sei eigentlich eine recht praktische Sache mit so einer niedrigen Decke, denn da brauche ja man noch nicht einmal eine Leiter, um sie zu streichen. Es genüge schon, den Kopf in den Farbeimer zu stecken.

Fatalerweise wurde immer, wenn wir kamen, das Fränkische Festtagsessen aufgetischt. Das war Sauerbraten mit (rohen!) Kartoffelklößen. Mein Vater und ich haben es grundsätzlich mit stummer Demut aufgenommen und meiner Mutter ganz dezent unsere Portionen rüber geschoben, die sie dann tapfer vertilgt hat.

Mittlerweile hat sich auch in dieser Hinsicht eine drastische Veränderung ergeben: heutzutage bin ich nämlich froh und dankbar, wenn mir in Rothenburg ein schöner (fränkischer) Sauerbraten mit rohen Klößen aufgetischt wird.
Aber damals …
Schon allein des Essens wegen (Klöße statt Spätzle!) hätte ich mich in dieser Zeit also nie und nimmer als einen halben Franken bezeichnen lassen. Obwohl ich doch dank meiner Mutter zu 50 Prozent über fränkische Gene verfüge. Mit anderen Worten: die Gosch isch zu hundert Prozent Schwäbisch. Aber der dazu gehörige Kerl ist auch »a weng« fränkisch. Genau gesagt sogar zur Hälfte. Das habe ich allerdings erst viele Jahrzehnte später begriffen. Dazu dann weiter hinten im Buch mehr.

Zu den späteren Festen in Rothenburg bin ich dann mit dem eigenen Auto gefahren. Immerhin gabs jetzt schon eine richtige Autobahn. Und keinen Käfer mehr mit Heckmotor. Der Kotzfaktor, die Fahrt betreffend, war damit deutlich reduziert.
Jetzt allerdings hat mich dafür meine recht trinkfeste Verwandtschaft dort ordentlich auf die Probe gestellt. Denn bei meinen

Onkels, Tanten, Cousins und Cousinen war es durchaus üblich, so eine Festivität locker bis weit ins Morgengrauen hinein zu zelebrieren.

Weshalb ich mir, der ich in Sachen Bier und Wein noch nicht ganz so sattelfest gewesen bin, einst einen gewaltigen Alptraum eingehandelt habe, in dem ich träumte, die besonders standhaften Teile der Verwandtschaft hätten mich in tiefster Nacht in den Keller eines Hauses geschleppt, in dem Leute in einem Boot herum gepaddelt seien. Eine absolut aberwitzige Vorstellung – verbunden mit einem gewaltigen Brummschädel – die bei mir zu dem Schwur geführt hat, mich künftighin von der Verwandtschaft auf gar keinen Fall mehr dermaßen abfüllen zu lassen, wie am Tag meines Kellerpaddel-Albtraums.
Eine Bootstour in einem Keller!

Jahrzehnte später stand ich anlässlich einer Reportage über die ausgeklügelten mittelalterlichen Trinkwasser-Versorgungssysteme von Rothenburg ob der Tauber plötzlich wieder in genau diesem Keller. Dieses Mal aber ganz nüchtern und folglich ohne vorherigen exzessiven Alkoholgenuss – und dennoch habe ich das Boot sofort wieder erkannt, das in diesem Teil des riesigen unterirdischen Kanal gemächlich vor sich hin dümpelte.
Es war Fakt! Und im Nachhinein habe ich meiner Verwandtschaft Abbitte geleistet, die mich offenbar doch nicht derart abgefüllt hat, wie ich das befürchtet hatte.
Aber wie hätte ich das schon ahnen sollen damals.

Doch kein Käpsele

Die erste große Zäsur im Leben eines Kindes, auf die sich seltsamerweise zunächst alle (sogar das Kind!) gewaltig freuen, das ist die Einschulung.
Wenige Jahre später dann überwiegen in dieser Hinsicht bekanntlich meist eher gemischte Gefühle, aber zu Beginn… stürmen sie wie eine Horde Lemminge freudig in Richtung Schulgebäude und es kann ihnen offenbar gar nicht schnell genug gehen.

Das war natürlich auch in Luginsland nicht anders. Schon Tage vorher war im Kindergarten von nichts anderem mehr die Rede gewesen, als von unserem bevorstehenden Statuswechsel: von Kindergartenkind zum Schulkind. Wow!
Sogar Ostern ist vor lauter Schulbegeisterung in den Hintergrund gerückt.
Ja, Ostern. Denn damals ist man ja noch direkt nach den Osterferien eingeschult worden.

Sie haben es an meiner etwas distanzierten Beschreibung wohl schon ablesen können: mein Verhältnis zur Schule war bereits am ersten Tag ein ziemlich zwiespältiges. Was an mehreren Faktoren lag: zum einen wurde der Luginslandschule gerade ein neuer Anbau verpasst, genau dort, wo mein Opa noch einen schönen alten Weinberg besessen hatte – mit einem herrlichem Blick über den Talkessel von Stuttgart. Oft war ich bei Einbruch der Dunkelheit mit meiner Oma hierher gekommen, um die Lichter der Großstadt zu bestaunen: die riesigen Fabrikanlagen vom Daimler im Neckartal, die sich scheinbar unendlich ausdehnende Stadt, der imposante Fernsehturm, der alle zwei Sekunden seinen Lichtstrahl über den Talkessel hat kreisen lassen. Das waren magische Momente für so einen kleinen Dreikäsehoch wie mich. Der Weinberg war noch ein richtiger Wengert wie aus Königs Zeiten. Uraltes Familienbesitztum. Aber jetzt hatte ihn der Opa wegen dem Schulneubau verkaufen müssen, was nicht nur mir, sondern auch ihm die Tränen in die Augen getrieben hat. Das bisschen Geld, das es dafür gab, war längst keine angemessene Entschädigung. Und jetzt hatten sie eine riesige Betonwanne darübergegossen!

Schon aus diesem Grund bin ich am Tag meiner Einschulung mit einer eher gedämpften Begeisterung aufgewacht.
Der zweite Grund wog noch schwerer. Ich war nämlich der Einzige, der bei seiner Einschulung keine Schultüte in die Hand gedrückt bekam.
Diese Schultüten-Unsitte hatte sich inzwischen durchgesetzt. Ich aber, wie gesagt, hatte keine bekommen. So einen Quatsch müsse man nicht mitmachen, hatte meine Oma gemeint. Schultüte! Wieder so eine Ami-Sitte! Und dann noch für »so etwas« Geld ausgeben! Auf gar keinen Fall! Und wenn die Oma das gesagt hat, dann war es für den Rest der Familie Gesetz.

Sie haben mir oben auf dem Dachboden (»auf der Bühne«) zum Ausgleich dafür ein extra Osternestle versteckt, mit Waffeleiern und Ostereiern drin.
Folglich war ich der Einzige auf dem Foto mit all den Schulanfängern, dessen Gesicht nicht hinter einer riesigen, spitzigen Tüte verborgen war. Mich kann man gut erkennen. Besonders glücklich schaue ich aber auf dem Bild nicht unbedingt in die Landschaft.

Irgendwie muss ich an der Tatsache der nicht vorhandenen Schultüte ein bisschen geknabbert haben. Denn die Konzentration, die ich doch für meine ersten Schulstunden gebraucht

hätte, war weg. Das hat sich dann am Nachmittag bemerkbar gemacht, als der Didi Thaler, einer meiner Kindergartenfreunde, vorbei gekommen ist, um mich zum Spielen im Anlägle abzuholen. Der hatte natürlich eine Schultüte bekommen – und ihren Inhalt aus Schokolade, Waffeln und Bonbons bereits nahezu vollständig verspeist. Gerade, als wir bereits am Gehen waren, hat er mich beiläufig gefragt, wie lange ich eigentlich für die Hausaufgaben gebraucht hätte.
Welche Hausaufgaben?
Meine Mutter, die ganz in der Nähe stand und die Frage samt Gegenfrage mitbekommen hatte, ist fast in Ohnmacht gefallen. »Hausaufgaben! Sag bloß, ihr habt Hausaufgaben aufbekommen?!«
Hätten wir, hat der Didi eifrig genickt. Eine knappe Stunde hätte er dafür gebraucht. Das sei ja ganz schön anstrengend, so was. Weshalb ich denn nichts von Hausaufgaben gesagt hätte, wurde ich von meiner Mutter nun harsch ins Kreuzverhör genommen. Weil ich nichts davon mitbekommen hätte, gab ich zurück. Dass wir am Nachmittag irgendwelche Hausaufgaben machen sollten: nie gehört.
Worauf meine Oma, die das Drama am Rande mitbekommen hatte, mit bittersüßer Miene meinte: »Da können wir uns ja auf etwas gefasst machen!«
Sie konnten!

Mit dem Spielen im Anlägle wars jedenfalls schlagartig vorbei. Ich musste jetzt die Hausaufgabe nachholen, die uns der Didi schnell erklärt hatte.
Einen Baum malen, einen Mann und einen Regenschirm. Das alles mit Kreide auf die Schiefertafel. Und weil ich noch nie ein guter Zeichner gewesen bin, war das Resultat auch ein dementsprechend mageres. Dreimal (!) haben sie mir meine Zeichnung mit einem nassen Schwamm und wenig schmeichelhaften Kommentaren einfach wieder weggewischt. Erst kurz vor Ein-

bruch der Dunkelheit – als besonders kunstvoll war das Gekritzel noch immer nicht zu bezeichnen – ließen sie dann Gnade vor Recht ergehen.
»Und wehe, du hast deine Hausaufgaben morgen wieder vergessen! In die Schule geht man nicht zum träumen! Da wird aufgepasst und gelernt! Verstanden?!«
Verstanden!
Was für ein hoffnungsloser Beginn einer steilen Karriere! Und jetzt? Schien der einst so vielversprechende Nachwuchs also doch kein »Käpsele« zu werden! Die düstere Vorahnung, die sich seit dem Froschkönigdrama dezent im Hinterkopf der engeren Familie eingenistet hatte, war schlagartig wieder präsent. Und sämtliche hoffnungsvollen Blütenträume meiner Altvorderen waren kläglich zerplatzt: wie Seifenblasen an einem Stacheldrahtzaun!

Zu meiner Ehrenrettung sei an dieser Stelle freilich noch angemerkt, dass sich meine Erinnerungsschwäche in Sachen Hausaufgaben schließlich doch ein kleines bisschen gebessert hat. Womöglich deshalb, weil sie mich seitdem beim Heimkommen grundsätzlich mit der Frage konfrontiert haben, was ich denn heute als Hausaufgabe zu erledigen hätte. Das haben sie über meine gesamte Grundschulzeit hinweg so praktiziert. Und auch noch in der ersten Klasse Gymnasium. Danach dachten sie offenbar, jetzt hätte ich es endlich geschnallt. War aber nicht so. Womit das Desaster klammheimlich seinen nächsten Anlauf nahm.

A propos Didi: der hat im Juli immer so wunderbare, orange leuchtende Aprikosen in seinem Vespertäschle gehabt. Ich nie. Ich wollte das aber auch mal. Nicht immer nur unsere vermackten Äpfel und Birnen. Sondern auch so schöne Aprikosen.
Was die Oma kategorisch abgelehnt hat: »Nix wird gekauft, wenn mrs Sach selber hat! Bei uns gibts Kläräpfel und Geiß-

hirtle. Die sind viel besser, als das Zeugs von weiß-Gott-woher! Außerdem koschtets nix!«
Da war nichts zu machen! Und ich brauche jetzt auch gar nicht so »bähmullig« dreinzuschauen. »Wenn mrs Sach' selber hat, dann wird nichts ausländisches gekauft!« Basta!
Viele Jahre später, als ich mir vom ersten selber verdienten Geld endlich Aprikosen kaufen konnte, da habe ich meine Oma plötzlich verstanden: diese wunderschön ausschauenden, herrlich orange leuchtenden, Tennisballgroßen Wunderfrüchte haben nach nichts geschmeckt. Nach überhaupt nichts. Nur sauer waren sie. Und zwar granatenmäßig! Bleibe im Lande und nähre Dich redlich …

Dass ich meine Grundschulzeit wider Erwarten dann doch noch ohne größere Blessuren überstanden habe, verdanke ich dem Lehrer Heilbronner, der uns in den ersten beiden Schuljahren unterrichtet hat. Das war ein durch und durch gutmütiger Mensch, der immer in einem weißen Laborkittel vor uns stand und die ersten Schusseligkeiten des Schülers Haug nicht gleich als übles Menetekel für alle Zeiten verstanden hat. Vielmehr hat er mir eine zweite Chance gegeben – die habe ich, auch dank der tagtäglichen häuslichen Nachfrage wg. Hausaufgaben – ergriffen und deshalb vom Herrn Heilbronner viele schön bunte Aufkleber ins Hausaufgabenheftle geklebt bekommen. Das war seine Art der Anerkennung für gute Leistungen: bunte Bepper anstelle von Noten.

Das Einzige, was mich dann doch verwundert hat: die Rotzrakete vom Kindergarten hat ähnlich viele bunte Bepper in ihrem Heft kleben gehabt. Was eigentlich kaum sein konnte. Mutmaßlich – so war mein Verdacht – hat sie die selber reingeklebt. Aber der Herr Heilbronner, gutmütig wie er nun mal gewesen ist, hat souverän darüber hinweg geschaut.

Ein Erlebnis in dieser Zeit habe ich nie vergessen. Das hatte zwar nur indirekt mit der Schule zu tun, aber der Herr Heilbronner war sich darüber bewusst, dass man mit seinen Schülern auch Dinge besprechen sollte, die sich außerhalb der Schulzeit ereignen. Schule ist ja keine isolierte Insel.

Das Ereignis, das ich meine, war das Grubenunglück von Lengede am 24. Oktober 1963. 29 Menschen sind dabei ums Leben gekommen. Von 11 weiteren Männern, die man eigentlich auch schon zu den Opfern gezählt hatte, gab es plötzlich leise Klopfzeichen. Sie waren noch am Leben. Tief unten im Bergwerk waren sie nach der Explosion verschüttet worden. Es schien aussichtslos, sie lebend bergen zu können. Aber nun begann eine dramatische Rettungsaktion, die zwei Wochen später im »Wunder von Lengede« gipfelte. Die Bergung der Überlebenden kam live im Fernsehen! Es war die erste Liveübertragung, an die ich mich erinnere. Und weil es in jenen Tagen kein anderes Thema gab, als diesen Wettlauf zwischen Leben und Tod, hat der Herr Heilbronner für uns den Schulfernseher eingeschaltet, auf dem wir atemlos das »Wunder von Lengede« mitverfolgt haben. So eine unvergessliche Schulstunde habe ich nie wieder erlebt.
Und seitdem war mir klar: ich will einmal zum Fernsehen und auch so ein Reporter werden.

Kaum war das Wunder von Lengede vollbracht, da überschlugen sich am 22. November 1963 die Ereignisse. In Dallas war John F. Kennedy ermordet worden. Der amerikanische Präsident, der so vielen als Hoffnungsträger galt. Erschossen! Es war eine riesige Schockwelle, die von Amerika aus um die ganze Welt rollte. Auch in unserer Straße war das Entsetzen groß, die Leute wie gelähmt. Überall standen sie in kleinen Gruppen beieinander und schüttelten ungläubig den Kopf. Was für eine furchtbare Tat! Wie würde es mit der Welt jetzt weiter gehen, nachdem ja gerade eben die Kubakrise erst im allerletzten Augenblick beendet worden war. Ganz knapp, bevor die Amerikaner und die Russen ihre Atomraketen aufeinander abgefeuert hätten. In beiden Lagern hatte man die Finger ja bereits auf den Startknopf gelegt.

Das Ende der Hoffnung auf bessere Zeiten, die sich die westliche Welt von dem jugendlichen Präsidenten versprochen hatte! Auch dieses Ereignis hat sich tief in mein Denken eingegraben und noch zwei Jahrzehnte später bin ich beim Stichwort Dallas immer zusammengezuckt. Dallas, die Stadt, in der Kennedy ermordet worden ist. Seitdem hatte Dallas einen negativen Klang in meinen Ohren. Bis … dann die Serie »Dallas« im Fernsehen ausgestrahlt worden ist. Die Skandale und Intrigen von J.R. Ewing. Sie haben es tatsächlich geschafft, dieses Negativimage von Dallas aus meinem Kopf zu blasen.

Sage also noch einmal einer, Fernsehen tauge zu gar nichts! Immerhin kann es manchmal die Wahrnehmung verschieben. Ob zum Besseren oder zum Schlechteren: das steht dann auf einem ganz anderen Blatt.

Verschleppt nach Schwäbisch Sibirien

Den nächsten großen Einschnitt in meinem Leben markiert ein gnadenloser Akt der Willkür. Das war, als ich im zarten Alter von achteinhalb Jahren auf die Schwäbische Alb verschleppt worden bin.
Die Schwäbische Alb! Also: wenn Hohenlohe seinerzeit als Württembergisch Sibirien verhöhnt worden ist, dann hätten die Lästermäuler damals besser auf die Schwäbische Alb kommen sollen. Hier – und nirgendwo sonst – war nämlich das echte Schwäbisch Sibirien! Dagegen war selbst Hohenlohe noch eine Art Silicon Valley! Eine Insel der Moderne.

Nicht so die Schwäbische Alb. Die sich mir im Jahr 1964 echt noch als öder Landstrich irgendwo hinter den sieben Bergen präsentiert hat. Wie waren wir bloß dorthin geraten?
Das ließ schnell klären. Hier hatten wir einen billigen Bauplatz kaufen können. Klar, denn wer wollte zu dieser Zeit schon in Gomadingen bauen? Das lag zwar direkt neben dem bekannten Haupt- und Landgestüt Marbach, aber eben auch in unmittelbarer Nähe von Münsingen. Und dieses Münsingen hatte schon seit beinahe 100 Jahren seinen schlechten Ruf bei den jungen Männern weg, die als Rekruten zum »Dienst am Vaterland« einrücken mussten und auf dem Truppenübungsplatz von Schwäbisch Sibirien gnadenlos geschliffen worden sind.

Ausgerechnet dorthin hatte es mich also verschlagen. Und so waren wir damals die Ersten, die abgesehen von einigen wenigen (unfreiwilligen) Flüchtlingen seit Ende des 2. Weltkriegs von »außerhalb« nach Gomadingen gezogen sind.

Neben dem sensationell billigen Grundstückspreis hatte für diese fatale Entscheidung dabei auch das nicht immer ganz reibungsfreie Verhältnis zwischen der dominanten Schwiegermutter und ihrer fränkischen Schwiegertochter in Luginsland eine gewisse Rolle gespielt.

Die beiden Familien unter einem Dach: auf Dauer konnte das nicht gut gehen. Denn: einmal Kind – immer Kind. So war das bei meinem Vater. Und bei meiner Mutter war es halt die übliche Schwiegertochtersache. Weswegen sich meine Eltern zum Hausbau entschlossen haben. Eigentlich hatten sie ja vor, in Stuttgart zu bleiben und ganz in der Nähe zu bauen. Was zunächst auch problemlos möglich schien, denn mit dem Grundstück im Untertürkheimer Sonnenbühl besaß der Opa ja das berühmte »saure Wiesle«, das sich zum Hausbau bestens eignete. Und der Sonnenbühl galt schon seit vielen Jahren als so genanntes Bau«erwartungs«land. Es konnte sich eigentlich nur noch um Monate handeln, bis die Stadt den Sonnenbühl offiziell zum Bauland erklären würde. Doch leider zogen sich die Monate zäh dahin. Aus Monaten wurden Jahre – und irgendwann ist meinen Eltern der Geduldsfaden gerissen. Dann eben nicht in Stuttgart! Aber wo dann? Der entscheidende Tipp kam von der Älbler Verwandtschaft: in Gomadingen seien gerade eben mega-billige Bauplätze ausgewiesen worden. Den Warnhinweis, dass die nur deshalb so billig seien, weil niemand dorthinziehen mochte, den haben sie fahrlässigerweise für sich behalten.
Also wurde der Bauplatz gekauft – und dann kam es, wie hatte kommen müssen. Denn kaum war die Tinte unter dem Kaufvertrag getrocknet, da wies die Stadt Stuttgart plötzlich ein neues Baugebiet aus: den Sonnenbühl in Untertürkheim.
Zu spät!
Die Fakten waren bereits geschaffen. Unumkehrbar!
Und ich fand mich plötzlich mitten in Schwäbisch Sibirien wieder. Arschkalt sei es dort oben, hatten sie in Stuttgart immer

mitleidig grinsend angemerkt, wenn von der Schwäbischen Alb die Rede war. Drei Monate kalt und neun Monate lang Winter. Ein Frühjahr mit blühenden Bäumen? Ein Freibadbesuch im Sommer? Auf der Alb? Guter Witz: Dort sei es halt einfach »einen Kittel kälter«.
Aber auch das war noch gelogen. Von wegen einen Kittel!

Bereits kurz nach meiner Verschleppung auf das unwirtliche schwäbische Mittelgebirge habe ich am eigenen Leib die bittere Wahrheit über die tatsächlichen klimatischen Verhältnisse erfahren müssen: im ersten Winter in Gomadingen! Anfang Februar war Skitag. Dabei konnte ich doch gar nicht Skifahren! Aber gut: die meisten meiner Mitschüler auch nicht. Und die paar, die es einigermaßen konnten (das waren eine Handvoll wackerer Bauernsprösslinge), die kamen tatsächlich mit Fassdauben an den Füßen daher!
Ja. Fassdauben. Also gebogene Holzlatten, die man eigentlich zum Bau von Fässern verwendet hat. Gut gerutscht sind die Dinger nicht. Mehr oder minder mühsam auf der Ebene durch den Schnee pflügen, das konnte man damit grade noch machen. Aber mehr nicht.

Ein einziger meiner Mitschüler besaß richtige Skier. Die waren vom »Sport Bleher« aus Münsingen, wie sich die Wagnerei dort seit Neuestem nannte. Die Skier Marke »Lichtenstein« waren vom Wagnermeister aus Eschenholz hergestellt worden. Die Bindung bestand aus einem Drahtseil, das man um die Skistiefel geschlungen hat. Das waren tatsächlich noch Stiefel aus Leder – eigentlich eher eine Art Wanderstiefel für den Winter. Nicht im Entferntesten zu vergleichen mit den heutigen Skischuhen. Der Clou an diesen Skiern war übrigens der knallgelbe Lack, den der Wagnermeister auf die Unterseite gepinselt hat: das sah nicht nur stark aus, sondern versetzte den stolzen Skifahrer in die Lage, wirklich ein bisschen schneller den Hang herunter rutschen zu können. Wobei es natürlich keine gewalzten Pisten gab. Die Piste musste man sich mühsam selber präparieren, indem man den Schnee Skibreite für Skibreite niedergedrückt hat. Und wenn die schöne Piste dann endlich einigermaßen fertig präpariert war, ist entweder die Dunkelheit herein gebrochen oder man war vor Anstrengung klatschnass geschwitzt. Meistens beides. Na ja: dann würde man das Pistenabenteuer eben am nächsten Tag genießen. Was meistens aber nicht der Fall war. Denn in der Nacht hatte es getaut und von der Piste waren nur noch ein paar wenige, klägliche Schneereste übrig geblieben.

Mir konnte das in den ersten Jahren auf der Alb ziemlich egal sein. Denn ich hatte ja nur einen Schlitten. Auch an jenem bereits erwähnten Skitag im Februar. Dem ersten Skitag meines Lebens. An diesem Tag hat das Radio einen neuen Wetterrekord vermeldet. Den kältesten Februartag seit Menschengedenken. Und das hieß: es war nicht nur eissondern arschkalt. Sorry, aber man kann es nicht anders beschreiben. Zähneklappernd hatten wir uns morgens um halb acht vor der Schule versammelt, wo uns der Lehrer zunächst genauestens abzählte, um anschließend mit bedeutungsschwerer Miene auf das an der Schulwand angebrachte Thermometer zu zeigen: minus 24 Grad! In Worten: vierundzwanzig Grad! Minus! Und es ist den ganzen Wintersportvormittag lang auch nicht signifikant wärmer geworden.

So sind wir in voller Klassenstärke erst einmal an den Ortsrand hinaus gestapft nach »Unterhaslich«. So hieß die Wiese, auf der wir unseren Skitag zelebrieren würden. Das waren gut und gerne zwei Kilometer Fußmarsch, auf dem wir den Schlitten hinter uns hergezogen bzw. die Skier und Fassdauben auf die schmalen Schultern geladen haben. Was zwar eine elende Plackerei gewesen ist, aber den Vorteil hatte, dass uns allen ziemlich warm geworden ist, bis wir endlich da gewesen sind.

Schnee war genügend vorhanden, um den Hang herunter brettern zu können. Dummerweise war es eher zu viel Schnee, so dass wir erst einmal eine Piste treten mussten. Und als diese endlich fertig war, waren wir es auch. Schweißnass hat es unter den Pullovern hervor gedampft. Und das bei minus 24 Grad.
Als Höhepunkt des Skitags war nun die Abfahrt angesetzt. Endlich! Doch die Freude war nur von kurzer Dauer. Denn bei minus 24 Grad mit schweißüberströmtem Gesicht auf einem Schlitten zu hocken und nach unten zu rasen, das ist alles andere, als ein Vergnügen, wenn einem der eisige Fahrtwind wie mit tausend kleinen Reißnägeln auf die Nase peitscht. So heftig, dass mir vor lauter Eiseskälte die Nasenlöcher zugefroren sind. Die nächsten Tage habe ich dann mit Fieber, Husten und Schnupfen im Bett verbracht.

Die im Vergleich zu Stuttgart etwas weniger milden Temperaturen auf der Alb, das war das eine, an das ich mich nur mühsam gewöhnt habe. Das andere, das war die Sprache, in der sie sich sie dort verständigt haben.
Aber was heißt hier Sprache?!
Wie schon der Name Schwäbische Alb besagt, bestand ja durchaus ein berechtigter Grund zur Vermutung, man würde sich hier oben im schwäbischen Dialekt verständigen können. Ungefähr so wie in Stuttgart.
Von wegen! Pustekuchen!
Es handelte sich um völlig andere Laute, die sich den Kehlen meiner Gomadinger Mitschüler heiser entrangen. Mit dem Schwäbisch, das ich aus Stuttgart kannte, hatte dieses Kauderwelsch nichts zu tun. Gar nichts.
Jedenfalls war das kein Schwäbisch. Nie und nimmer.
Eher Russisch.
Ja! Klar! Es musste sich eindeutig um Russisch handeln. Deshalb auch die Bezeichnung Schwäbisch Sibirien! War ja im

Grunde genommen logisch. Und die Ureinwohner hier: die sprachen irgend so eine Abart des russischen!
Was meine Verständigungsprobleme natürlich nicht geringer machte. Denn egal, wie sehr ich mich anfangs auch abmühte und kräftig die Ohren spitzte: Ich habe die Leute dort oben schlichtweg nicht verstanden. Womit ich mir schon bald besorgte Blicke der Ureinwohner eingehandelt habe: der sommersprossige kleine Zuzügler »aus Schtuagert« (aus Stuttgart) »mit denne Lockahoor do« (der, mit den Lockenhaaren) »ischt scheints au no doosaurig (ist anscheinend ein bisschen schwerhörig)« haben sie vermutet, nachdem ich immer nur ratlos mit den Schultern zuckte, wenn sie versucht haben, mich nach meinem Woher und Wohin zubefragen.

Das waren ja völlige andere Begriffe, die sie zum allem Übel dann auch noch mit einem harten, kehligen Grundlaut vermischt haben.
Es dauerte Monate, bis sich meine Ohren daran gewöhnt haben. Weshalb ich in meinem ersten Gomadinger Schuljahr auch als ein besonders braver (weil schweigsamer) Schüler gegolten habe.
Ein Beispiel gefällig? Bitte schön! Wie sagt man in Schwäbisch Sibirien zum Zuhören? »Losna«. Kein Schreibfehler. Ehrlich.
Oder einen Streich spielen? Heißt: »An Duck do.« Das klang in den damaligen Zeiten (es war ja grade der Vietnamkrieg ausgebrochen) irgendwie nach dem berühmt-berüchtigten Vietcong-General Le Duc Tho – und ich habe mich noch gefragt, was der wohl auf der Alb zu suchen habe. In Wahrheit natürlich gar nichts.
Verstanden habe ich sie dann natürlich irgendwann schon. Aber selber habe ich nie so gesprochen – allein der Gedanke daran, dass ich es täte, hat mir eine Gänsehaut bereitet.

Es war ein regelrechter Kulturschock, in den ich da geraten war. Man stelle sich – neben dem sprachlichen Kauderwelsch – nur einmal folgende Situation vor: aufgrund der großen Schülerzahlen war die 3. Klasse der Luginslandschule in eine Klasse 3A, 3B, 3C und 3D aufgeteilt worden. Und dann bin ich nach Gomadingen gekommen, wo die ganze Schule überhaupt nur aus zwei Klassen bestanden hat: den Älteren und den Jüngeren. Von wegen A, B, oder C! Ganz zu schweigen von D! Und anstelle von mehreren Dutzend Lehrern, wie in Luginsland, gab es in Gomadingen nur zwei: den Rektor und seinen (blutjungen) Untergebenen: Den Herrn Niklas und seinen Herrn Hüttl. Das war das ganze Personal.

Ähnlich war es mit dem Schulgebäude. Das im Grunde genommen aus zwei Teilen bestand: einmal aus dem Raum für die jüngeren Schüler, der aufgrund der unerwartet gestiegenen Schülerzahlen vor kurzem in einem ehemaligen Bauernhaus auf der anderen Straßenseite hatte eingerichtet werden müssen und dem Klassenraum für die Älteren, der sich seit Menschengedenken im Gomadinger Rathaus befand. Darüber befand sich der Saal für den Gemeinderat, daneben der Raum für den Spritzenwagen der Feuerwehr, dann der ehemalige Dorfarrest und oben der Raum vom Bürgermeister und seiner Sekretärin. Mehr war da nicht!

Der Klassenraum selbst war noch mit fest zusammengebauten Bänken und Tischen ausgestattet. Da gab es keine Stühle, wie in Stuttgart! Dafür in jedem Tisch einen integrierten Tintenfasshalter, der bereits Generationen von Gomadinger Bauernkindern vor uns treueste Dienste geleistet hatte, was an der über und über mit blauen Tintenklecksen verzierten Tischplatte unschwer abzulesen war.
Dann der Sportunterricht. Wo es denn zur Turnhalle ginge, habe ich arglos gefragt und von meinen Mitschülern darauf nur

verständnislose Blicke geerntet. »Eine Turnhalle? Die gibt es hier nicht.«
»Ja, aber, wenn doch jetzt Sportunterricht ist. Wo soll der denn stattfinden?«
»Wo? Hier natürlich!«
»Wie hier?«
»Hier ist hier.« Das sei doch wohl nicht so schwer zu verstehen. War es natürlich schon. Aber die Aufklärung folgte auf dem Fuß. Zum Zwecke des nun folgenden Sportunterrichts wurden im Schulraum einfach die Bänke zur Seite geschoben, so dass in der Mitte des Raumes einigermaßen Platz zum Turnen geschaffen war. Viel Platz wars freilich nicht, sodass sich das Schulturnen auf Kniebeugen, Liegestütz und (meist kläglich scheiternde) Kopfstandversuche beschränkte. Außerdem durfte das mühsame Hin- und wieder Zurückschieben der Schulbänke durchaus ja auch als eine gewisse sportliche Betätigung angesehen werden.

Im Sommer dann (wenn das Thermometer tatsächlich auch auf der Alb Werte von über 15 Grad erreichte) fand der Sportunterricht draußen auf Straße statt. Das war praktisch. Da musste man keine Bänke verschieben und mit dem Maßband waren auch ruck-zuck die 50 Meter abgemessen, die wir für unsere Sprintübungen benötigten. Zwei Kreidestriche markierten Start und Ziel: fertig war die Sportarena, in der wir den Unterricht weitgehendstörungsfreiüberdie Rundenbrachten, denneinen nennenswerten Autoverkehr, der unsere Übungen womöglich behindert hätte, gab es in Gomadingen nicht.

Wesentlich professioneller ging es dann einmal im Jahr bei den Bundesjugendspielen zu. Die wurden nämlich auf einem richtigen Sportplatz ausgetragen. Auf der sogenannten »Eiche«. Einem wunderschön gelegenen Areal auf einer Anhöhe mitten im Wald. Gut und gerne drei Kilometer vom Ortsmittelpunkt entfernt. Und so waren wir alle bereits ganz gut warmgelaufen, als wir den Sportplatz endlich erreicht hatten. Die Wettkämpfe konnten also sofort beginnen.

Auf diese Bundesjugendspiele hatte mich mich schon seit Tagen gefreut. Denn mir war absolut klar, dass der Lohn meiner sportlichen Bemühungen heute mit einer vom Bundespräsidenten unterzeichneten Ehrenurkunde gekrönt werden würde. Überhaupt keine Frage, dass meine Punktzahl weit über die Grenze hinausschießen würde, bis zu der man eine lediglich vom Ministerpräsidenten unterschriebene Siegerurkunde ergattern konnte.
Eine Ehrenurkunde! Undenkbar, dass irgendein anderer Mitschüler das ebenfalls schaffen würde.

Bei den Bundesjugendspielen gab es nämlich eine Bestimmung, die besagte, dass jeder Grundschüler, der sich schon ein Freischwimmerabzeichen erschwommen habe (und dank dem Herrn Ade und dem Warmbadetag im Mineralbad Cannstatt war das ja so!), Sonderpunkte auf die erreichte Punktzahl dazu addiert bekäme. Das hätte also locker für eine Ehrenurkunde gereicht. Und ich … konnte es natürlich kaum erwarten, diese Urkunde endlich ausgehändigt zu bekommen! Doch die Enttäuschung ließ nicht lange auf sich warten. Denn nachdem ich der Einzige von allen Schülern war, der so ein Abzeichen vorweisen konnte, sogar der Einzige, der überhaupt des Schwimmens mächtig war, hatten die beiden Lehrer entschieden, mir die Sonderpunkte nicht anzurechnen! Begründung: es sei ungerecht der restlichen Gomadinger Dorfjugend gegenüber. Da es in Gomadingen kein Schwimmbad gebe, könne folglich auch keiner der Mitschüler schwimmen gelernt haben. Und ich bloß deswegen, weil ich halt zufällig in Stuttgart aufgewachsen sei. All meine Proteste waren vergebens: sie haben mir die Freischwimmer-Punkte nicht angerechnet! Nichts war es mit der

Ehrenurkunde. Auch ich habe also bloß die Siegerurkunde bekommen, die ich noch während des Heimwegs vor lauter Zorn zu einem Papierflieger umgefaltet habe. Aber geflogen ist das blöde Ding auch nicht. Sondern abgestürzt. Was für eine himmelschreiende Ungerechtigkeit!

Unser Rektor war übrigens Kreisjägermeister. Was durchaus unmittelbare Auswirkungen auf den Schulunterricht gezeitigt hat. Denn wenn wieder einmal eine Wildsau die Gomadinger Kartoffeläcker durchgepflügt hat, wurde sofort unser Rektor in seiner Eigenschaft als Jäger alarmiert, um die Sau zu erlegen. Zu unserer großen Freude war dann Schulfrei. So lange, bis die Wildsau geschossen war. Und danach fand dann – in Abänderung des eigentlichen Stundenplans, im Angesicht der toten Wildsau, die wir alle gebührend bewundern durften, erst einmal der Biologieunterricht statt (»so sieht eine Wildsau aus«), danach gabs Heimatkunde (»was macht die Sau im Kartoffelacker?«), bevor der schulische Alltag allmählich wieder einsetzen konnte.

Im Nachhinein betrachtet – nachdem ich meinen Kulturschock glücklich überwunden hatte – ist diese Art von Schule eigentlich ganz wunderbar modern und kindgerecht gewesen. So ganz nebenbei handelte es sich nämlich um eine besonders frühe Form der integrierten Gesamtschule, kombiniert mit einer Prise Waldorfschule: denn wer gut im Rechnen war, der hat bei den älteren Jahrgängen mitgelernt und deren Arbeiten mitgeschrieben. Und wer im Diktat seine Schwächen hatte, der hat eben noch ein Weilchen mit den Jüngeren gelernt und ist so irgendwann doch noch in die Spur gekommen. Außerdem hatten wir ja nur einen einzigen Lehrer für uns alle und für alles. Das war schon deshalb praktisch, weil man ein Thema unter ganz verschiedenen Aspekten durchgehen konnte, wie zum Beispiel die Sache mit der Wildsau, die sich ja für Biologie und Heimatkunde gleichermaßen geeignet hat – und sogar noch zum Malen. Fächerübergreifender Unterricht. Heute gilt das, soweit ich weiß, als hochmodern. In der Gomadinger Volksschule waren wir unserer Zeit folglich um Lichtjahre voraus.

Und da gab es noch das Fach Musik. In dieser Stunde haben wir einmal das Lied von der Kapelle singen müssen. Das sei von einem gewissen Ludwig Uhland verfasst worden, einem großen schwäbischen Dichter, hat uns der Lehrer Hüttl erklärt.
»Droben stehet die Kapelle« heiße es ganz genau Um das Singen möglichst reibungsfrei zu gestalten, hat er uns die Hausaufgabe gegeben, das Lied von der Kapelle bis morgen auswendig zu lernen. Am folgenden Schultag haben wir das Lied vom Hirtenknaben, der Kapelle und ihrem Glöcklein, dann auswendig und mit lautstärkster Inbrunst ins Klassenzimmer geschmettert. Und, um die fächerübergreifende Kooperation perfekt zu machen, mussten wir die irgendwo droben stehende Kapelle im Fach Malen zuguterletzt noch ins Schulheft zeichnen. Keiner von uns hatte diese Kapelle jemals im Leben gesehen, aber die Phantasie, genährt durch angestrengtes Auswendiglernen und begeistertes Singen hat uns die Kapelle derart perfekt vorgegeben, dass sich jeder von uns sicher war: so und nicht anders müsse diese Kapelle wohl aussehen. Für immer und ewig hat sich »Droben stehet die Kapelle« in der Gomadinger Volksschule in unser Gedächtnis gebrannt.

Knapp 15 Jahre nach dieser denkwürdigen Mal-/Sing- und Deutschstunde habe ich die hoch über dem Neckartal aufragende Kapelle beim Studium in Tübingen erstmals »in live« gesehen. »Droben stehet die Kapelle«, das ist dann sogar der Titel des allerersten Buches geworden, das ich geschrieben habe. Und natürlich ist auf dem Cover eine Zeichnung der Kapelle abgebildet: so, wie sie tatsächlich ausschaut. Ehrensache!

Gesungen haben wir in der Gomadinger Volksschule auch sehr gerne Shanties. Seemannslieder. »Wir lagen vor Madagaskar und hatten die Pest an Bord« beispielsweise. Oder ein englisches (!) Shanty: »What shall we do with a drunken sailor – early in the morning?«. Das wussten wir natürlich nicht. Wir konnten ja noch kein Englisch. War ja auch egal. Hauptsache, das Lied war schön und die Lautstärke üppig.

Ich war natürlich der absolute Lieblingsschüler des Herrn Hüttl. Kein Wunder, denn den hatte es ja auch gegen seinen Willen nach Schwäbisch Sibirien verschlagen, um dort seine erste Stelle als Lehrer anzutreten. Geteiltes Leid gleich halbes Leid und so. Der mochte mich. Und ich mochte ihn. Lieblingslehrer – Lieblingsschüler. Das war ich. Ganz klar! Der Lieblingsschüler vom Herrn Hüttl. Dachte ich …

Umso mehr hat es mich einige Jahrzehnte später aus der Spur geschleudert, als ich den Herrn Hüttl zufällig wiedergesehen habe, den das Schicksal jetzt nach Württembergisch Sibirien verbannt hatte. Freudestrahlend habe ich mich ihm als sein ehemaliger Lieblingsschüler vorgestellt – und darauf nur ein verständnisloses Kopfschütteln geerntet. »Aber ich bin es doch. Der Haug, Gunter aus der Sonnenhalde in Gomadingen. Wissen Sie denn nicht mehr? Damals, das war doch diese Klasse mit dem Sohn vom Dorfschmied, mit dem vom Albvereinsobmann, dem Junior vom Sattlermeister, dem Tunichtgut Karl-Heinz, dem Didi und mit mir: ihrem absoluten Lieblingsschüler!«
Aber neuerlich keinerlei Signale des Erkennens, geschweige denn einer womöglich überschäumenden Wiedersehensfreude! Sondern nur Kopfschütteln. Er hatte mich vergessen! Das allerschlimmste aber war: an all die anderen, die ich ihm aufgezählt habe, konnte er sich sofort und voller Freude erinnern. Nur an mich nicht. Seinen ehemaligen Lieblingsschüler! So kann man sich täuschen! So viel zum Thema Lieblingsschüler!

Im Biologieunterricht, der früher ja viel umfangreicher definiert war und deshalb Heimatkunde hieß, gab es immer wieder mal Prüfungen, die sich auf die zuvor absolvierten Schulwandertage bezogen haben. Ja: Wandertage. Nicht irgendwelche Busreisen sonst-wo-hin. Wandertage waren Wandertage! Und das bedeutete, dass wir stundenlang rund um das Dorf gelatscht sind – manchmal auch noch ein gutes Stück weiter, während uns der Lehrer irgendwelche Blumennamen erklärt hat. Aber wehe, man hat ihm nicht zugehört. Denn so sicher wie das Amen in der Kirche kam in der nächsten Schulstunde wieder die Blumenabfrage. Das lief so: in einer Reihe waren sechs verschiedene Blumen präsentiert. Frage des Lehrers: »Wie heißen die?« Mit der Notenvergabe war es dabei ganz einfach, denn je nachdem, wie viele Blumen man wiedererkannte, gab es die Noten. Für eine Blume gab es die Note 5, für zwei Blumen eine 4 und so weiter, bis hinauf zur Note 1 für sechs Richtige. Das war eine tolle Geschichte und wesentlich gerechter, als die Sache mit den Freischwimmer-Sonderpunkten bei den Bundesjugendspielen.

Einen besonders langen Ausflug haben wir einmal nach Schloss Lichtenstein gemacht. Und wieder sind wir die ganze Strecke gelaufen! (Ok, ich gebs zu: zurück durften wir mit dem Bus fahren). Dieses Schloss hatte ich schon immer mal anschauen wollen. Es ist ja eines der Wahrzeichen der Schwäbischen Alb, so eine Art romantisches Märchenschloss, das auf keiner Alb-Werbung und auf keiner Alb-Postkarte fehlen darf. Mich hat bei dem Ausflug auf den Lichtenstein vor allem die Sache mit der Prinzessin brennend interessiert. Denn dort, so hieß es, wohne eine richtige Prinzessin, der das ganze Schloss gehöre. Aha! Unbedingt wollte ich also diese wunderschöne junge Prinzessin mit eigenen Augen sehen – und siehe da: das Wunder geschah. Die Prinzessin war tatsächlich anwesend und ist kurz an uns vorüber gerauscht, freilich ohne uns weiter zu beachten. Und das war auch gut so, denn sonst hätte sie die riesige Enttäu-

schung bemerkt, die mir bei ihrem Anblick ins Gesicht geschossen ist. Denn anstelle einer jungen, schönen Prinzessin ist uns bloß so eine faltige, alte Schachtel über den Weg gelaufen. Mit stumpfen, grauen Haaren. Ohne Krönchen auf dem Kopf. Wo doch Prinzessinnen grundsätzlich, jung, schön und blond sind! Mit goldenem Krönchen auf dem lockigen Haar! Und jetzt so etwas!
Noch nicht einmal der olle Froschkönig wäre mit der Prinzessin vom Lichtenstein glücklich gewesen.
Das war der nächste Albschock, den ich zu verdauen hatte.

Zum Trost hat uns die Oma aus Stuttgart immer wieder Erdbeeren hoch geschickt, damit ihr Lieblingsenkel (ok, zugegeben: zu dieser Zeit war ich noch der Einzige), etwas Gutes zu essen bekäme. Denn Erdbeeren: das war Mitte der 60er Jahre auf der Alb Mangelware. Und bei uns im Garten rund um den noch nicht verputzten Neubau gleich zweimal. Natürlich ist das mit dem Erdbeeren-Verschicken so eine Sache. Denn die »Breschtling« sind ja eine leicht verderbliche Ware.
Also ist die Oma gleich im Morgengrauen aufgestanden und in den Semmles gelaufen, um ihre wunderbaren Erdbeeren zu pflücken, dann ist sie mit dem gut eingepackten Erdbeerkörble zum Bahnhof nach Untertürkheim marschiert, wo sie eine Express-Sendung nach Gomadingen aufgegeben hat. Und siehe da: knappe zwei Tagen später sind die Erdbeeren tatsächlich im Gomadinger Bahnhof eingetroffen. Das war jedes Mal eine Aufregung und ein Jubel, wenn uns der Gomadinger Bahnhofsvorsteher (ja, so was gabs damals noch) angerufen hat, für uns sei ein Körble aus Stuttgart angekommen. Was gibt es Besseres, als selber angebaute, frische Erdbeeren?! Immerhin knapp die Hälfte der Erdbeeren war war noch essbar. Die anderen waren nach der langen Eisenbahnfahrt zerquetscht und verdorben. Aber einerlei: Erdbeeren mit »Gestandener Milch«. Das war meine absolute Leibspeise! »Gestandene Milch«? Was das ist?

Heute nennen sie es vornehm Dickmilch – aber dieses Produkt hat mit der »Gestandenen Milch« von früher nicht mehr viel zu tun. Denn die richtige, echte »Gestandene Milch« hat man (wie schon der Name sagt) aus frischer Milch gemacht, indem man sie einfach in einem Krug hat stehen lassen – und nach zwei Tagen ist diese herrliche »Gestandene Milch« daraus geworden, die jetzt nur noch zum Kühlen ein paar Stunden in den Kühlschrank musste. Dann die Erdbeeren überzuckern, mit der »Gestandenen Milch« übergießen, ein bisschen Zwieback darüber bröseln und fertig ist der himmlische Genuss!
Und heute? Gibts die superreifen Erdbeeren der Oma nicht mehr, zweitens findet sich in den Supermarktregalen nirgendwo mehr eine geschmackvolle Dickmilch, die ihren Namen wirklich verdient und drittens: können Sie den Zwieback auch vergessen. Der sieht zwar noch so aus wie früher, schmeckt aber leider so wie heute. Was wieder einmal meine Vermutung erhärtet, dass nicht jeder zeitliche Fortschritt automatisch auch ein qualitativer ist. In Sachen Erdbeeren mit »Gestandener Milch« und Zwieback ganz sicher nicht.

Den Gomadinger Bahnhof, der als einer der wenigen im Land sogar bis heute bewohnt ist, haben wir schon als Kinder gern besucht. Das war noch ein richtiger, klassischer Bahnhof aus Königs Zeiten: mit einem Wartesaal, einem Billettschalter und einem Raum für den Fahrdienstleiter, in dem so ein schöner alter Kanonenofen gemütlich vor sich hin gebullert hat. Und der Bahnhofsvorsteher war ein netter älterer Herr, der allerdings einen etwas seltsamen Kalender in dem Raum aufgehängt hatte. Irgendetwas von einer Sterbegeldversicherung stand da drauf. Aus welchen Gründen auch immer: wir haben uns nicht getraut, ihn zu fragen, welche Bewandtnis es wohl mit einer Sterbegeldversicherung haben könne. Denn was sollte der Mann denn mit dem ganzen Geld machen, wenn er gestorben war? Es ist uns ein ewiges Rätsel geblieben.

Viel wichtiger war uns, dass wir manchmal ein Stückchen von seiner Roten Wurst abbekommen haben, wenn wir ihn besucht haben. Dabei handelte es sich um das Mittagessen des Bahnhofsvorstehers, das er sich an manchen – guten – Tagen gegönnt hat. Eine Rote Wurst. Schön gegrillt. Mit etwas Senf und einem knusprigen Brot. Ein wunderbares Festessen: für mich kommt das gleich nach Erdbeeren mit »Gestandener Milch« und Zwieback.

Besagte Mahlzeit mit der Roten Wurst wurde jedes Mal auf das Sorgfältigste zelebriert: die Haut der Wurst mit dem Taschenmesser sorgfältig angeritzt, dann die Wurst in Zeitungspapier eingewickelt und auf die heiße Ofenplatte gelegt – und nur Minuten später durchzog bereits ein herrlicher Duft den ganzen Bahnhof, während uns das Wasser in wahren Sturzbächen im Mund zusammen lief.
Nach einer Viertelstunde war die Wurst schließlich gut genug gegrillt, was ganz simpel an der Tatsache abzulesen war, dass die Druckerschwärze aus dem Zeitungspapier im Verlauf des Garvorgangs in Richtung Wursthülle gewandert ist. Mit anderen Worten: sobald das Zeitungspapier wieder in seinen ursprünglichen, also unbedruckten, Zustand versetzt war, galt die Wurst als erfolgreich durchgegart und somit verzehrbereit.
Dass der Text der Tageszeitung nunmehr in der Wursthaut verschwunden war, hatten wir als eher geringen Kollateralschaden rasch abgehakt, zumal eben jener Text unserer Ansicht nach mutmaßlich für diesen ganz besonders guten Geschmack der Wurst mitverantwortlich gewesen sein könnte. Wie auch immer: die Wurst hat sagenhaft gut geschmeckt und wir alle sind am Leben geblieben.
Das heißt: Nein. Der Bahnhofsvorsteher ist inzwischen gestorben. Aber der war damals ja auch schon ziemlich alt. Bleibt zu hoffen, dass ihm seine Sterbegeldversicherung so viel genützt hat, wie er sich von ihr versprochen hatte.

Manchmal haben wir die Oma und den Opa in Luginsland besucht. Die beste Fahrstrecke von Gomadingen nach Luginsland führte über Metzingen, Nürtingen und Esslingen. Dort ging es auf der B 10 zwischen Esslingen und Obertürkheim am so genannten Melactürmle vorbei. Und hier hat sich das immer gleiche Spiel zwischen mir und meinem Vater wiederholt. Schon bei der Hinfahrt hat er auf Höhe Obertürkheim seinen rechten Arm ausgestreckt und zu den Weinberghängen am Neckar hinüber gedeutet, über deren Kuppe sich ein kleiner Turm mit spitzem Dach erhoben hat. Und jedes Mal hat er seinen Junior (mich!) gefragt, was das dort drüben wohl für ein seltsames kleines Türmle sei. Wie das denn heiße? Es hat mich nie interessiert und deshalb habe ich es auch nie gewusst. Die Reaktion meines Vaters bestand aus hoffnungslosem Kopfschütteln, begleitet von einem vernehmlichen Seufzer. »Es ist das Melactürmle! Das habe ich dir doch jetzt schon hundert Mal gesagt!«

Auf der Rückfahrt wiederholte sich das Spiel. Nur dass es jetzt der linke Arm war, den er ausgestreckt hat. Und dass es sich um das nunmehr einhundertunderste Mal handelte, an dem ich den Namen nicht parat hatte.
Später aber, viele Jahre später, bin ich der Geschichte dieses Häuschens mit dem seltsamen Namen auf den Grund gegangen – und habe danach den Spieß einfach umgedreht. Frage jetzt vom Junior an seinen Vater, ob er wisse, was es mit dem Namen Melactürmle eigentlich auf sich habe.
Das Resultat war dasselbe, wie früher. Nur umgedreht. Schulterzucken. Keine Ahnung.
Verständnisloses Kopfschütteln meinerseits. Da hatte er mich hundertundein Mal nach dem Namen dieses Bauwerks gefragt und selber wusste er nicht einmal, welche Bewandtnis es damit hatte. Dabei wäre allein schon der Name der Hauptdarstellerin dazu geeignet gewesen, in Kreisen der Familie Haug allerhöchs-

tes Interesse zu entfachen. Denn die Hauptdarstellerin hieß Anna Katharina Haug (!). Als »das Mädchen von Esslingen« ist sie in die Esslinger-Stadthistorie eingegangen.

Die Geschichte geht so: Gerade erst hatten sich die Menschen von den Schrecken des Dreißigjährigen Krieges erholt, als plötzlich schon wieder bis an die Zähne bewaffnete Soldaten vor den Toren der Freien Reichsstadt Esslingen standen. Dieses Mal waren es französische Truppen. Ausgerechnet der berüchtigte Feldmarschall Mélac, Heerführer des französischen Königs Ludwig XIV., dem übrigens völlig zu Unrecht immer noch die schmeichelhafte Bezeichnung »Sonnenkönig« anhaftet.
»Nachtschattengewächs« würde viel besser zu dem Typen passen, der aus haarsträubenden Gründen plötzlich die Meinung vertrat, bei einer Erbschaft zu kurz gekommen zu sein. Es ging dabei um die Pfalz, woher seine Schwägerin Elisabeth Charlotte (die berühmte »Liselotte von der Pfalz«) stammte. Kurzerhand hat er 1688 deswegen den neun Jahre dauernden Pfälzischen Erbfolgekrieg vom Zaun gebrochen. Und so hat der Hauptwüterich seines Heeres, Ezechiel Graf von Mélac, weite Teile von Südwestdeutschland verwüstet. Unter vielen anderen Bauwerken auch das Heidelberger Schloss, das seitdem eine Ruine ist.
Ausgerechnet dieser üble Geselle also forderte nun die Esslinger auf, ihm sofort die Stadttore zu öffnen. Angesichts der Drohung, Esslingen ansonsten dem Erdboden gleichzumachen, blieb dem Rat der Stadt nichts anderes übrig, als der Forderung Folge zu leisten. Sehr zum Entsetzen der zahlreichen Flüchtlinge aus dem Umland, die sich hinter den dicken Mauern der Reichsstadt in Sicherheit gewähnt hatten.
Unter ihnen befand sich ein junges Mädchen namens Anna Katharina Haug, die Tochter des Hochdorfer Pfarrers, die von ihrem Vater aufgrund der Kriegswirren in die vermeintlich sichere Stadt geschickt worden war. Unterschlupf fand sie bei ih-

rem Verwandten Hans Rutenberg, dem Wirt des »Goldenen Adler«. Fatalerweise stieg hier nun aber auch Mélac ab, der sofort ein Auge auf das anmutige Pfarrerstöchterlein geworfen hat. Als er mit seinen Annäherungsversuchen mehrfach abgeblitzt war, packte ihn schließlich ein unbändiger Zorn. Voller Wut schleifte er das Mädchen an den Haaren zum Fenster und deutete auf die Stadt zu ihren Fußen, die er augenblicklich zerstören werde, wenn sie sich weiterhin so widerspenstig zeige. In ihrer Not machte Anna Katharina dem sexhungrigen Kriegsherrn ein verlockendes Angebot: sie kenne da ein romantisches Gartenhäuschen außerhalb der Stadt, auf dem Ailenberg. Dort wolle sie sich mit ihm in der kommenden Nacht gerne auf ein Schäferstündchen treffen. Mélac willigte ein und so trafen sich die beiden am Gartenhäuschen auf dem Ailenberg. Kaum dort angekommen, zückte Katharina einen Dolch und versuchte, den liebestollen Franzosen zu erstechen. Doch der war auf der Hut, wehrte die Waffe ab und stach nun seinerseits das Messer in das Herz der jungen Frau. Tödlich getroffen sackte sie zusammen. Als Mélac sah, was er angerichtet hatte, packte ihn die Reue: in panischer Hast stürmte er zurück in die Stadt, wo er mitsamt seinen Soldaten sofort abzog.

Damit war Esslingen gerettet: dank des tragischen Schicksals der Anna Katharina Haug, die als »das Mädchen von Esslingen« in die Stadtlegende eingegangen ist.

In Wahrheit ist die tragische Geschichte wohl etwas weniger bittersüß-romantisch verlaufen. Denn Anna Katharina ist nach dem wundersamen Abzug der Franzosen noch am Leben gewesen. Im Stadtarchiv sind nämlich Briefe des Hochdorfer Pfarrers bezeugt, der um eine Alimentation für das uneheliche Kind seiner Tochter nachsucht, die durch ihr persönliches Opfer ja schließlich die Stadt Esslingen vor der Zerstörung bewahrt habe. Das Kind, das seine Tochter nach der Schändung durch

Mélac geboren habe (ein Sohn, den sie auf den Namen Josef getauft haben) bedeute eine schwere finanzielle Belastung für ihn als armen Landpfarrer – und es sei ja wohl nur recht und billig, dass nun der Rat der Freien Reichsstadt für die Kosten aufkomme. Die Esslinger aber haben sich eher auf den Standpunkt gestellt, da könne ja jede mit einem unehelichen Kind daher kommen …

Es gibt allerdings eine pikante Fortsetzung dieser Geschichte, denn 1694, drei Jahre nach dem Tod seiner Ehefrau, hat der Adlerwirt Rutenberg wieder geheiratet – und zwar ausgerechnet Anna Katharina Haug. Kein Wunder, dass ob dieser Heirat die alten Gerüchte neue Nahrung erhielten, wonach nicht der im »Goldenen Adler« abgestiegene Mélac, sondern der Wirt Hans Rutenberg in Wahrheit der Vater des Kindes gewesen ist, das die angebliche Retterin von Esslingen geboren hatte.

Wie dem auch sei: »das Mädchen von Esslingen« ist seitdem unvergessen. Zumindest in und um Esslingen ist sie ein bisschen unsterblich geworden. Und das Melac-Türmle erzählt ihre Geschichte – die nun endlich auch mein Vater kennt.

Der Waschbecken-Pinkler

Sämtliche Schulferien habe ich natürlich in Luginsland verbracht. Schon am letzten Schultag hieß es für mich grundsätzlich: Nix wie weg aus Schwäbisch Sibirien! Aber pronto!
Besonders schön waren die Sommerferien. Denn da konnte ich meinen geliebten Marktstand neben den Fräulein Warth aufleben lassen. Ich habe also wieder wie ein Weltmeister Blumen, Kläräpfel, Geißhirtle und Gugommer (Gurken) verkauft. Und ab und zu habe ich es der einen oder anderen Oma erlaubt, mir (begleitet von Ausrufen höchsten Entzückens) über die Lockenhaare zu streicheln. Falls diese mir danach aber keine Extra-Portion Feuerbohnen oder Rettich abgenommen hat, war der Ofen aus. Da konnte sie mir bei der nächsten Begegnung noch so schmachtende Blicke zuwerfen: meine Haarpracht ist für solche Geizkrägen für alle Zeiten zur Tabuzone geworden. Selber schuld, die Entenklemmerin!

Aus jener Zeit, es muss im Jahr 1968 gewesen sein, hat sich mir ein Artikel der Untertürkheimer Zeitung unauslöschlich in die Seele gebrannt. Es war ein Portrait anlässlich des Besuchs von Bob Beamon, dem Weitsprung Olympiasieger von Mexiko, im Stuttgarter Neckarstadion. Der Mann, der in Mexiko diese sagenhaften 8,90 Meter weit gesprungen war: ein Fabelweltrekord. Der legendäre Beamon ist natürlich die Sensation des Tages gewesen. Als Höhepunkt haben sie dem amerikanischen Wunderhüpfer ein wunderbares schwäbisches Festessen serviert, bei dem natürlich Spätzle keinesfalls fehlen durften. Was dann kam, damit hatte allerdings keine der beiden Seiten gerechnet. Beamon hat schlagartig eine entsetzte Grimasse geschnitten und

voller Abscheu auf die wunderbaren goldgelben Spätzle gedeutet. »Gelbe Würmer!« Keinesfalls werde er sich dazu verleiten lassen, diese gelben Würmer zu vertilgen.
Mit Engelszungen haben sie nun auf ihn eingeredet und ihm zu erklären versucht, es handele sich mitnichten um Würmer, sondern um ganz harmlose Teigwaren. Ganz und gar vegetarisch. Die schwäbische Nationalbeilage zu jedem guten Essen. Doch dieser Kulturbanause hat sich durch kein noch so stichhaltiges Argument mehr überzeugen lassen: Nein! Ihre Teigwürmer könnten sie selber essen, die Schwaben. Unglaublich – aber wahr!

Wie gesagt: diese Geschichte habe ich nie wieder vergessen. Mehr als 40 Jahre später habe ich mir das Beamon-Zitat dann in einem meiner Bücher (»Margrets Schwester«) von der Seele geschrieben. Dabei wird meine Hauptdarstellerin mit genau derselben entgeisterten Bemerkung über ihre schönen Spätzle konfrontiert, wie sie damals von Beamon gekommen ist. Und sie guckt danach ebenso entgeistert aus der Wäsche, wie weiland der Koch im Neckarstadion.

Nach unserem Umzug auf die Schwäbische Alb war das Haus in Luginsland plötzlich halb leer – weshalb die Großeltern nun auf die Idee gekommen sind, ein Zimmer zu vermieten. Und zwar an einen »möblierten Herrn«. Also ein möbliertes Zimmer. Dieses befand sich im 1. Stock, Wand an Wand zum Schlafzimmer von Oma und Opa. Das Zimmer war clever ausgewählt, denn es handelte sich um die ehemalige Küche der Großeltern. Weshalb man nicht einmal umbauen musste, denn als eine Art rudimentäres Badezimmer konnte ja das alte Küchenspülbecken genutzt werden. Dazu noch ein Tisch, zwei Stühle und ein Bett: fertig war das Zimmer.
Leider gab es im Haus aber nur eine Toilette (»den Klo«) und die war unten, also im Erdgeschoss, so dass sich die »möblierten

Herren«, wenn sie ein dementsprechendes Bedürfnis überkommen hat, halt ins Erdgeschoss begeben mussten. Aber das mussten meine Großeltern ja auch – gleiches Recht für alle. Obwohl… die Großeltern hatten noch so einen »Botschamber« (Französisch: Pot de Chambre) unter ihrem Bett stehen, also den guten alten schwäbischen Nachttopf. Mit diesem gelblich-weißen Porzellangefäß konnte man sich des Nachts praktischerweise relativ mühelos erleichtern, ohne sich einen Stock tiefer bemühen zu müssen. Den hatten die möblierten Herren zwar nicht – aber die waren ja auch noch einigermaßen junge Leute.

Erster möblierter Herr war ein Mann, der aus Hagen in Westfalen stammte. Das war der Herr Brockmann, der beim Daimler in Untertürkheim in der kaufmännischen Abteilung gearbeitet hat. Der Herr Brockmann hatte einen Holzfuß, das hat mich natürlich ungemein fasziniert – auch deshalb, weil man ihm beim Laufen eigentlich gar nichts angemerkt hat. Nur nachts, wenn er aufs Klo musste und in Ermangelung eines Botschambers mit seinem Holzfuß die Treppe herunter gepoltert ist, dann waren hinterher alle wach – und ich konnte dem Herrn Brockmann am folgenden Tag ganz genau sagen, um welche Uhrzeit er der Toilette einen kurzen Besuch abgestattet hatte.

In den Sommerferien hat mich der Herr Brockmann, der ein großer Fußballfan gewesen ist, einmal zum VfB ins Neckarstadion mitgenommen. Ich muss ungefähr zwölf Jahre alt gewesen sein. Es war der erste Stadionbesuch meines Lebens! Endlich! Endlich konnte ich dem Blumenstocks Wolfgang auf Augenhöhe begegnen. Denn jetzt war ich ja auch im Stadion gewesen! Das Spiel, zu dem mich der Herr Brockmann mitgenommen hat, war allerdings nur ein Testspiel, denn die Saison hatte noch nicht begonnen. Testspiel hin oder her: das war mir egal. Hauptsache, ich durfte mit ins Stadion! Erstaunlicherweise hat der

Herr Brockmann trotz Holzfuß zwei Stehplatzkarten gekauft. Aber das war weiter kein Problem, denn man konnte sich trotzdem hinsetzen. Einfach die Stadionzeitung auf den Betonstufen ausbreiten und sich draufsetzen: so einfach war das. Und Platz ringsherum gab es mehr als genug, denn die Kulisse im gut und gerne 70.000 Besucher fassenden Neckarstadion war ein bisschen mager: gerade mal 11.000 Fußball-Begeisterte haben sich im weiten Rund der riesigen Betonschüssel verloren. Der VfB hat damals übrigens gegen »Partizan Belgrad« gespielt und der Kick war genauso lustlos, wie die Kulisse mager und die Atmosphäre lau. Doch egal: ich war im Stadion gewesen – und dem Herrn Brockmann ewig dankbar.

Sicherlich wären wir wieder einmal zum VfB gegangen, womöglich gar zu einem richtigen Spiel – und vielleicht hätten wir dann sogar (was eigentlich ein »Muss« ist) eine Stadionwurst gegessen, aber leider ist der Herr Brockmann nicht mehr allzu lange als Untermieter geblieben. Denn er hatte eine Freundin gefunden, mit der er zurück nach Hagen gegangen ist. Ich habe das genauso bedauert, wie die Sache mit der Freundin meiner Oma sehr missfallen hat. Die nämlich hatte die Freundin einmal zu Gesicht bekommen und dem Herrn Brockmann dann eindringlich ins Gewissen geredet. Wie so ein guter Mann denn bloß auf so ein »angeschmiertes Mensch« (eine geschminkte Frau) reinfallen könne! Aber der Herr Brockmann in seinem Liebestaumel hat sich noch nicht einmal von meiner Oma mehr umstimmen lassen. Wo die Liebe eben hinfällt …

Im Anschluss an unseren netten Herrn Brockmann haben die Leute vom Daimler meinen Großeltern den nächsten möblierten Herrn vermittelt: dieses Mal war es ein Ägypter. Ein Ägypter! Ein Exot! Nach dem ersten schreckhaften Zögern haben die Großeltern aber in den Mietvertrag eingewilligt, denn auch der Herr Fuad war ein netter Mensch.

Und für mich ein hoch willkommener Gesprächspartner: Karl May! »Durch die Wüste«! Klar, denn ich habe ja im Verlauf meiner Kindheit sämtliche Bände von Karl May (ehrlich: alle 70!) mit Begeisterung verschlungen, darunter auch die Abenteuer von Kara Ben Nemsi Effendi und seines Begleiters Hadschi Halef Omar (Ibn Hadschi Abu Abbas Ibn Hadschi Dawuhd al Gossarah: ja – das sitzt nach mittlerweile gut und gerne 50 Jahren immer noch!).

Also haben wir uns in meinen Ferien, wenn ich wieder in Luginsland war, grundsätzlich bestens unterhalten, der Herr Fuad und ich. Über seine Heimat Ägypten, über Arabien, über eine Reise »Von Bagdad nach Stambul« oder ins »Land des Mahdi«. Das hat beiden Spaß gemacht. Der Herr Fuad hat gestrahlt, wie ein Honigkuchenpferd, wenn ich mein Karl-May-Wissen über Mekka, die Hadsch und Medina ausgebreitet habe. Für ihn waren das lauter schöne Erinnerungen und er hat mir dann mit seinen Erzählungen über die Pyramiden, Kairo und die Pharaonen den Mund genauso wässrig gemacht. Das wollte ich unbedingt einmal sehen, sobald ich Erwachsen war!

Auch ins wilde Kurdistan wollte ich später mal reisen und deshalb habe ich ihn gefragt, wo genau das denn liegen würde. Kurdistan? Der Herr Fuad machte jetzt plötzlich ein ganz komisches Gesicht. Kurdistan? Nie gehört! Ich hätte mich sicherlich getäuscht mit dem Begriff. Worauf ich heftig den Kopf geschüttelt und auf den Karl May Band »Durchs wilde Kurdistan« verwiesen habe. Aber der Herr Fuad blieb standhaft beim Kopfschütteln. Kurdistan? Das gäbe es nicht. Da müsse sich der Herr Karl May geirrt haben, meinte er und war mit einem Mal – ganz gegen seine sonst so gesprächige Art – ziemlich einsilbig geworden. Auch bei späteren Unterhaltungen, wenn ich immer wieder mal vorsichtig den Begriff Kurdistan habe fallen lassen, hat er seine Ohren grundsätzlich auf Durchzug gestellt. Ich konnte mir das komische Getue nie so richtig erklären, denn dass sich der Karl May geirrt haben sollte und es dieses Kurdistan gar nicht geben solle, das habe ich nicht für möglich gehalten. Aber als dieses Kurdistan viele Jahre später immer wieder in den Nachrichten aufgetaucht ist und ich den Herrn Fuad über die tatsächliche Existenz von Kurdistan hätte aufklären können, da war er schon lange wieder fortgezogen.

Nach dem Herrn Fuad gab es noch einen dritten möblierten Herrn, dessen Namen ich allerdings längst vergessen habe. Kein Wunder, denn der ist auch nicht lange geblieben. Das war ein Deutscher, ich glaube aus Nordrhein-Westfalen oder so. Schon nach einer knappen Woche hat den meine Oma ziemlich heftig in den Senkel gestellt und ihn ultimativ aufgefordert, in der Nacht aufs Klo zu gehen, wenn die Blase drücke und nicht einfach in seinem Zimmer ins Spülbecken zu pinkeln. So eine Sauerei!

Der möblierte Herr aus Nordrhein-Westfalen hat die Spülbecken-Pinkelanschuldigung auf das Entschiedenste zurück gewiesen, was meine Oma in ihrer Argumentation freilich nicht im Geringsten erschüttert hat. Da könne er sagen, was er wolle: Man brauche ja nur mal kurz ins Spülbecken hinein zu riechen! Danach erübrige sich jedes weitere Leugnen.
Und obwohl er die Pinkelaktion noch immer abgestritten hat, gabs von meiner Oma die Gelbe Karte. Noch ein Mal, dann …
Eine Woche später war es bereits so weit: nach einem neuerlichen, harschen Wortwechsel aufgrund einer weiteren nächtlichen Verfehlung musste der Spülbecken-Seicher seine Siebensachen packen und gehen – und ward nie mehr gesehen.

Damit war das Kapitel Vermietung an möblierte Herren ein für alle Mal beendet.

Wohnen im Rohbau

Irgendwann waren auch die längsten Ferien zu Ende und so musste ich zurück aus meinem Stuttgarter Asyl nach Schwäbisch Sibirien! Es war jedes Mal die Höchststrafe für mich. Aber leider nix zu machen.
Dazu muss man wissen, dass es anfangs in unserem neuen Haus in Gomadingen noch ein ganzes Stück sparsamer zuging, als bei den Großeltern in Luginsland. Denn man hatte ja den letzten Pfennig zusammen gekratzt, um den Hausbau überhaupt stemmen zu können. Geld war folglich Mangelware. Und so haben wir (wie viele andere Familien auch) viele Jahre lang nur das Erdgeschoss unseres neuen, zunächst noch unverputzten, Hauses bewohnt. Das obere Geschoss war Rohbau – wie im Erdgeschoss anfangs auch noch das Wohnzimmer. Stück für Stück wurde dann jeden Samstag von meinem Vater weitergebaut: er hat gemauert, gehämmert und gepinselt, während ich mit meiner Mutter Steine geschleppt habe. Sie merken schon: das hatte tatsächlich etwas von Gulag! (= Sibirien!)

Am meisten sparen, um den Hausbau zu finanzieren, konnte man natürlich beim Essen. Einen Schweinebraten gab es deshalb grundsätzlich nur am Sonntag. Wobei … das stimmt nicht ganz, denn wenn vom Sonntagsbraten am Montag noch etwas übrig war, dann wurde dieser Rest am Montag aufgewärmt. Sollte auch am Dienstag noch etwas da sein – was häufig der Fall war, denn mein Vater war die ganze Woche über außer Haus auf Montage – dann gabs auch am Dienstag noch aufgewärmten Schweinebraten. Oft hat es sogar bis Mittwoch gereicht. Kein Wunder, denn einen sonderlichen Appetit auf das x-mal aufgewärmte Fleischstück habe ich nicht mehr entwickelt.

Zum Glück war der Topf am Donnerstag endlich leer, weshalb es dann Reis mit weich gekochtem Ei und Jägersoße (von »Knorr« oder »Maggi«) gab. Hört sich ein bisschen seltsam an, ich weiß, hat aber ganz gut geschmeckt. Jedenfalls besser, als schon wieder aufgewärmter Schweinebraten. Und ziemlich preisgünstig wars auch noch. Was ja eh das Wichtigste war.

Am Freitag standen Pfannkuchen mit (von der Oma aus Luginsland selbst eingeweckten) Zwetschgen (grrr!) oder Grießbrei mit Apfelmus auf dem Programm, am Samstag gabs Eintopf, denn zum Essen hatte man an diesem Tag nicht viel Zeit, man musste ja schaffen und das Haus fertig bauen.
Sie glauben nicht, wie man beim Essen sparen kann! Es hat mit der Finanzierung dann auch alles bestens geklappt – wenn auch um den Preis, dass ich bis auf den heutigen Tag aufgewärmtes Schweinefleisch schon hundert Meter gegen den Wind erschmecke und fluchtartig Reißaus nehme, wenn mir das in einer Gaststätte als angeblich frisch aus dem Ofen gezauberter Krustenbraten kredenzt werden soll!

Noch mehr sparen kann, wer selber schlachtet – und das war zu dieser Zeit auf dem Dorf durchaus üblich. Die meisten haben das gemacht – weshalb also nicht auch wir? Haben sich meine Eltern gedacht und bei einem der Gomadinger Bauern eine schlachtreife Sau erstanden. Diese in des Wortes wahrster Bedeutung arme Sau wurde nun ins gemeindeeigene Schlachthäusle verbracht, der Hausmetzger dazu beordert, dann konnte es losgehen. Die ganze Familie und die (begeisterte) bucklige Verwandtschaft aus Münsingen hat dabei mitgeholfen – bis auf mich! Ich habe mich standhaft geweigert. Denn diese Schlachterei, das war eine einzige Zumutung. Was für eine Barbarei! Auch die Aussicht (mit der sie mich zu locken versucht haben) auf ein schönes Schnitzel auf dem Teller hat mich nicht umgestimmt. Du liebe Güte: die ganzen Fleischberge und das Fett, die

sie tonnenweise in großen Wannen ins Haus transportiert haben! Dazu der eigenartige Geruch nach Schwein, Fleisch, Fett und Schlachtung, der sich zäh im ganzen Haus verbreitet hat. Die Türklinken, die allesamt mit einer schmierigen Fettschicht überzogen waren! Ok, ich gebe zu: das mit dem Fett auf den Türklinken, das habe ich mir nur eingebildet. Aber trotzdem … wochenlang habe ich die Türen im Haus nur mit den Ellbogen geöffnet. Und monatelang habe bin ich auch in Sachen Essen standhaft geblieben. Keinesfalls habe ich ein Schnitzel »von der eigenen Sau« essen wollen. Niemals!
Das Einzige, was ich vielleicht würde essen können, das war die Bratwurst. Die wollten sie, so hieß es, in großen Mengen produzieren. Wozu man wissen muss, dass ich quasi schon seit meiner Geburt ein Riesenfan von Bratwürsten bin. Ich komme bis heute an keinem Imbiss-Stand vorbei, in dem sie eine Bratwurst bruzzeln. Ich muss da einfach reinbeißen. Ein Rote Wurst mit Senf im Weckle oder die fränkischen »Drei im Weggla« (auch mit reichlich Senf natürlich): das ist für mich der Himmel auf Erden. Gut, hinterher guckt man meistens etwas verlegen aus der Wäsche, weil man den Kampf mit diesem beharrlich-zäh aus dem Brötchen tropfenden Senf zu Ungunsten der Kleidung natürlich wieder mal verloren hat. Aber was solls?! Bratwürste sind für mich das Nonplusultra!

Also gut: eventuell konnte ich mir deshalb vorstellen, so eine hausgemachte Bratwurst zu probieren. Die konnte durchaus das Bindeglied sein, das mich mit der Hausschlachterei vielleicht versöhnen würde. Aber Pustekuchen! Denn als das Resultat der häuslichen Bratwurstproduktion vor mir auf dem Tisch stand, da war es mit meiner kurzzeitigen Essenseuphorie auch schon wieder vorbei. Und zwar vollständig!
Da lagen nämlich keine schönen, weißen oder roten Bratwürste auf der Platte – und schon gar keine knusprig gebratenen, die einem das Wasser im Mund in Sturzbächen hätten zusammen

laufen lassen können. Nein, oh Schreck und Graus: da stand nur eine geöffnete Blechdose auf dem Esstisch! Bratwurst ?? In der Dose?! Seltsam!
Mehr als seltsam! Denn der Inhalt der schnöden Blechdose hatte mit einer Bratwurst nicht das Mindeste gemein! Noch nicht einmal das Allermindeste! Die angebliche Bratwurst bestand aus einer mehr oder weniger undefinierbaren, grau-rosa Masse mit schwabbeligem Rand und heller Fettschicht obendrauf. Das ist…? Ja, das sei eine Bratwurst, so wie man sie bei einer Hausschlachtung herstelle, haben sie mir tatsächlich weismachen wollen. Ja, aber… da sind doch gar keine Würste! Das ist doch eine Dose.
Exakt: eine Bratwurst in der Dose. Haben sie allen Ernstes behauptet.
Bratwurst!
Es war nicht zu fassen!
Also habe ich auch die angebliche Bratwurst noch nicht einmal angerührt – schon aus Protest und Enttäuschung nicht.
Bis heute ist mir nicht klar, weshalb man dieses Produkt eine Bratwurst nennt. Wodurch man es ja der allergrößten Verwechslungs- und Enttäuschungsgefahr begeisterter Fans von (gebratenen = richtigen!) Bratwürsten aussetzt!
Als hätte man für dieses grob gehackte (zugegeben nicht unbedingt schlecht schmeckende) Etwas nicht auch noch eine andere (sinnvollere) Bezeichnung ersinnen können!

Somit kam also auch die angebliche Bratwurst in der Dose für mich als Nahrungsquelle keinesfalls in Frage.
Und ein Schnitzel von »unserer Sau« gleich zweimal nicht. Denn das hätte ich ja gerochen. Und das mochte ich nicht. Allerhöchstens war ich dazu bereit, ein gekauftes Schnitzel vom Metzger zu vertilgen. Daran war nichts negatives zu riechen und somit auch nichts auszusetzen.

Also haben sie mir – ausnahmsweise, wie mehrfach beteuert worden ist – eine Extrawurst in Form eines beim Gomadinger Metzger gekauften Schnitzels gebraten. Angeblich … Freilich habe ich schon damals immer so einen Verdacht gehegt … Habe mich gewundert, dass allen Sparmaßnahmen zum Trotz für mich extra ein Schnitzel gekauft worden sein sollte. Und dass sie so komisch gelächelt haben, sobald wir am Esstisch versammelt waren und ich mich über mein Schnitzel hergemacht habe. Jahrzehnte später ist mein Verdacht bestätigt worden!
Reingelegt haben sie mich!

Da habe ich also voller Vertrauen das angeblich gekaufte Schnitzel vertilgt! Nur, um Jahre später erfahren zu müssen, dass es doch eines von der eigenen Sau gewesen ist! Oh du liebes Herrgöttle von Biberbach! Was für eine niederschmetternde Ernüchterung!
Obwohl … weshalb ich derart auf die Schnitzel von der Metzgerssau versessen war, das ist mir ein Rätsel. Denn nach der Schule mussten wir von der Bushaltestelle immer an der Gomadinger Metzgerei vorbei laufen. Und dort wurde – montags (und donnerstags auch, glaube ich) immer geschlachtet. Im Freien. Das Schlachthäusle, in dem das Tier dann zerlegt worden ist, das stand immer offen und so haben wir schon in jungen Jahren alles Wissenswerte rund ums Schlachten en Detail und en Gros genauestens mitbekommen. Auch, dass die Schlachtabfälle samt dem nicht für die Blutwurst benötigten Blut damals einfach in den Kanal gespült worden sind – der nach knapp 20 Metern bereits wieder im Flüsschen Lauter mündete. Und niemand hat sich darüber echauffiert. So war das halt. So hat man das schon seit Jahrhunderten gemacht. Nur im Sommer, an den ganz heißen Tagen (die es manchmal sogar auf der Alb gegeben hat), wenn wir mit unseren Luftmatratzen auf der Lauter unterwegs waren, da hat es an dieser Stelle manchmal ein bisschen komisch gerochen. Warum das so war, dafür hatten wir keine Er-

klärung. War im Grunde genommen ja auch egal. Denn schwupp: schon waren wir von der Strömung an besagter Stelle vorbei getragen worden. Außerdem hatten wir ganz andere Sorgen, denn wir haben gefroren, wie die Schneider. Kein Wunder: das Wasser der Lauter war selbst im Hochsommer nie wärmer als zehn, höchstens zwölf Grad.

Die Sache mit der Hausschlachtung hatte für meine Eltern allerdings noch einen unerwünschten Nebeneffekt – und zwar ausgerechnet im Hinblick auf den damit verbundenen Spareffekt. Das war ja der Hauptgrund fürs Schlachten gewesen: dass man das Fleisch wesentlich billiger erstanden hat, als wenn man es beim Metzger hätte kaufen müssen.

Wie es das Schicksal nun wollte, kam einmal Besuch zu uns. Fatalerweise in der Woche nach der Schlachtung. Wenn ich mich richtig entsinne, dann haben wir in dieser ersten Woche sowieso immer viel mehr Besuch bekommen, als sonst das ganze Jahr über. Seltsam. Aber wie auch immer: der Besuch, der uns dieses Mal die Ehre gegeben hat, war völlig überraschend bei uns hereingeschneit. Dabei handelte es sich um den Erbonkel mit seiner Frau Karoline. Ein kinderloses Ehepaar. Jener Erbonkel amtierte als gut besoldeter Prokurist bei den Portland Zementwerken in Heidelberg und galt als ein ziemlich vermögender Mann, der sich seines Standes und seines gut gefütterten Sparbuches durchaus bewusst war. Was er nicht nur durch das Tragen von teuren Anzügen und einer dicken Hornbrille, sondern auch mit einem majestätischen Herumstolzieren jedermann nachdrücklich vor Augen zu führen verstand. Weshalb wir ihn heimlich »Graf Portland« nannten. Gleich nach der Begrüßung war der Erbonkel plötzlich spurlos verschwunden, bis einige Minuten später laute Überraschungsrufe aus der Speisekammer zu uns drangen. Und kaum hatten wir unsere Aufmerksamkeit in diese Richtung gewandt, da stürmte der »Graf

Portland« auch schon aus der Tür, um seiner Ehefrau brühwarm das sensationelle Resultat seiner Speisekammerrecherche entgegen zu schmettern: »Du Karo! Du glaubst es nicht: da drinnen haben die 13 Ringe Schwarzwurst hängen! Ich habs genau nachgezählt!«
Um danach in einem deutlich nüchterneren Tonfall, jetzt direkt an uns gewandt, fortzufahren: »Da bin ich aber froh! Denn es scheint Euch ja nicht schlecht zu gehen! Und das gleich nach dem Hausbauen. Donnerwetter! Komm Karo: wir fahren!«

Ihren Ruhestand haben die beiden in einem sündhaft teuren Alterswohnstift in Baden-Baden verbracht. Und nach ihrem Tod haben sie ihr ganzes Geld dem dortigen Tierheim vermacht. Denn um uns mussten sie sich ja keine Sorgen machen. Wir hatten schließlich mehr als genug. Zumindest 13 Ringe Schwarzwurst.
So viel zu Erbonkels und Erbtanten.
Aber wir sind auch so durchgekommen! Das Häusle ist längst abbezahlt.

Ein besonderes Erlebnis war es für mich immer, wenn der Postbote oder die Fahrer von irgendwelchen Speditionen bei uns an der Tür geklingelt haben. Das war ziemlich häufig der Fall, denn für meinen Vater, der als Aufzugmonteur gearbeitet hat, mussten von der Zentrale in Stuttgart öfter Ersatzteile geliefert werden. Wieder und wieder war es hoch interessant, das Mienenspiel der Enttäuschung zu betrachten, wenn nicht meine Mutter die Haustür geöffnet hat, sondern ich. Wie sich so ein Gesichtsausdruck innerhalb von Millisekunden vom Zustand freudigster Erwartung in grenzenlose Ernüchterung verwandeln kann, das ist schon eine faszinierende Beobachtung!
Das hatte jetzt freilich nicht nur mit der unterschiedlichen Attraktivität zwischen mir und meiner Mutter zu tun, sondern hauptsächlich damit, dass die Fahrer bestens darüber im Bild

waren, sich niemals durstig hinters Lenkrad klemmen zu müssen, wenn meine Mutter zuhause war. Denn nach der glücklich ausgehändigten Ersatzteil-Lieferung folgte das immer gleiche Ritual: »Wollet se vielleicht ein kleines Schnäpsle für auf den Weg?« (wir hatten nämlich immer noch den Selbergebrannten vom Opa, den mit den 52–54 Prozent Alkohol).
Worauf sich der Fahrer der Form halber ein kleines bisschen zierte und dann selig lächelnd nickte: »Na ja. Gut. Also ja: einer geht immer.«
Und der eine war dann so gut, dass ihm oft noch ein zweites, manchmal gar (wenn das Bauchgrimmen halt allzu heftig gewesen ist) ein drittes Schnäpsle durch die Kehle gegurgelt ist. Dann konnte es fröhlich und mit neuer Kraft weiter gehen – kreuz und quer durch den Straßendschungel der Schwäbischen Alb. Was Wunder, dass unser damaliger Postbote grundsätzlich bei jeder Werbesendung an der Tür geklingelt hat, um uns das wertvolle Produkt höchstpersönlich und fachgerecht zu überbringen!

Wenn die Anzahl der Speditionslieferungen und der Werbesendungen innerhalb einer Woche aber etwas zu zahlreich gewesen ist, wodurch sich der Inhalt der Flasche mit dem Feuerwasser gefährlich in Richtung Flaschenboden bewegte, konnte man diesen Mangel ziemlich leicht beheben. Einfach die Flasche mit dem guten Gomadinger Leitungswasser auffüllen und schon war der alte Füllstand wieder erreicht. Sodass auch mein Vater, wenn er am Freitagabend von seiner Montagewoche nach Hause kam, voller Vorfreude die wohlgefüllte Flasche betrachten konnte, deren Inhalt er genauso genussvoll wie regelmäßig getestet hat, um sich anschließend nicht genug darüber zu verwundern, wie angenehm mild und gar nicht kratzig so ein Schnaps doch schmecken kann, wenn er erst einmal drei Jahre im Keller gelagert wird. »Man sollte kaum glauben, dass 54 Prozent Alkohol da drin stecken.«

Rechnen mit Buchstaben!

Ich bin übrigens immer ein guter Rechner gewesen, sogar ein sehr guter. Allerdings muss ich einschränkend hinzufügen, dass das nur so lange der Fall war, bis sie in der Oberschule, die inzwischen Gymnasium heißt, das Buchstabenrechnen eingeführt haben. Rechnen mit Buchstaben! Unglaublich! Quasi über Nacht stand für mich in Sachen Mathematik plötzlich kein Stein mehr auf dem anderen. Das mochte begreifen, wer will – ich jedenfalls nicht. Noch heute ist es mir ein Rätsel, weshalb die Leute mit Buchstaben rechnen, anstatt mit Zahlen. Wo Buchstaben doch zum Schreiben da sind! Das ist ja … das ist, als würde ich dieses Buch mit Zahlen bestücken! Da würden Sie vielleicht komisch gucken! Ein Text, so etwa in der Art: 6480374323, 900385263 – 5283916211490. 212887, 9705663: 98468712.
Alles klar? Sehen Sie! Jetzt finden sie das auch seltsam, oder? Mindestens genau so seltsam, wie mir das in Sachen Buchstabenrechnen ergangen ist.

Das war so etwas von unlogisch – fand ich. Der Mathelehrer in seinem völligen pädagogischen Unverständnis (wie das Mathelehrern ja gemeinhin anhaftet) fand das in Bezug auf mich allerdings auch. Sagte der doch nach der Einführung des Buchstabenrechnens am Elternsprechtag tatsächlich zu meinen Eltern: »Der Bub kann einfach nicht logisch denken.« Peng!
Der Junior, dem Logik ein Fremdwort ist! Wie ein Blitz aus heiterem Himmel war ich damit als mathematischer Nichtskönner und Armleuchter gebrandmarkt worden!
Es war das erste und gleichzeitig auch schon das letzte Mal, dass mein Vater bei einer Elternsprechstunde persönlich anwesendwar – das hat künftig meine Mutter alleine übernehmen müssen.

Logisch finde ich die Sache mit dem Buchstabenrechnen noch immer nicht. Aber egal. Jedenfalls bin ich im Kopfrechnen (mit Zahlen!) nach wie vor um Lichtjahre schneller, als jeder Buchstabenrechnende Einser-Abiturient. Bis die nur überlegt haben, welche Wurzel jetzt eventuell wo gezogen werden könnte (als seien wir beim Zahnarzt und nicht beim Kopfrechnen!), da bin ich mit meiner Rechnung bereits fertig.

Mehr als einmal konnte ich dank dieser Fähigkeit auch schon das Wechselgeld reklamieren, das mir eines der Kassenfräuleins im Supermarkt falsch heraus gegeben hat – unabsichtlich natürlich… Ja, klar. Akzeptiert. Aber mit Buchstabenrechnen wäre mir das nicht gelungen. Was gut und gerne anderthalb Euro weniger im Geldbeutel bedeutet hätte.
Hundert pro! Also: rechne ich weiterhin lieber nur mit Zahlen.

Mein Schulerfolg im Gymnasium war somit spätestens seit der beginnenden Mittelstufe stark im Sinkflug begriffen. Das lag allerdings nicht nur am Buchstabenrechnen, sondern auch am Belohnungssystem, das ich mit meiner Oma für gute Zeugnisse ausgehandelt hatte. Für die Noten 1 und 2 gab es eine Prämie von zwei beziehungsweise einer Mark. Und da ich zunächst ordentlich viele Einser und Zweier im Zeugnis stehen hatte, war die Sache für die Oma irgendwann ziemlich inflationär geworden. Mit Beginn der nächsten Klasse wurde folglich halbiert: künftig eine Mark für einen Einser und bloß noch 50 Pfennig für einen Zweier. Das ernüchterndes Ergebnis dieser Sparmaßnahme ließ sich am nächsten Halbjahreszeugnis rasch ablesen: da standen plötzlich gar keine Einser mehr drin, sondern nur noch drei Zweier (für die ich lausige 1,50 Mark erlöst habe). Es war der Beginn einer atemberaubenden Abwärtsspirale: am Ende des Schuljahres war nur noch ein einziger Zweier übrig geblieben – dafür prangte nun der erste Fünfer in meinem Heft (Musik) dem bald darauf ein weiterer in Latein folgen sollte –

dicht bedrängt von Mathe (wg. Buchstaben), Physik und Chemie.

A propos Musik: im ersten Gymnasiumsjahr habe ich mit Ach und Krach immerhin noch einen Vierer geschafft – das war zwar damals meine mit Abstand schlechteste Note im Zeugnis gewesen, aber immerhin keine Fünf. Es war schon ein gewisser Erfolg, denn diesen Vierer habe ich nur deshalb erreichen können, weil ich mit einer übersteigerten Form der Mitarbeit unserem etwas Notenverwirrten Musiklehrer gegenüber erfolgreich mein (geheucheltes) Interesse an seinem wunderschönen Fach dokumentiert habe. In Sachen Mitarbeit stand mein Name also ziemlich weit oben – das Problem freilich war die Gesangsnote. Für die Notengebung mussten wir das »Heideröslein« von Franz Schubert singen: »Sah ein Knab ein Röslein stehn …« Immerhin schaffte ich es – im Gegensatz zu einigen meiner Mitsänger, kein Rösslein aus der Blume zu machen, aber die Stirn des Musiklehrers, der mich auf seinem himmelblauen Flügel einfühlsam begleitet hatte, war und blieb während meines Vortrags sorgenvoll durchfurcht. Schließlich hat er abgebrochen, einigermaßen ratlos den Kopf geschüttelt, hektisch im Liederbuch geblättert und mir dann eine zweite Chance gegeben. Ein Lied von Georg Philipp Telemann, das sich (seiner Meinung nach) deutlich leichter vortragen ließ. Es trug den Titel: »Das Glücke kommt selten per Posta zu Pferde …« Was für ein Schwachsinn, dachte ich! Allein den Sinn des barocken Geschwafels hatte ich nur mit äußerster Mühe verstanden – und nun sollte ich den bräsigen Text auch noch stimmungsvoll vortragen! Es war eine einzige Katstrophe, in deren Verlauf sich die Gesichtsfarbe des Mannes am himmelblauen Flügel noch aschfahler präsentierte, als zuvor. Was dann folgte, war das vernichtende Urteil in Form der musikalischen Notengebung.
Gesang: Fünf!
Gehör: eine glatte Sechs!

Das wollte ich nun keinesfalls auf mir sitzen lassen. Denn während ich für die Fünf in Gesang durchaus noch Verständnis aufzubringen bereit war, konnte das mit der Sechs beim Gehör nur ein schlechter Witz sein. Denn ich hatte ja mit meinen eigenen Ohren gehört, wie grässlich mein Gekrächze geklungen hat! Also habe ich mich mit genau dieser Argumentation zur Wehr gesetzt. War doch eigentlich logisch: wer hört, dass er falsch singt, kann folglich keine Sechs beim Gehörbekommen. Leider hatte ich meine Rechnung aber ohne unseren noch immer leicht geschockten Musikpädagogen gemacht, der angesichts solcher Banauserei nur traurig den Kopf schüttelte und heiser bemerkte, dass er mir das keinesfalls glauben könne. Folglich: Gehör Sechs! Setzen!

Später haben wir uns (also ich und noch ein paar Leidensgenossen) an unserem verhinderten Mozart gerächt. Das war in der Zeit, als symphonische Dichtung auf dem Musiklehrplan stand und wir als Klassenarbeit interpretieren sollten, welche Tierstimme der Maestro da gerade in seinen himmelblauen Flügel hackte. Unsere Auswahl war eindeutig: Aasgeier, Hyäne, Schakal, Höhlenbär, Stinktier, Spottdrossel etc. Erstaunlicherweise lagen wir mit unseren sämtlichen Tipps ziemlich weit daneben – und haben dennoch keine Sechs kassiert. Denn der Maestro zeigte sich entzückt und begeistert über die Tatsache, welch unglaubliche Phantasie sein Tastenspiel in unseren Gehirnen doch habe entfesseln können und so bekamen wir alle jeweils eine Drei bis Vier. Schade eigentlich: denn damit waren wir mit unserer Rache vollkommen ins Leere gelaufen. Unser Zielobjekt war schlichtweg zu blöde gewesen, um auf die Aasgeierattacke herein zu fallen.

Während es trotz meiner nicht ganz so glänzenden Musik-, Mathe-, Chemie-, Physik- und Lateinnoten stramm in Richtung Oberstufe ging – nun gut, eine Ehrenrunde in der Zehnten

Klasse möchte ich keinesfalls verschweigen – tobte an der Schule der alltägliche Kampf der Stonesfans gegen die Warmduscher, die lieber die Beatles hören mochten. Dazu gesellten sich in munterer Folge auch noch »Slade« und »Ten Years After« gegen »Creedence Clearwater Revival« und Reinhard Mey: es war eine nicht enden wollende Zweiteilung der gymnasialen Schülerschaft – die ich freilich als Fan von »Stones«, »Slade«, »Ten Years After« und den »Doors« einmal im Jahr als Discjockey beim Schülerball mit einer eindeutigen Musikauswahl gekontert habe. Grundsätzlich – und sehr zum heftigen Verdruss der Gegenseite – liefen bei mir nämlich nur die »Stones«, »Slade«, »Ten Years After«, die »Doors« und (natürlich!) »John Lee Hooker«. Tja: die anderen hatten durchaus ihre Chance gehabt, aber ich war halt mal wieder etwas schneller gewesen, als es in der SMV (der Schülermitverwaltung, deren Mitglied ich als Chef der Schülerzeitung gewesen bin) darum ging, wer beim nächsten Event wohl den Discjockey machen wolle.

Einer der Höhepunkt meiner an Höhepunkten armen Zeit im Gymnasium war der Brezelstreik im Jahr 1973. Da hatte doch der örtliche Bäcker, der in der großen Pause das Gymnasium mit Backwaren belieferte, seine Brezeln von einem Tag auf den anderen um sage und schreibe zehn Pfennig verteuert! Von 15 Pfennig auf 25 Pfennig! Das ließ die Wogen der Empörung in die Höhe schnellen! Aber was konnte man schon dagegen machen? Achselzucken. Nichts natürlich. Vorherrschende Meinung: »Der Kunde ist König – aber der König ist ein Depp!« Von wegen!

Spontane Zusammenkunft der SMV. Was könnten wir gegen die unglaubliche Preissteigerung unternehmen? Ganz klar: einen Boykott starten! Die teuren Dinger einfach nicht mehr kaufen. Gesagt – getan.

Weshalb am folgenden Tag am Brezelverkaufsstand nun unsere Schilder klebten: kein Geld für teure Brezeln. Und das Erstaunliche: alle unsere Mitschüler haben mitgemacht. Der Boykott funktionierte! Zu hundert Prozent. Was für den Bäcker, der mit vollen Brezelkörben gekommen war, bedeutete, mit seinen immer noch vollen Körben den Rückweg antreten zu müssen. Ein super Erfolg!
Der uns aber nicht hat ruhen lassen.
Wie könnte man eine solche Preissteigerung künftig verhindern? Erstens mit Leserbriefen in der örtlichen Zeitung, dem »Alb-Bote«, der auch schon ziemlich umfangreich über unseren Boykott berichtet hatte. Zweitens mit einer Unterschriftenaktion. Einer Art Demonstration mitten in Münsingen. Am besten dort vor dem Rathaus. Und wieder ging es ruck-zuck. Es war an einem nasskalten, windigen Nachmittag, Schneetreiben, Ekelwetter – aber dennoch: es funktionierte. Es handelte sich übrigens um die erste Demonstration, die es in der Nachkriegsgeschichte von Münsingen gegeben hat. Beziehungsweise um die erste Unterschriftenaktion. Sage und schreibe 376 Unterschriften waren in kürzester Zeit zusammen gekommen! Und das auf der Alb, wo die Menschen »solchen Sachen« äußerst skeptisch gegenüber standen! Trotz Schmuddelwetter mit Schneeschauern und Windböen. Wieder berichtete die Zeitung. Sogar das Fernsehen interessierte sich plötzlich für uns.
War ja alles gut und schön. Doch seitdem gab es in der Großen Pause keine Brezeln mehr zu kaufen. Das war nicht gut. Das musste anders werden.
Ziemlich bald hatten wir die zündende Idee: wir kaufen die Brezeln bei einem anderen Bäcker, der sie billiger anbietet und verkaufen sie dann als SMV einfach selbst. Zum Glück hatte in Münsingen gerade der erste Supermarkt eröffnet, bei dem wir die Brezeln für sagenhafte 16 Pfennig das Stück einkaufen konnten. Verkauft haben wir sie dann für 20 Pfennig – das machte immerhin vier Pfennig Gewinn pro Brezel für die SMV. Und die

war für unsere Mitschüler trotzdem noch fünf Pfennig billiger, als vorher. Die klassische win-win-Situation! Obwohl es diesen Begriff damals noch gar nicht gegeben hat. Wenigstens nicht bei uns, auf der rauen Alb.
Mit der Schulleitung waren wir zum Glück rasch handelseinig geworden: immer zwei Schüler der Oberstufe erhielten die Erlaubnis, den Unterricht vor der Großen Pause zehn Minuten früher zu verlassen, um die (mehreren hundert) vorbestellten Brezeln vom Supermarkt abzuholen. Unsere Mitschüler ließen uns auch in den nächsten Wochen nicht im Stich, sondern haben freudig eingekauft. Schon bald waren die Körbe leer – und die SMV hatte nicht nur dem Bäcker gezeigt, wo der Hammer hing, sondern auch noch einen netten Gewinn erwirtschaftet.

Das Fernsehen hat tatsächlich ein Team aus Stuttgart hoch geschickt und ausführlich über den »Brezelkrieg auf der Alb« berichtet. Wer damals beim Interview vor lauter Aufregung am heftigsten gezittert hat: wir als die Interviewten oder die noch recht unerfahrene, junge Fernsehreporterin, das vermag ich nicht mehr zu sagen. Nur so viel: mir haben die Knie wirklich geschlottert. Wie Espenlaub im Herbststurm. Mindestens. Aber mein erster Fernsehauftritt war geschafft!
Was wir im Fernsehen (und auch in der Zeitung) allerdings verschwiegen hatten: die Brezeln von unserem neuen Lieferanten haben deutlich schlechter geschmeckt, als die vom alten Bäcker. Es waren richtig zähe Dinger, die mit einer guten Laugenbrezel allerhöchstens eine entfernte Ähnlichkeit aufwiesen. Aber egal: wir Kunden waren wieder König und nicht mehr die Deppen vom Dienst.
Die Brezelverkaufsaktion der SMV hat viele Jahre lang gehalten. Bis der Zahn der Zeit an ihr geknabbert hat. Mittlerweile werden die Brezeln wieder vom Bäcker verkauft. Merke: auch brezeltechnisch lohnt sich manchmal ein langer Atem.

Rasender Reporter I

Durch den Brezelkrieg hatte ich nun ja Kontakt zur örtlichen Zeitung, dem Münsinger »Alb-Bote« bekommen. Diesen Kontakt galt es zu nützen. Denn nach dem bisherigen Verlauf meiner schulischen Karriere (einschließlich der Ehrenrunde in Klasse 10) erschien mir eine Karriere als Diplommathematiker, Physikprofessor oder zumindest Lateinlehrer doch eher unwahrscheinlich. Was aber dann? Genau: Journalist. Denn schreiben, das konnte ich ganz gut und mein Amt als »Chefredakteur« der örtlichen Schülerzeitung war ja auch ein Fingerzeig in diese Richtung. Am besten, sich erst einmal als freier Mitarbeiter unentbehrlich machen und sich für all jene Termine anbieten, die bei den altgedienten Redakteuren grundsätzlich für Pickel und Hautausschlag sorgen: Generalversammlung der Hasenzüchter, goldene Hochzeiten, 90. Geburtstage, Kameradschaftstreffen der Reservistenkameradschaft, samstägliche Faschingsprunksitzungen, Sonntagsdienst …

Also habe ich ein paar Wochen vor den Sommerferien in der Redaktion angefragt, ob man in der Ferienzeit beim »Alb-Bote« eventuell eine tüchtige junge Nachwuchskraft für die diversen Pflichttermine benötigen würde. Die Antwort des Redaktionsleiters mit dem walrossartigen Schnauzbart bestand aus einem gelangweilten Schulterzucken, begleitet von einem undeutlich gebrummelten: »Vielleicht …«
Aha!
»Na gut. Dann werde ich also am ersten Ferientag bei Ihnen vorbei kommen.«
Neuerliches Schulterzucken.
»Um wieviel Uhr soll ich denn da sein?«

Irgendeine Zahl schien zwar dem Mund des Jüngers der schreibenden Zunft entronnen zu sein, doch leider hatte sich diese in dessen gewaltigen Schnurrbart verfangen und war somit für das normale menschliche Gehör nicht zu verstehen. Egal. Flucht nach vorne antreten!
»Ok. Dann bin ich also um 9 Uhr hier. Schönen Tag noch.«
Ganz offensichtlich hielt sich die Begeisterung meiner künftigen Kollegen in noch recht überschaubaren Grenzen. Ja, Sie haben richtig gelesen. Mehrzahl. Kollegen. Denn zur Linken und zur Rechten des Walrossbarts waren nämlich noch zwei weitere Redakteure platziert, die emsig ihre Texte in die Schreibmaschinen hämmerten und mich keines Blickes für würdig erachteten. Na, das konnte ja heiter werden! Andererseits: jeder Anfang ist schwer. Und außerdem: was wäre die Alternative? Eine Maurerlehre, mit der mir mein Vater ja beständig drohte, wenn er wieder einmal versehentlich über eine meiner Physik- oder Mathenoten gestolpert war? Ein Dasein als Sachbearbeiter im Finanzamt Reutlingen-Süd (falls es das überhaupt gab) oder ein Leben als Bankbeamter mit Schlips und Sakko? Nein danke. Dann würde ich mich lieber anfangs ein bisschen von den hartgesottenen Starreportern des »Alb-Bote« abbürsten lassen. So etwas stählt ja und kann für die weitere Karriere nur nützlich sein. Lehrjahre sind schließlich keine Herrenjahre.

Fest entschlossen, mich als Journalistenkollege durchzubeißen und möglichst rasch in den Olymp der unentbehrlichen Mitarbeiter aufzusteigen, habe ich mich also am ersten Tag der Sommerferien im Redaktionsbüro des Münsinger Alb-Boten eingefunden. Pünktlich um neun Uhr – so wie ich das angekündigt hatte.
Neun Uhr!
Allein diese Uhrzeit beweist, wie wenig ich damals mit den Gepflogenheiten des tagesaktuellen Qualitätsjournalismus vertraut war. Denn um neun Uhr (morgens!) triffst du in der Redaktion

einer Tageszeitung, die etwas auf sich hält, keine Menschenseele. Höchstens vielleicht die Putzfrau.
Genauso war es: im Büro herrschte – bis auf die Putzfrau – gähnende Leere. Immerhin hat sie mich nicht gleich wieder hinaus komplimentiert, sondern mir einen der Besucherstühle angeboten und mich dann über die Gepflogenheiten der Herrschaften Redakteure aufgeklärt. »Von denen kommt kein Mensch vor zehn Uhr. Meistens sogar erst um halb elf, elf. Haben Sie das denn nicht gewusst?!«
Nein, hatte ich nicht. Aber egal. Immerhin lag die neueste Ausgabe des »Alb-Bote« vor mir. Die ich jetzt in aller Seelenruhe studieren konnte. Deutlich mehr als eine Stunde lang. Dann plötzlich kam Bewegung in meinen ersten Arbeitstag als Zeitungsredakteur. Die Tür wurde aufgerissen und der Walrossbart stürmte in die gute Stube, warf die Autoschlüssel auf seinen Schreibtisch, sah mich da sitzen und erstarrte.
»Guten Morgen. Da bin ich also«, grüßte ich den Redaktionsleiter freundlich, der mich immer noch anstarrte, als hätte ich gerade einen Massenmord gestanden oder zumindest die Hostie in der katholischen Kirche geschändet. Ganz allmählich dämmerte ihm offenbar, wer sich da freundlich grinsend von seinem Besucherstuhl erhob und ihm die Hand zum Gruß entgegen streckte. Die er jedoch geflissentlich ignorierte. »So, so«, brummelte es gedämpft hinter dem Schnauzbart hervor.
»Das sind ganz schön interessante Artikel, die da im heutigen »Alb-Boten« stehen«, versuchte ich – ganz gegen meine sonstige Art – dem Kollegen beflissen Rotz um die Backen zu schmieren (hochdeutsch: mich einzuschleimen).
»Nichts ist älter als die Zeitung von gestern«, brummelte es ungnädig zurück.
Immerhin: er hatte mir tatsächlich eine Antwort gegeben!
»Was könnte ich denn für einen Artikel schreiben heute?« Wieder dieser Blick mit der Hostie. Dann zwei rasche Handbewegungen. Eine nach rechts, die andere nach links. »Die beiden

anderen Kollegen kommen gleich. Dann sind alle Schreibtische besetzt!«

Aha. Kein Platz also für mich, sollte das wohl heißen. Aber so schnell bekommst du mich nicht wieder los, Freundchen. »Mir reicht der Besucherstuhl da völlig«, konterte ich gelassen, was tiefe Furchen in die Stirn des Schnurrbartträgers pflügte. Hektisch äugte er über die Schreibtische. Dann hellte sich seine Miene kurzfristig auf, während er mit dem weit ausgestreckten rechten Arm auf einen Polaroid-Fotoapparat deutete.

»Ok. Du nimmst jetzt diesen Fotoapparat und pilgerst damit mit offenen Augen durch Münsingen. Und bis heute Nachmittag bringst du uns irgendetwas was Brauchbares, das wir in der Zeitung für morgen abdrucken können. Wenn du das nicht schaffst, dann brauchst du gar nicht wieder zu kommen! Verstanden?«

»Verstanden!«

Ich schnappte mir also den Fotoapparat und machte mich auf Motivsuche in der ehemaligen Kreisstadt Münsingen.

Kennen Sie noch diese Polaroid-Apparate? Das war so eine Art all-in-one System: man konnte die schwarz-weißen Bilder, die man geknipst hat, innerhalb weniger Minuten ansehen. Da gab es kein Negativ, das erst mühsam entwickelt und anschließend in ein Positiv-Papierbild umgewandelt werden musste. Eine für damalige Verhältnisse wundersame Sache. Freilich hatten die Polaroids gewisse Tücken, denn erstens waren die Kameras ziemlich lichtschwach, was bedeutete, dass jede schnelle Bewegung unscharf verwischte und die Bilder waren auch ziemlich klein. Außerdem war es eine ziemliche Umweltsauerei, die verschiedenen Entwicklerfolien zu entfernen. Und meistens blieb die klebrige Masse dann auch noch auf den Händen des Fotografen zurück, der sie dann hoffentlich nicht an der Hose abwischte …

Also schien es mir geraten, ein möglichst ruhiges Motiv für den morgigen Knaller des Tages auszusuchen. Was freilich leichter gesagt war, als getan. Denn in Münsingen herrschte an diesem ersten Tag der Sommerferien gespenstische Ruhe. Da war schlichtweg der Hund begraben – wie natürlich in (fast) allen anderen Städten an so einem Tag auch.
Meine Suche nach dem Schlagzeilenmotiv gestaltete sich zunehmend verzweifelter. Auch noch Stunden später hatte ich kein geeignetes Objekt finden können, das die Leserschaft des »Alb-Bote« am nächsten Tag vom Hocker hauen würde. Und der Redaktionsschluss (spätestens 17 Uhr) rückte näher und näher! War das also bereits das Ende für eine so hoffnungsvoll begonnene Journalistenkarriere?
Nein! Natürlich nicht!
Denn in der beinahe letzten Sekunde bin ich dann doch noch auf das Bild des Tages gestoßen. Es war bereits halb vier und eigentlich hatten die beteiligten Personen gerade ihre Siebensachen zusammenpacken und Feierabend machen wollen. Aber ausnahmsweise, mir zuliebe und natürlich vor allem deshalb, weil sie halt auch einmal in der Zeitung kommen wollten, haben sie noch fünf Minuten Überstunden drangehängt. Und so habe ich der versammelten »Alb-Bote«-Redaktion mit vor Stolz geschwellter Brust tatsächlich ein von der Bildqualität her einigermaßen abdruckbares Polaroidfoto präsentieren können, das die Mitarbeiter des örtlichen Bauhofs beim Neubemalen von Zebrastreifen in Münsingen zeigte. Ein echter Hingucker, der die Leserschaft des Alb-Boten sicherlich in Euphorie versetzen würde (zumindest die darauf abgebildeten Straßenwarte und deren Verwandtschaft). Mit einem ungnädigen Brummeln wurde das Sensationsfoto vom Redaktionsleiter entgegen genommen, begleitet von der harschen Aufforderung, ich solle mir jetzt noch einen dreizeiligen Text für das zweispaltige Bild einfallen lassen – und das aber bitte so schnell wie möglich.

»Neubemalung von Zebrastreifen mitten in Münsingen« (Foto: Haug): das war die erste journalistische Zuckung meiner Karriere – und das plötzlich weit geöffnete Scheunentor für weitere Meilensteine des Journalismus beim Münsinger »Alb-Boten«. Ich durfte am nächsten Tag also wieder kommen.

Und tatsächlich gelang es mir in Lauf der Zeit, all die berüchtigten Hasenzüchter-Generalversammlungsaufträge zu ergattern, die ein »normaler« Redakteur nur höchst ungern übernehmen wollte. Seitdem weiß ich übrigens, was Journalismus heißt. Und sage seitdem jedem und jeder, die es hören möchte oder auch nicht, dass für mich der Journalismus nicht beim Fernsehreporter beginnt, sondern bei der Generalversammlung der Hasenzüchter. Denn wer es schafft, das selbst beim dritten oder vierten Mal noch spannend zu erzählen, dass Rammler Karl dieses Mal leider nur zweiter Sieger geworden ist, während der Züchter von Widder Rudi nach einem dramatischen Kopf-an-Kopf-Rennen den ersten Platz ergattert hat, der weiß, was Journalismus heißt. Bloß seine Visage in die Kamera strecken, das kann jeder. Aber spannend über die Rangkämpfe der Hasenzüchter zu berichten: da musst du erst Mal durch!

Als besonders praktisch erwies sich für mich die Tatsache, dass Sonntagsdienste bei den allermeisten Redakteuren ja nicht sonderlich beliebt sind, und die lokale Sportberichterstattung erst recht nicht. Zudem gab es beim Alb-Boten einen ziemlichen Engpass an freien Mitarbeitern, die über die Dramen des sonntäglichen Fußballgeschehens auf den Sportplätzen zwischen Upflamör, Tigerfeld, Bremelau und Ohnastetten qualifiziert (!) hätten berichten können.
Selbstlos, wie ich nun einmal war, bin ich sofort in diese Bresche gesprungen und war seitdem mit der Polaroidkamera an den Sonntagen bei allen Spitzenspielen der mittleren Alb ein häufig gesehener Gast. Postiert war ich meist direkt hinter dem Tor-

mann, denn mit der Polaroidkamera (siehe oben) war die Gefahr des Verwackelns ja riesengroß. Erst recht, wenn sich auf dem Fußballfeld dann auch noch der Nebel ausgebreitet hatte. Dann ging so gut wie nichts mehr. Außer einem verwischten Schatten war meistens gar nichts zu erkennen. Und deshalb musste ich praktisch mitten im Tornetz hängen – sehr zur Freude der diversen Torleute, die dann die Schuld an ihren Aussetzern in Form eines nicht gehaltenen gegnerischen Schusses regelmäßig mir in die Schuhe schieben wollten. Aber darauf habe ich mich erst gar nicht eingelassen – und der Schiedsrichter zum Glück auch nicht. Das Beste, was mir fototechnisch mit der Polaroid passieren konnte, war ein Elfmeter. Darauf war immerhin der Ball meist ganz deutlich zu erkennen, wie er hammerhart ins linke obere Toreck knallte, während die Andeutung eines menschlichen Wesens, auf dessen Rücken mit einigem guten Willen die Zahl 1 zu erkennen war, ins gegenüberliegende Eck zu hechten schien.

Gut und gerne ein Jahr ging das so: dann endlich (jetzt verfügte ich als alter Hase ja bereits über ein gewisses standing) hatte ich Redaktionsleiter und Verleger dazu gebracht, tatsächlich eine richtige Fotokamera anzuschaffen, deren Filme wir dann ruckzuck im hauseigenen Fotolabor entwickelt haben. Seitdem war auf meinen Fußballbildern nicht nur messerscharf der Mann mit der Nummer 1 auf dem Rücken zu sehen, sondern manchmal sogar die – je nach Torerfolg – verzweifelte oder jubelnde Miene des Schützen.

Das Entwickeln der Filme machte mir keinerlei Probleme, denn in der Schule (die ich an Werktagen dann und wann noch besuchte) gab es eine Foto-AG. Dort hatten wir vom Physiklehrer gelernt (ja: auch von Physiklehrern kann man ab und zu etwas lernen!), wie die Negative entwickelt und Abzüge davon gemacht werden konnten. Im krassen Gegensatz zu Primzahlen,

Wurzeln und der Quadratur des Kreises war das endlich einmal ein Schulstoff, der sich sogar in der Praxis anwenden ließ!

Apropos Stoff: ein für uns Oberstufenschüler durchaus willkommener Nebeneffekt des im Untergeschoss der Schule eingerichteten Fotolabors bestand in der Tatsache, dass sich nach erfolgter Ausbildung der Fotoschüler nur noch höchst selten ein Lehrer hierher verirrte. Und so war es uns an gemütlichen Nachmittagen gefahrlos möglich, das eine oder andere Haschischpfeifchen durchzuziehen. Leider ist mir das meistens nicht gut bekommen, denn ich war eigentlich ein überzeugter Nichtraucher. Und so endete mein Haschischabenteuer leider in einer gigantischen Hustenorgie, wenn ich wieder einmal versucht habe, den beißend-scharfen Rauch tief in meine Lunge zu inhalieren. Bis auf ein einziges Mal… – aber lassen wir das lieber, denn ich fürchte, meine Mutter liest auch dieses Kapitel. Und sie muss ja nun wirklich nicht alles wissen. Gell Mama?

Jedenfalls handelte es sich bei diesem Fotolabor um eine segensreiche Einrichtung, die es mir ermöglicht hat, selbstverantwortlich den sonntäglichen Sportteil der Zeitung zu gestalten Und das als Schüler mit grade mal 18 Jahren. Das war eine ziemlich lukrative Sache, vor allem die Fotos. Denn pro Foto gab es zehn Mark, egal wie groß oder wie klein so ein Foto war: einspaltig, zweispaltig, dreispaltig. Zehn Mark für jedes. So war der Tarif. Was mich (und meinen Schulfreund Uli, der später mit von der Partie war), beim Umbruch natürlich dazu bewogen hat, möglichst viele einspaltige Fotos auf die Sportseite zu setzen. So viele, wie sie noch nie im »Alb-Boten« abgedruckt worden waren. Die Fußballer hat das gefreut – unsere Geldbeutel auch. Und es hat ziemlich lange gedauert, bis es der Verleger endlich geschnallt hat.

Die inzwischen beinahe tägliche Mitarbeit bei der Zeitung war für mich ein echter Quantensprung. Nicht nur in Sachen Betätigung, sondern eben auch im Hinblick auf das Geldverdienen. Bekanntlich war es bei uns in Gomadingen und auch vorher schon in Stuttgart ja immer ziemlich sparsam zugegangen. Und jetzt hatte ich plötzlich immer so viel Geld zur Verfügung, wie ich grade gebraucht habe! Wow!
Das Problem war manchmal nur, dass nicht nur ich mich, sondern auch meine Lehrer sich gefragt haben, ob ich eigentlich noch Schüler oder bereits fest bei der Zeitung engagiert sei. Die Grenzen waren zugegebenermaßen fließend.
Aber dennoch war es natürlich unabdingbar, irgendwie das Abitur zu schaffen. Wobei mir die frühzeitige Einführung des Kurssystems in der Oberstufe sehr geholfen hat. Wir waren nämlich Modellschule und hatten als eines der ersten Gymnasien im Land nun diese Möglichkeit bekommen, manche Fächer vor dem Abitur ganz abzuwählen und andere dafür als Leistungskurs doppelt so stark zu belegen. Ein Segen! Denn ich kann mir nicht vorstellen, dass ich das Abi mit dem alten System geschafft hätte. Also Mathe bis zum tragischen Ende! Und Physik auch. Und Latein!
Aber das neue Kurssystem, das war super! Da konnte man sogar Sport zum Abiturfach machen – und in Sport war ich als aktiver Leichtathlet ja sowieso ein Einserkandidat.

Freilich … eine klitzekleine Hürde, die gab es dann doch. Die unselige Mathematik konnte man mit Ende der 12. Klasse zwar endgültig von sich abwerfen, aber dazu musste man den Grundkurs in dieser 12. Klasse absolviert haben. Also mindestens einen von 15 möglichen Notenpunkten im Zeugnis vorweisen können. Kurs besucht, hieß das: mehr nicht. Aber mehr wollte ich auch gar nicht. Im alten System nach Noten entsprach das übrigens einer Sechsplus! Hört sich leichter an, als es war. Denn

woher sollte ich diesen einen Punkt nur nehmen – und nicht stehlen?
Klar war eigentlich nur, dass es mir kaum gelingen würde, in den drei anstehenden Arbeiten jeweils einen Punkt zu ergattern, der mir das Prädikat »Kurs besucht« verschaffen konnte. Aber ohne »Kurs besucht« kein Abi!

Und jetzt ereignete sich das Wunder, das ich bis heute nicht erklären kann. Denn in der ersten der drei Mathearbeiten hatte ich tatsächlich zwei Punkte geschafft, wie auch immer mir das geglückt ist. Damit waren die Trümpfe schlagartig in meine Hand gewandert, denn ich hatte flugs gerechnet. Und im Kopfrechnen (mit Zahlen) bin ich bekanntlich ja stark. Meine Rechnung lautete folgendermaßen: 2 durch 3 ergibt 0,66 und 0,66 wiederum ergibt (Achtung!) mathematisch aufgerundet die Zahl 1. Folglich hatte ich meinen einen einzigen Punkt dank dieser ersten Arbeit bereits gesichert und damit das Prädikat »Kurs besucht«. Super! Wozu sich also noch länger den Kopf zerbrechen – zumal die Chance, weitere Punkte zu errechnen, deutlich gegen Null tendierte. Also habe ich es mir in den beiden folgenden Mathearbeiten ganz bequem gemacht: DIN A 4 Blatt mit meinem Namen und dem Datum versehen, dazu noch Klassenarbeit Nummer 2 beziehungsweise Nummer 3 gesetzt und ab gings zum verdutzten Mathelehrer, dem ich das ansonsten noch jungfräulich weiße Papier in die Hand gedrückt habe. Und tschüss! Es dürfte sich um eine der kürzesten Klassenarbeiten aller Zeiten gehandelt haben. Gesamtdauer maximal zwei Minuten. Leider hat mein Mathelehrer weniger Humor bewiesen, als ich: er hat jedes Mal geschäumt vor Zorn und ein knallrotes Köpfchen bekommen. Aber da war nichts zu machen, denn ich hatte ihn ja mit seinen eigenen mathematischen Regeln klassisch ausgekontert. Und konnte meine Zeit bei der Zeitung sinnvoller nutzen, als sie bei einer Klassenarbeit zu verplempern, bei der ohnehin kein Blumentopf zu gewinnen war. Das Abitur war mir also sicher – Notendurchschnitt egal. Ich wusste längst ja sowieso, in welche Richtung der Hase weiter unterwegs sein würde.

Einige Jahre in so einer Lokalzeitung, das sind die besten Lehrjahre, die man sich als Journalist nur wünschen kann. Denn in einem Lokalblatt kommt einem alles und jedes auf den Schreibtisch. Und was ich auch bald begriffen habe: wie man als lokaler Journalist von den lokalen Größen hofiert und mit lobenden Worten förmlich überschüttet wird (beim »großen« Journalismus ist das übrigens kein Haar anders!). Aber wehe, wenn der Wind sich dreht und die Berichterstattung anders ausgefallen ist, als die Herrschaften das gerne gelesen hätte. Dazu braucht es dann schon einigen Mut: da heißt es, die Backen des Hinterteils kräftig zusammen zu kneifen und standhaft zu bleiben. Denn – und das ist es ja gerade – am nächsten Tag sieht man sich normalerweise wieder. Wem das gelingt, trotz allem nicht zu wackeln, der / die weiß, was guter Journalismus ist. Das ist etwas ganz anderes, als aus der warmen Anonymität einer großen Medienanstalt heraus zu operieren.

Auch ich hatte so ein Paradebeispiel in Sachen Journalismus verpasst bekommen, das ich nie vergessen habe – obwohl ich mich in diesem Fall kräftig habe einseifen lassen. Vielleicht ja gerade deshalb. Es ging dabei um die Firma »Magirus«. Die hatte im Münsinger Teilort Auingen eine Filiale. Und für diese Filiale, so besagten es die Gerüchte, bestand die ernste Gefahr, dass sie von der Zentrale demnächst geschlossen würde. Was den Verlust von mehreren Dutzend Arbeitsplätzen im damals noch ziemlich strukturschwachen Münsingen zur Folge gehabt hätte. Also war es logischerweise die Aufgabe des »Alb-Boten«, der Sache auf den Grund zu gehen. Den Auftrag wegen des Gerüchts direkt in Ulm bei der Zentrale zu recherchieren, hatte ich bekommen. Es war eine meiner ersten größeren Geschichten: ein gewaltiger Vertrauensbeweis des walrossbärtigen Redaktionsleiters. Also, Termin in Ulm bei der Geschäftsleitung vereinbaren und der Wahrheit auf die Spur zu kommen! Dazu muss man wissen, dass ich noch nicht ganz 18 Jahre alt war und folglich weder über einen Führerschein, noch über einen fahrbaren Untersatz verfügte. Dafür aber trug ich voller Stolz eine richtige Afrofrisur, so wie weiland Jimmy Hendrix. Es war übrigens das erste Mal, dass ich (zum größten Missfallen meines Vaters) meine Lockenpracht mit einem gewissen Stolz durch die Weltgeschichte getragen habe.

Die Frage war jetzt, wie ich ohne Auto und Führerschein zum Recherchetermin nach Ulm gelangen sollte. Mit öffentlichen Verkehrsmitteln wären die zirka 50 Kilometer zur Weltreise geworden und dabei sollte ich die Story doch möglichst schon am nächsten Tag ins Blatt rücken. Jedenfalls, bevor die Konkurrenz in Form des »GEA«, des »Reutlinger Generalanzeiger« auch Wind von den Magirus-Gerüchten bekommen hätte. Als einzige Möglichkeit blieb mir also nur der Autostopp – was angesichts meiner Haarpracht auch kein leichtes Unterfangen war. »Ich nehme doch keinen Gammler mit!« Das war die gängige Reaktion auf dieses in meinen Augen durchaus coole Outfit.

Aber irgendwann hatte ich es dann doch per Autostop nach Ulm geschafft. Immer noch deutlich schneller, als mit den öffentlichen Verkehrsmitteln. Magirus Zentrale, oberstes Stockwerk. Logisch. Nur dort konnte die Geschäftsleitung residieren. Eine zuckersüß aufgedonnerte Sekretärin hat mich nach meinem Eintreffen sogleich über den hochfloorigen Teppichboden in das Besprechungszimmer geleitet, in dem bereits zwei dickbäuchige, Zigarre rauchende Herren in dunklen Anzügen, blütenweißen Hemden und schwarzen Krawatten auf mich gewartet haben. Es war wirklich so: klassischer ging es nicht. Die

Prototypen der weltmännisch-erfolgreichen Oberboß-Version, wie man sie aus den einschlägigen Hollywoodfilmen kannte. Aber das hatte ich natürlich, naiv wie ich in diese Sache hinein gestolpert bin, nicht geschnallt, denn unser Gespräch verlief in einer äußerst angenehmen und vertrauenserweckend-freundlichen Atmosphäre. Dazu schwirrte die süße Sekretärin äußerst bemüht ständig um mich herum, bewaffnet (wie im schlechten Film!) natürlich mit einem extra kurzen Rock und einer ziemlich offenen Bluse.
Dann haben mir die netten Herren ganz geduldig eine wunderbare Geschichte vom Pferd erzählt … alles bestens, kein Grund zur Sorge, niemand muss Angst um seinen Arbeitsplatz haben, im Gegenteil: man habe mit dem Standort Auingen noch große Pläne. Das sei zwar eigentlich noch ein Geschäftsgeheimnis, aber ich dürfe das ruhig schreiben. Zum guten Schluss haben sie mir sogar noch ein vergoldetes Feuerzeug und einen edlen Kugelschreiber in die Hand gedrückt, sich vielmals für mein Interesse bedankt und mir alles Gute für die berufliche Zukunft gewünscht.

Zufrieden bin ich also per Anhalter wieder zurück nach Münsingen gedüst und habe meinen Artikel in die Tasten gehämmert, der es sogar noch in die aktuelle Zeitung geschafft hat: alles gut, niemand in der Filiale Auingen müsse sich Sorgen um die Zukunft machen und so weiter. Die Erleichterung dort war groß. Drei Monate später war die Magirus-Filiale in Auingen dicht.

Diese Verarsche war mir eine Lehre. Seitdem bin ich sofort misstrauisch geworden, wenn sie bei einer Pressekonferenz die eine oder andere Nettigkeit neben meine Unterlagen drapiert haben. Ich habe die kleine Aufmerksamkeit jedenfalls immer liegen lassen – und meistens hat sich hinterher tatsächlich herausgestellt, dass die netten Herrschaften gewaltig Dreck am

Stecken hatten. Um diese Zeit herum habe ich auch mein Lebensmotto definiert: Niveau ist mehr als eine Hautcreme – aber das hat leider selten jemand verstanden, denn die meisten Menschen haben halt doch bloß einen Humor wie ein Heldenfriedhof. Und auch bei der Formulierung meines Traumberufs haben sie ziemlich ratlos aus der Wäsche geguckt. Okay, Bergsteiger auf den Malediven, damit kann nicht jeder so richtig was anfangen. Muss er ja auch nicht. Aber mir hätte es gefallen. Easy going und so. Wäre aber vermutlich irgendwann stinklangweilig geworden – und Langeweile kann ich nicht ausstehen. Dann also doch lieber der »Alb-Bote«.

In den 70er Jahren sind die Zeitungen ja noch nach alter Väter Sitte gemacht worden, mit dem klassischen Bleisatz. Zunächst haben dabei die Maschinensetzer unsere Texte bekommen und sie an ihrer »Linotype« (einem wahren Monstrum von Setzmaschine) in Blei gegossen. Diese Maschinensetzer sind regelrechte Grammatik- und Rechtschreibefüchse gewesen. Da brauchte es keinen Rechtschreibduden, die hatten alle Endungen, Windungen und Fallstricke der Deutschen Sprache im Kopf. Und wehe, einer von uns hatte im Eifer des Gefechts zu viele Fehler in den Text gehackt! Dann öffnete sich ganz langsam die Tür der Setzerei, worauf einer der Rechtschreibexperten mit düsterster Miene im Türrahmen erschien und den fehlergespickten Text mit spitzen Fingern präsentierte. Er brauchte dabei gar nichts zu sagen, wir wussten es auch so: der Untergang des Abendlandes war (wieder einmal) ein Stück näher an uns heran gerückt. Na dann: Gute Nacht!

Es hat danach nicht mehr lange gedauert, bis die Umstellung auf digitale Datenverarbeitung gekommen ist. Von Rechtschreibfehlern und extra Korrektoren (ja, die hat es zur Bleisatzzeit auch noch gegeben) war keine Rede mehr und die gute alte Zeitung ist allmählich zu einem einzigen großen Fehlerfestival mutiert. Die meisten der alten Maschinensetzer haben es noch erleben müssen: jetzt waren ihre düstersten Prophezeiungen Wirklichkeit geworden. Der Untergang hatte begonnen. Mit der Auflage geht es seitdem ja tatsächlich steil bergab.

An mir ist der Kelch des digitalen Zeitung-machen-müssens glücklicherweise knapp vorbei geschrammt. Ich durfte noch zusammen mit den trinkfesten Handsetzern (den so genannten »Meteuren«) die Bleizeilen der Maschinensetzer zu ganzen Seiten zusammen montieren. Das war oft ein Heidenspaß, denn die Texte waren ja (wg. späteren Abdrucks) alle spiegelverkehrt. Man musste sie quasi von hinten nach vorne lesen, was aber weitaus weniger schwierig war, als man meinen sollte. Ein besonders beliebtes Spiel für Neulinge aus der Redaktion oder der Setzerei war dabei die Suche nach den legendären Bleiläusen. Doch, die existierten wirklich, konnten die Meteure jedem noch so skeptisch dreinguckenden Anfänger irgendwann glaubhaft versichern. »Da schau, da ist eine. Ganz genau hingucken! Dort unten links!« Und kaum war ihnen der Naivling auf den Leim gegangen, da klatschte auch schon ein Bleistab auf die zuvor mit Wasser präparierte Unterlage. Doch bevor man nun dastand, wie ein begossener Pudel, hatte einem einer der Meteure schon eine Bierflasche in die Hand gedrückt und unter dem Gelächter der Kollegen augenzwinkernd zugeprostet. »Essen und Trinken verboten« prangte zwar (wg. Gefahr der Beivergiftung) auf einem großen Warnschild in der Handsetzerei. Aber das hat keinen jemals gekümmert, man wollte ja schließlich kein Warmduscher sein. Und sowieso hat das Essen und Trinken bei den lustigen Handsetzern immer besonders gut geschmeckt.

Jahrzehnte später dann hat sich mein Hausarzt ziemlich darüber gewundert, woher das viele Blei wohl käme, das er bei einer Untersuchung in meinem Blut gefunden hatte. Dem guten Mann schien es ein einziges Mirakel. Als ich ihn darüber aufgeklärt habe, das käme vom Bleiläusesuchen, haben sich die Fragezeichen in seinen Augen freilich nur unwesentlich verändert.

Besonders gut hat es mir gefallen, wenn ich beim »Alb-Boten« eine »Lokalspitze« schreiben durfte. Also eine Rubrik, in der man die Dinge mit ziemlich spitzer Feder direkt beim Namen nennen konnte. Und das haben wir getan: wir haben immer ordentlich zugelangt und so eine wunderbar kritische Zeitung produziert, wie man sie mittlerweile kaum noch findet. So gut waren wir, dass es uns gelungen ist, die verkaufte Auflage zeitweise um ein Fünftel (von 5.000 auf 4.000 Exemplare) zu senken. Mit anderen Worten: wir hatten anscheinend immer wieder zielgenau den Kern des Problems getroffen und damit bei unserer wenig begeisterten Leserschaft – vor allem im besonders konservativ geprägten, katholischen Teil unseres Verbreitungsgebiets, eine ordentliche Protestwelle in Form von massenhaften Abbestellungen veranlasst.

Zwar hat sich unser Verleger zunächst wie das legendäre Rumpelstilzchen aufgeführt, als er mit einem Stapel von Abbestellungen in die Redaktion gestürmt ist, aber im Lauf der folgenden Wochen hat er sich dann rasch wieder beruhigt, denn die Absatzdelle hat sich immer schnell geglättet. Zähneknirschend haben sie unsere Zeitung wieder bestellt, denn fatalerweise gab es in diesem Teil der Alb halt nur den »Alb-Boten«. Und wer will schon wochenlang auf die Lektüre der Todesanzeigen und der Sonderangebote verzichten?

Für den (seltenen) Fall, dass die Leserschaft länger in der Schmollecke verblieben ist, hatte der liebe Gott zum guten Glück die schwäbisch-alemannische Fasnet erfunden, der im »Alb-Bote«-Verbreitungsgebiet vor allem in Hayingen und Zwiefalten enthusiastisch gefrönt wird. Und nach ein paar Fotoseiten vom wunderschönen Zunftball der Narren oder dem

Rosenmontagsumzug war die übliche Auflagenhöhe wieder erreicht, denn jeder wollte natürlich die Seite besitzen und sie für Enkel und Urenkel archivieren, auf dem er Narrenglückselig im regionalen Käsblatt abgebildet war.

Du liebe Güte: im Vergleich zu heute waren das wirklich noch turbulente Zeitungszeiten! Wenn ich mir da dagegen die weichgespülten Lokalteile heutiger Tage anschaue, qualmen mir manchmal glatt die Socken. Wen soll so ein Käse denn interessieren? Wenn dich nur noch verdiente Bauhofmitarbeiter angrinsen, die für zehn Jahre Winterdienst mit einem Weinpräsent geehrt worden sind, flankiert von Putzfrauen und Hausmeistern fürs Schule sauber halten, das Ganze garniert mit sensationellen Berichten über die Adventsfeier der Senioren... ja du meine Güte! Und da wundern die sich tatsächlich, dass ihnen die Abonnenten in Scharen davon laufen! Da nützen auch keine Abo-Werbeaktionen mehr, bei denen es zur Zeitung noch eine Schlagbohrmaschine obendrauf gibt.

Klar kann man das Damals und das Heute nicht hundertprozentig vergleichen, denn damals gabs ja noch Wettbewerb unter den Lokalblättern und keine Verlegerabsprachen nach dem Motto: tust du mir nichts in meinem Gäu, wildere ich nicht bei dir in deinem Gäu. Herausgekommen ist freilich ein fader Einheitsbrei, der kaum jemanden mehr interessiert. Die Lokalzeitung ist kein leider Gesprächsthema mehr. »Hast du schon gelesen, was sie da wieder in unserem Käsblatt rum geschmiert haben?« Das wollten alle wissen – und ob sie das gut fanden oder nicht: sie mussten deshalb halt doch einen zähneknirschenden Blick in besagtes Käsblatt werfen. Ist doch eigentlich ganz einfach: gute Zeitung = hohes Interesse = viele Abonnenten. Nur leider hören die Verleger nicht auf unsereins. Wäre ja auch viel zu einfach!

Tierisch gut

Zugegeben: auch damals war natürlich nicht alles immer nur gut.

Zudem hatten wir auch ein bisschen Glück gehabt, denn die beginnenden 70er Jahre, das war ja die große Zeit der hitzigen politischen Debatten – im Großen wie im Kleinen. Die Ostverträge, Willy Brandt, Strauß, da ist es hoch her gegangen – und hat bis in die kleinste Provinzstadt hinein gestrahlt. Da gab es wenig Grautöne, sondern viel mehr entweder – oder. Das war in der Kommunalpolitik kaum anders. Auch in den Rathäusern saßen noch wesentlich mehr Typen, die eine klare Kante gezeigt haben. Persönlichkeiten mit »Arsch in der Hose« und einer ordentliche Portion Schalk im Nacken. Damit meine ich natürlich auch den bereits erwähnten »Bere« Fundel, den »König vom Lautertal«. Aber der stand nicht mutterseelenallein in der Pampa, sondern war umgeben von einer ganzen Riege im wahrsten Sinn des Wortes tierisch guter Lokalpolitiker: da war beispielsweise der Bürgermeister von Münsingen, der hieß Kälberer, der Oberbürgermeister von Reutlingen war viele Jahre lang ein Mann namens Kalbfell, der dann vom früheren Landrat von Münsingen, der auf den schönen Namen Öchsle hörte, in Reutlingen beerbt worden ist. Trotz ihrer Namensähnlichkeit: Rindviecher waren das keine!

Und außerdem war die Zeit der ersten Ölkrise, als die OPEC den Ölhahn zudrehen wollte, so dass es deshalb die Sonntags-Fahrverbote gab. Was unsereinen ziemlich kalt gelassen hat, denn ich war ja »Presse« und hatte ein dementsprechendes

Schild im Auto hängen. Und das erlaubte mir, trotz Sonntagsfahrverbot über die gähnend leeren Straßen zu fegen – immer auf der Jagd nach dem nächsten sensationellen Foto für die morgige Lokalzeitung und oftmals fröhlich hupend vorbei an meinen verblüfften Lehrern vom Gymnasium zu düsen, die (weil nicht »Presse«) auf Schusters Rappen daher traben mussten.

Ach ja: mein erstes Auto! Das war natürlich ein VW-Käfer, den ich billigst in einem VW-Autohaus in Laichingen erstanden habe. Den armen Käfer hatten sie die finsterste Ecke des Untergeschosses verbannt, denn eine besonders gute Werbung für die Automarke war er in seinem jammervollen Zustand nicht mehr unbedingt. Aber dafür war er auch preisgünstig: mit 150 Mark war ich dabei und der Händler froh, dass er das Teil endlich von der Backe hatte. Gut, mit der Batterie war das so eine Sache, die hat nicht mehr so ganz besonders gut funktioniert. Aber mit einem kleinen bisschen Anschieben hat sich mein Käfermotor dann doch relativ schnell in den Arbeitsmodus versetzen lassen. Dies wiederum war (auch wenn sie es mir gegenüber nie zugeben wollte) ein durchaus willkommener Nebeneffekt für meine Mutter: denn so konnte sie allmorgendlich eine Art Fitnesstraining betreiben, indem sie mich und meinen Käfer fleißig angeschoben hat, bis der Auspuff seine erste dunkle Rauchwolke ausgestoßen hat und ich fröhlich davon knattern konnte – meinem nächsten Ziel entgegen: den relativ wenigen Autoparkplätzen vor unserem Gymnasium. Meistens habe ich es geschafft, rechtzeitig vor den verspäteten Mitgliedern des Lehrkörpers dort einzutreffen und so den letzten, noch freien Parkplatz zu ergattern, während der Pädagoge verdrießlich seine Suchrunden um die Schule drehen musste. Eine Tatsache, die sich auf meine Reputation bei der Lehrerschaft nicht unbedingt positiv ausgewirkt hat, aber das hat mir keine schlaflosen Nächte bereitet.

Dass es mein Käfer war, der den Parkplatz belegte, das war schon von weitem unschwer zu erkennen, denn weil die ursprünglich schwarze Karosseriefarbe im Lauf der Jahre halt schon ein bisschen abgeblättert war, hatte ich mich mit einigen Spraydosen in den schönsten Regenbogenfarben eingedeckt und ein wunderbar schillerndes Funmobil aus dem pechschwarzen Teil gezaubert.

Ziemlich innovativ war auch die Sache mit dem Beifahrersitz gelöst. Denn einen eigentlichen Beifahrersitz gab es in meinem Auto nicht. Der war im Laufe der vielen Jahre irgendwie abhanden gekommen. Egal: ein leerer Bierkasten hat die Funktion beinahe genauso gut ausgefüllt, was zusätzlich noch den Vorteil hatte, dass man den »Sitz« bei Bedarf in absoluter Rekordgeschwindigkeit ein- und ausbauen konnte, wenn grade wieder mal etwas besonders Sperriges transportiert werden musste.

Nie wieder habe ich ein so preiswertes Auto besessen. Nicht nur wegen dem Kaufpreis von grade mal 150 Mark, sondern auch wegen der Reklame. Es gab da nämlich ein Skigeschäft in Münsingen, den »Ski-Schneiderhan«, dessen Werbung ich auf mein buntes Auto aufkleben konnte und dafür 50 Mark extra fürs Reklamefahren verdient habe. Das waren noch Zeiten! Heute ist es ja eher umkehrt, heutzutage muss man extra tief in die Tasche greifen, um ein Produkt zu erstehen, auf das bereits ein Werbelogo aufgedruckt ist. Ich sage nur Boss, Adidas, Puma und Co … Wie sich die Sitten doch ändern können!
Also hatte mich mein Käfer unterm Strich jetzt nur noch 100 Mark gekostet – plus die paar Mark für die Spraydosen.
Das war aber noch nicht alles. Denn eines Tages ist mir bei einer Fuchsjagd, die ich für den »Alb-Boten« fotografieren sollte, eine sturzbetrunkene Reiterin mit ihrem fahrbaren Untersatz in das Heck meines Käfers gedonnert ist. Wir haben uns darauf geeinigt, die Polizei außen vor zu lassen, wenn sie mir zur Reparatur

der beschädigten Heckklappe 150 Mark auf die Hand geben würde. Gesagt – getan. Ich bin dann zum nächsten Schrotthändler gefahren und habe um fünf Mark eine »neue« Heckklappe besorgt (man konnte bei so einem Käfer ja beinahe alles selber reparieren), dazu noch zwei Spraydosen um je zwei Mark fünfzig – und so habe ich bei meinem ersten fahrbaren Untersatz unterm Strich also 40 Mark Guthaben erwirtschaftet. Schade nur, dass der gute Käfer mit mir nach zehn Monaten in den Straßengraben gerauscht ist. Ich hätte ihn gerne noch länger behalten – aber da war nichts mehr zu machen: ich musste ihn jetzt leider an den Schrotthändler abgeben. Bezahlen wollte der unverschämte Kerl mir nichts mehr! Dafür habe ich aber meinen Beifahrersitz mitgenommen. Sie wissen schon: den Bierkasten. Und für den habe ich dann immerhin noch drei Mark Pfand bekommen. Folglich hat mir mein Käfer sogar 43 Mark eingebracht.

Während dieser Zeit ist mir neben der (glimpflich ausgegangenen) Bekanntschaft mit dem Straßengraben noch ein weiteres Malheur widerfahren: ich bin Mitglied der FDP und der Jungdemokraten geworden! Ja, gut: es war halt so. Ich möchte das auch gar nicht unter den Teppich kehren – außerdem hat jeder Mensch ja auch seine dunklen Seiten. Andererseits – um im Bilde zu bleiben – wollten wir die Jusos links überholen. Denn die FDP war in jenen Jahren eine Partei, die mit den heute agierenden Polit-Darstellern nicht das Geringste gemein hatte. Ich vergesse nie, wie ich persönlich einen der damals tonangebenden Liberalen erlebt habe, einen Menschen namens Martin Bangemann. Der hat während einer Zusammenkunft mit seiner linken Hand plötzlich zweimal hart gegen die Wand geklopft und gerufen: »Links von mir ist nur noch die Wand!« Unglaublich? Nein: Ich schwöre! Es muss ihm wohl in einer Art Unterzuckerphase passiert sein. Einige Zeit später hat er seinen Fehler in Form einer 180 Grad Wende korrigiert und zunächst in Bonn (als Bundeswirtschaftsminister), später in Brüssel (als EU-Kommissar) und anschließend als Lobbyist der spanischen Telekommunikationsfirma »Telefonica«, erfolgreich dafür gesorgt, dass der Begriff Wirtschaftsliberaler zum Schimpfwort geworden ist – zumindest bei aufrechten Liberalen.

Wieso ich damals aber ausgerechnet den Liberalen in die Hände gefallen bin? Ganz einfach: der damalige Redaktionsleiter beim »Alb-Bote« (der mit dem Walrossbart) war ein überzeugtes FDP Mitglied – und hat so lange auf uns eingeredet, bis schließlich die gesamte Redaktion den Aufnahmeantrag ausgefüllt hat. Das mit dem Wieder-Austreten kam dann einige Jahre danach, als die Liberalen ihre große Kehrtwende vollzogen haben.

Irgendwann ist der Walrossbartträger zu einer anderen Zeitung gewechselt. Sein Nachfolger war ein alter journalistischer Haudegen, der schon viele schwere Kämpfe mit dem Medium, mit seinen Interviewpartnern und vor allem mit dem Inhalt seiner Whiskeyflaschen ausgefochten hatte – und dies immer noch tat. »Meyer Deutschland« war ein begeisterter Anhänger der Bundeswehr. Folglich war er in Münsingen mit seinem großen, international genutzten Truppenübungsplatz also goldrichtig gelandet. Vor allem die »Leos«, die neuen Leopard-Kampfpanzer, die damals in Münsingen stationiert waren, hatten es ihm angetan. Da glänzten die rotgeäderten Äuglein im schweißnassen Gesicht, wenn wieder eines dieser Ungetüme bei einer NATO-Herbstübung den Alb-Boden erzittern ließ. »Meyer Deutschland«, so hat er sich auch selber genannt (er hat von sich immer nur in der dritten Person Singular gesprochen), »ihr dürft aber gerne auch »Panzer-Meyer« oder am besten gleich »Leo« zu mir sagen«, war einmal ein hervorragender Journalist gewesen – was in seinen Artikeln (die sich naturgemäß vor allem mit der Bundeswehr beschäftigten) auch jetzt noch gelegentlich durchblitzen konnte. Immer dann, wenn er es geschafft hatte, seinen

Artikel vor der zweiten Flasche Whiskey verfasst zu haben. In jungen Jahren hatte er als hoffnungsvoller Nachwuchsredakteur sogar einmal ein Stipendium für die USA bekommen, um das Zeitungsmachen jenseits des großen Teiches kennenzulernen. Es waren mehrere Monate gewesen, in denen er neben dem »American Way of Life« vor allem den hochprozentigen Inhalt mancher Whiskeyflasche intensiv studiert hat. Das Resultat war dementsprechend: er ist – wie so viele seiner Kollegen – leider nie mehr vom Feuerwasser losgekommen. In Münsingen beim »Alb-Boten« hatten sie ihm nochmal eine letzte Chance gegeben, in der Hoffnung, seine eine Leidenschaft (Whiskey) gegen die andere (Bundeswehr) eintauschen zu können. Am Ende hat er jedoch in hingebungsvoller Begeisterung beides auf das intensivste miteinander vermischt und nach nur einem halben Jahr war »Meyer Deutschland« beim »Alb-Boten« schon wieder Geschichte. Ich habe nie wieder etwas von ihm gehört.

Sein Nachfolger (auch ein wirklich guter Journalist) war da wesentlich vorsichtiger. Der hielt nämlich überhaupt nichts vom Whiskey, sondern machte einen großen Bogen um das Teufelszeugs. Wodka dagegen sei wesentlich verträglicher, meinte er– und man könne deshalb auch viel größere Mengen konsumieren. An diese Regel hat er sich eisern gehalten. Seine Gesundheit hat ihm diese Vorsicht freilich nicht gedankt.

Als Kriegsdienstverweigerer bei der Bundeswehr

Im Alter von 18 Jahren ist man seinerzeit als männliches Mitglied der Bevölkerung vor die Musterungskommission der Bundeswehr zitiert worden. So erging es auch mir und meinen Alterskameraden. Allerdings nicht allen, schon gar nicht den Söhnen von Ärzten, denn die konnten größtenteils niederschmetternde Diagnosen vorweisen, die schwerste Rückenschäden bei ihnen festgestellt hatten – selbst bei den guten Sportlern unter ihnen schien es sich laut ärztlichem Befund nur noch um wenige Wochen zu handeln, bis sie endgültig im Rollstuhl enden würden. Ersatzweise waren auch Augenschäden sehr beliebt: so mancher meiner Mitschüler tappte ausweislich des Untersuchungsergebnisses blind wie Maulwurf durch die Weltgeschichte.

Alles gut und schön … haben wir anderen uns gedacht. Aber wieso muss es jetzt ausgerechnet unsereins treffen? Beziehungsweise: was konnten wir dagegen tun?

Ich habe es mit dem Luftanhalten versucht, während ich 20 Kniebeugen absolvieren musste – und habe danach tatsächlich gejapst, wie kurz vor dem Exitus. Doch der zuständige Arzt bei der Musterungskommission war auch nicht grade auf der Brotsuppe daher geschwommen, sondern hat angesichts meines Beinahe-Kollapses nur bedenklich die Stirn gerunzelt und gemurmelt, am besten sei es wohl, mich in ein Krankenhaus einzuweisen, wo man mit einem kleinen Schnitt in meinen Bauch der rätselhaften Formschwäche sicher auf die Spur kommen könne.

Sie glauben gar nicht, wie schnell ich wieder gesund geworden bin!
Das Dumme an meiner Vorstellung war, dass ich deshalb nur den Tauglichkeitsgrad 2 bekommen habe – und das wiederum bedeutete, dass ich bei der Bundeswehr ausgerechnet für die beiden einzigen Funktionen, die mich dort interessiert hätten, nicht infrage kam: weder Fallschirmspringer noch Pilot, beides ging nicht mehr.
Also blieb mir nur die eine Alternative, die ich angesichts der Rekrutenschinderei, die man in Münsingen tagtäglich live erleben konnte, ohnehin erwogen hatte: die Kriegsdienstverweigerung.

Das war in diesen Jahren noch eine ziemlich heftige Aktion, denn ein Kriegsdienstverweigerer galt weiten Teilen der Bevölkerung als eine Art Staatsfeind, Kommunist oder womöglich gleich als Bombenwerfer. Das nötige Rüstzeug, um die Verhandlung zu überstehen (Ja, das war wirklich eine regelrechte Gerichtsverhandlung!), hat mir der evangelische Pfarrer von Münsingen an die Hand gegeben. Das war eine wirklich noble Geste, die ich dem Mann nie vergessen werde. Denn er war absolut nicht nachtragend: und das, obwohl ich kurz zuvor aus der Kirche ausgetreten war. Auch im Religionsunterricht (den ich trotzdem noch besucht habe) hat er mich das nie spüren lassen, sondern mir im Zeugnis dann sogar glatte 15 Punkte gegeben!

Die entscheidenden Tipps des Pfarrers waren glasklar: »Bloß nix Politisches sagen!« Und auf die berühmten Fangfragen, wie jene mit der Freundin im Wald und plötzlich kommen zwei böse Räuber und wollen sie vergewaltigen, »Du aber hast eine Pistole dabei, was machst Du dann?« Bloß nicht herumeiern, sondern klar sagen, das sei ja eine unbeabsichtigte Notwehrsituation und wie man da reagiere, das könne sich nur aus der konkreten Situation heraus ergeben. Anderthalb Stunden lang haben sie mich bei der Verhandlung in die Mangel genommen und von Anfang an war klar, wie die Sympathien verteilt waren, denn auf der rechten Seite saß einer mit finsterer Miene, den ich keinesfalls würde überzeugen können, auf der linken einer, der mich ständig freundlich anlächelte (alles klar, dich habe ich also sicher) und in der Mitte saß der professionelle Richter – auf dessen Stimme würde es ankommen. Mit knapper Not habe ich es dank des Münsinger Pfarrers geschafft, als Wehrdienstverweigerer anerkannt zu werden. Uns Kriegsdienstverweigerer haben sie ja Wehrdienstverweigerer genannt. Kriegsdienstverweigerer durfte man nämlich auch nicht sagen, denn das wäre schon wieder ein politisches Argument gewesen.

Zum guten Glück bin ich an der Bundeswehr also vorbei geschrammt, denn schon damals habe ich meinen Mund nicht immer dann halten können, wenn es diplomatisch eventuell angesagt gewesen wäre. Das aber hätte bei der Bundeswehr automatisch Ausgangssperre, Wochenendheimkehrverbot und womöglich sogar Arrest bedeutet. Ich hatte es in Münsingen ja oft genug beobachtet, wie so ein armer Rekrut von einem halbbetrunkenen Neandertaler mit den Abzeichen eines Hauptfeldwebels zusammengebrüllt worden war – und wehe, er hat dann auch nur einen einzigen Ton von sich gegeben! Ich hätte da gleich ein ganzes Lied angestimmt – obwohl ich ja bekanntlich nicht so gut singen kann.

Über die Umgangsformen bei der Bundeswehr habe ich auch deswegen gut Bescheid gewusst, weil ich aktives Mitglied der Leichtathletikabteilung der TSG Münsingen gewesen bin. Wir haben trainiert wie die Besessenen und es immerhin bis zur Qualifikation für die Bezirksmeisterschaften gebracht.
Bundeswehr deshalb, weil unser Leichtathletiktrainer im normalen Leben Hauptfeldwebel gewesen ist. Das war ein wirklich

netter Kerl, der nur einmal ein bisschen ausgeflippt ist – und zwar dann, als ich ihm beichten musste, ich sei jetzt anerkannter Kriegsdienstverweigerer.

Aber mein gutmütiger »Hauptfeld« hat sich bald wieder eingekriegt und mir das nicht länger nachgetragen – obwohl er nie verstanden hat, welcher Teufel mich (seiner Meinung nach) dabei geritten hatte. Im Winterhalbjahr durften wir sogar in der Bundeswehrturnhalle, direkt auf dem Kasernengelände, trainieren – unser Trainer hatte sich extra dafür eingesetzt, dass wir die nötigen sicherheitstechnischen Genehmigungen dafür erhalten haben. Und so dürfte ich der mutmaßlich einzige Kriegsdienstverweigerer gewesen sein, der regelmäßig in einer Bundeswehrturnhalle trainiert hat. Es war immer ein ganz besonderes Vergnügen für mich, wenn ich mit meinem Afrolook hinter dem Lenkrad meines bunt bemalten Käfers vor das Wachhäuschen am Eingang der Kaserne gebrettert bin. Dort stand dann irgendein armer Tropf von Rekrut in voller Uniform und musste auch noch brav vor mir salutieren, wenn ich ihm meine Zugangsberechtigung unter die Nase gehalten habe. Auf mein Kommando: »Rühren!« hat aber keiner von denen jemals reagiert. Alle sind sie weiterhin vor mir in Hab-Acht-Stellung gestanden, als hätten sie einen Stock verschluckt. Komisch. Dabei hatte ich es doch nur gut gemeint.
Kennen hätten sie mich im Lauf der Zeit eigentlich auch müssen, denn wir haben beinahe täglich bei der Bundeswehr trainiert. Wohl eher zu viel, denn als die Saison im Frühjahr dann endlich begonnen hat, war ich meistens verletzt: übertrainiert. Die Folge war ein Trainingsrückstand, den ich anschließend mit besonders verbissenem Training wieder wettmachen wollte. Die Folge davon war … siehe oben!

Und dann hat mich in unschöner Regelmäßigkeit ab Anfang Juni auch noch ein heftiger Heuschnupfen erwischt, was meiner

Leistungsfähigkeit nicht unbedingt zuträglich war. Dabei standen die entscheidenden Wettkämpfe unmittelbar bevor! Was also tun? Ich hatte nicht den Hauch einer Ahnung!

Aber wie der Zufall so spielt, flimmerte an genau jenem Abend, an dem ich allen Ernstes bereits mit dem Gedanken an meinen Rücktritt aus unserer Trainingseinheit spielte, ein Werbespot über die Mattscheibe, der mit faszinierend überzeugenden Beschreibungen ein Medikament anpries, nach dessen Einnahme bei jedermann (und jeder Frau) eine wahre Leistungsexplosion versprochen wurde. Ich weiß noch genau, wie es hieß: »Agiolax« (es ist übrigens noch immer auf dem Markt, denn seine Wirkung ist nach wie vor eine durchschlagende). »Agiolax«: Diesen Namen vergesse ich mein Lebtag lang nicht! Sind Sie schlapp, antriebslos und träge? Weit entfernt von der eigentlichen Leistungsfähigkeit? Kein Problem: denn in diesem Fall brauche man bloß dieses Wundermittel zu erstehen und sich eine kleine Dosis davon einzuverleiben. Und schon sei man im Handumdrehen wieder fit, leistungsfähig und aktiv wie nie zuvor. Das war alles! Das war die Lösung, die mir der Himmel beziehungsweise die Pharmaindustrie geschickt hatte!

Am nächsten Morgen also ab in die Apotheke und sofort eine Packung »Agiolax« gekauft. Die große oder die kleine? Doofe Frage! Natürlich die Großpackung! Auf dem Beipackzettel, den ich nur kurz überflogen und dann weggeworfen habe, stand geschrieben, man solle einen, maximal zwei Teelöffel von dem Wunderpulver »abends nach der Mahlzeit unzerkaut mit etwas Flüssigkeit« zu sich nehmen. Ein bis zwei Teelöffel! Und erst am Abend! Jetzt war aber grade mal Vormittag! Weshalb so lange warten? Weshalb so zögerlich?
Rasch hatte ich beschlossen: die Welt gehört den Tatkräftigen! Und habe dann sofort nicht nur zwei kleine Teelöffel, sondern vielmehr drei große Esslöffel in mich hineingeschaufelt. Viel

hilft viel! Die Sportkameraden würden heute Abend Augen machen, wenn sie mich, den Rekonvaleszenten, plötzlich mit Rekordweite in die Weitsprunggrube fliegen sähen. Und wie ein junger Gott würde ich über die Hochsprungstange floppen! Was für eine wunderbare Wiederauferstehung! Wie der Phönix aus der Asche! Ich konnte es kaum noch erwarten! Doch leider ist es nicht dazu gekommen. Denn knappe drei Stunden nach der Einnahme meines Wundermittels ging es plötzlich los. Ohne jede Vorwarnung haben mich die heftigsten Bauchkrämpfe überfallen, die ich bisher (und seitdem) jemals habe erleiden müssen. Ich dachte, der Teufel hole mich. In letzter Sekunde schaffte ich es gerade noch auf die Toilette – wo ich die folgenden Stunden als Dauergast zubrachte. Als mein Darm endlich so weit entleert war, dass sich weder die geringsten Spuren von Nahrungsrückständen, noch irgendwelche Flüssigkeiten oder gar versprengte Reste des Wundermittels in meinen Eingeweiden befanden, schleppte ich mich entkräftet und schweißüberströmt in mein Bett, in dem ich die folgenden 24 Stunden nahezu regungslos verbracht habe. Das vermeintliche Wundermittel war nämlich ein Abführmittel gewesen! Nur hatte ich Dussel ja gleich den Beipackzettel weggeworfen. Klar: denn wer liest schon diese Beipackzettel, auf denen sie ja grundsätzlich die grässlichsten Komplikationen auflisten, die man sich nur denken kann? Ich nicht! Zumindest damals nicht.

Damit endete der erste (und einzige) Dopingversuch meiner Karriere mit der gerechten Strafe – und die Leichtathletikmeisterschaften mussten ohne mich stattfinden. Denn so richtig auf die Beine gekommen bin ich erst wieder eine gute Woche später.

Zum guten Glück gab es in dieser Saison noch eine weitere Möglichkeit, die Sportfachwelt von meinen Fähigkeiten zu überzeugen. Das war kurz vor den Olympischen Spielen 1972 in München – und die wunderbare Aktion hieß »Jugend trainiert für Olympia«. Hörte sich nicht grade schlecht an. Auch, wenn ich mir eigentlich sicher war, dass es zu den Münchner Spielen höchstwahrscheinlich noch nicht ganz reichen würde. Aber wer konnte das schon mit Gewissheit sagen?

Also habe ich am Bezirksentscheid teilgenommen und mich dort ohne größere Mühe tatsächlich für den Landesentscheid in Schwäbisch Gmünd qualifiziert. Das war dann schon eine etwas umfangreichere Geschichte, denn es ging jetzt über zwei Tage. Aber nachdem es auf der Bezirksebene so gut geklappt hatte, wollte ich natürlich alles daran setzen, auch beim Landesentscheid einen der vordersten Plätze zu belegen. Danach käme gleich der Bundesentscheid und dann… ja dann… Eben! Plötzlich hatte mich das Wettkampffieber wieder gepackt. So konnte die Wunde, die mir mein Wundermittel zugefügt hatte, vielleicht doch noch verheilen. Sieger beim Landesentscheid! Schlagartig würde sich die Aufmerksamkeit sämtlicher Leichtathletiktrainer dieser Republik auf mich richten.

Es galt nun, sich so akribisch wie nur möglich auf meine große Olympiachance vorzubereiten. Kraft zu tanken für die bevorstehenden Aufgaben. Also habe ich vor der Eisenbahnfahrt, die mich über Reutlingen nach Stuttgart und weiter nach Schwäbisch Gmünd führen würde, am frühen Morgen zuhause noch extra große Schüssel mit Erdbeeren in eiskalter Dickmilch zu mir genommen. Genau das richtige Energiefutter für den ersten Prüfungstag. Dachte ich mir. Im Nachhinein betrachtet war es aber vielleicht doch ein Fehler, meinen von dem überreichlich genossenen »Agiolax« noch immer etwas beeinträchtigten Eingeweiden eine so große Menge Erdbeeren und Dickmilch zuzumuten. Andererseits: was kann denn an Erdbeeren (Vitamine) und Dickmilch (Eiweiß) schon falsch sein?
Zunächst war ja auch alles gut gegangen. Fit und vergnügt saß ich in der Eisenbahn und harrte zuversichtlich der Dinge, die da

in Schwäbisch Gmünd auf mich zukommen würden, als sich plötzlich meine Magennerven (oder war es der Darm?) mit einem leichten Rumoren bemerkbar machten. Na ja, kein Wunder: denn so ein kleines bisschen aufgeregt war ich trotz meiner Favoritenrolle ja doch. Also durfte sich das schon in einem gewissen Rumoren bemerkbar machen. Solange es nicht stärker würde, ok.
Aber es wurde stärker! Von Sekunde zu Sekunde! War es die eiskalte Dickmilch in meinem Verdauungstrakt, die auf einmal mit aller Gewalt ans Tageslicht drängte? Oder waren es die reichlich konsumierten (ebenfalls eiskalten) Erdbeeren? Egal! Es blieb mir keine Zeit mehr, dieser Frage genauer auf den Grund zu gehen, denn inzwischen war ich schon wieder von genau demselben Gefühl in den Würgegriff genommen worden, wie vor kurzem nach der Einnahme meines Wundermittels! Und schlagartig war mir sterbenselend! Es war nur noch eine Frage der Zeit, bis sich Erdbeeren und Dickmilch tatsächlich den Rückweg durch meine Speiseröhre freigekämpft haben würden (»Rückwärts veschpern« heißt der exakte schwäbische Ausdruck dazu). Inzwischen befanden wir uns auf freier Strecke zwischen Metzingen und Plochingen. Der nächste Halt folglich noch gut und gerne eine Viertelstunde entfernt. So lange würde das aber nicht mehr gutgehen.

Und so bin ich, so hurtig mir das mit den Darmkrämpfen eben möglich war, von meinem Sitz hochgeschossen, habe Sack und Pack einfach im Abteil liegen lassen und bin nun panisch durch die Waggons geirrt, um irgendwo eine rettende Toilette zu finden. Doch nicht immer findet auch, was er gesuchet hat. Ich jedenfalls habe kein WC gefunden, beziehungsweise, das eine, an dessen Tür ich gehämmert habe, war zugesperrt. »Außer Betrieb« stand auf dem Schild an der Tür. Aber das wäre mir eigentlich egal gewesen. Doch auch nach einem kräftigeren Hämmern war die verdammte Tür nicht aufzukriegen. Guter

Rat war allmählich mehr als teuer, denn Erdbeeren, Dickmilch, Magen, Darm und Speiseröhre drückten inzwischen tierisch … Und nach wie vor keine Toilette in Sicht!

Hektisch blickte ich mich um. Das Fenster! Ließ sich nicht öffnen! Vielleicht im anderen Abteil! Auch nicht! Da saßen bloß eine Gruppe fröhlich plaudernder Landfrauen auf einer Vergnügungsfahrt in die Landeshauptstadt. Aber da war kein Fenster, das hätte geöffnet werden konnte. Ja, sollte ich etwa auf den Boden … Nein: alles, bloß das nicht! Da: die Tür. Hier war tatsächlich ein kleines Fenster, das man nach unten schieben konnte. Also bin ich darauf zugehechtet, habe es tatsächlich geschafft, die Scheibe aufzuschieben und meinen Kopf durch die enge Öffnung zu pressen. Es war noch keine Sekunde vergangen, während nunmehr ein zügiger Fahrtwind um meine Nase wehte, als sich der Ballast, der mich so lange geplagt hatte, in einer machtvollen Eruption seinen Weg durch meine Kehle bahnte und sich munter mit dem Fahrtwind vermischte. In Windeseile war es dabei im Nachbarabteil, in dem die Gruppe fröhlich plaudernder Landfrauen saß, ganz dunkel geworden, denn der überwiegende Teil meiner Erdbeeren mit Dickmilch wurde vom Fahrtwind fatalerweise an die (im Nachhinein muss man sagen, glücklicherweise nicht zu öffnende) Scheibe gedrückt, worauf die munteren Gespräche schlagartig verstummten.

Nach Schwäbisch Gmünd bin ich dann schon noch gelangt – aber den Landesentscheid habe ich nicht gewinnen können, weshalb Olympia 1972 leider ohne mich stattfinden musste.

Pest, Cholera, von dr Alb ra

Nachdem ich meine so hoffnungsvoll begonnene Leichtathletikkarriere zwei Jahre später endgültig beendet habe – ich hatte eine Wechselmarke beim 4 x 100 Meter Rennen überlaufen, weshalb meine Staffel disqualifiziert worden war (und es ist wirklich ein Scheißgefühl, wenn einen drei Augenpaare vorwurfsvoll anstarren, denen man die sicher geglaubte Meisterschaft vermasselt hat) habe ich meine Konzentration neben dem bisschen Gymnasium endgültig voll und ganz auf die Reportertätigkeit beim Alb-Boten ausgerichtet. Aufgrund meines noch ziemlich jugendlichen Alters war ich auch immer derjenige, der über die Rockkonzerte berichten durfte, die damals im Münsinger »Ziegeldom«, einer Schulturnhalle aus Kaisers Zeiten, veranstaltet worden sind. Und das waren richtig gute Events. Umso freudiger habe ich den Auftrag zur Berichterstattung natürlich übernommen, zumal die Presse dazu ja kostenlosen Eintritt hat.

Die mit Abstand legendärsten Konzerte hat dabei die britische Blueslegende Alexis Korner abgeliefert, dem es in Münsingen so gut gefallen hat, dass er sogar gleich zweimal hier aufgetreten ist. Der »Vater des weißen Blues« bei uns in der schwäbischen Provinz! Das war natürlich sensationell. Und wir … hingen wie die Jünger an seinen Lippen, wenn er uns zum xten Mal die Stories von Mick Jagger, John Mayall und all den Anderen erzählt hat, mit denen er schon Musik gemacht hatte. Und weil wir ihm so begeistert zugehört und noch begeisterter Beifall geklatscht, gepfiffen und getrampelt haben, hat er sich derart in Extase gespielt, bis seine Finger geblutet haben und er es bei der fünften Zugabe belassen musste. Ganz sicher hätte er sonst auch noch eine sechste oder gar siebte heruntergeschrammt. Aber nach dem Konzert im Ziegeldom war der Abend für ihn (und damit auch für uns) noch lange nicht vorbei. Sobald die Finger mit Heftpflaster versorgt waren, ging es jetzt weiter nach Gomadingen ins dortige »Café Glück«. Dort wurde weiter getrunken, erzählt und ein bisschen geklampft. Mindestens bis um 4 Uhr nachts ging das so. Da ist es der englischen Blueslegende dann plötzlich übel geworden. Das Dumme war nur, dass die Übelkeit recht plötzlich über ihn herein gebrochen war, er aber ganz hinten auf der Eckbanksaß, eingequetscht von vielen Dutzend begeisterten Zuhörern, und dass er aufgrund des reichlich genossenen Bourbon (oder wars Scotch?) nicht mehr so besonders sicher auf den Beinen war. Was also tun? Im Gegensatz zu mir und meiner Zugfahrt nach Schwäbisch Gmünd hat sich der Alexis Korner freilich keinen großen Kopf gemacht, sondern selbigen einfach umgewandt und sich rasch hinter die Eckbank erleichtert. Das alles funktionierte nahezu geräusch- und reibungslos. Und anschließend konnten die Unterhaltung und das Trinken munter fortgesetzt werden.

Wer nun eventuell die Vermutung hegt, die schwäbischen Wirtsleute seien ob so einer Sauerei in ihrem Etablissement stinksauer geworden, der irrt gewaltig. Das schiere Gegenteil ist der Fall, denn der Cafébesitzer hat das Resultat der kurzzeitigen Unpässlichkeit seines prominenten Gastes als ein großes Geschenk betrachtet, das ihm da ganz unverhofft zuteil geworden ist. Er hat es sofort als klares Alleinstellungsmerkmal seines Hauses begriffen und so wurde besagte Stelle bereits am Tag danach zum Wallfahrtsort, an den der Chef jeden Besucher höchstpersönlich geführt hat. Voller Stolz hat er auf die heilige Ecke gezeigt und gemeint: »Da, guck! Genau da hat mir der Alexis Korner hingekotzt!« Und ein kleines bisschen von der Hinterlassenschaft konnte man bei näherem Hinsehen sogar noch ziemlich lange erkennen. So hat sich eine schlichte Eckbank im Gomadinger »Café Glück« zur legendären Pilgerstätte für Bluesfans aus aller Welt verwandelt.

Sie haben es sicher schon bemerkt: mit Schwäbisch Sibirien hatte ich längst meinen Frieden gemacht. Soo arg schlecht fand ich es »dort oben« gar nicht mehr. Was natürlich auch an meiner spannenden Tätigkeit als rasender Reporter lag, die mich in alle Winkel der Münsinger Alb geschwemmt hat. Aber trotzdem: sobald ich (endlich!) mein Abitur in der Tasche hatte, gab es nur eine Entscheidung: weg von der Alb! Denn irgendwann möchte man als junger Mensch ja auch noch ein bisschen mehr erleben, als ständig nur zwischen Dürrenstetten und Bernloch herum zu hechten. Doch kaum war ich weg von »dr Alb«, schon habe ich die erste Träne im Knopfloch mit mir herum geschleppt. Weil es im Nachhinein betrachtet ja doch nicht gar so fürchterlich gewesen ist. Typisch Mensch: man ist halt nie mit dem zufrieden, was man grade hat. Will immer mehr – und wenn man es dann endlich hat, dann ist es auch wieder nicht recht!

Wie auch immer: ich hätte sowieso umziehen müssen, denn jetzt war der »Einberufungsbescheid« für den Zivildienst nach Tübingen ins Haus geflattert. Satte 21 Monate waren das damals. Zugeteilt hatten sie mich der Zivildienstgruppe Tübingen, die mir sogar ein eigenes Zimmer mit Bett und Verpflegungsgutschein zur Verfügung gestellt hat, in dem ich offiziell hätte wohnen müssen. Ich habe das Zimmer aber nie von innen gesehen.

Lieber habe ich privat gewohnt – das war ja dank meiner nach wie vor sprudelnden Einnahmen als sonntäglicher Sportreporter locker zu finanzieren. Die Frage war nur: wie an ein solches Zimmer kommen? Denn im Tübingen der 70er Jahre herrschte ein eklatantes Missverhältnis zwischen Angebot und Nachfrage.

Und selbst in den hinterletzten schimmeligen Kellerlöchern, die sie zu ziemlich astronomischen Preisen vermietet haben, hieß es damals häufig, das »Zimmer« werde nur an Nichtraucher und Wochenendfahrer vermietet. Und natürlich sei auch Damenbesuch keinesfalls erlaubt. Nun gut: daran hat sich nie jemand gehalten. Aber unverschämt wars trotzdem. Wie aber sollte ich an eine einigermaßen »gscheite« Wohnung kommen? Es gab da nur eine Möglichkeit und die hieß: um 5 Uhr morgens aufstehen, sofort an den Kiosk hetzen und dort möglichst schon vor 6 Uhr die erste Zeitung kaufen. Dann rasch die Annoncen durchforsten, die nächste Telefonzelle suchen (ja sowas gab es in der Steinzeit noch!), anrufen und inständig hoffen, dass das Telefon in der Zelle auch wirklich funktionieren möge – und dass einem der aus den schönsten Träumen geklingelte Vermieter die nächtliche Ruhestörung doch bitte nicht krumm nehmen möge. Meine absolute Rekorduhrzeit für einen Mietvertrag habe ich mit dieser Methode immerhin auf 6.45 Uhr (morgens) schrauben können. Zu diesem Zeitpunkt war die Unterschrift unter den Mietvertrag gesetzt und ich hatte meine Einzimmerwohnung ergattert. Gleichzeitig habe ich angesichts dieser Umstände damals geschworen, dass wir das einmal besser machen würden, wenn erst einmal meine Generation am Ruder wäre: nie mehr würde es dann solche entwürdigenden Praktiken bei der Wohnungssuche geben. Denn wir würden ja ohne Ende Wohnungen für Studenten, Familien und Geringverdiener gebaut haben… Zugegeben: die Wirklichkeit ist leider anders geworden. Es waren schöne Träume. Schöne Träume? Ok: man könnte es auch leere Versprechungen nennen.

Genauso, wie die Sache mit den vollgestopften Schulbussen. Auch das sollte ja mal ganz anders funktionieren, wenn die Reihe an uns war. Denn wer sich Morgen für Morgen in einen hoffnungslos überfüllten Schulbus hatte quetschten müssen, der wusste, wovon die Rede war. Auch hier leider Fehlanzeige!

Schlimmer noch: genau diejenigen, die damals Schülersandwich haben spielen müssen und mittlerweile an den entscheidenden Hebeln sitzen, quetschen heute eher noch mehr Kinder in die Busse, als früher. Ich hätte gar nicht gedacht, dass sowas überhaupt möglich ist. Ist es aber: mit einem kleinen bisschen Druck vom Eingang her, da geht schon noch was.
Tja… offenbar sind wir tatsächlich »die Leute, vor denen uns unsere Eltern immer gewarnt haben!« Plötzlich verstehe ich diesen Spruch von früher.
Aber vielleicht setzen dann die Leidtragenden heutiger Schülertransporte den grimmigen Schwur ja um, den sie vermutlich ebenfalls geleistet haben. Wer weiß…

Als Zivi der Zivildienstgruppe Tübingen bin ich zu meiner großen Erleichterung nicht als Helfer in den OP Saal einer Uniklinik abgeordnet worden, wie das einem Leidensgenossen passiert ist, den sie gleich an seinem ersten Tag zu einer Mandeloperation beordert und ihm dort die Schale für die zu entfernenden Körperteile in die Hand gedrückt haben (nun gut: als der erste Schock verdaut war, hat er beschlossen, Arzt zu werden und er ist es auch tatsächlich geworden) – nein, ich hatte großes Glück: für mich war eine Arbeit in der Zentralen Klinikverwaltung am Universitätsklinikum Tübingen vorgesehen. Das bedeutete, 21 Monate lang meinen Dienst am Vaterland in Form von ellenlangen Statistiken zu leisten: über die Bettenauslastung an den Unikliniken, dazu Leistungsnachweise der Klinikboten und anderer dienstbarer Geister zu führen und das Zusatzhonorar als »sachlich richtig« zu bestätigen. Dabei ging es hauptsächlich um so lukrative Tätigkeiten wie den Transport von leider verblichenen Klinikpatienten von der Station hinunter in den Leichenkeller. Um diese Arbeit haben sich Tierpfleger (der damals noch existierenden Tierversuchsanstalt an der Uniklinik Tübingen) mit den Klinikboten ein regelrechtes Wettrennen geliefert und manchmal um die Leiche fast geprügelt: kein

Wunder, denn pro Leichentransport waren schließlich 2,50 Mark zu verdienen – bei der Mortalitätsrate in so einer Uniklinik sind da einige am Monatsende auf ein ganz hübsches Sümmchen gekommen.

Meine Hauptaufgabe am Vormittag waren aber die Belegungsstatistiken. Diese dankbare Tätigkeit hatte mir der Klinikumsdirektor persönlich zugeteilt. Sein Vater war ein höherrangiger Wehrmachtsoffizier gewesen, er selber war Oberst der Reserve und dementsprechend ein regelrechter Zivihasser. Zum Glück habe ich den schneidigen Herrn Direktor nur selten zu Gesicht bekommen und die wenigen Male, in denen es nicht anders ging, haben meine Vorfreude auf das nächste Mal nicht unbedingt gesteigert.

Ja – und dann hatte er mir noch so eine diffizile Aufgabe übertragen: die Kontrolle über die Telefonabrechnungen von allen Kliniken. Es war die Zeit der ersten großen staatlichen Einsparbemühungen. Kostensenkung und Co. Weswegen die Order erlassen wurde, jedes Telefonat, das über zehn Mark gekostet hatte, schriftlich zu begründen. Also: wann, mit wem, wozu und weshalb denn so lange? Um den Missetätern auf die Spur zu kommen, wurden deshalb von jedem Telefonanschluss des Klinikums einmal im Monat ellenlange Ausdrucke erststellt. Dieser ziemlich beeindruckende Berg, der die Abholzung des Regenwalds enorm beschleunigt hat, landete nun auf meinem Schreibtisch. Und ich durfte jetzt wie ein Trüffelschwein die Zahlenkolonnen durchackern – immer auf der Suche nach einem Missetäter, der die Zehnmark-Schallmauer durchbrochen hatte. Hinter das jeweilige Gespräch, dessen Beginn, Ende und Kosten auf der Liste ganz genau festgehalten war, hatte ich mit einem roten Kugelschreiber ein Ausrufezeichen machen, den Ausdruck zu kopieren und mit einem Formular per Hauspost an den jeweiligen Anschlussteilnehmer zu versenden – verbunden mit der Bitte um ausführliche Begründung für die über Gebühr lange Gesprächsdauer. Und zwar binnen einer Woche! Mehr als einmal blieb meine Bitte unbeantwortet, worauf ich eine erste Mahnung losschicken musste. Das hat normalerweise beinahe immer gefruchtet. Nur nicht bei einem Anschluss, der irgendwo in der Chirurgie sein musste. Da war es eines Tages doch tatsächlich zu einem Telefonat nach Los Angeles gekommen, das sage und schreibe 120 Mark verschlungen hatte! Das war ja … eigentlich schon schlimm genug! Das Allerschlimmste an der Sache aber war, dass ich weder auf meine erste Aufforderung, noch auf die zweite Mahnung irgendeine Antwort bekommen hatte. Das konnte ja wohl nicht wahr sein! Mit mir nicht! Folglich habe ich zum Hörer gegriffen, um den säumigen Dauerquassler direkt zu vernehmen. Die Sekretärin hat mich dann gleich zu ihrem Chef, der die Missetat offenbar begangen hatte, durchgestellt: am anderen Ende der Leitung war ein deutschlandweit bekannter Herzchirurg, dessen Herzrhythmus drastische Kapriolen schlug, nachdem ich ihm mein Anliegen vorgetragen hatte: Ob ich noch ganz bei Trost wäre! Wer ich eigentlich sei! Ob ich überhaupt wisse, wessen Zeit ich da gerade stehlen würde?! Man würde sich an geeigneter Stelle über mich beschweren. Und so weiter und so fort. Ich glaube, ich habe niemals wieder einen Menschen dermaßen durchs Telefon brüllen hören, wie damals jenen Tübinger Mediziner. Und zu Wort gekommen bin ich auch nicht. Denn anstatt, wie normalerweise üblich, irgendwann meine Antwort auf seine zahlreichen Fragen abzuwarten, hat er einfach den Hörer aufgeknallt. Nicht ohne mir vorher noch ein letztes: »Auf Ihre dämliche Begründung können Sie warten, bis Sie schwarz werden!« via Telefonleitung ins Ohr zu schreien. Nun gut, zumindest dieses Telefonat hatte keine Kosten verschlungen, denn es war ja ein Haustelefonat. Aber was nun? Noch einmal anrufen? Eine allerletzte (!) Mahnung schreiben?

Knappe zehn Minuten später hat die Sekretärin des Tobsüchtigen angerufen und sich vor Lachen kaum noch eingekriegt. Noch nie hätte sie ihren Chef derart durch die Decke gehen sehen. Der sei noch immer kurz vor dem Durchdrehen. Und – ach ja – im übrigen: der Herr Professor habe sich in jenem von mir monierten Telefonat wegen einer besonders komplizierten Herzoperation mit seinem Kollegen in Los Angeles kurzgeschlossen – und so ein fachlicher Austausch über den großen Teich hinweg, der könne halt schon mal etwas länger dauern. Ok. Ich hatte verstanden – und habe den derart leicht entflammbaren Mediziner nie wieder belästigt, sondern nur noch brav mein Häkchen neben dessen inkriminierte Mehrausgaben gemacht. Und das waren in seinem Fall auch weiterhin genauso zahlreiche, wie höchst üppige Mehrkosten. Aber das war mir jetzt auch egal. Hauptsache, es befand sich ein Häkchen an der Sache.

Nach einem halben Jahr erreichte mich die Aufforderung des Klinikumsdirektors, ihm meine Statistik der Belegungszahlen vorzulegen. Und zwar in Form einer schematischen Darstellung. Also bin ich daran gegangen, all die Zahlen, nach Kliniken sortiert, mühsam auf Millimeterpapier zu übertragen. Das hat gut eine Woche gedauert, am Ende aber wunderschöne Kurven ergeben, die schon auf den ersten Blick deutlich haben erkennen lassen, in welcher Klinik die Auslastung zufriedenstellend war und wo sie gewaltig schwankte. Eine wirklich beeindruckende Darstellung, die ich dem Chef des Hauses, der wieder mit allen Anzeichen der Ablehnung hinter seinem Schreibtisch thronte, mit dementsprechendem Stolz präsentiert habe.

Zusätzlich zu den gezeichneten Kurvendiagrammen wollte ich dem guten Mann noch einige erläuternde Sätze an die Hand geben, doch dazu ist es nicht mehr gekommen. Mit einer ungeduldigen Handbewegung hat er meine Erklärungen mitten im

Satz abgeschnitten, sich mit düster umwölkter Stirn eine der Statistiken gegriffen – ich weiß noch: das war die von der HNO-Klinik – und unwirsch gegrunzt. Dann hat er seinen durchdringenden Blick eine Zeitlang starr auf mich geheftet, bis doch tatsächlich der Anflug von einem Lächeln um seine Mundwinkel gezuckt ist! Aber falls ich gehofft hatte, nun womöglich ein Lob für meine Heidenarbeit zu ernten: weit gefehlt! Im Gegenteil! Denn er hat jetzt eine Statistik nach der anderen in die Hand genommen und sie schön langsam, Blatt für Blatt, einfach zerrissen. In Nullkommanichts war so die Arbeit eines halben Jahres im Papierkorb gelandet.
Ich wundere mich noch heute darüber, wie cool ich dabei geblieben bin. Ich habe mich einfach umgedreht und bin grußlos gegangen.
Meine Botschaft hatte ich jetzt auch bei den Statistiken gelernt: zeichne ihnen einfach irgendwelche Kurven, die grob der Realität entsprechen könnten. Das reicht völlig. Genau so habe ich es dann gehalten: wozu sich sinnlos Mühe machen?

Dafür hatte ich in der zweiten Tageshälfte eine ganz andere Arbeit zu erledigen. Eine, die sinnvoll war und sogar Spaß gemacht hat. Und die auch wesentlich angenehmer war, als das Leichenzettel-ausfüllen und Telefonsünder-aufspüren. Halbtags war ich nämlich für das Sekretariat der Klinikums-Sonderschule zuständig. Von den Lehrern dieser Schule werden schulpflichtige Kinder unterrichtet, die länger im Krankenhaus bleiben müssen. Damit kann vermieden werden, dass sie allzu viel Anschluss an den normalen Unterrichtsstoff verlieren. Hier in der Klinikumsschule ist es mir viel besser ergangen. Auch im Hinblick auf den Chef. Denn der Rektor war ein seelenguter Kerle, den bei meinem Anblick immer ein schlechtes Gewissen geplagt hat. Er war einer der sogenannten »weißen Jahrgänge«, die weder Soldat im Krieg hatten sein müssen, noch Rekruten bei der Bundeswehr (die war zu der Zeit, als er im entsprechenden

Alter war, nämlich noch gar nicht gegründet gewesen – und Zivildienst gabs deshalb auch noch keinen). Also meinte er schon bei unserem ersten Zusammentreffen nur, ich solle halt das bisschen Schriftkram erledigen, das im Sekretariat so anfiele und danach, wenn ich meine Arbeit gemacht hätte, sei es ihm eigentlich herzlich egal, was ich ansonsten noch so treiben würde. »Und wenn man Sie sucht, sage ich halt, ich hätte Sie grade auf einen Botengang geschickt«, meinte er lächelnd. »Fürs nutzlose Rumsitzen werden Sie schließlich nicht bezahlt!« Genau so haben wir es dann auch gemacht – und damit hat mir der Herr Kurz die Chance eröffnet, am späteren Nachmittag noch einer dritten Arbeit nachzugehen. Da konnte ich mir dann bei einer journalistischen Tätigkeit etwas Geld dazu verdienen, was mir bei 200 Mark Monatsverdienst als Zivi (ok: das Essen in der Chirurgiekantine gabs für Zivis umsonst) logischerweise nicht ganz unrecht war.

Irgendwann geht selbst die längste und sinnloseste Zivildienstzeit zu Ende. Ich hatte sie immerhin dazu genutzt, mich in Tübingen beim dortigen Landesstudio des Südwestfunks (seligen Angedenkens) als freier Mitarbeiter zu bewerben. Aber um irgendwann einmal eine Festanstellung beim Radio zu bekommen, dazu musste erst mal erfolgreich ein Studium absolviert werden. Egal was. Hauptsache abgeschlossenes Hochschulstudium. Das war eines der entscheidenden Einstellungskriterien.

Also habe ich mich um einen Studienplatz an der Universität Tübingen bemüht. Aber in welchem Fach? Für manche Fächer, die ich mir hätte vorstellen können, war mein Abi-Durchschnitt eindeutig zu schlecht, andere Fächer, in denen es gereicht hätte, wollte ich nicht unbedingt belegen. Also blieben mir im Grunde genommen nur Geschichte und Volkskunde (das in Tübingen die phantastische Bezeichnung »Empirische Kulturwissenschaft« bekommen hatte. Ein Begriff, bei dem nahezu jede(r)

vor Ehrfurcht erschaudert). Gesagt – getan. Für diese Fächer (Geschichte unterteilt in Mittelalterliche und Neuere) habe ich mich also eingeschrieben.
Von vornherein war natürlich klar, dass ich aber nicht, wie 98 Prozent meiner Kommilitonen, Lehrer werden wollte. Deshalb habe ich mich als einer der ganz wenigen für den Studiengang »Magister« entschieden – denn mein Ziel war ja klar: eine Redakteursstelle. Möglichst beim Radio.

Voller Eifer und Ernsthaftigkeit habe ich mein Studium in Angriff genommen und war folglich bei Semesterbeginn am ersten Studientag besonders pünktlich an Ort und Stelle, wo ich an einem Proseminar im Fach »Mittelalterliche Geschichte« teilnehmen wollte. Beginn – so stand es im Vorlesungsverzeichnis – montags um 10 Uhr. Ort: eine Holzbaracke beim Fernheizwerk (die Tübinger Uni ist schon damals aus allen Nähten geplatzt). Seltsam freilich, dass um 10 Uhr noch keine Menschenseele anwesend war. Das heißt, das stimmt nicht ganz: eine weitere Kommilitonin war auch noch erschienen. Ebenfalls Erstsemester, so wie ich. Und genauso ratlos geguckt wie ich hat sie auch. Denn sonst war da niemand mehr. Na ja, überlegten wir: vielleicht ist das Seminar ja dermaßen unattraktiv, dass sich außer uns niemand anmelden wollte. Hätte ja sein können. Aber weshalb war dann der Eingang zur Holzbaracke verschlossen? Und weder Hausmeister noch Putzfrau in der Nähe, die uns und dem sicherlich bald eintreffenden Dozenten würden aufschließen können! Auch der Dozent ließ jedoch auf sich warten. Die Zeit verstrich. 10 Uhr 15 … 10 Uhr 20 … 10 Uhr 30. Da! Plötzlich eine Bewegung hinter dem Haus! Es war der Hausmeister, der sich uns mit verständnisloser Miene näherte. Ja, ob wir denn nicht wüssten, dass das Seminar erst in der kommenden Woche beginne?!

Wir haben mit dem Vorlesungsverzeichnis dagegengehalten und dem Mann gezeigt, dass als Beginn das heutige Datum verzeichnet war. Was ihm aber nur ein müdes Lächeln entlockte. Typisch Erstsemester! Wissen noch nicht, dass Papier geduldig ist und dass in so einem Vorlesungsverzeichnis alles Mögliche und Unmögliche stehen kann. So zum Beispiel die Sache mit dem offiziellen Semesterbeginn. Wo doch jedes Kind in Tübingen wisse, dass der tatsächliche Semesterbeginn immer eine Woche später sei, als angegeben.
Aha! So lief der Hase also!
Es war tatsächlich das Erste, was ich an der Uni gelernt habe. Und schon hatten Wissensdurst und Arbeitseifer einen entscheidenden Hieb versetzt bekommen.
Schnurstracks bin ich darauf in die örtliche Buchhandlung gegangen und habe dort einen Raubdruck des Buches »Uniangst und Unibluff« erstanden. Dieses kleine Buch hat mich dann wunderbar und höchst hilfreich das ganze Studium hindurch begleitet. Eine der Hauptthesen in dem Werk hat beispielsweise gelautet: einfach in jeden Text – und sei er auch noch so dürftig – ein paar Fremdwörter einbauen. Das hilft so gut wie immer. Je abstruser und seltener die sind, desto besser ist es. Denn es vermag den Respekt vor dem scheinbar hochgeistigen Elaborat ins Grenzenlose zu steigern. Selbst dann, wenn es sich bei der verwendeten etymologischen Verirrung in Wahrheit um den größten Schwachsinn handelt.

Viele Jahre später habe ich das in der Praxis erleben können, als der damalige Fernsehdirektor des Südwestfunks, ein Dampfplauderer allererster Güte, sich in den großen Redakteursrunden immer wieder dahin gehend äußerte, wir müssten in unserer Berichterstattung künftig unbedingt das »agens movens« erhöhen. Es hat zwar kaum jemand verstanden, was der Mann eigentlich sagen wollte, aber alle haben bedeutungsschwer genickt. Die Wahrscheinlichkeit, dass der Hierarch selber nicht gewusst hat, was er da eigentlich von sich gegeben hat, war übrigens relativ hoch.

Gut: diese Lektion also hatte ich gelernt. Mein Studium konnte starten – genauso wie meine Radiokarriere. Denn glücklicherweise blieb bei meiner Fächerkombination noch mehr als genügend Zeit für andere Dinge, als nur fürs Studieren. In Sachen Tageszeitung war ich inzwischen ja schon ein ziemlich alter Hase, deshalb sollte es zum Rundfunk gehen. Willkommener Nebeneffekt: man konnte in deutlich kürzerer Zeit wesentlich mehr Geld verdienen, als bei der Zeitung. Und das Studio befand sich ja sogar in Tübingen.

Jetzt galt es nur noch, die Radioleute davon zu überzeugen, dass sie auf meine Mitarbeit auf gar keinen Fall würden verzichten können. Und so bin ich beim Redaktionsleiter der aktuellen Redaktion vorstellig geworden, der erstaunlicherweise meinte, »eigentlich« keine freie Planstelle für einen freien Mitarbeiter zu haben. Obwohl … andererseits sei grade einer dieser »Freien« für ein halbes Jahr nach Afghanistan gegangen, um dort für seine Doktorarbeit in Sachen Völkerkunde zu recherchieren. Für diese Zeitspanne könne ich die Stelle bekommen und mich eventuell für spätere Aufgaben empfehlen. Das war eine feine Sache und ich war dem Menschen, dessen Stelle da momentan frei geworden war, auch dementsprechend dankbar. Denn eigentlich hatte der vor lauter Geldverdienen beim Radio sein Studium schwer verbummelt und die Regelstudienzeit bereits überschritten. Keine Chance mehr auf eine Magisterprüfung und einen dementsprechend ordnungsgemäßen Studienabschluss. Es sei denn … die Völkerkundler hatten damals für solche Fälle eine wunderbare Lösung parat: einfach auf die lästige Magisterarbeit verzichten und sofort promovieren. Ohne Abschluss seines Studiums promovieren! Das ging nur bei den Völkerkundlern! Und so kehrte mein Vorgänger nach einem halben Jahr Afghanistan mit einem Ring im Ohr nach Tübingen zurück, schrieb seine spannenden Erlebnisse nieder und wurde danach promoviert. Punkt. Aus. Fertig war der Doktor!

Eigentlich wäre meine Freie Mitarbeiter-Stelle nun wieder perdu gewesen, doch zum guten Glück hat es den magisterlosen Herrn Doktor gleich weiter zum Südwestfunk nach BadenBaden gezogen und so konnte ich bleiben.
Meine ersten Einsätze beim Radio hatte ich da bereits hinter mir. Zunächst hatte es damit begonnen, dass ich lediglich Themenvorschläge für das aktuelle Mittagsmagazin beisteuern sollte. Was gar nicht so einfach war, wie es klingt. Denn erstens handelte es sich ja um eine aktuelle Radiosendung und zweitens wurde die immerhin landesweit ausgestrahlt. Woher also aktuelle Themen nehmen und nicht stehlen?! Guter Rat war teuer und ich habe fieberhaft überlegt – bis ich dann meinen ersten Themenvorschlag präsentieren konnte. Dabei ging es um einen Weltmeister im Züchten sogenannter Killifische, den ich vor einigen Monaten für den »Alb-Boten« portraitiert hatte und dessen Weltmeisterschaft sich zum guten Glück noch nicht bis nach Tübingen herumgesprochen hatte. Einen Weltmeister in… was? Killifische? Wunderschöne, kleine, bunte Fischchen aus der Familie der Zahnkarpfen. Wie niedlich! Gut, das Thema nehmen wir.
Natürlich durfte ich den Beitrag nicht selber verfassen, sondern ich sollte mein Thema nun mit einem langjährigen freien Mitarbeiter, der mir zugewiesen wurde, intensiv besprechen, mit ihm zum Interview fahren und genau darauf achten, wie der erfahrene Reporter zu Werke ging. Danach würde man sehen.

Vor der Umsetzung des Beitrags lauerte aber noch eine allerletzte Hürde: Vorstellung beim Studioleiter. Denn ohne dessen Plazet ginge es nicht, beschied mir der Redaktionsleiter achselzuckend.

Also gut. Vorstellungstermin ausmachen.
Exakt zum vereinbarten Zeitpunkt an die Tür des Studioleiters klopfen und auf das schlecht gelaunte »Herein!« dessen Büro betreten.
Darauf habe ich zaghaft die Tür geöffnet – und »Quak!«: da saß er plötzlich grottenbreit vor mir: der Froschkönig aus dem Kindergarten! Jetzt aber hatte der die Gestalt eines hornbebrillten, oberschwäbischen Studioleiters angenommen, dessen Oberkörper zur Gänze in ein grasgrünes Hemd mit einer grässlichen, warzig-krötenhaft gepünktelten Krawatte gewandet war. Der-Froschkönig: Dämon meiner frühkindlichen Entwicklungszeit!
Nach einiger Zeit hatte ich mich wieder gefangen. Zeit genug war zum guten Glück vorhanden gewesen, denn der Grasgrüne hatte mich gar nicht beachtet, sondern seinen Blick nach wie vor intensiv auf das spärlich bekleidete Titelseiten-Mädchen der »Bild-Zeitung« vor sich auf dem Schreibtisch geheftet. Ohne Worte sozusagen. Was sollte man auch schon sagen: das wunderhübsche Fotogirl hatte ohnehin die ganze Aufmerksamkeit des Grasgrünen auf sich gezogen.
Auf mein zaghaft gestammeltes »Grüß Gott!« erfolgte immerhin Minuten später, als sich der Froschkönig endlich von seinem Covergirl hatte loseisen können, die ungnädig gebrummte Frage: »Wer send se? Ond was wellet se?« (Wie heißen Sie? Und womit kann ich Ihnen behilflich sein?)
Ich also habe allen, mir verbliebenen Mut zusammen genommen und gekrächzt: »Ich bin der neue Mitarbeiter!«
Aha! Wunder geschehen! Der Kopf des Froschkönigs ruckte augenblicklich hoch, die Hornbrille wurde entfernt und ein dunkles Paar großer Glubbschaugen musterte mich neugierig:
»So, so! Ein neuer Mitarbeiter, sagt er. Woher kommt er?«
»Von dr Alb ra ...«
»Aha. Von wo genau?«
»Von Gomadingen. Münsinger Alb ...«

»Do kenntet mr scho no oin braucha!« (Für diese Region wäre ein weiterer Mitarbeiter nicht schlecht.)
»Deshalb bin ich da.«
»Und was machet se sonscht?« (Was machen sie ansonsten?)
»Studieren.«
»Was?«
»Landesgeschichte und Empirische Kulturwissenschaft!« Damit hatte ich sein Interesse endgültig gewonnen. Schlagartig hellte sich die Miene des Studioleiters auf, während die unleidige Froschkönigsgrimasse plötzlich verschwunden war: »So, so. Empirische Kulturwissenschaft. Da kenn ich den Professor gut, ich bin nämlich Vorsitzender vom Förderverein für Volkskunde. Soll ich dem also einen Empfehlungsbrief für Sie schicken?«
»Nein danke, das ist wirklich nicht nötig!«
»Doch! Des machet mir jetzt! Also: wie hoißt er?« (Wie heißen Sie?)
»Gunter Haug.«
»Ond woher isch er?« (Und woher kommen Sie?)
»Aus Gomadingen …«

Und so wurde – gegen meinen erklärten Willen – ein Empfehlungsschreiben an den Herrn Professor aufgesetzt, dessen Kopie mich zwei Tage später erreichte: »Werter Kollege. Hoffen wir, dass das neue Jahr uns weiter bringt. Ich möchte ihnen einen Studenten empfehlen, Volker Hauf aus Gomaringen. Er wird sich demnächst bei Ihnen vorstellen. Herzlichen Gruß, Ihr …« Hätte ich nun meinen restlichen Mut zusammen nehmen und den gestrengen Herrn Studioleiter auf die diversen Fehler in seinem genauso gut gemeinten, wie mir höchst unwillkommenen Empfehlungsschreiben hinweisen sollen? Ich habe es nicht getan.

Immerhin: auch über diese Hürde war ich glücklich gesprungen, womit meine vielversprechende Rundfunkkarriere im Südwestfunk-Landesstudio Tübingen starten konnte.

Dieses Landesstudio war – rückblickend betrachtet – eine wahre Insel der Seligen. Denn noch gab es keinen Privatfunk, noch war die öffentlich-rechtliche Welt genauso konkurrenzlos, wie gemütlich. Was im Klartext hieß: Dienstbeginn morgens zwischen acht und halb neun Uhr (falls man nicht die um sechs Uhr beginnende Frühsendung moderieren musste). Um exakt halb zehn Uhr dann die erste Kaffeepause, was bedeutete, dass in einer Synchronleistung sondergleichen um Punkt 9 Uhr 30 (gleich nach der »Schalte« mit den Studios in Freiburg und den Landeskorrespondenten in Stuttgart) sämtliche Bürotüren aufgerissen wurden und die öffentlich-rechtlichen Damen und Herren alle gleichzeitig an die Kaffeeautomaten stürmten.
Haben Sie bei den Olympischen Spielen schon einmal diese Synchronschwimmerinnen gesehen? Die Tübinger Südwestfunk-Leute haben es mit ihren Kaffeetassen mindestens genauso gut gekonnt – und das sogar ohne Nasenzwicker!
Nach dieser Kaffeebesorgungsanstrengung wurde dann aber erst einmal ausgiebig gefrühstückt, um sich danach mit neuer Kraft in die zweite Hälfte des weiterhin höchst anstrengenden Vormittags stürzen zu können.
Das wohlverdiente Frühstück fand rund um ein blaues, abgewetztes Sofa statt, das sie irgendwann in letzter Sekunde vor dem Zugriff der Sperrmüllabfuhr gerettet haben mussten. So genau habe ich das nie in Erfahrung bringen können. Jedenfalls hat sich das Frühstück über gut und gerne eine Stunde hingezogen. Und jeden zweiten Tag, wenn wir keine Mittagssendung hatten, konnte es durchaus auch die doppelte Zeit in Anspruch nehmen. Absolut kein Problem, denn in der »Schalte« hatte man den Reportern ja längst die entsprechenden Aufträge für die diversen Sendungen erteilt. Und während die also nun wie

die Hornissen durch die Gegend fegten, um rechtzeitig zu Sendungsbeginn wieder vor das Mikrofon zu hetzen, konnte man es sich selbst in der Zentrale schon noch ein bisschen gut gehen lassen und der Aktualitäten harren, die da hoffentlich möglichst niemals kommen würden.

Sehr gerne war auch unser froschgrüner Studioleiter bei diesen Frühstückstreffen mit von der Partie, denn oft genug hat einer von uns freien Mitarbeitern einen Kuchen, Kekse oder einen alten Hefezopf spendiert, den zuhause keiner mehr essen mochte, um die festangestellten Herrscher über unsere Aufträge (und somit Honorare) gut bei Laune zu halten. Einmal hat mir ein Bäcker, der Weltmeister im Apfelsinenpapier-sammeln geworden war, einen Christstollen geschenkt. Nach einem kurzen Blick auf seine schwarz geränderten Fingernägel habe ich beschlossen, den Christstollen nicht selbst zu vertilgen, sondern der Frühstücksrunde zu spendieren, die sich dankbar darauf gestüzt hat. Meistens konnte man es unserem Oberboss (der zuhause im schönen Oberschwaben nebenbei noch eine wunderbar ertragreiche Kiesgrube sein eigen nannte) schon von weitem ansehen, ob er guter Laune war. Mit anderen Worten: ob er sich also bereits mit einer Einladung für das heutige Mittagessen hatte versorgen können oder noch nicht. Denn das war ein ehernes Prinzip von ihm: zahle dein Mittagessen niemals selbst! Irgendwo im Land wird sich schon einer finden, der dich einladen wird. Und über das Benzingeld brauchte er sich auch keine Sorgen machen, denn schließlich verfügte man als Studioleiter über einen Dienstwagen. Logo!

Das abgewetzte blaue Sofa hat er übrigens viele Jahre später mit zum Südwestfunk nach Baden-Baden genommen, als er dort Hörfunkdirektor geworden ist. Aber nicht fürs Büro, sondern für die private Wohnung. Denn mit so einem edlen Schmuckstück hat es sich dort doch gleich viel schöner wohnen lassen.

Rasender Reporter II

Eine meiner ersten Großtaten als Radioreporter bestand darin, kurz vor der Faschingszeit im Auftrag des Studioleiters mit dem Südwestfunk-VW Bus samt Fahrer nach Kirchheim/Teck zu düsen, das zwar nicht mehr im SWF Sendegebiet lag, dafür aber eine Firma für Faschings- und Scherzartikel beherbergte. Ich solle dort für die Frühsendung am folgenden Tag irgendeinen Bericht über irgendeine (egal welche) Neuheit dieser Firma machen. Der Kollege, der den VW Bus lenkte, kannte sich aus, denn er war schon oft kurz vor Fasching hierher gefahren und so fand er recht mühelos zur Laderampe, an der er alljährlich zu parken pflegte. Denn darin bestand ja der eigentliche Zweck unserer Übung: sich den ganzen Bus mit kostenlosen Faschingsartikeln füllen zu lassen. Im Gegenzug dafür gab es eine kleine Reportage über den allerneuesten Faschingsknaller aus Kirchheim/Teck. Natürlich nicht, ohne den Firmennamen mindestens dreimal im Beitrag und einmal in der Anmoderation wie beiläufig zu erwähnen.

Nachdem es uns gelungen war, den Bus bis unters Dach mit Scherzartikeln und Faschingsdekoration vollgestopft zu bekommen, stand weder meinem richtungsweisenden Beitrag über die Faschingstrends der Saison, noch der drei Tage später veranstalteten Party im wunderschön geschmückten Studio etwas im Wege – und ich war mit meinem Ansehen beim Studioleiter ein ordentliches Stück höher gerückt. Was, wie ich vermutet habe, aber weniger mit meinem Beitrag, sondern eher mit der Riesenmenge an Gratis-Scherzartikeln zu tun hatte.
Auf exakt dieselbe routinierte Methode wurde auch das alljährliche Studio-Sommerfest vorbereitet: die Grillwürste wurden

kostenlos beim Kumpel des Studioleiters, einem Großmetzger aus Bad Urach, abgeholt, Bier vom Fass und die anderen Getränke gabs ebenfalls gratis von einem Gönner des Landesstudios, der sich wegen der Lieferung zwar zunächst ein bisschen geziert hatte – aber einige nette Beiträge im Radio über die interessanten Aktivitäten seines Musterbetriebs haben relativ rasch für einen gewissen Stimmungsumschwung gesorgt.

Und so haben selbst die Kollegen aus der großen Zentrale in Baden-Baden nur noch Bauklötze gestaunt, was ihnen bei den Festivitäten im kleinen Landesstudio Tübingen so alles an Leckereien aus Küche und Keller aufgetischt worden ist! Kein Wunder stand der Studioleiter dort in höchsten Ehren – und ist dann ja auch Hörfunkdirektor geworden.

Dass ich es kurz nach einem dieser legendären Sommerfeste gewagt hatte, einen kritischen Bericht über einen der mit dem Boss befreundeten Kiesgrubenbetreiber zu verfassen, der in seinem Betrieb gegen irgendwelche Umweltauflagen verstoßen hatte, das hätte mich dann aber beinahe den Job als freier Mitarbeiter gekostet. Denn da hatte doch unser Studioleiter seinen erbosten Kiesgrubenbesitzerskollegen tatsächlich auf eigene Kosten (!) zum Mittagessen einladen müssen, um ihn in einer Angelegenheit zu beschwichtigen, in der es eigentlich gar nichts zu beschwichtigen gab. Denn meine Recherche war absolut wasserdicht gewesen.

Seitdem freilich sah man unseren Chef grundsätzlich immer in der Senderegie auftauchen, wenn er zuvor mitbekommen hatte, dass in unserer Mittagssendung ein Bericht zum Thema »Kiesgruben in Oberschwaben« auf dem Programm stand – und erst recht, wenn ich die Sendung auch noch moderiert habe. Wie ein unheildrohendes Menetekel hat er sich dann in seinem laubfroschgrünen Hemd mit der krötengepunkteten Krawatte hinter der Studioscheibe postiert. Denn wehe …

Es war eine überaus spannende Zeit, in der ich mit dem »Radiomachen« begonnen habe, eine Zeit, in der sich die Nachrichtenlage täglich geradezu überschlagen hat: Die Zeit der RAF, des Terrors und der massiven Gegenschläge.

Ob man nun wollte oder nicht: jeder, der in einer aktuellen Hörfunkredaktion gearbeitet hat, ist irgendwann in den Strudel dieser Berichterstattung hinein gestolpert. Mich als noch ziemlich unerfahrenen Reporter hatte es dann am Tag nach den Stammheim(selbst)morden, also am 18. Oktober 1977, erwischt. Denn kaum war ich an diesem Morgen in der Redaktion erschienen, da hatte ich auch schon den Auftrag bekommen, so schnell wie möglich mit unserem Fahrer Julius Meisner und dem Reportagewagen nach Stammheim zu rasen, um von dort für sämtliche SWF-Sendungen live über die dramatischen Geschehnisse vor Ort zu berichten. Vor allem für die überregionale Sondersendung aus Baden-Baden, die der Hauptabteilungsleiter für aktuelle und politische Information im Südwestfunk-Radio damals persönlich moderiert hat. Bei diesem Chef handelte es um einen Ur-Bayern namens Franz Meindl, dem man seine Herkunft aus dem Süden der Republik unverkennbar anhörte und dessen eigentliche Leidenschaft nicht den Nachrichten und der politischen Information galt, sondern dem – Kabarett. In diesem Genre war aber kein Chefposten frei gewesen und so hatte man den armen Meindl Franz halt zum Informationsboß gemacht. Der also saß – mit hörbarer Hektik in der Stimme – am Mikrofon und hat sich im Eifer des Gefechts an keine der vorher getroffenen Absprachen gehalten. So sollte ich um 13 Uhr 19 live vom Funktelefon des Reportagewagens (einem Riesenmonstrum von Telefon) auf Sendung gehen und mich zuvor über die Stimmung in und um Stammheim kundig machen.

Doch kaum war ich aus dem Wagen geklettert und hatte mich vor das Gefängnistor begeben, da klingelte um 13 Uhr 14 bereits das Telefon. Ganz arglos hat der Fahrer das Telefon abgekommen und in den Hörer gefragt, wer denn am anderen Ende der Leitung wohl dran sei.
Dran war der Meindl Franz, der sofort aufgeregt ins Mikrofon und über den Sender gebrüllt hat: »Wir haben endlich eine Verbindung nach Stammheim! Wir gehen jetzt direkt auf Sendung! Hallo Stammheim, wer ist dran?«
Antwort aus Stammheim: »Der Julius!«
Kurze Schrecksekunde in Baden-Baden (live über den Sender): »Welcher Julius?«
»Ha, der Julius vom Reportagewagen!«
Moderator – brüllend – ins Mikrofon: »Julius, Julius! Wer zum Teufel ist denn dieser verdammte Julius?«

Inzwischen war ich ziemlich unverrichteter Dinge wieder zurück zum Reportagewagen getrabt, um vereinbarungsgemäß punkt 13 Uhr 19 auf Sendung zu gehen. Schlimm genug, denn ich hatte vor dem hermetisch abgeriegelten Gefängnistor überhaupt nichts heraus bekommen können über die Geschehnisse dort drinnen, über die Stimmung, über gar nichts. Genau so war es auch den anderen dort versammelten Journalistenkollegen ergangen, die sich nun in ihrer Berichterstattungsnot eben auf einen frisch entlassenen Stammheimhäftling stürzten, um ihn bis ins kleinste Detail über die dramatischen Ereignisse der vergangenen Nacht im Gefängnis auszuquetschen. Der solchermaßen Überfallene wusste erst gar nicht, wie ihm geschah, als sich die Meute auf ihn warf, dann aber hat er blitzschnell reagiert und gemeint, er sage jetzt erst einmal gar nichts, bevor man ihm in der Kneipe nebenan nicht das eine oder andere Bier spendiert habe. Eine Empfehlung, der natürlich sofort und reichlich Folge geleistet wurde – mit dem (eigentlich) erwartbaren Ergebnis, dass der Entlassene dem in den langen Jahren der

Haft so sehnlich vermissten Bier dermaßen zugesprochen hat, dass er hinterher zu gar nichts mehr zu gebrauchen war. Schon gar nicht zu einer Aussage über die vergangene Nacht.
Aber immerhin hatte sein erster Tag in Freiheit recht vielversprechend begonnen.

Während ich also nachdenklich zum Reportagewagen zurück getrottet bin und krampfhaft überlegt habe, was um alles in der Welt ich denn an neuesten Erkenntnissen gleich über den Äther würde schicken können, hatten sich am Funktelefon die Ereignisse längst überschlagen. Schon von weitem hörte ich ein lautes Gebrüll: das aus dem Hörer »Wer ist denn jetzt dieser verdammte Julius?!« und das des darauf zunehmend säuerlich reagierenden Julius. Kaum war ich dort angelangt, da streckte mir der Julius mit zorngeröteter Miene auch schon den Hörer entgegen, den ich brav in die Hand nahm und mich ganz korrekt mit Vor- und Zunamen meldete: »Gunter Haug hier. Wer bitte spricht dort?«
»Wer zum Teufel ist denn jetzt dieser Haug?!« schallte es mir sofort entgegen. Darauf ein seltsames Knistern in der Leitung, gefolgt von einer fremden Frauenstimme, die sich (wie mir später erklärt wurde) nun aus der Senderegie streng dazwischen schob: »Das ist der, mit dem sie eigentlich sprechen wollten!«
»Jetzt nimmer!« Sprachs – und die Verbindung wurde abgebrochen. Mein erster Auftritt als Livereporter war Geschichte!

Tags darauf gab es natürlich noch immer kein anderes Thema, als die RAF-(Selbst)morde. Und so galt es, das Mittagsmagazin mit allem Möglichen und Unmöglichen zu füllen. Aber womit genau?
Egal was – Hauptsache irgendetwas! So lautete die Devise. Als ausgewiesener Stammheim-Experte, zu dem ich seit meinem ergebnislos verlaufenen Aufenthalt vor dem Gefängnistor inzwischen ja geworden war, erhielt ich den Auftrag nachzufor-

schen, was eigentlich mit den Leichen von Andreas Baader, Gudrun Ensslin und Jan-Carl Raspe geschehen war. Dazu sollte ich noch versuchen, irgendeinen Familienangehörigen der Stammheimtoten ans Telefon zu bekommen.
Das hört sich schlimm an? War es auch! Ganz klar! Aber so widerlich ticken die Medien in solchen Situationen. Und das ist im Laufe der Jahre leider nicht besser geworden. Ganz im Gegenteil sogar.

Ich jedenfalls habe mich also auftragsgemäß hinters Telefon geklemmt und versucht, bis zum Mittag irgendwie etwas einigermaßen Sendbares zusammen zu bekommen. Eine gute Stunde lang habe ich so die Tastatur malträtiert, bis… es mir tatsächlich gelungen ist, den Vater von Gudrun Ensslin, den Pfarrer Helmut Ensslin in Stuttgart tatsächlich ans Telefon zu bekommen. Und kaum hatte ich ihm erklärt, dass ich vom Radio sei, da ging es auch schon los. Mit einer Lautstärke sondergleichen hat er ins Telefon gebrüllt: Seine Tochter sei vom Staat ermordet worden. Niemals hätte sie Selbstmord begangen. Das alles sei ein einziges Komplott, an dem sich die gesamte Presse willfährig beteilige. Seine Tirade gipfelte in dem zornigen Ausruf: »Ihr steckt doch alle unter einer Decke – die ganze Presse!« Dann hat den Hörer aufgeknallt.

Und ich? Saß erst einmal da, wie betäubt und habe tief durchgeatmet. Das hatte ich noch nie von jemand gehört: »Ihr steckt doch alle unter einer Decke – die ganze Presse!« Sie haben vielleicht mitgerechnet: ich war zu dieser Zeit gerade mal 22 Jahre alt – und sollte Mitglied bei einer Verschwörung sein? Na ja…
Im weiteren Verlauf meiner Journalistenkarriere habe ich solche Anklagen freilich noch häufiger hören müssen. Ist ja klar: die Presse ist immer schuld. Lügenpresse und Co. Schön, wenn man seinen Sündenbock so einfach finden kann.

Der Beginn der Mittagssendung rückte jedoch näher und näher. Aber den Wutausbruch des Pfarrers Ensslin hatte ich nicht auf Band bekommen. Was sollte ich nur berichten? Während ich noch am Überlegen war, stürmte plötzlich der Redaktionsleiter in unser Reporterzimmer. »Sie müssen sofort zum Bergfriedhof!« Denn gerade eben war durchgesickert, dass die drei Leichen auf dem Tübinger Bergfriedhof dort jetzt von unabhängigen Schweizer Gerichtsmedizinern obduziert werden sollten, um so den genauen Todesumständen auf die Spur zu kommen. Also nichts wie hin zum Bergfriedhof, dessen Leichenhalle natürlich hermetisch abgeriegelt war. Genau, wie am Tag zuvor Stammheim. Da war kein Durchkommen. Hier konnte ich Nullkommanichts erfahren.

Aber irgendetwas musste ich berichten. Das hatten sie mir klar und deutlich auf den Weg gegeben. Es gab nur noch eine Möglichkeit: dann musste ich halt schildern, was da drinnen in der Halle wohl grade vor sich ging. Das dürfte bei allen Obduktionen ja nach dem ziemlich gleichen Muster ablaufen. Folglich bin ich zurück ins Studio gerast und habe mich telefonisch bei einem Tübinger Gerichtsmediziner erkundigt, wie man sich das vorzustellen habe. Zu meinem Glück war der Professor ohnehin stinksauer, dass man ihn nicht zur der Untersuchung gebeten hatte und so hat er mir haarklein geschildert, was die Kollegen da drinnen alles machten: Schädel aufsägen, Hirn entnehmen, Herz, Leber und Nieren abwiegen, den Mageninhalt untersuchen. Wer hat wann was gegesse? All diese grässlichen Details habe ich sorgfältig notiert und so in letzter Minute noch einen informativen Beitrag zusammenstellen können, den wir live zur besten Mittagessenszeit ausgestrahlt haben. Sein Informationsgehalt in Sachen Stammheimer (Selbst)morde hat sich zwar eindeutig in Richtung Nullinformation bewegt – aber Hauptsache, die Sendezeit war gefüllt. Nun gut, über die Techniken einer mustergültig durchgeführten Obduktion war seitdem jeder unserer Mittagshörer auf das Genaueste im Bilde. Guten Appetit übrigens! Erstaunlicherweise ist ausgerechnet diese Reportage von mir, auf die ich am wenigsten stolz bin, im Deutschen Rundfunkarchiv gelandet.

Na gut. Vielleicht war man in diesen Jahren auch nicht ganz so zimperlich. So ein kleines bisschen Hornhaut auf der Seele konnte einem gestandenen Journalisten ja nicht unbedingt schaden. Nach diesem Motto hat auch unser beliebtester Mittagsmoderator seinen Job gemacht. Der Sepp Scherbauer, ein Ur-Bayer, war schon von Haus aus eine recht robuste Natur, der seit Olympia 1972 in München eine gewisse Prominenz erlangt hatte, weil ihm damals spannende Reportagen der olympischen Boxwettkämpfe gelungen waren.
Egal, welche Katastrophe auch passiert sein mochte, über die wir gleich berichten würden: immer, wirklich immer, begann der Scherbauer Sepp die Sendung mit den Worten »Der Mittagswitz«. Schließlich sollten unsere HörerInnen in diesen traurigen Zeiten auch mal was zum Lachen haben! Direkt nach dem meistens ziemlich derben Witz, ich schwöre, dass ich Ihnen hier ein wahres Beispiel schildere: »Kommt ein Mann aus dem Krematorium und trägt die Asche seiner Frau in einer Urne bei sich. Die Gehsteige sind eisig und glatt, die Gefahr, dass er ausrutscht, hoch. Da öffnet er die Urne und verstreut die Asche der Ehefrau vor sich auf dem Weg: »So Sofie, jetzt warst du auch mal zu was nütze!« ging es dann in einem etwas nüchterneren Tonfall weiter: »Und jetzt unsere Themen: im Landkreis Reutlingen hat es einen schweren Unfall mit vier Toten gegeben, wir berichten …« Ehrenwort. So war das. Leider gibt es die Sendung nimmer.

Der erste wirkliche Höhepunkt meines rundfunktechnischen Schaffens hat mich ganz unverhofft am 3. September 1978 um 6 Uhr 08 morgens ereilt. Es war ein Sonntag. Erdbeben auf der

Zollernalb! Gleich mehrfach hintereinander hat dort die Erde gebebt. Stärke 5,7 auf der Richterskala. So heftig wie seit Jahrzehnten nicht mehr. Noch in 400 Kilometern Entfernung waren die Erdstöße zu spüren. Der Sachschaden betrug 275 Millionen Mark.
Und in dem für die Berichterstattung von der Zollernalb zuständigen Südwestfunkstudio Tübingen klingelten die Telefone Sturm. Doch niemand nahm ab. Denn niemand war da. Sämtliche Redakteure und freie Mitarbeiter befanden sich nämlich in Friedrichshafen, wo das letzte »Hafenkonzert« dieser Saison feierlich begangen wurde. Dieses »Hafenkonzert« war eine volkstümliche Musiksendung, bei der morgens um 6 Uhr schon ganz gerne die erste Halbe Bier und ein schönes Viertele Wein konsumiert worden sind.

Wie gesagt: alle waren sie dort. Bis auf einen: Ihren jüngsten, unbedeutendsten Mitarbeiter. Mich! Denn mich hatten sie entweder vergessen oder ganz einfach nicht mitnehmen wollen (was mir angesichts der Musikauswahl beim »Hafenkonzert« gar nicht so unrecht war). Jedenfalls war also niemand der altgedienten Reporter in der Lage, jetzt möglichst schnell nach Albstadt hochzudüsen, wo sich das Epizentrum des Bebens befand, um von dort in diversen Sondersendungen live über das Ausmaß der Schäden zu berichten. Nach den 7 Uhr Nachrichten hatte sich dann auch beim Hafenkonzert in Friedrichshafen herumgesprochen, dass da auf der Zollernalb gerade der Bär tobte. Und da … erinnerten sie sich plötzlich wieder an ihren jüngsten Reporter, den sie zuhause vergessen hatten. Anruf des Redaktionsleiters (ich war sowieso schon wach, denn auch in meiner Wohnung im 40 Kilometer von Albstadt entfernten Wurmlingen hatte mich gleich der erste Erdstoß aus dem Bett geworfen): ich solle sofort mein Aufnahmegerät schnappen, mich ins Auto setzen und so schnell wie möglich live aus dem Erdbebengebiet berichten. Gesagt – getan. Während ich also in

Richtung Erdbebenzone raste, konnte die feuchtfröhliche Hafenkonzert-Abschlussparty in Friedrichshafen munter weitergehen.

Vor allem im Albstädter Ortsteil Onstmettingen waren die Schäden an den Gebäuden gewaltig. Man konnte von Glück sagen, dass es keine Todesopfer gegeben hatte. Auch die Verletzungen hielten sich im Rahmen. Niemand war körperlich schwer zu Schaden gekommen. Im Gegensatz zu manchen Häusern wie gesagt. Gerade, als ich mit meinem Auto durch die Onstmettinger Hauptstraße fuhr, da kam der zweite größere Erdstoß. Das war wieder ein gewaltiger Rumms. Zwar deutlich weniger heftig, als der erste, aber es hat noch gereicht, um das Auto schlagartig einige Zentimeter zu versetzen. So jedenfalls habe ich es empfunden. Und gleichzeitig ist eine ganze Lawine von Dachziegeln von den Dächern geregnet. Im Nachhinein betrachtet war es wirklich ein Wunder, dass niemand ums Leben gekommen ist.
Ich jedenfalls habe nun berichtet wie ein Weltmeister. Für alle möglichen und unmöglichen ARD-Anstalten. Zunächst live von einer öffentlichen Telefonzelle aus, die erstaunlicherweise noch funktioniert hat und dann ist irgendwann auch der Reportagewagen mit unserem Funktelefon eingetrudelt, an dessen Steuer ein übel gelaunter Fahrer saß, der wegen dem blöden Erdbeben die gemütliche Schunkelrunde beim Hafenkonzert hatte verlassen müssen.

Ganz Deutschland wollte von mir wissen, wie denn die Lage in Albstadt sei. Und ich habe berichtet und berichtet und berichtet. Durchschnittlich insgesamt dreimal habe ich an diesem Sonntag und am darauffolgenden Montag die ARD-Sender bedient (im Rundfunkjargon war mir also der »dreifache ARD-Rundumschlag« gelungen).

Das allerbeste daran war: für jeden einzelnen Bericht hat es Honorar gegeben. Mit anderen Worten: ich hatte mich an diesen beiden Tagen dumm und dämlich verdient.

Zwar hatte ich es im Eifer des Gefechts mit manchen Formulierungen ein bisschen übertrieben – beispielsweise war mein Vergleich mit einer im Bombenhagel des Weltkriegs zerstörten Stadt dann doch ziemlich über die tatsächlichen Gegebenheiten hinausgeschossen – aber diese Berichterstattung ist zu meinem Durchbruch bei der Zentrale in Baden-Baden geworden. Plötzlich hat man mir, wo ich in Tübingen doch schon auf der Kippe gestanden hatte, sogar einen Zeitvertrag in der aktuellen Magazinsendung dort angeboten. Und ich habe natürlich – Studium hin oder her – den Vertrag liebend gerne unterschrieben.
Was mir, als sich der ganze Trubel wieder gelegt hat, schließlich bewusst geworden ist: dass ich als blutjunger Radioreporter der einzige Nutznießer dieser Naturkatastrophe gewesen bin. Gut, später waren da natürlich noch die Maurer und die Dachdecker aber zunächst einmal wars nur ich. Und so habe ich etwas begriffen, was mir an meinem Job immer wieder zu denken gegeben hat: Journalismus lebt (auch) vom Elend der anderen. Und wenn du dich auf der Seite derjenigen befindest, über die da grade berichtet wird, dann relativiert sich manches. Diese nicht ganz so schöne Erkenntnis über meinen Berufsstand habe ich nie vergessen.
Also war ich mit meinen 23 Jahren Redakteur mit Halbjahresvertrag in der Baden-Badener Redaktion »Aktuelles Zeitgeschehen« geworden, wo ich die angesehene SWF 1-Sendung »Heute Mittag« redaktionell betreuen und sogar moderieren durfte! Wow!
Es war das Winterhalbjahr, was das Erreichen von Baden-Baden für mich manchmal etwas schwierig gemacht hat. Denn ich habe ja noch in der Nähe von Tübingen gewohnt, wo ich an manchen Abenden »anstandshalber« im Seminar an der Uni

vorbeischauen musste, damit die Dozenten bemerkten, dass ich nach wie vor emsig am Studieren war. Jetzt liegt aber zwischen Tübingen und Baden-Baden der Schwarzwald. Da kann es im Winter manchmal heftig schneien – und da ist das Autofahren dann gar nicht mehr so lustig. Andererseits: wenn du die Chance hast, als Erster durch den frisch gefallenen Schnee zu pflügen, dann geht das (bis zu einer gewissen Schneehöhe) besser, als wenn schon einige Dutzend vor dir den Schnee spiegelglatt gewalzt haben. Folglich habe ich mich immer besonders früh aus den Federn gekämpft, um die gut 120 Kilometer über Stock und Stein, Eis und Schnee, einigermaßen ungestreift hinter mich zu bringen.

Weshalb ich nie in Baden-Baden gewohnt oder zumindest ein Zimmer genommen habe? Auch später nicht, bei meiner Festanstellung? Weshalb ich es auf netto höchstens 20 Übernachtungen in der weltbekannten, mondänen Kurstadt an der Oos gebracht habe? Genau deswegen: es war mir dort zu überkandidelt. Zu mondän. Viel zu viel von diesem ganzen hochnäsig zur Schau gestellten Protz und Prunk. Nun gut: wer darauf steht, allnachmittäglich an der Promenadenstrecke der Eitelkeiten, der Lichtentaler Allee, die wundersame Umwandlung von Lebensversicherungen längst verblichener Ehemänner in kostbare Perlenketten zu bestaunen, der ist hier goldrichtig. Genauso richtig, wie in einem der plüschigen Cafés, wo man das gelangweilte Verschwinden von Schwarzwälder Kirschtorte zwischen grellrot geschminkten Lippen in einem dank Botox prall wie ein Luftballon aufgepumpten, griesgrämigen Oberfinanzratswitwenantlitz bestaunen kann.

Ok, das war jetzt schon ein bisschen gemein. Zugegeben. Aber es war (und ist) halt so. Und deshalb war und ist Baden-Baden nichts für mich gewesen!

Der Südwestfunk aber natürlich schon. Eine wunderbare Arbeitsstelle für einen jungen Journalisten, der es im Radio zu etwas bringen will. Und das wollte ich ja. Nebenbei konnte ich, besonders an Tagen, an denen es bis in die Niederungen herunter geschneit hat, wenn also selbst in Baden-Baden eine dünne Schneeschicht auf der Straße lag, regelmäßig ein erstaunliches Phänomen beobachten: Um 9 Uhr, beim normalen Dienstbeginn, war die Redaktion noch gähnend leer. Keine Menschenseele weit und breit, während ich, abgekämpft aber glücklich, es durch die Schneemassen geschafft zu haben, an meinem Arbeitsplatz eingetrudelt bin. Kurz danach klingelte zum ersten Mal das Telefon. Einer der altgedienten Kollegen war dran und meinte, es könne noch eine Weile dauern, biss er von seinem Wohnort in einem Ortsteil von Baden-Baden im Sender eintreffe. Die Stichworte waren immer dieselben: Plötzlicher Wintereinbruch. Spiegelglatte Straßen. Unmöglich, durchzukommen. Ich möge die Sendung bitte schon mal in Eigenregie vorbereiten. Na gut. Das habe ich kollegialerweise auch immer gemacht. Denn gegen einen plötzlichen Wintereinbruch kann man schließlich nichts machen. Höhere Gewalt und so.

Umso rascher habe ich mich dadurch in der Zentrale einigermaßen unentbehrlich machen können. Und noch viele andere Kollegen in den diversen Redaktionen kennengelernt. Einen von ihnen, den werde ich nie vergessen, das war der Hauptabteilungsleiter Musik, den sie hinter vorgehaltener Hand alle nur den Herrn Doktor Knöpfle nannten. Natürlich aus gutem Grund, denn der Arme, der eh nicht sonderlich groß war von Gestalt, hatte tatsächlich ein kleines Problem mit seiner durchaus ansehnlichen Leibesfülle. Und egal, was er auch unternahm, um dünner zu werden: das schiere Gegenteil traf ein, weshalb er in seiner Not schließlich auf die Idee verfallen ist, nur noch Jacketts zu tragen, die eine Nummer kleiner waren, als dies seiner Rundungen wegen eigentlich geboten gewesen wäre. Kein Wunder, dass der Knopf am Anzugsjackett deswegen kaum durch das Knopfloch zu bekommen war und dass der arme Mensch, wenn das mit dem Knopf endlich geschafft war, nun wie eingegossen und recht kurzatmig in seiner Jacke hing. Aber einen tiefen Atemzug konnte er natürlich nicht wagen, ohnehin schon schien es uns allen ein großes Wunder, dass der Knopf, der offenbar mit einer ganz besonders reißfesten Nähseide am Jackett befestigt war, nach wie vor die beiden Jackenteile tapfer zusammenhielt. Und so starrten wir alle fasziniert immer nur auf den Knopf und nicht ins Antlitz des Dr. Knöpfle, der zu allem Übel damit auch noch seinen Spitznamen verpasst bekommen hatte.

Der mit Abstand beliebteste Nachrichtensprecher beim Südwestfunk war in diesen Jahren ein Mann namens Karl-Rudolf Menke (später ist er Chefsprecher geworden). Der hatte eine super Stimme und war ein Profi durch und durch. Ein lieber Kerl war er sowieso. Nur gab es da manchmal ein klitzekleines Problem – und das hatte mit seinem Äußeren zu tun. Denn sein Bart und die Haare waren seit vielen Jahren von keinem Friseur mehr gekürzt worden und so sah er gemeinhin halt nicht unbedingt so aus, wie man sich einen seriösen Herrn vorstellt, der seiner aufmerksam lauschenden Hörerschaft die neuesten Nachrichten aus der ganzen Welt vorträgt. Aber beim Radio war das ja auch egal. Denn da sieht man niemanden. Das Problem des Kollegen Menke waren allerdings die unruhigen 70er Jahre, in denen die Republik durch die Taten der RAF in eine regelrechte Hysterie geraten ist. Ringfahndungen und Straßensperren durch hypernervöse Polizeibeamte, die mit dem Maschinengewehr im Anschlag die Autofahrer kontrollierten, waren an der Tagesordnung. Und wenn sie die üppig wuchernde Haarund Bartpracht unseres Nachrichtensprechers auch nur von weitem gesehen haben, wurde der natürlich grundsätzlich aus dem Verkehr gezogen. Das ging dann auch so gut wie nie ohne Aussteigen und Hände aufs Autodach ab. Klar, denn genau so, wie der Karl-Rudolf Menke aussah, stellte man sich gemeinhin das Aussehen eines durchschnittlichen Terroristen vor. Generalverdacht! Alarmstufe Rot! Der Umgangston mit dem vermeintlichen RAF-Mitglied war nicht immer und unbedingt ein sehr höflicher gewesen und der Kollege Menke deshalb auch noch am nächsten Morgen, wenn er wieder die Nachrichten zu verlesen hatte, dementsprechend stinksauer. Das war schon von weitem zu erkennen, wenn er mit abstehenden Haaren und düster umwölkter Stirn in seiner Sprecherkabine saß, während er die aktuellen Entwicklungen der Weltlage verkündete. Wenn man sich dann via Gegensprechanlage, die direkt mit seinem Kopfhörer verbunden war, nach dem Grund seiner miesen Laune erkundigte, hat er sein Herz gerne und ausführlich ausgeschüttet. Und dies, während er weiter mit hochseriöser Stimme die Nachrichten vorgelesen hat. Wie das ging? Ebenfalls wieder durch die Gegensprechanlage. Denn wenn man diesen Knopf gedrückt hat, dann ging nichts über den Sender, sondern nur: siehe oben (auf den Kopfhörer). Ganz einfach war das natürlich nicht, denn er konnte nur häppchenweise erzählen. Immer nur dann, wenn er zwischen zwei Nachrichten eine kleine Kunstpause einlegen musste. Aber er hat das glänzend geschafft. Und während die Nation also dank Karl-Rudolf Menke mit den neuesten Entwicklungen vertraut gemacht wurde, lagen wir hinter der Glasscheibe im Studio inzwischen vor Lachen beinahe auf dem Boden!

Nachdem mein Zeitvertrag bei SWF 1 abgelaufen war, ging es mit meiner Radiokarriere (und nebenher auch mit der Uni) gleich nahtlos weiter. Denn jetzt hatte ich auch noch von SWF 3, dem damaligen absoluten deutschen Kultsender, das Angebot bekommen, die Mittagsendung »Extra Drei« zu moderieren! Extra für mich hatte sich der SWF 3 Redaktionsleiter, der die Sendung bislang auch moderierte, erboten, mir Platz zu machen. Das war nun wirklich nur noch eins: Sensationell! SWF 3!

Über Nacht war ich also plötzlich ein Kollege der großen Kultmoderatoren meiner Jugend geworden! Als da waren: Frank Laufenberg, Elke Heidenreich, Gerd Leienbach (Erfinder des Schwarzwaldelchs), Ute Verhoolen und Sigi Harreis (ja, auch die beiden Fernsehmoderatorinnen waren dabei) – und dann war da natürlich noch der Sketche-Schreiber Michael Bollinger (»Schnauze Fury«!), der so legendäre Figuren wie den »König Dickbauch« erfunden hat und den man mit Fug und Recht als den Begründer der großen Sketchtradition bezeichnen darf, die heute bei SWR 3 ihre logische Fortsetzungfindet.
Im Lauf der Zeit sind noch einige andere dazu gestoßen, die später beim Fernsehen so richtig Karriere gemacht haben: Claus Kleber (der war schon immer gut), Andreas Ernst, Frank Plasberg, Anke Engelke (die so eine fürchterliche Piepsstimme hatte), Christine Westermann und Co.

Also Moderator von SWF 3 – »Extra Drei«! Das war ein Boulevardmagazin, das täglich von 12 Uhr 05 bis 13 Uhr ausgestrahlt worden ist. Es hat gereicht, wenn ich gegen 11 Uhr am Vormittag eingetroffen bin. Da war dann noch jede Menge Zeit zur Vorbereitung für die knappen 55 Minuten, in denen ich auf Sendung war. Und nachmittags hat es mir bequem bis 15 Uhr zum Seminar an der Uni in Tübingen gereicht, falls ich zufällig grade eins belegt hatte.
Zu kämpfen hatte ich also weniger mit einer überbordenden Arbeitsbelastung, als vielmehr mit einem seltsamen Gefühl. Denn bei einer Netto-Arbeitszeit von zwei Stunden hatte ich die stolze Summe von 200 Mark als Honorar verdient. Brutto natürlich, also abzüglich Benzinkosten und Steuern. Aber dennoch: das war gewaltig viel Kohle für einen Studenten! Und gleich zweimal im Monat, jeweils sieben Tage hintereinander. Da ist schon ein schönes Sümmchen zustande gekommen. Genau das hat mir jetzt aber zu schaffen gemacht, denn wie gesagt: mit Schaffen war da nicht so arg viel. Schließlich war da noch das

Sendungskonzept. Das war bei SWF 3 immer ganz besonders streng geregelt. Und dieses Konzept besagte, dass nach der Begrüßung »Am Mikrofon Gunter Haug« (ja nicht mehr sagen, sonst hätte es sofort Ärger gegeben!) pro halbe Stunde erst mal zwei Musiken abgespielt werden mussten, danach war eindreiminütiger Beitrag vorgesehen, dann wieder zwei Musiken, eine kurze Meldung, nochmal zwei Musiken. Jetzt war es halb eins, Zeit für die Verkehrsmeldungen und die Alpenpässe, erneut zwei Musiken, nun den nächsten Beitrag anmoderieren, darauf zwei Musiken, jetzt eine Meldung frisch vom Ticker vorlesen (die aber auf alle Fälle kürzen, falls sie länger als 45 Sekunden war!), die nächsten beiden Musiken, gefolgt von meiner Verabschiedung »Am Mikrofon war Gunter Haug« (bloß nicht mehr!), Musik, Werbung, Ende.
Ach ja: auch das war glasklar geregelt: die Sprechzeit pro Anmoderation betrug idealerweise 20 Sekunden. Gut: zur Not auch mal 25 Sekunden! Aber wehe, wenn es 30 Sekunden und mehr in Anspruch genommen hat: dann war die (deutliche) Standpauke vom Redaktionsleiter garantiert. Mit anderen Worten: meine Nettoredezeit pro Sendung lag bei maximal 2 Minuten! Zwei Minuten reden und dafür 200 Mark verdienen! Das geht eigentlich gar nicht, dachte ich mir. Denn dafür arbeitete mein Vater den ganzen lieben langen Tag! Und musste dazu bereits um 5 Uhr in der Früh aufstehen!

So habe ich beschlossen, für das viele Geld gefälligst auch viel zu schaffen und deshalb künftig deutlich mehr zu reden. Sprich: nach jeder Musik eine Meldung verlesen. Wie ein Lauffeuer hat sich diese neue Art der Moderation im Funkhaus herum gesprochen und so auch den Redaktionsleiter erreicht, der schon nach einer knappen halben Stunde mit hochrotem Kopf plötzlich ins Studio hereingestürmt kam und mir die nächste Meldung, die ich in wenigen Sekunden verlesen wollte, stinksauer aus der Hand gerissen hat. Ich solle das mit dem Dauergequassel

niemals wieder machen, denn sonst ... sonst wäre das für alle Zeiten meine letzte Moderation bei SWF 3 gewesen!
Also gut: habe ichs seitdem also bleiben lassen – und für zwei Minuten reden meine 200 Mark eingestrichen. Die dann übrigens bald auf 250 Mark pro Stunde erhöht worden sind.
Irgendwann hatte ich mich daran gewöhnt, getreu dem guten alten Motto: »Pecunia non olet!« (Geld stinkt nicht).
Viel schwieriger war es für mich, diese andere Hürde zu überspringen, die mir mein schwäbisches Breimaul beschert hat. Meinen schwäbischen Slang müsse ich mir so schnell wie möglich abtrainieren, hat mir der Redaktionsleiter nachdrücklich eingeschärft, denn schließlich sei SWF 3 ein Sender, der bekanntlich bis in die »Kölner Bucht« hineinstrahle.
Die »Kölner Bucht«, das war auch so ein Begriff, den vor dem sensationellen Sendeerfolg von SWF 3 nie jemand im deutschen Südwesten jemals gekannt hat. Denn Köln liegt doch bekanntlich gar nicht am Meer – was den kölschen Jecken freilich schnurzpiepegal ist. Im krassen Gegensatz zu einem schwäbelnden Radiomoderator: so was mögen die nämlich ganz und gar nicht. Und deshalb musste ich mir jetzt mein »schwäbisches Bodengfährtle« flugs abtrainieren (das ich mir dann hinterher in der regionalen Frühsendung aus Tübingen wieder mühsam antrainiert habe).

Einmal wöchentlich fanden bei der großen SWF 3 Redaktionskonferenz die Proben aufs Exempel statt. Vor den gespitzten Ohren der vollzählig versammelten Redaktionsmannschaft wurde aufs Geradewohl jedes Mal eine andere arme Sau von Moderator ausgewählt und dessen Moderationsmitschnitt bis auf Punkt und Komma genauestens überprüft. Auf den Anflug eines schwäbischen Slangs natürlich sowieso – nur das Kölsche, das war ihnen seltsamerweise schnurz. Allen! Kölsch durfte jeder. Nur als Schwabe, da warst du halt wieder mal der Depp! Es gibt Dinge, die ändern sich anscheinend nie!

Und schließlich war da noch die große Stoppuhr, die der Redaktionsleiter zum Abstoppen der jeweiligen Moderationsdauer benutzt hat. Aber wehe, die Uhr konnte bei 25 Sekunden noch nicht angehalten werden! Dafür gab es dann den großen SWF 3 – Wanderpokal für die längste Spiralmoderation aller Zeiten überreicht. Die bestand aus einem besonders dicken Brummer, den irgendwer einmal aufgespießt und hinter Glas eingerahmt hatte. Zweimal konnte man den (zur Not!) gewinnen. Das dritte Mal aber war gleichbedeutend mit der Roten Karte!

Seltsam: die Kollegin Elke Heidenreich hatte in dieser Hinsicht immer einen Sonderbonus beim Chef. Die hat sich eigentlich nie um irgendwelche Moderationszeit-Höchstgrenzen geschert. Sie hat vielmehr einfach munter drauflos gequasselt und zusätzlich mit ihrem Partner die legendären »Buchtipps von Schröder/ Heidenreich« gemacht. Und spätestens als sie ihre »Frau Dingenskirchen«, die Metzgersgattin »Else Stratmann« aus dem Ruhrpott erfunden hatte, ist sie für SWF 3 zur Kultmoderatorin geworden, die (natürlich) irgendwann vom Fernsehen gekapert worden ist.

Eines Tages, nach einer Moderation von »Extra Drei« hat mich der Redaktionsleiter eingeladen, zum Mittagessen gemeinsam in die Kantine zu gehen. Da ich an diesem Nachmittag nicht zur Uni musste, war das ok für mich. Man hat sich während des Essens über dieses und jenes unterhalten, so auch über die Verhältnisse im Studio Tübingen, über die ich ja bestens Bescheid wusste. Irgendwann kam das Gespräch wie zufällig auf einen bestimmten Kollegen, für dessen Befindlichkeit sich der Chef erstaunlich stark interessierte. Welche Art von Beiträgen der denn hauptsächlich realisiere und wie er als Kollege so sei. Meine – wie immer ehrliche – Antwort war: der Kollege sei schon in Ordnung. Er sei halt einer »vom anderen Ufer«, aber das sei mir eigentlich egal. Solange er mich in Ruhe lasse, sei das alles nicht so tragisch.

Ich habe mich noch über die eiskalte Atmosphäre gewundert, die an unserem Tisch plötzlich ausgebrochen ist. Und auch, weshalb sich der Chef mit einem Mal so wortkarg gab, war mir unerklärlich. Aber vielleicht hatte ihm das Essen nicht so gut geschmeckt. Irgendwas in der Art. Stumm wie die Fische sind wir dann zurück in die Redaktion gelaufen, wo mich kurz vor der Tür die Bitte des Chefs erreichte, ich möge doch bis zur nachmittäglichen Redaktionskonferenz dableiben, denn man habe außerplanmäßig beschlossen, meine heutige Moderation in dieser Konferenz zu analysieren! Wie das?
Auch jetzt habe ich mich wieder ein bisschen gewundert, aber mir immer noch nichts weiter dabei gedacht. Wozu auch. Sollten sie meinetwegen die Moderation auf ihre berüchtigte Art und Weise scheibchenweise sezieren. Ich war mir nämlich sicher, heute keine größeren Schnitzer begangen zu haben.
Aber Pustekuchen! Jeden einzelnen Schnaufer von mir hatte der Redaktionsleiter beim Abhören plötzlich zu kritisieren. Jede Formulierung, jeden Satz, jedes Wort: alles, wirklich alles, sei nur bodenlos schlecht gewesen und eines Kultprogramms, wie SWF 3 nicht würdig. Mit anderen Worten: mit einem Bein stand ich bereits draußen vor der Tür! Und das zweite Bein hätte nicht mehr lange auf sich warten lassen … wären da nicht die Kollegen gewesen, die sich jetzt engagiert auf meine Seite geschlagen haben. Und nun ihrerseits den Redaktionsleiter in die Mangel nahmen. Denn wenn man nach jedem einzelnen Wort auf die Stopptaste drücke, dann höre sich selbst die Grimmepreis-würdigste Moderation einfach nur bescheuert an. Ich war also gerettet und durfte bleiben!
Dennoch ist mir diese alptraumhafte Szene ein einziges Rätsel geblieben. Und mehr als einmal habe ich mich gefragt, weshalb

mein Verhältnis zum Big Boss seitdem ein ziemlich angespanntes gewesen ist. Ich bin damals auf keine Lösung gekommen. Erst viele Jahre später hat es sich doch noch aufgeklärt: als ich die seltsame Episode irgendwann meiner Frau erzählt habe, die den Chef auch gekannt hat. Einigermaßen verwundert hat sie mich angeguckt und darüber ins Bild gesetzt, dass es sich nämlich bei besagtem Redaktionsleiter um einen leidenschaftlichen Freund des starken Geschlechts handele. So einfach war das! Wie Schuppen fiel es mir jetzt von den Haaren! Und noch heute bekomme ich beim bloßen Gedanken daran sofort eine Gänsehaut, wie ich damals als blauäugiger, ahnungsloser Einfaltspinsel direkt in meinen Untergang hineingetappt bin: Parzival und Lohengrin in einer Person!

Neben dem Radiomachen habe ich es geschafft – wie immer mir das gelungen ist – mein Studium in der Rekordzeit von nur acht Semestern zu absolvieren. Gut, dafür, dass das letzte Semester, das Prüfungshalbjahr, so schnell über die Bühne ging, dafür gibt es einen Grund. Aber wie ich in den anderen sieben Semestern die nötige Anzahl von Scheinen ergattert habe… das grenzt schon an ein kleines Wunder. Egal. Geschafft war ja geschafft und der Grund für meine Hektik im letzten Semester hieß Hansmartin Decker-Hauff: mein hochverehrter Professor im Fach Landesgeschichte, das ich im Lauf des Studiums zu meinem Hauptfach gemacht hatte – zum großen Missvergnügen des Lehrstuhlinhabers in der Empirischen Kulturwissenschaft (EKW), der seinen Kollegen aus der Landesgeschichte nicht unbedingt besonders gut leiden konnte. Aber egal: in der Landesgeschichte hatte es mir einfach besser gefallen, ganz besonders bei Decker-Hauff, der in seinem Fach eine absolute Institution war. Was wir Studenten an ihm ganz besonders geschätzt haben, das war seine natürliche Menschlichkeit. Er hat uns gegenüber nie den großen Herrn Professor herausgehängt, son-

dern ist jedem von uns freundlich und auf Augenhöhe begegnet.
Gegen Ende des siebten Semesters hatte mich Decker-Hauff nach einem Seminar nun beiseite genommen und gemeint, er fände es gut, wenn ich bei ihm bald meine Magisterarbeit und die Abschlussprüfung machen würde. Und zwar möglichst rasch.
Wieso rasch? Ich hatte doch eigentlich noch jede Menge Zeit...
Antwort des Professor: »I stirb!« (Weil ich sterbe!)
Hä?
Er hat es mir dann erklärt: die Ärzte hätten Krebs bei ihm diagnostiziert und er müsse davon ausgehen, dass ihm nur noch wenige Monate blieben. Mich wolle er aber trotzdem noch einen Abschluss machen lassen. Es müsse halt nur schnell gehen, denn man könne ja nie wissen, ob der Krebs nicht doch schneller wuchere.
Was für eine großartige Geste! Da kämpfte mein renommierter Professor bereits mit dem Tod und sorgte sich dennoch um mich und meinen Magister!
Also haben wir beschlossen, dass ich in den kommenden Monaten beim Radio ein bisschen kürzer treten und dafür hurtig meinen Studienabschluss in Angriff nehmen würde.
Die Zeit drängte. Vor allem bei den mündlichen Prüfungen. Die solle ich doch bitte möglichst innerhalb von zwei Wochen absolviert haben, gab mir der todkranke Professor zu verstehen.
Ok. Das wiederum bedeutete, dass ich den jeweiligen Prüfer nach jeder mündlichen Prüfung bitten musste, die erreichte Note möglichst gleich zu notieren und sie mir in einem versiegelten Umschlag zu überreichen. Danach konnte es nachmittags zur nächsten Prüfung gehen – verbunden mit derselben Bitte.
So landete ich schließlich auch beim Lehrstuhlinhaber im Fach EKW, der mich aber mit einer etwas indignierten Miene bedachte, als ich ihn um eine sofortige Notenniederschrift gebeten habe. »Wieso denn diese Eile?!«

»Weil der Der Decker-Hauff stirbt!«
Nüchterne Replik des professoralen Kontrahenten: »Der Decker-Hauff stirbt seit dreißig Jahren!«
Er hat mir die Note dann aber doch gleich im zugeklebten Umschlag überreicht. Und so ist meine Magisterprüfung erfolgreich abgeschlossen worden, noch ehe mein achtes Semester vorüber war. Absoluter Prüfungsrekord an der altehrwürdigen Universität Tübingen!
Professor Decker-Hauff hat dann übrigens tatsächlich noch viele Jahre gelebt – was ich ihm von Herzen gegönnt habe.

Mein Weg zu einer Festanstellung beim Radio war damit geebnet, denn jetzt hatte ich ja meinen Uniabschluss in der Tasche. Zur allergrößten Verwunderung der SWF 3 Kollegen habe ich eine Stelle als Redakteur im Landesstudio Tübingen angetreten – und nicht beim Kultradio! Wie das?! Weil ich mich lieber der journalistischen Herausforderung stellen mochte, Radio für eine höhere Altersgruppe zu machen und nicht für meinesgleichen. Das schien mir von der Aufgabe her anspruchsvoller. Die SWF 3 Leute haben das nie verstanden, sondern sich nur vielsagend an die Stirn getippt …
Aber sollten die ruhig denken, was sie wollten. Ich für meinen Teil habe jedenfalls besonders gerne die Morgensendung »Freundlich geweckt« (ja: so hieß die wirklich!) moderiert, auch wenn man dafür bereits um 4 Uhr morgens aus den Federn kriechen musste.
Ich hatte mir sogar mein eigenes Markenzeichen zugelegt in Form eines etwas schauderhaften Schüttelreims ganz am Ende jeder Sendung. Ein Beispiel gefällig? »Am Mikrofon war froh und munter, ihr Moderator Haug, Vorname Gunter.«
Ja, gut! Ich habs ja grade gesagt: ein echter Schüttelreim. Man muss nicht auf alles und jedes stolz sein, was man im Lauf der Zeit so alles verzapft hat. Mit anderen Worten: Was kümmert

mich mein saudummes Geschwätz von gestern? Die Sendung habe ich jedenfalls beinahe zehn Jahre lang moderiert.
So habe ich mich (stimmlich) also schon am frühen Morgen in den Schlafzimmern des halben Landes getummelt. Und hunderttausend Leute hoffentlich einigermaßen behutsam in den neuen Tag begleitet. Spaß gemacht hat mir das immer – so verschlafen ich dabei manchmal auch aus der Wäsche geguckt habe. Aber es war ja Radio. Hat ja niemand sehen können – bis auf die Tontechnikerin und die Sekretärin. Die mussten meine Miene ertragen. Aber ich ihre ja auch …

Im Tübinger Südwestfunkstudio mit seinen grade mal 25 Festangestellten hatten wir sogar einen Hilfsboten. Der hat morgens die Post aus dem Postamt abholen und abends die neue Post wegbringen müssen. Ja, so was gab es damals tatsächlich noch – und dem Betriebsklima hat es gut getan. Denn im öffentlich-rechtlichen Elfenbeinturm auch mal mit ganz normalen Leuten Umgang zu pflegen und nicht nur im eigenen (bedeutungsvollen) Saft zu schmoren, das war schon gut für die Erdung von manchen Kollegen die sich als kleine Radiostars gefühlt haben. Und unser Bote, der stand mit seinen beiden Beinen ganz fest auf dem Tübinger Boden, das heißt: eigentlich kam er ja aus Wurmlingen (»Droben steht die Kapelle«) und das hat man ihm dialektmäßig sofort angehört. Sein schönster – und am häufigsten verwendeter – Spruch lautete: »Ist der Zirkus noch so klein, einer muss der August sein!« Den hat er eindeutig auf sich bezogen, denn als kleinstes Rädchen im großen Landesstudiogefüge hat ihn der eine oder andere Redakteur noch nicht einmal gegrüßt, sondern höchstens kurz und bissig angeraunzt, wenn die Post (wofür er doch gar nichts konnte) fünf Minuten später als üblich im Hauspostfach gelandet ist. Aber für solche Situationen hatte er dann noch seine ganz eigene Lebensweisheit parat, die da lautete: »I sag nix – aber der Herrgott hört mei Brumma!« (hört mein Brummen) Am meisten gefreut hat sich unser guter Bote nach der hektischen Morgenarbeit immer auf seine Vesperpause, in der er mit großer Begeisterung die »Bild-Zeitung« studiert hat. Drei Dinge hatten es ihm dabei angetan: das Titelgirl auf Seite 1, die großen fetten Schlagzeilen und hauptsächlich die Witze auf der vorletzten Seite. Die hat er immer fein säuberlich ausgeschnitten und sie mir mit der gut gemeinten Empfehlung in die Hand gedrückt: »Des könntet sie ja ruhig au mol in ihrer Sendung bringa!« Beinahe täglich hat er mich damit beglückt. Aber leider habe ich sein Angebot nie aufgegriffen, denn ich hatte für meine obligatorischen Morgensendungswitze bereits eine andere gute Quelle aufgetan: die »Bäckerblume«, die ja in den meisten Bäckereien kostenlos ausliegt. Wenn eine Schamfrist von drei bis vier Monaten ins Land gegangen war, konnte man die Bäckerblumenwitze ganz gut über den Äther schicken. Und es scheint nie jemand gemerkt zu haben – jedenfalls hat sich nie jemand darüber beschwert. Noch nicht einmal unser Bote …

Meine Regionalsport-Tradition von der Zeitung früher habe ich nun beim Radio auch wieder aufgenommen. Denn Sonntags um 17 Uhr gabs eine regionale Sportsendung, die ab der Fußball-Landesliga aufwärts sämtliche Sportereignisse des Wochenendes verkündet hat, an denen in irgendeiner Form Vereine aus dem Land beteiligt waren. Die Highlights dieses schier endlos währenden Ergebnisfriedhofs waren dann legendäre Spiele wie »Muggensturm gegen Stupferich« oder »Waldwimmersbach gegen Neckarkatzenbach«. So mancher dieser wunderbaren Namen hat uns beim Verlesen der diversen Sensationsergebnisse immerhin davor bewahrt, allmählich in ein halb komatöses Wachtrauma hineinzudämmern.

Ein weiterer Höhepunkt unser richtungsweisenden Sportsendung waren die Leichtathletikberichte, die das Studio mit der zuverlässigen Regelmäßigkeit eines Schweizer Uhrwerks Sonntag für Sonntag ereilt haben. Im Mittelpunkt standen grundsätzlich die Heldentaten der Leichtathleten von Salamander Kornwestheim: 7 Meter 13 im Weitsprung, 1,95 Meter im Hochsprung oder gar 18,76 Meter im Kugelstoßen! Nein, hier handelte es sich nicht etwa um einen gigantischen Zahlenfriedhof, den sich sowieso kein Mensch jemals würde merken können, sondern es waren genau jene Rekordmeldungen, auf die wir das ganze Wochenende über sehnsüchtig hingefiebert hatten!

Der Grund dafür, weshalb ausgerechnet die (tatsächlich zur baden-württembergischen Elite zählenden) Athleten aus Kornwestheim im Focus des Interesses standen, ist schnell erklärt, denn bei unserem Berichterstatter handelte es sich um einen Kornwestheimer Leichtathletikfunktionär, der im wahren Leben übrigens das Amt eines Polizeipräsidenten bekleidete. Und was konnte es Schöneres geben, als das ganze Wochenende mit dem Besuch diverser Leichtathletikveranstaltungen zu verbringen und dabei die Rekordjagd der Kornwestheimer Athleten für die Nachwelt zu protokollieren?
Allerdings war das Telefonieren in jenen Zeiten noch ziemlich teuer, das Wort Flatrate noch völlig unbekannt und die Honorare für solche Berichte äußerst mager. Was zur Folge hatte, dass es unser Berichterstatter am Telefon immer besonders eilig hatte, um den Sekretärinnen die neuesten Neuigkeiten direkt in die Maschine zu diktieren.
So auch eines unschönen Tages, als der Dr. Sowieso (der »Dr.« war ihm besonders wichtig – so viel Zeit musste dann schon sein) wieder mal die Nummer der Sportredaktion gewählt hatte. Eine der altgedienten Sekretärinnen, die sich aber vom Sportberichte-Abschreiben nicht unbedingt begeistert zeigte, hatte heute Sonntagsdienst und nahm folglich den Hörer ab, der sich freilich erst auf halbem Weg zu ihrem Ohr befand, als es schon genauso lautstark wie eilig aus der Muschel dröhnte:
»Hier Dr. Sowieso! Mädle! Schreib uff!« (Schreib auf!)

Damit war unser Leichtathletikexperte aber an die Falsche geraten. Einen solchen Umgangston lässt sich eine erfahrene Sekretärin nämlich nicht so einfach gefallen! Ihre Replik erfolgte dementsprechend knüppelhart: »Erstens bin ich kein Mädle mehr! Zweitens sagt man erst einmal Grüß Gott, wenn man anruft. Und drittens gibt es auch noch das Wort bitte!« Sprachs – und donnerte den Hörer wütend auf die Gabel zurück . Minutenlange Stille in der Redaktion. Nur gelegentlich durchbrochen von einem tiefen Schnaufer der immer noch schwer empörten Schreibkraft.
Dann wieder Stille.
Zwei Minuten später läutete das Telefon erneut. Wobei ich den Eindruck hatte, allein schon das Läuten klinge wesentlich dezenter, als zuvor. Aber vielleicht habe ich mich auch getäuscht. Die Sekretärin stellte augenzwinkernd auf Lautsprecher, als sie abnahm. Und tatsächlich: unser polizeipräsidialer Sportberichterstatter war wieder am anderen Ende der Leitung. Jetzt allerdings nur noch als zartes Piepsstimmchen zu vernehmen: »Guten Tag. Hier ist der Dr. Sowieso. Wären Sie bitte so freundlich, mich die Ergebnisse durchgeben zu lassen?« Na also!
Es ging doch!
Seitdem sind sich die beiden am Telefon grundsätzlich mit der ausgesuchtesten Höflichkeit begegnet, die man sich nur denken kann.

Gewohnt habe ich zu dieser Zeit in Ammerbuch, in der Nähe von Tübingen, wo ich im Teilort Reusten besonders gerne eine altehrwürdige eine Institution besucht habe, in die es wahre Heerscharen von Professoren, Dozenten und Studenten gleichermaßen gezogen hat: das legendäre »Bergcafé« der Schwestern Haupt. Das waren zwei alte Fräulein, von denen die eine sogar Haushälterin bei einem Enkel des früheren Reichskanzlers Bismarck gewesen war, weshalb sie bei selbstgemachten Moscht und einem rustikalen Bauernvesper die herrlichsten

Geschichten über Bismarck und dessen Familie zum Besten gab. Das waren zwar immer wieder dieselben Geschichten, aber das war uns allen egal. Denn es war einfach nur schön, den Schwestern Haupt zuzuhören, wie sie dann, quasi als Zugabe, noch eine ganze Reihe von Gedichten auswendig hersagen konnten. Angefangen bei Schillers »Glocke« bis zu Uhlands »Droben stehet die Kapelle«.

Essenszeit war bis maximal 19.00 Uhr (wenn nicht sogar noch früher) – denn ab 19 Uhr hat man einst in einem guten schwäbischen Haushalt ja allmählich an die Bettruhe gedacht. Wer also ein paar Minuten später gekommen ist und noch etwas zu Essen haben wollte, dem wurde nach einem eindeutig-zweideutigen Blick auf die Uhr erklärt: »Also, a große Komede machet mr jetzt koine meh!« (Einen großen Aufwand treiben wir jetzt nimmer!). Wobei das Höchste der Gefühle im Bergcafe sowieso lediglich aus gebratenem Leberkäse mit Spiegelei bestand. Aber noch schnell in die Küche gehen und sich selber ein Leberwurstbrot schmieren, das durfte man dann schon – wenn man den beiden als vertrauenswürdig erschienen ist.

Regelmäßig haben wir im Reustener Holzofenbäckhäusle selber Brot gebacken – und für dieses Brot von einer älteren Bauersfrau aus der Nachbarschaft das höchste Kompliment bekommen, das man sich im Epizentrum des Schwäbischen überhaupt vorstellen kann: »Doch, mer kaos essa!« (Man kann es essen). Wie gesagt, das ist die Höchststufe der Lobesleiter. Doch es kam noch ein Nachsatz: »Aber gegen die Mäus' solltet ihr langsam scho was macha!« (Aber gegen die Mäuse sollte ihr etwas unternehmen). Mäuse?! Welche Mäuse denn?! Sachte nachgefragt, deutete die Bäuerin schließlich etwas verlegen auf den Kern ihrer Botschaft: auf die kleinen dunklen Körner vom Leinsamen, die ich in mein dadurch extra-gesundes Brot mit hineingeknetet hatte. Sie war der Meinung gewesen, es handele sich dabei um Hinterlassenschaften aus dem Mäusedarm. Auf schwäbisch: Mauswergala. Gegessen hat sie das Brot trotzdem. Denn wegen »so a paar Mauswergala« lässt man ein so schönes Brot doch nicht einfach im Orkus verschwinden!

Ungefähr in diesen Jahren muss ich den Fehler meines Lebens begangen haben: ich habe nämlich Lotto gespielt und meine Zahlen idiotischerweise auswendig gelernt! Das ist das Schlimmste, was Sie machen können! Denn ab diesem Tag können Sie nie mehr aufhören, zu spielen. Stellen Sie sich doch nur einmal vor, Sie hätten ihren Tippschein nicht abgegeben, aus welchen Gründen auch immer und würden dann am Montag ihre Zahlen in der Zeitung lesen! Na ja, das muss man auch nicht unbedingt tun – werden Sie mir jetzt vielleicht entgegen halten – man braucht die entsprechende Stelle doch bloß zu überlesen. Finden Sie! Also ich würde das nicht schaffen: ich weiß genau, ich würde nachschauen! Und was dann, wenn … ?! So bin ich also verdammt bis in alle Ewigkeit, meinen Lottoschein mit den immer gleichen Zahlen auszufüllen. Zumindest so lange, wie ich noch einigermaßen klar denken kann, danach ists dann eh wurscht. Wie gesagt: es war der Fehler meines Lebens, der nun schon gut und gerne 35 Jahre lang an mir kleben geblieben ist. Wobei … mit jedem Jahr und jeder Woche steigt ja die Wahrscheinlichkeit, dass meine immergleichen Zahlen doch noch irgendwann einmal ins Schwarze treffen. »Quatsch!« sehe ich da die Mathematiker unter Ihnen mitleidig lächeln. Aber auf Mathematiker höre ich bekanntlich nicht, denn das sind doch die, die mit Buchstaben rechnen. Während ich seit Menschengedenken mit Zahlen rechne. Weshalb ich genau weiß: die Wahrscheinlichkeit für meinen Millionengewinn steigt und steigt. Mit jeder Woche. Wäre schön, wenn ich nicht bis zu meinem 95. Geburtstag warten müsste.

Wie bitte? Sie möchten gerne wissen, wie meine Lottozahlen lauten? Tja … Die verrate ich Ihnen natürlich auf gar keinen

Fall. Stellen Sie sich nur mal vor, ich würde tatsächlich irgendwann den Haupttreffer landen – und Sie hätten die Zahlen auch! Nein, nein: dafür habe ich nicht jahrzehntelang geduldig gewartet, um meinen schönen Gewinn dann hinterher aufsplittern zu müssen!

Zurück zum Radio, wo ich Anfang der 80er Jahre eine Radiosendung über den VfB Stuttgart gemacht habe. Dessen Präsident hieß damals Gerhard Mayer-Vorfelder, der gleichzeitig Kultusminister (später Finanzminister) von Baden-Württemberg gewesen ist. Aus welchen Gründen auch immer bin ich nicht zum Interview mit dem Vereinsboss nach Stuttgart gefahren, sondern habe mit seiner Sekretärin eine Zeit vereinbart, zu der »MV« in unser Stuttgarter Büro kommen würde, während ich ihn per Leitung vom Tübinger Studio aus befragen würde. Ein paar schöne Anekdoten über den VfB wollte ich von ihm erzählt haben. Er war einverstanden. Und so kam »MV« also zum vereinbarten Zeitpunkt in das Stuttgarter SWF-Büro, hat sich vor das Mikrofon gesetzt – und gewartet. Aber nichts tat sich. Denn der Anruf aus Tübingen, man sei nun bereit für die Aufzeichnung, der blieb seltsamerweise aus. Anscheinend hatte ich den Termin verschwitzt. Sagten sie. In Wahrheit, so habe ich vermutet, war die Sekretärin beim Termineintrag um einen Tag verrutsch. Aber seis drum.

Der Präsident war nun da und ich nicht. Was tun? Dann, hat er gemeint, dann müsse er sich eben selber interviewen. Endlich einmal keine blöden Zwischenfragen bei einem Interview! Dieser Gedanke hat ihm so sehr gefallen, dass er sich tatsächlich selber interviewt hat – und die Tontechnikerin in Stuttgart hat es zum Glück auch aufgenommen.
Also lautete die erste Frage von »MV1« an »MV2«: was ist der Unterschied zwischen den »Stuttgarter Kickers« (dem örtlichen Konkurrenzverein) und dem VfB. Antwort »MV2« an »MV1«:

Der Unterschied ist der, dass der VfB samstags verliert und die Kickers sonntags. Und so weiter. Es war eine höchst ergiebige Plauderei zwischen »MV1« und »MV2«, aus der ich dann am folgenden Tag, als ich – zum meiner Meinung nach richtigen Zeitpunkt – ins Studio gekommen bin, einige wunderbare Geschichten für die Sendung habe verwenden können.
Natürlich habe ich mich – eigentlich ja keiner Schuld bewusst – dennoch bei »MV1« ganz formell entschuldigt. Aber der hatte es mir sowieso nicht weiter krumm genommen. Er habe sich prächtig mit sich unterhalten, hat er mir ausrichten lassen. Wie gesagt: endlich mal keine doofen Journalistenfragen. Kräftig austeilen, wenn es um Journalisten ging, hat er ganz gut beherrscht, weshalb er von unserer Branche den Spitznamen »Mayer-Vorderlader« verpasst bekommen hat, der später von seinen Kabinettskollegen (!) in »Oberbürgermeister von Palermo« umgewandelt worden ist. Zumindest hat mir das der damalige Innenminister brühwarm erzählt: »Kennen sie den Unterschied zwischen dem »MV« und dem OB von Palermo?«
Stirnrunzeln. »Nein!«
»Eben drum! Es gibt nämlich keinen!« Sprachs – und hat sich dabei halb kaputt gelacht.

A propos … Das bringt mich zur so genannten Traumschiffaffäre des damaligen Ministerpräsidenten Lothar Späth: Das war im Januar 1991.
Wobei ich vorwegschicken möchte, dass ich das »Cleverle« immer gemocht habe. Mit dem Späth konnte man nämlich auch normal reden, ganz ohne »Herr Ministerpräsident« oder gar »Herr Dr.« Er hat das sogar geschätzt, wenn sich jemand getraut hat, dieses ganze Brimborium wegzulassen und ihn als normalen Menschen anzusprechen. Er hatte ja den Dr. h.c., also den Doktortitel ehrenhalber und war nicht promoviert. Dennoch hat ihn seitdem alle Welt mit »Herr Dr.« betitelt. Er hat sich das gern gefallen lassen, ein bissle ehrenkäsig war er halt auch. Aber

dass ich zu ihm nie »Herr Dr.« gesagt habe, das wiederum hat ihm auch gefallen. Auch das »Herr Ministerpräsident« ist mir nie über die Lippen gekommen. Hat er mir genauso wenig verübelt: Endlich mal einer, der nicht katzbuckelnd und speichelleckend vor ihm stand.

Er hatte ein offenes Ohr für Widerspruch – wenn der qualifiziert war. Und er hat es geschätzt, wenn man ihn mit einer Meinung konfrontiert hat, die nicht seiner eigenen entsprach – solange man das begründen konnte. Er hat mich dann immer ganz erstaunt angeguckt: »Meinet se des wirklich?«

»Ja, das meine ich wirklich! Was da grade läuft, das gehört korrigiert. Und zwar aus folgenden Gründen: …«

Wenn ihm diese eingeleuchtet haben, hat er kurz genickt, eine Zigarrilloschachtel aus seiner Jackentasche gefingert, den Kuli in die Hand genommen und den Einwand auf die Pappschachtel gekritzelt.

Nach zwei, spätestens drei Tagen kam dann der Anruf von einem subalternen Beamten aus dem Staatsministerium: »Da habet se dem Chef aber wieder schöne Flausen ins Ohr gesetzt. Er hat seine Entscheidung nochmal auf den Prüfstand gelegt und will jetzt einen andern Kurs steuern!«

Dass der Tonfall des Adlatus meistens etwas beleidigt geklungen hat, das habe ich billigend in Kauf genommen.

Wir haben in diesen Jahren also einen zwar nicht häufigen, dafür aber ganz guten Kontakt gepflegt, der »MP« und ich. So gesehen verwundert es also nicht gar so sehr, dass Lothar Späth mein Trauzeuge geworden ist – wenngleich das unter ziemlich kuriosen Umständen zustande gekommen ist. Es ging nämlich um eine Wette. Ich war befreundet mit dem Bürgermeister von Hausen ob Verena, einem wunderschön gelegenen Ort im Landkreis Tuttlingen, der sich an einen Berg mit dem schönen Namen »Hohenkarpfen« schmiegt. Dieser Bürgermeister hatte sich netterweise erboten, meine Trauung komplett zu organisie-

ren. Mein Problem bei der Sache bestand allerdings darin, dass ich mich nicht entscheiden mochte, wer mein Trauzeuge sein sollte: mein Bruder oder meine Schwester. Eine(n) von beiden hätte ich damit ja zurückgesetzt – und das wollte ich nicht. Bei meiner künftigen Frau dagegen war die Sache klar: der kleine Bruder würde ihr Trauzeuge sein. Aber bei mir? War guter Rat teuer. Weshalb ich schließlich den Bürgermeister, der die Trauung persönlich vollziehen wollte, gefragt habe, ob er mir denn nicht auch gleich noch einen Trauzeugen wisse. Irgendeinen – natürlich einen einigermaßen seriösen Kandidaten. Logischerweise keinen, den ich nicht mochte. Klar. Worauf der Bürgermeister nur ganz kurz überlegt und dann verschmitzt gelächelt hat: »Also gut. Ich besorge Dir einen. Aber wir machen eine Wette: Wetten, Du schaffst es nicht, vor der Hochzeit herauszufinden, wer dieser Trauzeuge ist?«
Jetzt aber hatte er mich an meiner Journalistenehre gepackt!
»Von wegen: ich schaffe das nicht! Ich finde das raus!«
»Findest Du nicht!«
»Finde ich doch!«
Also haben wir um eine gute Flasche Wein gewettet. Meinen Tipp würde ich ihm spätestens am Tag vor der Trauung in einem versiegelten Umschlag übersenden.

Und so habe ich also begonnen, zu recherchieren. Von Anfang an hatte ich dabei einen ganz konkreten Verdacht. Denn das maliziöse Lächeln, das über seine Miene gehuscht war, als wir unsere Wette per Handschlag besiegelt haben, hatte mich das Schlimmste befürchten lassen. Um Himmels Willen! Der fängt womöglich ganz oben an! Mein Bürgermeister wusste ja um das gute Verhältnis, das ich mit dem Ministerpräsidenten pflegte. Und so habe ich in der Woche, in der die Zeremonie im Rathaus von Hausen ob Verena über die Bühne gehen sollte, den Polizeiposten Tuttlingen angerufen (man kannte mich dort als Radioreporter ganz gut) und mich erkundigt, ob denn bei ihnen am

kommenden Wochenende (Schwerpunkt Samstag) womöglich ein Sondereinsatz mit erhöhtem Personalaufwand im Terminplaner stünde. Worauf der zuständige Beamte nur gekichert hat: »Als wenn ausgerechnet Sie das nicht wüssten … Aber sagen darf ich Ihnen natürlich nichts!«
Zack! Damit war klar: irgendeine höherrangige Person kommt also am Samstag in den Landkreis. Und nachdem der Presse keinerlei offizieller Termin bekanntgegeben worden war, konnte es sich eigentlich nur um einen Überraschungsbesuch handeln. In Hausen ob Verena! Bei meiner Hochzeit! Der Ministerpräsident als Trauzeuge!
Ich war mir ganz sicher und habe meinen Brief mit dem Inhalt: »Trauzeuge – Ministerpräsident Lothar Späth« noch am selben Tag abgeschickt.
Zwei Tage später klingelte das Telefon. Am anderen Ende der Bürgermeister von Hausen ob Verena höchstpersönlich! Die Lautstärke war beeindruckend, der Tonfall leicht säuerlich:
»Wehe, Du sagst dem was! Ich habe ihm versprochen, er sei ein Überraschungsgast, und so wird das gefälligst auch bleiben! Wenn Du am Samstag ins Trauzimmer kommst, dann tust Du gefälligst überrascht! Ist das klar?«
Ja, das war klar. Und mein letztes bisschen Unsicherheit war damit auch beseitigt: denn zu 100 Prozent war ich mir natürlich nicht sicher gewesen. Nur zu 99,9 Prozent.
Und so habe ich also pflichtschuldigst ein erstauntes Gesicht gemacht und meine allergrößte Überraschung geheuchelt, als ich mit meiner zukünftigen Frau am Samstagnachmittag das Trauzimmer im Rathaus betreten habe, in dem nicht nur eine besonders gute Flasche Wein auf dem Tisch stand (mein Gewinn!), sondern auch bereits sämtliche Verwandten, Freunde, der Bürgermeister und der Ministerpräsident auf uns gewartet haben: »Ja Herr Späth, was tun Sie denn da?«
Er sei mein Trauzeuge, hat mich der ahnungslose Späth grinsend aufgeklärt. »Da staunen Sie jetzt aber, gell?«

»Und wie ich staune! Das ist ja… Wie ist denn das zustande gekommen?«
Das sei ein Geheimnis zwischen ihm und dem Bürgermeister. Aha.
Während ich also den total perplexen Bräutigam gemimt habe, hat meine Mutter fassungslos den Kopf geschüttelt: wie ihr naiver Sohn denn bloß auf einen Schauspieler reinfallen könne, der sich wie unser Ministerpräsident verkleidet habe!
Aber während sie im weiteren Verlauf der Trauung gemerkt hat, dass es sich um den realen Lothar Späth gehandelt hat, der da auf dem Stuhl neben ihr saß, hat unser Ministerpräsident niemals erfahren, dass mein Überraschungstrauzeuge eigentlich gar kein Überraschungstrauzeuge gewesen ist. Weshalb hätten wir ihm die kleine Freude auch nehmen sollen…

Übrigens: Kurz vor diesem Ereignis hatte ich ihn im Oktober 1989 im Staatsministerium besucht. Unmittelbar nachdem ich von einer Journalistenfahrt zurückgekommen war, die durch die damals ziemlich im Aufruhr befindliche DDR geführt hatte. Wir waren auch in der Leipziger Nikolaikirche gewesen, wo sich die Bürgerbewegung nach den legendären Montagsdemonstrationen (»Wir sind das Volk!«) versammelt hat. Die Atmosphäre war gewaltig angespannt. Man konnte es geradezu körperlich spüren: da reicht ein kleiner Funke, um alles zur Explosion zu bringen.
Aus diesem Grund war ich bei Späth, um ihm klarzumachen: In der DDR geht es los. Die lassen sich dort von ihrer Regierung nichts mehr gefallen.
Doch Späth hat nur bedauernd seinen Kopf geschüttelt und gemeint: »Das glaube ich auf keinen Fall, denn die haben keine Anführer. Das wird nichts mit einem Umsturz in der DDR.« Aus diesem Grund hat er sich damals auch nichts auf sein Zigarilloschächtelchen notiert. Im Nachhinein betrachtet wissen wir, dass er in diesem Fall ziemlich daneben lag.

Anderthalb Jahre später ist er dann bekanntlich im Zuge der sogenannten »Traumschiffaffäre« als Ministerpräsident zurück getreten. Im Grunde genommen war ihm sein Job freilich schon längst ziemlich fad geworden und er hatte bloß auf eine Gelegenheit gewartet, um hinzuwerfen. Dass es dann ausgerechnet die Traumschiffsache war, in der er sich eigentlich keiner Schuld bewusst gewesen ist, das war dann schon ein bisschen schmerzhaft. Aber irgendwann kommt bei so einer Sache ja immer der Punkt, an dem die Hetzjagd eröffnet ist und sich alle möglichen und noch mehr unmögliche Zeitgenossen wie die Geier auf einen stürzen. Dann entwickelt sich eine unglaubliche Eigendynamik: Tatsachen vermischen sich mit Falschmeldungen und am Ende blickt keiner mehr durch. Der Ruf ist ruiniert, es bleibt nur der Rücktritt.
Ich vergesse nie, wie ich am Tag nach Späths Rücktritt in einer Redaktionskonferenz beim Landesfernsehen in Stuttgart angemerkt habe, dass ich nun aber auch von den Kollegen, die sich mit Inbrunst auf Späths angebliche Verfehlungen gestürzt hatten, erwarten würde, keinerlei Einladungen von Unternehmen mehr anzunehmen. Keine wertvollen Uhren mehr auf Pressekonferenzen, keine kostenlosen Flugreisen mehr im Gegenzug für eine gefällige Berichterstattung und so weiter… Dass ich lebend aus dieser Konferenz heraus gekommen bin, das grenzt für mich selbst heute noch an ein Wunder.

Nachfolger von Späth ist Erwin Teufel geworden. Ausgerechnet der CDU-Fraktionsvorsitzende! Wo sich die beiden, Späth und Teufel, doch »nicht verbutzen« (nicht leiden) konnten! Wenn immer es ging, hatte Teufel gegen Späth opponiert, der sich freilich nur über den »erzkatholischen Quadratschädel« lustig gemacht hat. Oft genug habe ich diese wenig schmeichelhaften Begriffe aus Späths Mund vernommen. Schon deshalb hat es mir im März 2016 beinahe den Atem verschlagen, als ich den Teufel aus Anlass der Trauerfeier für den kurz zuvor verstorbenen Späth im Radio habe sagen hören: »Wir sind uns sehr nah gewesen!« Das Ganze mit tränenerstickter Stimme! Und dennoch hat ihn danach nicht der Blitz getroffen!

Da gibt es noch so ein schönes Bonmot, das vom Agieren des Späth-Nachfolgers berichtet. Es handelt von Bill Clintons erster Wahl zum US-Präsidenten. Hochrangige Politiker aus aller Welt haben ihm telegrafisch gratuliert. Unter anderem halt auch der Ministerpräsident von Baden-Württemberg, der damals wie gesagt Erwin Teufel hieß. Irgendwann hat man Clinton dieses Telegramm in die Hand gedrückt, das der erst stirnrunzelnd angestarrt und dann verwundert ausgerufen haben soll: »Who the hell is this devil?« (Wer zur Hölle ist denn dieser Teufel?)

Jetzt bin ich aber gewaltig abgedriftet. Eigentlich war ich ja noch beim Jahr 1983. In diesem Jahr hatte ich nämlich genug vom Radio in Tübingen. Das war mir zu tranig geworden. Da war ja keinerlei Bewegung mehr drin: der klassische Mehltau der öffentlich-rechtlichen Trägheit hatte sich über das Studio gebreitet, dessen Sendungen die Hörer in Scharen davon gelaufen sind. Eigentlich war es höchste Eisenbahn, etwas zu verändern, anstatt nach dem Motto »Das haben wir schon immer so gemacht« einfach weiter zu wursteln. Aber die älteren Semester in der Redaktion (und das war die Mehrheit) wollten das nicht. Eine Haltung, die schließlich in dem Satz gipfelte:
»Mir langts no!« (Für mich reichts noch bis zur Rente).

Ok. Seitdem wusste ich Bescheid. Die Befindlichkeiten der Gebührenzahler waren meinen öffentlich-rechtlichen-Redakteursbeamtenkollegen völlig wurscht! Hauptsache, die Kohle kommt regelmäßig aufs Konto.
Daran wollte ich nicht länger beteiligt sein und so habe ich meine feste Redakteursstelle gekündigt, um ab September als freier Mitarbeiter zum Landesschau-Fernsehen nach Stuttgart

zu gehen. Ich weiß es noch genau: am Sonntag, an dem ich meine Kündigung in den Hausbriefkasten beim SWF geworfen habe, hatte ich wieder Sportdienst. Und während der Sendungsvorbereitung lief im Radio »Video killed the Radiostar!«. Ich habe noch geschmunzelt … aber ein paar Wochen später ist mir das Lachen dann vergangen.

Denn schon an meinem ersten Tag beim Fernsehen habe ich den Schock fürs Leben abbekommen. Fernsehen! Was für eine völlige Umkehr der Verhältnisse! Merke: Wo kein Bild, da kein Text. Im Grunde genommen ist das ja ganz einfach zu begreifen. Wenn du kein Bild hast, das du über die Mattscheibe flimmern lassen kannst, dann kannst du auch keinen Text dazu machen. Mit anderen Worten: das Bild ist zunächst einmal das Maß aller Dinge und deshalb auch eindeutig wichtiger, als der Text. Das hätte ich Dussel ja eigentlich wissen müssen, denn wie oft hatten wir beim Hörfunk gelästert: Radio geht ins Ohr, Fernsehen geht ins Auge!

Andererseits gab es da diese von den Tonleuten (die beim Fernsehen meist nur die zweite Geige spielen, denn die absolute Nummer 1 ist der Kameramann) verbreitete Weisheit: »Die intellektuelle Information kommt nie vom Bild, sondern immer nur vom Ton!« Ein Spruch, der unsereinem natürlich runterging wie Öl. Zumal in meiner gesamten bisherigen Karriere immer das Wort im Vordergrund gestanden hatte. Bei der Zeitung. Und erst recht beim Radio. Aber nichts zu machen! Jetzt war ich aus eigener Schuld beim Fernsehen gelandet und musste meine schönen Texte auf Bildlänge zusammenstreichen. Und zu allem Übel durften die Nachrichtenbeiträge nur zwischen 30 bis maximal 50 Sekunden »lang« sein! Pseudoinformation! Was lässt sich denn schon in 50 Sekunden sagen?! Nicht viel. Und schon gar nicht lässt sich eine Sache von zwei Seiten her beleuchten.

Auch die Umgangsformen in der Nachrichtenredaktion waren einigermaßen gewöhnungsbedürftig, denn das allmorgendlich gepflegte Ritual des Redaktionsleiters bestand darin, sich auf den Boden zu legen und den Frauen in der Redaktion unter den Rock zu schauen: »Was für ein Hösle hat sie denn heute an?« Das Unfassbare für mich: die haben sich das gefallen lassen! Klar: sie alle waren freie Mitarbeiterinnen und keine wollte es sich mit dem Chef verscherzen. Aber trotzdem! Es war schlichtweg eine Abwägungssache, weil: gutes Geld verdient hat man dort. Sehr gutes Geld sogar. 500 Mark pro Tag waren nichts Besonderes, manche haben es auch locker bis auf 1000 Mark gebracht. Und wenn ein Geburtstag anstand, dann gab es vorher »wegen besonderer Leistungen« drei Wochen lang noch täglich um die 50 Mark obendrauf. So lange, bis eine bestimmte Summe erreicht war, mit der die anschließende, opulente Geburtstagsfeier ausgerichtet werden musste. Den Wein, Champagner, Bier, Whiskey und die Häppchen dafür hat uns die Südfunk-Kantine geliefert. So ist ein Teil von dem Geld immerhin wieder in den Senderkreislauf zurückgelangt.

Obwohl ich dort so viel Geld verdient hatte, wie noch nie in meinem Leben, wollte ich nur noch eines: weg. Und zwar so schnell wie möglich. Das stand für mich schon nach wenigen Tagen fest. Zurück zum Radio. Aber wie? Als beim Fernsehen Gescheiteter? Nein: auf keinen Fall. Erst musste ich schon noch unter Beweis stellen, dass ich mich auch in diesem Medium durchgebissen hätte.

Und wie macht man das am Besten? Indem man als Moderator auf der Mattscheibe erscheint. Dorthin wollen ja alle. Ihr Gesicht aus dem Fernseher strecken. Die wenigsten haben es geschafft. Und diejenigen, die es geschafft hatten, haben ihre Pfründe natürlich mit Zähnen und Klauen verteidigt. Ich aber musste es unbedingt auch schaffen. Denn dann würde keiner mehr sagen können, ich sei beim Fernsehen untergegangen.

Und siehe da: das Wunder geschah. Ich durfte tatsächlich moderieren. Nur zweieinhalb Monate waren vergangen, seitdem ich beim Südfunk gelandet war. Das war absolute Rekordzeit. Wie mir das gelungen ist, das weiß ich bis heute nicht. Der Neid der Kollegen war mir jedenfalls gewiss.
Extra für meine allererste Landesschau-Moderation habe ich mir ein sündhaft teures, hellblaues Hemd und eine dazu passende Krawatte gekauft. Es sollte ja gut aussehen.
Eine halbe Stunde vor der Sendung dann das Einleuchten. Und kaum saß ich auf dem Moderatorenstuhl, da quakte es auch schon aus dem Lautsprecher: »Das blaue Hemd geht nicht!«
»Aber warum denn nicht?«
»Weil es die Bluebox egalisiert!«
Die Bluebox! Daran hatte ich natürlich nicht gedacht, als ich das hellblaue Hemd gekauft hatte.
Denn die Bluebox ist ja nichts anderes, als eine blaue Fläche, dank der auf elektronischem Weg Fotos ins Fernsehbild eingestanzt werden. Das Blau (das genauso gut auch Grün oder Gelb oder Rot sein könnte) ist dabei die Projektionsfläche, an der sich die Elektronik orientiert. Wenn da aber neben der Bluebox nun einer sitzt, der ein blaues Hemd anhat, dann weiß die Elektronik, die ja von Hause aus dumm ist, nicht mehr, wohin sie ihr schönes Bild projizieren soll. Beziehungsweise: sie tut einfach irgendwas. In diesem Fall hatte sie sich mein blaues Hemd ausgesucht, auf dem nun, leicht verknittert, aber dennoch gut erkennbar, hintereinander die Fotos der verschiedensten Landespolitiker prangten. Peinlich, peinlich, dass mir ein solcher Fauxpas hatte passieren können.
Was aber tun? Guter Rat war teuer und der Sendungsbeginn rückte näher und näher. In genau demselben Maß, wie meine Nervosität in bislang unerreichte Höhen kletterte!

Also musste ein neues Hemd her, »Aber gefälligst ein gedeckter Ton!« quakte es ungnädig aus der Regie. Die Frage war nur: woher nehmen? Einer der Kollegen hatte die rettende Idee:
»Wir haben doch einen Kostümfundus. Da wird doch wohl ein Hemd in einer gedeckten Farbe vorhanden sein. Ich laufe mal schnell dorthin«. Kaum war er weg, da kam er auch schon wieder zurück: »Welche Hemdgröße hast du eigentlich?«
»Keine Ahnung.«
»Kragenweite?! Sag schon!«
»Keine Ahnung. Ich glaube, 52.« Dabei handelte es sich freilich um meine Anzugsgröße. Mit der Kragenweite bei Hemden hat das nicht viel zu tun.
Und so kam der Kollege zehn Minuten vor Sendungsbeginn kopfschüttelnd zurück ins Studio gestürmt: »Die hatten dort nur Kragenweite 48. Vielleicht passt es ja trotzdem, wenn du den oberen Knopf nicht zumachst. Sieht man unter der Krawatte sowieso nicht.«
Denn Knopf brauchte ich gar nicht zuzumachen, denn bei dem Hemd (in gedeckter Farbe) handelte es sich um eine Art Kleidersack, der mir wie ein Leintuch am Körper hing. Vermutlich war das Megahemd bei einem Fernsehspiel für einen japanischen Sumo-Ringer gebraucht worden oder für einen Schwergewichtsboxer. Mir jedenfalls war es um Lichtjahre zu groß!
»So können wir Dich auf keinen Fall vor die Kamera setzen. Das sieht ja aus wie beim Faschingsball«, entschied der Regisseur und deutete nun auf den Kollegen, der mir das Hemd aus dem Fundus gebracht hatte. »Aber der da, der hat das richtige Hemd an. Und die Größe müsste auch irgendwie passen. Also los Kinder: tauschen! Aber zackig! Noch fünf Minuten bis zur Sendung!«
Und so hat der Kollege also sein (vom schnellen Rennen in den Fundus) stark verschwitztes Hemd ausgezogen und mir übergestülpt, während er im Gegenzug seine Blöße nun mit meinem blauen Hemd bedeckt hat. Damit konnte die Moderation tat-

sächlich über die Bühne gehen, ohne dass die Zuschauer etwas von dem Drama bemerkt hätten, dass sich kurz vor der Sendung im Studio zugetragen hatte. Als ich die Landesschau mit erstaunlich wenigen Versprechern zu Ende gebracht hatte, war mir zwar etwas flau im Magen – was nicht nur auf meine Nervosität zurückzuführen war, sondern auch auf die Tatsache, dass ich in dem verschwitzten Kollegenhemd gestunken habe, wie ein Otter – aber meine Feuertaufe war bestanden. Ich durfte weiter moderieren.

Nach meiner zehnten Moderation habe ich dann meinem völlig entgeisterten Redaktionsleiter mitgeteilt, dass ich nicht länger beim Fernsehen bleiben, sondern wieder zum Radio zurückgehen würde. Das hatte beim Südfunk freiwillig noch nie jemand gemacht, der es bis zum Fernsehmoderator gebracht hatte. Ich möge mich folglich so rasch wie möglich auf meinen Geisteszustand untersuchen lassen, hat er mir noch mit auf den Weg gegeben, bevor ich zu meiner neuen Stelle als erster Radiokorrespondent für die Region Schwarzwald-Baar-Heuberg nach Villingen-Schwenningen aufgebrochen bin.
Und zwar nicht als beim Fernsehen Gescheiterter – sondern hoch erhobenen Hauptes.

Wenn in diesem Buch schon ab und zu von Württembergisch oder gar Schwäbisch Sibirien die Rede war, dann ist das insofern etwas unfair gewesen, weil die Sprache bislang ja noch gar nicht auf Villingen-Schwenningen gekommen ist. Mein Studio befand sich auf dem Gelände der »Südwest-Messe« im Stadtteil Schwenningen und durfte sich, wie ich später herausgefunden habe, mit dem schönen Titel »höchst gelegenes ARD Studio Europas« schmücken. Denn Schwenningen liegt immerhin auf 700 Metern Meereshöhe. Mein wichtigstes Arbeitsgerät war deshalb an manchen Tagen auch nicht das Mikrofon, sondern meine dienstliche Schneeschippe, mit der ich mir an schnee-

reichen Wintertagen erst einmal den Zugang zum Studio freischaufeln musste.
Ja, auch das war meine Aufgabe, denn ich war ja der erste festangestellte Radiokorrespondent dort – und da galt es für den Südwestfunk erst einmal abzuwarten und genau zu prüfen, ob sich eine solche Stelle auf Dauer überhaupt lohne und man das Studio weiter ausbauen solle. Also habe ich dort erst Mal »all in one« spielen müssen – und war mein eigener Hausmeister, Postbote, Tontechniker, Sekretär und – ach ja: Reporter war ich auch noch. Das alles auf Bewährung: mit einem Zwei-Jahres-Zeitvertrag. Untergebracht im ehemaligen Musterhaus eines Fertighausherstellers. Ausgestattet mit einem klapperigen alten Schreibtisch, einem Telefon, einem Faxgerät, zwei stationären Tonbandgeräten, einem Studiomikrofon und einem Aufnahmegerät. Mehr brauchte es nicht zum Loslegen. Und ich war glücklich, endlich wieder beim Radio zu sein.
Wobei … die Jahreszeit, in der ich mein Amt in »VS« angetreten hatte, das ist nicht unbedingt diejenige, in der sich einem die ohnehin etwas spärlichen Reize der baden-württembergischen Doppelstadt gleich auf den ersten Blick offenbaren. Es war März 1984, die Fasnet (die dort heftig begangen wird) war grade zu Ende gegangen, die Laune der Menschen dementsprechend mies, die Köpfe schmerzend, Geldbeutel wg. Fasnet leer und der Winter in Gestalt von riesigen Schneehaufen an den Straßenrändern immer noch präsent – während in Tübingen längst die Forsythien geblüht haben.

Trotz Eis und Schnee habe ich mich natürlich bemüht, mein neues Berichterstattungsgebiet so rasch wie möglich kennen zu lernen. Und so hat mich mein erster Beitrag fürs Radio am Aschermittwoch nach Nendingen bei Tuttlingen geführt, wo eine alte Tradition hochgehalten worden ist: das kostenlose Rettichessen im Gasthaus »Bock«. Alle Jahre wieder. Immer am Aschermittwoch. Im Gedächtnis geblieben ist mir bis heute das

leicht zerknitterte Fazit des damaligen Gastwirts: »So voll ist die Wirtschaft das ganze Jahr net – bloß heute, wo es was umsonscht gibt!«
Und nachdem ich schon einmal in Tuttlingen war, habe ich mich dort weiter umgeguckt und mir mit wachsendem Erstaunen meine Notizen gemacht. Denn Tuttlingen war damals schon das Weltzentrum Medizintechnik. Das hat man der Stadt jedoch überhaupt nicht angesehen, denn die war zu jener Zeit (sorry, aber es war wirklich so!) noch ziemlich »verhockt«. Bieder, grau, sparsam. Nicht zu Unrecht ist den Tuttlingern ja der Neckname »Schwartenmägen« verpasst worden – in Anspielung auf ihre früher legendäre Knauserigkeit. Denn wenn »man« einmal – was selten genug der Fall war – ein Wirtshaus aufgesucht hatte, wurde dort grundsätzlich immer nur das billigste Essen von der Speisekarte bestellt. Und das war halt der Schwartenmagen (wenn man ihn nicht sogar selber mitgebracht hat). Das hatte natürlich noch mit der Armut in den früheren Jahrhunderten zu tun, wo hierzulande – auch in Tuttlingen und seiner kargen Umgebung – Not und echter Hunger geherrscht haben. Aber Ende des 20. Jahrhunderts, als ich dorthin gekommen bin, waren diese Zeiten schon ewig vorbei, längst hatte das Tuttlinger Wirtschaftswunder eingesetzt und der Stadt einen ziemlichen Wohlstand beschert. Was die »Schwartenmägen« freilich nicht daran gehindert hat, weiterhin voller Herzenslust zu knickern und zu geizen.
Man hatte halt auch immer ein bisschen Angst vor der neidischen Nachbarschaft, weshalb mancher Fabriklesbesitzer seinen dicken Mercedes lieber in einer Garage im Nachbardorf untergestellt hat. Und den Pelzmantel für die Frau Gemahlin hat man aus demselben Grund natürlich nicht in Tuttlingen gekauft, sondern lieber in Zürich. Denn dort würde einen ja niemand kennen, haben sie sich gedacht. Was aber nicht ganz den Tatsachen entsprochen hat, denn weil sich alle das gedacht haben, konnte man an einem normalen Einkaufssamstag in Zürich

mehr Tuttlingern begegnen, als echten Schweizern. Gut, damals war der Wechselkurs ja auch noch ein anderer, als heute.
Mir dagegen hat ein Besuch bei einem Termin in Zürich zu jener Zeit ein ganz anderes Erlebnis beschert. Und zwar beim Mittagessen im Restaurant, in dem ich mich für ein »Pouletchörbli« entschieden hatte. Das klang in meinen Ohren ganz gut – und bei den beiden knusprig gebratenen Hähnchenschlegeln, die sie mir im Chörbli (im Korb) serviert haben, gab es auch wirklich nichts zu meckern. Seltsam war nur das zum Poulet gereichte Schälchen, in dem sich eine durchsichtige, wasserklare Soße befand, in der eine Zitrone schwamm. Vorsichtig habe ich an der Soße erst geschnuppert, dann den Finger reingetupft und probiert. Es schmeckte eigentlich nach nichts: bestenfalls wie Wasser mit Zitrone. Na ja. Andere Völker, seltsame Sitten, dachte ich mir und habe beschlossen, diese Soße jedenfalls nicht als Begleiterin für mein Poulet zu verwenden. Aber ein bisschen seltsam fand ich die Soße schon.
Erst als ich dem leicht verwirrt dreinschauenden Kellner beim Bezahlen dargelegt habe, die Soße sei meiner Meinung nach – ganz im Gegensatz zum Poulet – doch ein bisschen lasch gewesen, hat sich die Sache aufgeklärt: Das sei gar keine Soße, sondern lediglich ein Service des Hauses, um sich nach dem Pouletgenuss die Hände reinigen zu können, hat er mir erklärt. Ich habe dieses Restaurant nie wieder betreten!

Dafür habe ich einen meiner nächsten Radiobeiträge in Seitingen-Oberflacht realisiert. Im Vorbeifahren hatte ich in diesem Ort nämlich ein Schild entdeckt, das auf die Hauptattraktion von Seitingen-Oberflacht hingewiesen hat: das von Linden umgebene Sängermahnmal. Dort hatte man im 19. Jahrhundert bei Ausgrabungen auf einem alemannischen Friedhof bei einem der Skelette ein Musikinstrument gefunden. Eine noch ziemlich gut erhaltene Leier, die sie dem toten Alemannen mit ins Grab gegeben hatten, weil der die Musik offenbar sehr geliebt habe.

So lautete die Theorie der Ausgräber. Also ganz klar: man war hier auf das Grab eines Sängers gestoßen. Mutmaßlich des allerersten Deutschen Sängers! Und so war bald der Beschluss gefasst, am Grab des verblichenen Sängers ein Mahnmal zu errichten. Die Abbildung seiner Leier hat dann sogar Einzug ins offizielle Wappen der Gemeinde gefunden. Weshalb es ausgerechnet ein Mahnmal hatte sein müssen, das war mir schleierhaft, und so bin ich der Sache auf den Grund gegangen. Ein wunderbarer Stoff für eine interessante Radioreportage war das ja auf alle Fälle. Dabei habe ich herausgefunden, dass es in Seitingen-Oberflacht sogar einen Wächter des Sängermahnmals gab. Der allerdings lag im Sterben und war nicht mehr in der Lage, sich interviewen zu lassen, als ich ihn aufgesucht habe. Das hatten seine Angehörigen gerade versucht, mir zu erklären, als der todkrank vor sich hinröchelnde Mann im Nebenzimmer plötzlich meine Stimme hörte. Und die kannte er! Er war nämlich ein großer Fan meiner Frühsendung im Radio gewesen. Und so schlug er die Augen auf – und sah zu seiner fassungslosen Freude einen jungen Mann mit einem Mikrofon in der Hand vor sich stehen: seinen Helden unzähliger Morgensendungen. Urplötzlich huschte ein Lächeln über seine erschöpften Gesichtszüge und er murmelte: »Jetzt ist alles gut. So schlimm ist das Sterben gar nicht!« Dank sank er wieder zurück in sein Kissen. Wenige Stunden später sei er verschieden, hat man mir gesagt. Ob er sich beim Hören meiner Stimme womöglich schon im Paradies wähnte: ich weiß es nicht. Jedenfalls ist es schon ein bisschen ein seltsames Gefühl, wenn man plötzlich von einem Sterbenden als Mitglied der himmlischen Chöre identifiziert wird, nur weil die Stimme ab und an im Radio gekommen ist.
Übrigens: die Geschichte hat sich wirklich genau so zugetragen. Ehrlich.
Ansonsten fand ich das ganze Theater mit der scheinbaren Prominenz immer eher peinlich. Denn was ist es denn schon für

eine herausragende Leistung, seine Stimme im Radio oder das Gesicht im Fernseher zu präsentieren? Aber die Leute fahren darauf ab – nach wie vor. Seltsam. Ich habe das nie verstanden. Denn ob Quadratschädel im Fernseher oder nicht – der Mensch ist doch trotzdem immer noch derselbe.
Eher geschämt habe ich mich allerdings für manche ehemaligen Kollegen, die das Rotlichtfieber (an der Fernsehkamera ist ein kleines rotes Lämpchen angebracht, dessen Blinken signalisiert, wenn man aufgenommen wird) voll und ganz gepackt hatte. Das schlimmste für diese Leute, die es in Hülle und Fülle gab (und noch immer gibt) war, wenn sie eines Tages von der Moderatorenliste gestrichen wurden. Viele von ihnen sind danach in ein tiefes Loch gefallen und haben ihre allmählich verblassende Popularität im Alkohol ertränkt. Einmal habe ich so ein armes Schwein, das einst ein deutschlandweit bekanntes Fernsehgesicht gewesen war, live in der Freiburger Fußgängerzone erleben müssen: wie er tatsächlich alle paar Meter einen der Passanten gefragt hat, ob er ihn denn noch aus dem Fernsehen kenne.
Zum guten Glück ist dieser Kelch an mir vorüber gegangen!

Zu meiner Zeit als Radiokorrespondent in der Region Schwarzwald-Baar-Heuberg war im Donaueschinger Fürstenhaus wieder mal eine gewisse finanzielle Enge spürbar geworden, weswegen nun einige jahrhundertealte Raritäten der dortigen fürstenbergischen Sammlung verkauft werden sollten: unter anderen die Nibelungenhandschrift C (inzwischen UNESCO-Weltkulturerbe). Um den Kaufpreis in die Höhe zu treiben und der Gefahr zu entgehen, dass diese Kostbarkeiten eventuell zum Nationalen Kulturgut erklärt würden (was eine Ausfuhr aus Deutschland unmöglich gemacht hätte), waren sie von einem Beauftragten des Fürstenhauses bereits bei Nacht und Nebel über die Grenze in die Schweiz geschafft worden. Die fürstenbergische Forderung belief sich nun auf stolze 48 Millionen. Ein atemberaubendes Sümmchen, weshalb beim österreichischen Gutachter des Fürstenhauses vorsichtig nachgefragt wurde, ob es sich beim genannten Betrag um Deutsche Mark oder doch eher um Österreichische Schilling handele (in Schilling hätte der Preis nur ein Siebtel betragen).

Prompte Antwort: »Natürlich D-Mark!«

Also Krisengespräch mit Ministerpräsident Späth im »Fürstenberg Parkrestaurant« in Donaueschingen. Damals ein weit bekannter, teurer Gourmettempel. Stundenlang haben der Fürst und der Ministerpräsident dort über den Kaufpreis verhandelt und ich habe mir als Berichterstatter ebenfalls stundenlang vor dem Restaurant die Beine in den Bauch gestanden und auf ein Ergebnis gewartet, das ich als Erster verkünden wollte. Denn bis auf mich hatte keiner meiner Kollegen Wind von den Verhandlungen bekommen. So hatte ich die Sache also exklusiv – und habe weiter gewartet und gewartet… bis kurz vor Mitternacht plötzlich die Eingangstür aufgerissen wurde und eine sichtlich betrunkene Gestalt herausgewankt kam. Sofort, als der Betrunkene mich erblickt hat, huschte ein Lächeln über seine Miene: »Ach, da ist ja noch jemand! Das ist aber schön! Komm, setz Dich mit mir auf die Bank da drüben und dann trinken wir zusammen was. Ich bin der Joki – und wie heißt Du?«

Kaum hatte der Joki auf der Bank neben mir Platz genommen und ein fröhliches Trinklied gelallt, da war er auch schon eingenickt. Kurz danach schleppte sich eine weitere Gestalt heraus. Diese stand noch einigermaßen senkrecht. Der Ministerpräsident, der versucht hatte, seinen Verhandlungspartner unter den Tisch zu trinken! Was ihm zwar gelungen war, aber der joviale Joki hatte immerhin so viel Trinkfestigkeit bewiesen, dass er beim Verhandlungspreis keinen einzigen Millimeter nachgegeben hat. Und so musste der zornbebende Späth missmutig beobachten, wie die Bediensteten des Fürstenhauses ihren friedlich schnarchenden Joki von der Bank gepflückt und ins Schloss getragen haben. Ob bei der ewig langen Verhandlung denn

wirklich gar nichts herausgekommen sei, habe ich bei Späth nachgefragt.
»Doch! Jede Menge dummer Sprüche! Das hätte ich mir schenken können! Adelspack!«

Einige Monate danach hat das Land die fürstenbergischen Handschriften dann doch noch gekauft: aber beim Preis hat der Fürst – im Gegensatz zu dem nächtlichen Gelage – weiterhin nicht gewankt. Der Preis ist derselbe geblieben.
Der Ministerpräsident von Baden-Württemberg und der Fürst von Fürstenberg haben nie wieder zusammen getafelt.

Nächster Höhepunkt meiner Korrespondentenlaufbahn war im Jahr 1985 das 150 jährige Jubiläum des »Schwarzwälder Bote« aus Oberndorf am Neckar. Einer bundesweit oft in den Pressestimmen zitierten Zeitung, die grundsätzlich sehr brav von den Großtaten der schwarzgelben Bundesregierung unter Helmut Kohl berichtet hat. Beim »Schwabo«, wie er im Volksmund hieß, wurde immer sparsam gewirtschaftet, was man in jenen Jahren als Hauptgrund ins Feld geführt hat, weshalb es die Zeitung, die ihren Sitz in einer eher strukturschwachen Region hat, auch 150 Jahre nach ihrer Gründung noch gab. So war die Verlegerin bekannt dafür, dass sie grundsätzlich als letzte am späten Abend das Druckhaus verließ, nicht ohne vorher noch in jeden Raum zu gucken, ob denn auch überall die Lichter ausgeschaltet worden waren. Auch dafür, dass sich nicht unnötig viel und nicht unnötig teures Toilettenpapier auf den WCs befand, hat sie persönlich Sorge getragen.

Jetzt aber, zur Feier des stolzen 150-jährigen Jubiläums, da haben sie es so richtig krachen lassen. Riesiges Festzelt, große Sonderausgabe der Zeitung, prominente Ehrengäste! Und wie! Denn tatsächlich hatte sich zur großen Feier in der Oberndorfer Klosterkirche auch Bundeskanzler Helmut Kohl angemeldet.

Und das wiederum hieß für mich: Ü-Wagen, Live Reportage vom Festakt, samt allem Drum und Dran. Im Grunde genommen ist so was ein journalistischer Un-Termin, denn mehr als den Mikrofonhalter für die diversen Honoratioren zu spielen, kannst du ja nicht machen. Das war absolut nicht nach meinem Geschmack – aber seis drum: machen musste ich es natürlich trotzdem.

Aber was konnte da schon Spannendes dabei heraus kommen, wenn der blöde Festakt doch erst um 12 Uhr mittags begann, ich aber kurz danach schon auf Sendung sein sollte?! Null Information! Das konnte nicht sein! Also habe ich in meiner Not beschlossen, die gemächlich eintrudelnden Gäste des Festaktes vor dem Betreten der Klosterkirche kurz in Sachen »Schwabo« zu befragen. O-Töne sammeln, heißt das auf Radiodeutsch (Originaltöne). So hatte ich es auch mit dem Bundeskanzler im Sinn, kaum dass der aus seiner Dienstlimousine gestiegen war. Für Helmut Kohl hatte ich mir die Frage ausgedacht, was für ein Gefühl es denn für einen Politiker sei, den Geburtstag einer Zeitung zu feiern, die einen am nächsten Tag mit einer Negativschlagzeile eventuell schon wieder in die Pfanne hauen könnte. Alle Umstehenden haben amüsiert gelächelt, als ich meine Frage gestellt habe. Nur einer nicht: Kohl. Der hatte mich schon unwirsch angeguckt, als ich mich ihm genähert habe. Während ich nun meine Frage gestellt habe, ist sein Blick immer düsterer geworden. Dann hat er auch noch die Stirn gerunzelt und ist mit den Worten: »Was ist denn das für eine Frage?!« kopfschüttelnd an mir vorbei gestürmt.

Das also war seine Antwort! Eine Nicht-Antwort!

Und was sollte ich jetzt tun? Ausgerechnet der prominenteste Gast hatte keinen O-Ton abgesondert. Bis auf diese blödsinnige Randbemerkung …

Hmm … Na ja …

Doch! Warum denn eigentlich nicht?! O-Ton ist schließlich OTon! Und so habe ich bei meiner Liveeinblendung in die Mittagssendung genau die Antwort eingespielt, die ich von Kohl erhalten hatte: »Was ist denn das für eine Frage?!« Manchmal sagen solche atmosphärischen Schilderungen mehr, als tausend Worte.

Und schon stand der nächste große Aufreger vor der Tür. Beziehungsweise bereits mitten im Raum: Die »Große Rote Waldameise«. Wahre Heerscharen dieser ganz besonderen Spezies hatten sich an einem nasskalten Frühjahrstag aufgemacht, um ihren ungemütlich-feucht gewordenen Wohnort gegen ein anderes, trockeneres Quartier einzutauschen. So sind sie auch am Südwestfunkstudio auf dem Schwenninger Messegelände vorbei gewandert. Keine schlechte Wohnlage! Ruhig. Trocken. Warm. Und nachts war nie jemand da. Eine idealere neue Heimat konnte es kaum geben. Worauf sie flugs beschlossen haben, sich fürderhin in meinem Studio häuslich einzurichten.

Unglaublich, wie rasant sich solche Tierchen vermehren! Waren es am ersten Tag, an dem ich sie bemerkt habe, nur drei oder vier Exemplare, die auf dem Studioboden herumgeirrt sind, handelte es sich am folgenden Tag schon um einige Dutzend. Und gegen Ende der Woche sind dann tausende aus allen möglichen und unmöglichen Ritzen gekrochen, sind munter die Wände hinauf und hinunter gestürmt, haben die Tonbandgeräte inspiziert, das Faxgerät, den Schreibtisch und schließlich auch die Finger des Reporters. Das war nun eindeutig des Guten zu viel.
Mittlerweile hatte ich bereits herausgefunden, dass es sich bei meinen neuen Mitbewohnern um die Große Rote Waldameise handelte. Das war leicht am roten Punkt auf ihrem Rücken zu erkennen. Das Dumme an der Sache: diese Ameisenart steht unter strengem Naturschutz. Der darf man nicht so einfach mit den einschlägig bekannten Kammerjägermethoden auf die

Fühler treten. Andererseits wollte ich die Viecher wieder loswerden. Und zwar so schnell wie möglich.
Also habe ich in einem der bekannten Haushaltsratgeber nachgeschlagen. Doch großartig weitergeholfen haben mir die ganzen Geheimtipps nicht unbedingt. Ich habe alles versucht: Backpulver verstreut, Essigbecher aufgestellt, die Ritzen mit Silikon verschmieren – aber nichts hat geholfen. Im Gegenteil. Ich hatte eher den Eindruck, dass sie sich jetzt noch rasanter vermehrt haben. Wenn ich das Studio also weiter benützen wollte, würde am Ende wohl doch nichts anderes helfen, als der Kammerjäger. Den ich natürlich wg. Naturschutz zur absoluten Verschwiegenheit würde verpflichten müssen.
Aber zunächst einmal stand ein kurzer Urlaub an. Danach würde die Aktion starten. Meinen Urlaubsvertreter hatte ich noch gebeten, in der Zwischenzeit in Sachen Ameisen nicht auf eigene Faust zu handeln. Und die Sache keinesfalls an die große Glocke zu hängen. Das hat er mir fest versprochen – um am Tag danach seinen ersten Radiobericht über die neuen Untermieter im Südwestfunkstudio abzusetzen …
Die Reaktion war genau so, wie ich das befürchtet hatte. Alle, wirklich alle Medien, haben die Sache mit den Ameisen in ganz Deutschland verbreitet. Sogar der »Bild-Zeitung« waren meine Ameisen eine große Schlagzeile auf Seite 1 wert. Das Ganze gipfelte dann in der ZDF Sendung »Dalli-Dalli«, wo sich Quizmaster Hans Rosenthal so seine Gedanken machte und gemeint hat, bei der Sache mit den Ameisen im ARD-Studio könne es sich eigentlich nur um eine Falschmeldung handeln, denn Ameisen seien doch bekanntlich fleißige Tiere …
Wie dem auch sei: wir wurden jedenfalls von einer Flut aus Tipps und guten Wünschen überrollt. Die Aufmerksamkeit der halben Nation – vor allem die der Naturschützer – war uns in den nächsten Wochen gewiss. Und die Aktion mit dem Kammerjäger konnte ich erstmal vergessen!

Wie die Tierchen am Ende dann doch verschwunden sind? Tja … Soviel ich weiß, gilt vor Gericht der Grundsatz, dass man nicht gezwungen werden kann, sich selbst zu belasten.

Eines der absoluten Highlights in Schwenningen war in diesen Jahren das Eishockey. Der ERC, wie er damals noch hieß (heute nennen sie sich »Wild Wings«) spielte in der ersten Bundesliga und hatte sogar einen Torwart, der immer mal wieder in die Nationalmannschaft berufen worden ist. Und als dem ERC der Coup gelungen ist, als Trainer die tschechische Stürmerlegende Vaclav Nedomansky zu gewinnen, war das Interesse am Schwenninger Eishockey kurzzeitig sogar international.
Ich fand das super, denn so kam immer wieder die Anfrage, ob ich vom nächsten Spiel nicht einige Liveeinblendungen in die laufende Sportsendung machen wolle. Wollte ich natürlich. Einmal freilich war in der Absprache zwischen mir und der Redaktion irgendetwas schiefgelaufen und so hatte man mich früher auf Sendung gegeben, als ich darauf vorbereitet war. Ich hatte mich mit den Namen und Rückennummern der gegnerischen Spieler noch gar nicht richtig vertraut gemacht, als der Moderator bereits angekündigt hat: » … und jetzt live zu Gunter Haug in die Schwenninger Eishalle!«
Ok. Dann mal los! Was blieb mir auch anderes übrig? Also habe ich das Spiel, das längst begonnen hatte, sofort und mit aller Leidenschaft, die es dafür braucht, kommentiert: » … und jetzt ist wieder Schwenningen am Drücker. Der Puck liegt ideal für Benzing. Der schießt! Ein gewaltiger Schlagschuss – und … Der Torhüter der Landshuter hält. Was für ein Super-Schuss! Und was für eine glänzende Rettungstat von …« Verdammt! Genau in diesem Augenblick lief es mir gleichzeitig eiskalt und siedendheiß den Rücken hinunter. Ich wusste den Namen des gegnerischen Torhüters nicht! Und die Mannschaftsaufstellung des Gegners lag irgendwo, nur nicht an meinem Platz in der Reporterkabine! Was also tun? Da hilft nur eins: weiterquasseln,

und zwar so schnell wie möglich. Eishockey ist ja ein extrem schnelles Spiel und deshalb sollten die Zuhörer am Radio auch nie dem Irrglauben verfallen, dass ihnen der Radioreporter das Match genau so schildert, wie es gerade auf der Eisfläche tobt. Den Namen des gegnerischen Torhüters habe ich dann irgendwann gefunden. Aber da war meine Liveeinblendung längst vorbei.

Viele Sendungen habe ich auf der Burg Wildenstein im Donautal gemacht. Vor allem über die Chronik der Grafen von Zimmern. Das sind herrlich bunte Geschichten aus der Renaissance, die vor 450 Jahren auf dieser Burg verfasst worden sind. Und dann haben wir die Sendung »Wandertreff« vom Wildenstein gesendet. Live aus einem von den dortigen Vereinen mit viel Aufwand extra aufgestellten Festzelt. Ich hatte ihnen im Gegenzug versprochen, nicht nur live zu berichten, sondern mich für den Samstagabend auch um eine bekannte Musikgröße zu kümmern. Um jemanden, dessen Name die Garantie dafür sein musste, dass das Festzelt rappelvoll werden würde. Und so habe ich für diesen Abend den Schlagersänger Jürgen Drews engagiert. Nicht unbedingt zur größten Begeisterung der Festzeltbetreiber, denn dessen Hit »Ein Bett im Kornfeld« war zu diesem Zeitpunkt schon gut und gerne 15 Jahre alt und der Stern von Drews gewaltig im Sinkflug begriffen.
Jetzt, mit dem Abstand von so vielen Jahren, kann ich es ja zugeben: das mit dem Drews, das war eine Panne. In Wahrheit hatte ich einen ganz anderen Interpreten engagieren wollen.
Die Sache lief folgendermaßen schief: ich hatte kurz zuvor den Auftrag bekommen, über eine Livesendung des ZDF in einer Rottweiler Discothek zu berichten, für die sie jede Menge (sogar internationale) Stars aufgeboten hatten. Während und nach der Sendung ist man dann natürlich mit diesem und jenem Zaungast ins Gespräch gekommen. Ich beispielsweise mit Thomas Anders, der zusammen mit Dieter Bohlen das Duo »Modern

Talking« gebildet hat. »Modern Talking« war zwar bei der ZDF-Sendung nicht aufgetreten, aber ganz klar: das war Thomas Anders, der da neben mir stand, eindeutig zu erkennen an seinen schulterlangen, schwarzen Haaren. Super, dachte ich und habe den Stier gleich bei den Hörnern gepackt. Ich hätte da nämlich einen Vorschlag und zwar suchte ich für eine Radiosendung nahe der Burg Wildenstein noch gute Interpreten. »Aha«, hörte ich ihn sagen. »Interessant. Wann soll die Sendung denn stattfinden?« Ich nannte ihm das entsprechende Datum, worauf Thomas Anders sofort nickte.
»Würde passen«. Auch über das Honorar für den Auftritt wurden wir uns rasch handelseinig (so ein Radioauftritt ist ja immer auch Werbung für die Künstler. Folglich ist das Honorar deutlich niedriger, als üblich). Ein Handschlag genügte und die Sache war perfekt. Phantastisch! Ich hatte also »Modern Talking« engagiert! Dann haben wir die Visitenkarten getauscht. Fatalerweise habe ich die von Thomas Anders einfach so in die Tasche gesteckt und erst zuhause genauer drauf geguckt. Seltsam! Anstelle von Thomas Anders stand da Jürgen Drews! Ich hatte ihn schlichtweg verwechselt! Aber die beiden haben sich ja wirklich ähnlich gesehen, schon wegen ihrer langen schwarzen Haare. Doch! Dabei bleibe ich!
Also, was tun? Ein Handschlag ist ein Handschlag. Und der gilt. Da war und bin ich altmodisch. Somit galt es, gute Miene zum peinlichen Spiel zu machen und den Leuten auf dem Wildenstein schonend beizubringen, bei dem Megastar für ihren Festabend handele es sich um keinen Geringeren, als um den berühmten Jürgen Drews. Der ist dann auch tatsächlich gekommen, hatte einen ganzen Karton mit Playbacks dabei und hat im Verlauf des Abends im (glücklicherweise gut gefüllten) Festzelt viermal in den verschiedensten Versionen sein »Bett im Kornfeld« zum Besten gegeben. Bis den Song auch der allerletzte Betrunkene endgültig nicht mehr hören wollte und Drews wie ein geprügelter Hund von der Bühne geschlichen ist. Uns allen

war klar: der Mann befand sich nicht mehr im Sinkflug, sondern war bereits hart auf dem Boden der ehemaligen Schlagerstars aufgeschlagen. Dass er dann ein paar Jahre später als »König von Mallorca« noch einmal durchstarten würde, darauf hätte keiner von uns auch nur einen Cent gewettet.

Während meiner Schwenninger Radiozeit habe ich einen sehr guten Kontakt zur aktuellen Mittagssendung von Südfunk 1 pflegen können. Hauptsächlich dann, wenn ein ganz bestimmter Kollege Redaktionsdienst hatte. Der hatte mich schon deshalb ins Herz geschlossen, weil er wusste, dass ich immer einen Beitrag für ihn parat hatte. Weshalb sich also großartig den Kopf darüber zerbrechen, wie man wohl die Sendung mit den neuesten Neuigkeiten füllen könnte, wenn man doch bloß in Schwenningen beim SWF Kollegen anzurufen brauchte, um ganz ohne Mühe zum gewünschten Ergebnis zu kommen? Und so bin ich in der Dienstwoche des cleveren Kollegen regelmäßig mit drei bis vier Reportagen im Südfunk-Mittagsprogramm vertreten gewesen, die dann auch noch recht gut bezahlt worden sind.
Für den Südwestfunk, meinen eigentlichen Arbeitsgeber, war das kein Problem, denn natürlich habe ich schon darauf geachtet, dem SDR keine brandneuen Geschichten zu verkaufen, sondern nur diejenigen, die bereits ein bisschen angestaubt waren und die wir in einer leichten veränderten Version längst gesendet hatten. Dem Kollegen in Stuttgart wars wurschtegal. Hauptsache, er hatte seine Sendung ohne größere Mühe voll bekommen. Einen übersteigerten journalistischen Eifer konnte man ihm also nicht unbedingt nachsagen, was seiner Karriere aber dennoch nicht geschadet hat. Denn immerhin ist er zu einem der führenden Köpfe im SWR Landesprogramm aufgestiegen. Merke: mangelnder Diensteifer schützt in öffentlich-rechtlichen Anstalten vor Karriere nicht. Eher im Gegenteil: von all den besonders fleißigen Kolleginnen und Kollegen, die ich bei

Radio und Fernsehen kennengelernt habe, sind nur ganz wenige in höheren Positionen gelandet.

Irgendwann wurde es dann in »VS« langweilig. Nach ein paar Jahren wiederholen sich einfach die meisten Termine, Anlässe und Themen. Und so wurde es Zeit für meinen Abflug, wenn ich nicht auf immer und ewig in »VS« verhocken wollte. Und das wollte ich keinesfalls. Denn ich kann nicht, was manche anderen können: sich für immer und ewig auf einem Platz einrichten. Nein, dafür bin ich viel zu neugierig. Also habe ich vorsichtig meine Fühler in die eine oder andere Richtung ausgestreckt. Das hat natürlich sofort die Runde gemacht. Da kannst du an die Kollegen appellieren, so viel du willst, sie möchten doch bitte dichthalten: einmal war ich noch nicht einmal richtig zur Tür draußen, als die Nachricht von meinem interessierten Besuch bereits den Chef in Tübingen erreicht hatte.

Ich hätte deshalb also darauf vorbereitet sein müssen – aber dennoch war ich (was mir selten passiert) für einen kurzen Moment sprachlos, als eines schönen Tages plötzlich eine blonde junge Frau aus dem Studio Tübingen bei mir im Schwenninger Büro auftauchte, die ich bislang nur von der allmorgendlichen Schaltkonferenz her kannte. Sie sei die Gaby Hauptmann und wolle sich schon mal umschauen.
Aha! Umschauen! Wieso denn umschauen?
Verwunderter Blick ihrerseits: Ha, weil sie doch meine Nachfolgerin sei.
Wie Nachfolgerin?
Die Kollegen aus Tübingen hätten sie geschickt. Sie solle sich das Büro mal genauer angucken, in dem sie in Kürze meine Nachfolgerin als Radiokorrespondentin werden solle.
»Soso. Ich wusste aber gar nicht, dass ich gehe!«
Spätestens jetzt hat nun sie so dreingeschaut, wie vorher ich bei ihren ersten Worten. Die Sache war dann bald geklärt und wir

haben uns noch eine Weile wunderbar unterhalten, bevor sie sich freundlich wieder verabschiedet hat und zurück nach Tübingen gefahren ist. In den folgenden Jahren sind wir uns beim Funk immer mal wieder über den Weg gelaufen und haben uns über die Peinlichkeit von damals halb tot gelacht. Besonders gefreut habe ich mich für Gaby Hauptmann, dass sie als Schriftstellerin (»Suche impotenten Mann fürs Leben«) einen Bombenerfolg gelandet hat. Meine Nachfolgerin in Schwenningen ist sie natürlich nie geworden.

Einige Monate später habe ich ein Angebot vom Fernsehen in Baden-Baden angenommen. Fernsehnachrichtenchef beim Südwestfunk in Baden-Baden.

Na ja: jetzt war ich also doch wieder beim Fernsehen gelandet. Und habe diesen Schritt monatelang bereut. Denn hier war das Bild ja wieder wichtiger, als der Text! Aber es half alles nichts: ich würde mich daran gewöhnen müssen – was mir dann mit einiger Mühe auch gelungen ist. Als einigermaßen verstörend habe ich zunächst die allwöchentlichen Konferenzen beim Fernsehchefredakteur empfunden, wenn sämtliche seiner Redaktionsleiter auf der Couch versammelt waren und mich, der ich auf dem Sessel daneben Platz genommen hatte, misstrauisch beäugten. Denn ich war ja einer »von draußen«, nicht aus dem Biotop Baden-Baden. Und dazu noch »einer vom Radio!« Dank des Chefredakteurs Reinhard Kleinmann, der immer fest zu mir gehalten hat, war die kühl zur Schau gestellte Ablehnung der Kollegen aber zu ertragen. Viel mehr hat mich aus der Spur gehauen, dass der Kollege, der mir als der Herr Reimer vorgestellt worden war, mit zusammengebissenen Zähnen heraus quetschte, dass er eigentlich Tagliarini heiße, während der Herr, den man mir mit dem Namen Felsberg vorstellte, sich mit verlegenem Grinsen als Marquis de Rochemont outete. Du liebe Güte! Wohin war ich da nur geraten? Da war ja die Redakteurin mit den drei Nachnamen beinahe ein Waisenkind… Aber lassen wir das lieber.

Bei meinem ersten Volontär, den ich in meiner neuen Funktion als Nachrichtenchef zur Ausbildung überstellt bekommen hatte, handelte es sich um einen lieben, immerzu etwas weltentrückt lächelnden Menschen, dem jeder in der Redaktion automatisch ein gewisses Mitleid entgegen brachte. Er hat anfangs alles, aber auch wirklich alles, falsch herum angepackt. Gleich an seinem zweiten Arbeitstag, als er für das Beschaffen der Nachrichtenmeldungen eingeteilt war, die damals noch von den Tickern der jeweiligen Agenturen ausgedruckt worden sind, hat er für das erste Tohuwabohu gesorgt. Er hatte es nämlich geschafft, die Meldungen nicht wie üblich nach Themenzugehörigkeit und Relevanz, sondern schlichtweg nach Farben zu ordnen und sie genau so zusammen zu heften: Alles so schön bunt hier.
Nach diversen Tobsuchtsanfällen der Nachrichtenredakteure war klar: unser grinsender Volontär war ein absolut hoffnungsloser Fall. Der würde, obwohl mit einer gewissen Portion Vitamin B versehen, keine Karriere bei Funk und Fernsehen machen. Noch nicht einmal ein ganzer Zentner Vitamin B würde hier helfen können. Sang- und klanglos würde der arme Kerl wieder verschwinden.
Wie man sich doch täuschen kann! Denn nur wenige Jahre später ist der ahnungslose Geselle von einst kometenhaft zum Direktor aufgestiegen. Wohlgemerkt: nicht zum Direktor einer Konservenfabrik. Sondern beim SWR.
Womit sich meine alte Erkenntnis (siehe oben) wieder einmal bewahrheitet hatte: nicht unbedingt derjenige, der den meisten Durchblick hat und am fleißigsten arbeitet, schafft es im öffentlich-rechtlichen System nach oben.

Zwei Jahre lang habe ich den Job in Baden-Baden gemacht, dann bin ich Fernseh-Nachrichtenchef bei den schon zur Vor-

Fusion zusammengelegten Redaktionen von SWF und SDR in Stuttgart geworden. Das war – glauben Sie es mir oder glauben Sie es nicht – die schlimmste Zeit meines gesamten Berufsleben. Denn bei einer Nachrichtenlänge von 30 bis 60 Sekunden jeden Tag eine andere Sau durchs Dorf zu treiben, die am folgenden Tag schon keine Sau mehr interessiert, das hat mir nicht unbedingt eine größere Befriedigung verschafft. Ich wollte andere, nämlich journalistisch geprägte Nachrichten machen: mit mehr Inhalt, längeren Beiträgen. Wollte nachfragen, was wohl aus den tausenden von teuren Pilotprojekten geworden ist, die wir in unserer Kurzberichterstattung regelmäßig bejubelt haben. Aber dafür war kein Geld vorhanden. Haben sie gesagt…
Weswegen ich nicht geplant habe, allzu lange auf dieser Position zu verharren.

Zwischendurch haben wir immerhin noch ein Experiment gewagt, um die Akzeptanz der ziemlich zuschauerschwachen 21-Uhr-Nachrichtensendung im 3. Programm zu steigern. Und zwar hatten wir zusammen mit dem »Lotto Baden-Württemberg« eine Sonderlottoziehung eingeführt. Ok, ok, das ist jetzt auch nicht sonderlich journalistisch. Ich weiß. Aber was tut man nicht alles um der Einschaltquoten willen, die in jenen Jahren offiziell noch niemanden interessiert haben. Was schlichtweg gelogen war: denn inoffiziell haben die natürlich schon interessiert und für oft heftige Debatten im Sender gesorgt. Weswegen diese Lottoziehung eingeführt werden sollte, gegen die ich mich – nochmal zugegeben – auch nicht zur Wehr gesetzt habe. Meine Hauptaufgabe bestand nun darin, eine Lottofee zu suchen. Eine vorzeigbare Frau, die gleichzeitig noch Journalistin sein sollte. Denn von der Lottogesellschaft wollten wir uns niemanden aufhalsen lassen. Also wen? Am besten eine Kollegin mit blonden Haaren, so wie man sich gemeinhin seit Karin Tietze-Ludwigs Zeiten eine Lottofee ja vorstellt. Ziemlich rasch ist mir da ein toller Name in den Sinn gekommen: die Gaby

Hauptmann, meine Doch-nicht-Nachfolgerin in Schwenningen. Die hatte ja lange blonde Haare.
Und war noch keine Bestsellerautorin. Dafür absolut »kameratauglich«. Sie hat sofort zugestimmt. Also war das Problem Lottofee gelöst. Denkste! Denn beim Fernsehen sind es ja oft die Details, die unbedingt dazu passen müssen. Und wenn das nicht der Fall ist, beziehungsweise, wenn eine blonde Lottofee halt während der Ziehung niemals lächelt, dann ist das so eine Sache. Die Zuschauer mögen das nämlich nicht.

Wir haben mit der Gaby Hauptmann drei Sendungen gemacht und dabei intensiv versucht, ihr irgendwie ein Lächeln ins Gesicht zu zaubern, doch leider hat es nicht geklappt. Deshalb mussten wir am Ende leider doch so ein dauergrinsendes Sternchen der Lottogesellschaft ins Studio stellen. Aber deren Plastiklächeln war auf Dauer auch nicht der ganz große Hit und so ist der vermeintliche Quotenbringer Lottoziehung schon bald wieder sang- und klanglos von der Mattscheibe verschwunden. Eine Träne nachgeweint hat der Sache kaum jemand. Wieso auch?!

Wenn ich heutzutage die Gaby Hauptmann ab und zu lächelnd bei einer Gesprächsrunde im Fernsehen sehe, dann denke ich dabei automatisch an die Sache mit der Lottofee. Ich gönne ihr das Prädikat Bestsellerautorin von ganzem Herzen. Klingt ja auch irgendwie besser als Lottofee.

Nach meiner Leidenszeit als Nachrichtenchef in Stuttgart, die ich nach rund zwei Jahren aus freien Stücken beendet habe, gings an ein ganz neues Format, dass richtig Spaß gemacht hat, es zu entwickeln: Das »Festival der Spielleute«. Eine Open-Air-Livesendung mit mittelalterlicher Musik vor historischer Burgkulisse. Das war eine tolle Sache. Mittlerweile gibt es die Sendung natürlich längst nicht mehr, bei den Fans hat sie aber

immer noch Kultstatus. Unglaublich, was da im Internet für Summen geboten werden, um an einen Livemitschnitt einer dieser Sendungen (insgesamt waren es neun) zu kommen! Am begehrtesten ist die Spezialausgabe unter dem Titel »Freiheitslieder«. Die haben wir aus Anlass der Feiern zu »150 Jahre badische Revolution 1848/49« live aus Oberkirch gesendet. Und zwar an einem Samstag zur besten Sendezeit. Also um 20 Uhr 15. (Zwar im »Dritten«, aber immerhin). Das war schon der Hit. Wie es mir gelungen ist, diese Sendezeit zu ergattern, das ist mir noch heute ein Rätsel. Zumal die Hauptacts Hannes Wader und Konstantin Wecker hießen. Womit knackige Texte garantiert waren. Irgendwie scheint das den Damen und Herren in der Sendeleitung damals nicht so ganz bewusst gewesen zu sein. Mir war das grade recht: endlich mal kein inhaltsleeres Gedudel, sondern was Anspruchsvolles um 20 Uhr 15.
In der Woche vor der Sendung gab es jedoch plötzlich ein Problem, denn Konstantin Wecker hatte sich wegen Drogenmissbrauchs (Kokain) vor Gericht zu verantworten. Wie würde die Sache wohl ausgehen? Nicht auszudenken, wenn Wecker würde absagen müssen! Am Tag vor der Sendung wurde das Urteil gesprochen: eine Haftstrafe!
Und jetzt?
Würden sie ihn gleich einsperren oder würde er die Sendung machen können?
Er konnte!

Ich vergesse nie, wie sich bei den Proben ganz still und leise ein Mann ans Klavier gesetzt hat, kurz drei, vier Takte anspielte und schlagartig war der ganze Platz in seinen Bann gezogen. Eine unglaubliche Bühnenpräsenz! Und selbstverständlich war es dann auch eine wunderbare Fernsehsendung, in der zum krönenden Schluss Wecker und Wader nach vielen Jahren ganz spontan gemeinsam einen Song angestimmt haben. Wenig später sind sie zusammen auf Tournee gegangen.

Natürlich hatte es kurz vor der Sendung in Oberkirch auch kritische Stimmen gegeben, wie denn das Fernsehen einen Kerl engagieren könne, der wegen Drogenmissbrauchs verurteilt worden sei! Ich habe dieses Thema bei der Anmoderation zu Weckers Auftritt als Steilvorlage dankbar aufgegriffen und angemerkt, dass Oberkirch deutschlandweit absolute Spitze ist, was die Zahl der Schnapsbrennereien in der Stadt betrifft.
Was natürlich nicht als Argument gegen ein gutes Kirschwasser verstanden werden soll.

Literarische Meilensteine

Nachdem das Fernsehen im Lauf der Jahre mehr und mehr an Substanz eingebüßt hat, ist mir bald klar geworden, dass ich dort keinesfalls bis zur Rente bleiben wollte. Fernsehen an und für sich ist ja schon ein faszinierendes Medium, aber es trägt inzwischen leider dramatisch zur Volksverblödung bei. Und dabei wollte ich nicht länger mitmachen. Was aber tun? Mein monatliches Salär als öffentlich-rechtlicher Fernsehbeamter war ja nicht schlecht, da musste erst mal was Gleichwertiges gefunden werden. Und das war alles andere als einfach.
Ein Neustart? Vielleicht als Autor? Und so habe ich wieder mit dem Schreiben begonnen, das mich im Grunde genommen durch mein ganzes Leben begleitet hat.

Ich hatte schon einige Bücher in Sachen Landesgeschichte und historische Orte in Süddeutschland geschrieben, jetzt hatte ich mir die epochale Chronik der Grafen von Zimmern vorgenommen, über die ich auf der Burg Wildenstein ja bereits einige erfolgreiche Radio- und Fernsehsendungen produziert hatte. Immer wieder hatten sich die Hörer erkundigt, wo man denn ein Buch über die Chronik kaufen könne. Antwort: nirgends. Denn die Chronik ist in ihrer spätmittelalterlichen Originalsprache ziemlich sperrig und für den Alltagsgebrauch nur höchst eingeschränkt lesbar. Die Wünsche aber blieben …

Ok. Warum also nicht selber schreiben? Meine Idee war ein Buch über die Chronik mit dem Titel »Von Rittern, Bauern und Gespenstern«. Jetzt halt behutsam in eine moderne Sprache gebracht. Und so habe ich mich auf die Suche nach einem geeigneten Verlag begeben.

Das Dumme daran war nur, dass sich kein Verlagslektor in und um Stuttgart auf mein Projekt einlassen wollte. Logisch, denn die kannten die Chronik nicht! Und was der Bauer nicht kennt…
Weshalb ich mich eines Tages beim Bürgermeister von Leibertingen (dem Ort, zu dem die Burg Wildenstein gehört) erkundigt habe, ob er denn eventuell einen Verlag wisse, wo man »so etwas« verlegen würde.
Mein Freund Heinrich Güntner (der Bürgermeister) meinte, wenn überhaupt, dann solle ich es mal beim »Gmeiner-Verlag« in Meßkirch probieren. Das sei zwar ein ganz winziger Verlag, aber die lokalgeschichtlichen Bücher dort seien von einer beeindruckend guten Qualität.

Nächstes Telefonat also mit dem »Gmeiner-Verlag« in Meßkirch. Der Verleger Armin Gmeiner war anwesend (ein seltener Glücksfall, wie ich inzwischen weiß) und durchaus interessiert an meinem Projekt, das viele Geschichten aus dem mittelalterlichen Meßkirch enthalten würde.
Zwei Tage später dann der vereinbarte Gesprächstermin in Meßkirch. Nach längerem Herumirren in Gottes schöner Natur, Lästermäuler würden es »mitten in der Pampa« nennen, war ich schließlich vor einem Bauernhof gelandet. Irgendwann hatte ich dann auch den richtigen Eingang mitsamt dem Verleger gefunden, der sich als lupenreine »one-man-show« entpuppte. Mehr war da nämlich nicht, außer einem freundlich dreinschauenden Mann: »Grüß Gott, ich bin der Armin Gmeiner!«
Aha! Das also war der ganze Verlag?!

Na gut – fairerweise sollte ich hinzufügen, dass der nette Herr Gmeiner noch eine zweite Firma geleitet hat. Irgendwas mit Software hat er mir erklärt. Sein eigentlicher Brotjob – wohingegen sein Traumjob in der Freizeit das Büchermachen sei. Aber davon könne man halt leider nicht leben.

Ein Hobbyverleger! Nun denn: Projektvorstellung. Großes Interesse von Seiten des Verlegers. Inhalt, Umfang, Ausstattung etc. Alles paletti. Und dann die Frage. »Wie hoch stellen sie sich denn die Auflage vor?«.

»Na ja … 3.000 Stück. Mindestens.«

Interessant, wie das aussieht, wenn es jemanden fast vom Hocker haut. In diesem Augenblick habe ich es erleben können. Dem armen Mann ist erst mal die Kinnlade herunter geklappt, dann haben wir uns nach zähem Ringen auf eine Startauflage von 2.000 Exemplaren geeinigt.

Viele Jahre später habe ich erfahren, dass der »Gmeiner-Verlag« in den bisherigen Jahren seines Bestehens noch nicht einmal zusammengerechnet so viele Bücher produziert hatte und deshalb zu der Zeit, als ich aufgetaucht bin, eigentlich nicht nur in einer Sinn- und Absatzkrise steckte, sondern bereits kurz vor der Auflösung stand.

Wir haben unser Risikoprojekt per Handschlag besiegelt. Und es hat tatsächlich funktioniert. So gut, dass wir sogar eine zweite Auflage nachschieben konnten. Danach noch einen Fortsetzungsband.

Na ja. Das alles war jetzt gut und schön gewesen, aber auflagenmäßig eben auch nicht der ganz große Hit. Jedenfalls nicht groß genug, um vom Erlös meiner Schreiberei leben zu können.

So bin ich auf die Idee verfallen, Krimis zu schreiben. Keine schlechte Sache. Denn in so einem Krimi kann man ganz gut das Zeitgeschehen beleuchten. Eine durchaus verlockende Perspektive, via romanhafter Handlung die eigene Sicht der Dinge einfließen zu lassen. So habe ich also meinen ersten Krimi verfasst. »Das Mensch« sollte er heißen. Super-Titel! Ich war begeistert von meiner Idee. Das Schreiben ist mir flott von der Hand gegangen und schon nach wenigen Wochen war das Manuskript fertiggestellt.

Wunderbar!

Ganz klar: ein Weltbestseller!
Nur gab es da wieder mal ein klitzekleines Problem: nämlich einen geeigneten Verlag für meinen Bestseller zu finden.
Logischerweise habe ich gar nicht erst beim klitzekleinen »Gmeiner-Verlag« angefangen, sondern gleich die geneigte Lektorenschaft der ganz großen deutschen Verlage über die höchst erfreuliche Tatsache informiert, dass vor ihnen das Manuskript eines neuen Bestsellerautors auf dem Schreibtisch liege.
Dann habe ich gewartet. Einen Monat. Zwei Monate. Drei Monate.
Im Verlauf des vierten Monats sind meine Manuskripte, eines nach dem anderen, wieder zurückgekommen. Ganz offenkundig ungelesen. Dafür aber mit einem Formbrief versehen, dessen Formulierungen sich wie ein Ei dem anderen glichen: man bedauere sehr, aber leider … die Vielzahl der Manuskripte … die bereits abgeschlossene Jahresplanung … das sei natürlich kein Qualitätsurteil, ganz im Gegenteil: man wünsche vielmehr Erfolg bei der weiteren Verlagssuche … und so weiter.
Ignoranten!
Kulturelle Warmduscher!
Nachdem die erste Wut verraucht war, habe ich die Manuskripte nochmal in einen Umschlag gesteckt und an die nächste Reihe der führenden deutschen Verlage geschickt. Die Post muss zu dieser Zeit eine nie wieder erreichte Rekordeinnahme beim Verkauf von Briefmarken verzeichnet haben.
Und dann wieder dasselbe Spiel. Warten. Zurückschicken. Trösten. Nichts war es mit meiner Karriere als Bestsellerautor! Nach dem 20. Versuch bin ich dann eingeknickt und habe mein Bestsellermanuskript in den Tiefen des Schreibtisches versenkt.

Andererseits … so schnell wollte ich mich nicht geschlagen geben. Vielleicht hatte ich bloß das falsche Thema gewählt. Vielleicht sollte es eher etwas Exotisches sein. Beispielsweise aus dem Tauchermilieu. Ich tauche ja selber leidenschaftlich gerne.

Und die Taucherei hat ja immer noch ein bisschen was von Abenteuer, Fernweh und Exotik.
Also habe ich mich wieder auf mein Hinterteil gesetzt und das nächste Weltklassemanuskript verfasst. Dieses Mal hieß mein Topseller »Tiefenrausch«. Und natürlich habe ich ihn wieder an die großen deutschen Verlage geschickt. Um wieder exakt dasselbe jämmerliche Spiel zu durchleben und durchleiden.
So weit – so schlecht. Offenbar waren sämtliche größeren Verlage mit diesen ahnungslosen germanistischen Warmduschern durchseucht. Keine Chance, bei denen zu landen. Keine Chance auf die erhoffte Schriftstellerkarriere, die mir den Abschied vom Spätzlefernsehen ermöglichen würde. Mist!
Schade, habe ich beim neuerlichen Verstauen meines Manuskripts im Schreibtisch gedacht, schade, dass der Gmeiner-Verlag nur diese Regionalthemen macht. Aber warum macht er das eigentlich? Vielleicht, weil er bislang schlichtweg keine anderen Manuskripte bekommen hat?
Sollte ich also …? Warum denn nicht?!
Telefonanruf beim »Gmeiner-Verlag«: »Was hälst du von einer neuen Sparte? Taucherkrimis?«
Sekundenlange Stille am anderen Ende. Dann die Antwort:
»Würde mich reizen!«
Zwei Männer – ein Vertrag! Wieder per Handschlag durchs Telefon. Mit der gegenseitigen Versicherung, sich Freud und Leid bei der Herausgabe des »Tiefenrausch« fifty-fifty zu teilen. Sprich: plus und minus gemeinsam zu ertragen – und das hoffentlich reichlich verdiente Geld gleich wieder in den nächsten Krimi zu stecken.
»Tiefenrausch« also. Startauflage 8.000 Exemplare. In Worten: achttausend!
»Die spinnen ja, die Kerle!«
Verständnisloses Kopfschütteln im Buchhandel: noch ein Verlag! Noch ein Autor! Und überhaupt: »Taucherkrimi, was soll

das denn sein?! Dazu noch regional verankert! Also bitte ... verschonen sie mich mit ihren literarischen Ergüssen!«
Auch im Kollegenkreis habe ich mir dementsprechende Äußerungen anhören dürfen: »Jetzt meint der auch noch, er müsse Romane schreiben!«
Das waren die eher harmlosen Äußerungen.

Aber ich habe mich davon nicht aus der Spur bringen lassen, sondern habe zäh an meinem Traum vom eines Tages selbständigen Schriftsteller festgehalten und Lesungen gemacht ohne Ende. Bin dafür sprichwörtlich über die Dörfer gegangen. Manchmal vor zwei ZuhörerInnen, manchmal vor acht! (Was dann beinahe schon eine Sensation gewesen ist). Aber nur nicht aufgeben, sich nicht entmutigen lassen, auch wenns nur zwei sind, die dir zuhören: du musst dich für diese zwei genauso ins Zeug legen, wie wenn hundert gekommen wären. Denn die können ja nichts dafür, dass die anderen 98 weggeblieben sind. Ab und zu hat sich dann auch ein Kollege vom Lokalteil einer Zeitung zu meiner Lesung verirrt. Natürlich niemals jemand vom Feuilleton. Das war denen zu popelig. Ein Krimi. Igitt! Und dann noch aus so einem kleinen, unbekannten Provinzverlag. Von einem völlig unbekannten Autor! Auch Literaturhäuser und andere Versammlungsstätten der einschlägigen Kulturschickeria sind mir natürlich strikt verschlossen geblieben.
Dafür habe ich die ersten Lobpreisungen ernten dürfen: »So was lebt und Schiller musste sterben.«
Oder: »Dafür mussten Bäume sterben!«
Wer sich von Äußerungen wie diesen schrecken lässt, der sollte mit dem Schreiben erst gar nicht beginnen. Denn solche Lästereien kommen immer – das ist so sicher, wie das Amen in der Kirche!
Aber wenn man hartnäckig am Ball bleibt und sich nicht wegen jedem blöden Kommentar gleich verkriecht, dann kann es mit der hauptberuflichen Schriftstellerei irgendwann gelingen.

Mich jedenfalls haben die abfälligen Bemerkungen nicht vom Weiterschreiben abhalten können. Eher im Gegenteil: Jetzt erst Recht!

Als dann die erste Auflage von »Tiefenrausch« verkauft war und wir die zweite nachgeschoben haben, da hat sich der eine oder andere Buchhändler erstaunt die Augen gerieben.
Mein Kommissar Horst »Hotte« Meyer konnte folglich weiter ermitteln: nach »Tiefenrausch« kam der zweite Krimi »Riffhaie«, dicht gefolgt von der »Sturmwarnung« – und so ganz allmählich haben sich da und dort die Türen einen Spalt breit weiter geöffnet, während aus den zwei ZuhörerInnen im Durchschnitt immerhin schon zwischen acht und zehn geworden sind.

Und plötzlich kamen jetzt die Anfragen aus dem Buchhandel, ob wir denn nicht ein paar Krimis mehr herausbringen könnten, als bisher. Aber noch waren keine geeigneten Manuskripte von anderen Autoren bei uns gelandet. Also musste ein weiterer Krimi von mir geschrieben werden. Zwei pro Jahr! Das schafft selbst der fleißigste Autor nicht – zumindest nicht ohne Qualitätsverlust. Weshalb ich auf die Idee verfallen bin, meinen allerersten Bestseller (den unveröffentlichten von damals) vom Staub der Jahre zu befreien, etwas zu aktualisieren und unter dem neuen Titel »Höllenfahrt« ins Rennen um die höheren Verkaufsränge zu schicken. Auf ein paar (wenigen) Seiten ging es dabei auch um gewisse (natürlich fiktive) Zustände in einer einstmals bedeutenden Rundfunkanstalt im Ländle, deren Programme im Lauf der Jahre vom Mehltau der Trägheit erstickt und deren (durchaus lukrative) Redakteursposten im Gegenzug mit Scharen journalistisch ahnungsloser Inhaber von kräftig mit Vitamin-B durchtränkten Wildcards besetzt worden waren. Wobei der so beschriebene Sender natürlich (siehe oben) ein fiktiver gewesen sein sollte. Aber das haben sie beim SWR irgendwie überlesen.

Der Erfolg meines Krimis rund um den Stuttgarter Spätzlesender war deshalb ein überwältigender: der Intendant des SWR kündigte mir fristlos! Die Folge war ein bundesweiter Aufschrei in sämtlichen Medien, wodurch die »Höllenfahrt« buchstäblich über Nacht zum Riesenhit geworden ist: »Freiheit der Kunst! Ausgerechnet vom SWR beschnitten! Zensur!«

Endlich waren Autor und Verlag in aller Munde.

Das war der endgültige Durchbruch. Für uns beide. Verleger und Autor.

Seitdem leben wir unseren Traumberuf – ich nicht mehr als Fernsehredakteur, sondern als freier Autor, Armin Gmeiner als stetig expandierender Verleger, der es mittlerweile zu einem der größten Krimiverlage in Deutschland gebracht hat. Inzwischen ohne meine weitere Mitarbeit, denn nach zehn Krimis wollte ich wieder einmal etwas Neues machen. Und so ist, wenn auch zunächst unter Zwang, mein Bestseller »Niemands Tochter« entstanden. Aber dazu dann später mehr.

Kündigung beim Fernsehdreh in der Tropfsteinhöhle

Zurück zu meiner fristlosen Kündigung beim Spätzlessender. Es war am 19. November 2001. Ein wunderschöner Spätherbsttag war angebrochen. An dem ich mit einem Kamerateam des SWR für die Sendung »Abendmelodie« in Buchen im Odenwald gedreht habe. Ort des Geschehens: die Tropfsteinhöhle von Eberstadt bei Buchen. Das ist eine der schönsten Tropfsteinhöhlen der Republik: mit blütenweißen Sinterterrassen. Herrlich anzuschauen. Logischerweise haben also wir für die »Abendmelodie« auch in dieser Tropfsteinhöhle gedreht. Und so war ich gerade dabei, zirka 500 Meter vom Höhleneingang entfernt, sozusagen mitten im Bauch der Erde, als Moderator vor der Kamera begeistert den idyllischen Eindruck zu schildern, den die Höhle auf mich gemacht hatte, als plötzlich ein atemloser Mensch vor uns auftauchte und dem Kameramann direkt in die Aufnahme trabte.

Augenblickliches, wütendes Gebrüll von der Position hinter der Kamera: »Was für ein Idiot läuft uns da ins Bild rein?!«

Der Idiot entpuppte sich als reitender Bote, den die SWR-Intendanz aus Stuttgart zu uns (beziehungsweise mir) geschickt hatte. Mit einem theatralischen Blick auf seine Armbanduhr: »Es ist jetzt genau 10 Uhr 12. Hiermit übergebe ich Ihnen dieses Schreiben!« drückte er mir einen weißen Umschlag in die Hand, murmelte ein tonloses »Auf Wiedersehen!«, wandte sich um und verschwand genauso rasch, wie er gekommen war, während ich das Schreiben ungeöffnet in meiner Jackentasche verstaut habe.

Verblüfft starrten Kameramann, Redakteur, Toningenieur, Praktikantin und unser Betreuer von der Touristinformation Buchen dem seltsamen Besucher hinterher, um ihre Blicke an-

schließend fragend auf mich zu richten. Aber nix da. Ich konnte mir ja schon ungefähr denken, was in dem Brief stehen würde. Das hatte jetzt aber zu warten. Erst einmal den Dreh hinter uns bringen. Dienst ist schließlich Dienst! Am Feierabend würde man dann weitersehen.
So haben wir – während mein Kameramann vor lauter Neugier beinahe verzwazzelt ist – die Moderation sicher unter Dach und Fach gebracht.

In der Mittagspause haben sie dann wieder versucht, mich zu löchern. Ich aber bin (im Nachhinein erstaunlich) standhaft geblieben und habe den Brief weiterhin nicht geöffnet. »Aber was wollte der Kerl denn von Dir? Wieso kommt der extra aus Stuttgart angetrabt und latscht mir dann noch durchs Bild?!«
Nur so viel habe ich verraten: »Das muss wohl mit meinem neuen Krimi zusammenhängen. Da scheint es jemanden zu geben, der sich von mir auf den Fuß getappt fühlt.«
»Wegen so einem Krimi?!« Der Kameramann schüttelte heftig seinen Kopf. »Aber wir sind doch ein Medienhaus, das die Meinungsfreiheit hochhält!«
»Theoretisch ja – aber grau ist alle Theorie.«
»Blödsinn. Praktisch auch. Deswegen macht man doch nicht so einen Aufstand!«
»Aber du kennst doch den Intendanten!«
»Ja, da hast du allerdings Recht«, seufzte der Kollege zerknirscht. »Macht wegen einem Krimi so ein Theater!«
Unsere Konzentration galt dann endlich wieder der »Abendmelodie«. Denn am Nachmittag stand ein Besuch bei Willi Pfannenschwarz, dem Gründer der Müsli-Firma »Seitenbacher« auf dem Arbeitsplan – und auch diesen Besuch wollte ich mir wegen dem komischen Brief auf keinen Fall vermiesen lassen. Unser Dreh war noch vor der legendären »Woisch Karle«-Kampagne von Seitenbacher und so haben wir uns über das nicht weniger legendär gewordene »Lecker, lecker, lecker« mit den

Stimmen der damals noch kleinen Töchter von Pfannenschwarz unterhalten, mit dem Seitenbacher-Müsli übers Radio ja in ganz Deutschland bekannt geworden ist. Das alles hatte so herrlich unprofessionell geklungen, dass Willi Pfannenschwarz von Hilfsangeboten professioneller Werbestrategen geradezu überschüttet worden ist. Dabei war es genau jener Effekt, der die bundesweite Aufmerksamkeit für das Müsli aus der Provinz erzeugt hat: diese völlig anders gestrickte, unprofessionell klingende Werbung, die in Wirklichkeit einer hochprofessionellen Strategie gefolgt ist. Sie müssten mal einen Blick ins firmeneigene Tonstudio werfen. Aber Hallo! Da ist alles vom Feinsten! Von wegen unprofessionell!
Und so haben wir also eine richtig gute Aufnahme zustande gebracht, bei der erstmals überhaupt auch die beiden Töchter in Sachen Werbegag interviewt worden sind. Klasse Sache!

Leider war das alles für den Papierkorb. Denn keine meiner Moderationen, die wir in diesen Tagen aufgezeichnet haben, ist vom SWR-Fernsehen ausgestrahlt worden. Die aus Untertürkheim nicht, die aus Bad Cannstatt nicht, ebenso wenig die aus Güglingen und natürlich erst recht nicht die aus Buchen. Denn in der Zwischenzeit war ich wg. angeblich unschicklicher Bemerkungen wie beispielsweise »Spätzlessender« im Krimi »Höllenfahrt« von den in der SWR-Intendanz residierenden Preußen fristlos entlassen worden.

Dabei hatten wir für die Güglinger Sendung sogar mitten im Herbst die komplette Narrenzunft im Häs antreten lassen (unglaublich übrigens, wozu Menschen bereit sind, sobald das Fernsehen kommt!). Hatten Interviews gemacht, die Sendungen geschnitten, synchronisiert, farbkorrigiert, Pressemitteilungen mit den Sendedaten an die Zeitungen verschickt – alles für die Katz! Insgesamt vier bereits abgedrehte Folgen der »Abendmelodie« sind einfach in den Orkus gewandert!

Man kann aber nicht sagen, dass wir »umsonst« gedreht und geschnitten hätten, denn immerhin sind damit gut und gerne 100.000 Euro an Gebührengeldern versenkt worden. Umsonst war die Sache also nicht. Abervergeblich.

Kurz vor der geplanten Ausstrahlung der Untertürkheimer »Abendmelodie« hatte ich mitbekommen, dass sie die Sendung abgesetzt hatten. Ich habe der Intendanz darauf angeboten, um der von mir interviewten Menschen willen, die sich alle doch so sehr auf ihren Fernsehauftritt gefreut hatten, eine Unterlassungserklärung zu unterschreiben, in der ich versichern wollte, dass ich durch die Ausstrahlung keine Vorteile beim bevorstehenden Arbeitsgerichtsprozess für mich ableiten würde. Aber die Antwort war ein kategorisches Nein! Was zur Folge hatte, dass ganz Untertürkheim an diesem Abend erwartungsvoll vor der Mattscheibe hockte. Doch anstelle der Untertürkheimer »Abendmelodie« kam die Wiederholung irgendeiner anderen Sendung. Natürlich nicht mit mir im Bild. Die Untertürkheimer verstanden die Welt nicht mehr, denn informiert hatte sie niemand.
Genauso ist es später den Zuschauern in Bad Cannstatt, Güglingen und Buchen ergangen.
Nun gut: um der Wahrheit die Ehre zu geben, sollte ich noch erwähnen, dass es viele Monate später dann doch noch Abendmelodien aus diesen Orten gegeben hat. Und zwar hat man die alten Sendungen »umgestrickt«: alle meine Moderationen sind rausgeschnitten und durch Nachmoderationen meiner Kollegin ersetzt worden.

Dumm nur, dass meine Moderationen und die übrigen Aufnahmen an schönen, bunten, lichtdurchfluteten Herbsttagen stattgefunden hatten. Bei den Nachmoderationen der Kollegin aber herrschte tiefster Winter – was besonders im Fall von Buchen im Odenwald, wo es ja bekanntlich »einen Kittel kälter« ist, weil

es halt ein bisschen höher liegt, mit gewissen wetterbedingten Problemen verknüpft war. Denn anstelle von buntem Herbstlaub war der Boden jetzt beinahe meterhoch mit Schnee bedeckt, so dass die Stadtverwaltung eigens für den Nachdreh extra schweres Gerät hatte einsetzen müssen, um die jämmerlich frierende Kollegin an meine früheren Moderationsstandorte zu schaffen (an denen ich in der warmen Herbstsonne noch ziemlich geschwitzt hatte).
Als eine weitere, völlig unerwartete, Hürde hat sich dann die Tropfsteinhöhle entpuppt. Denn kaum hatte die Kollegin den Höhleneingang passiert, da ist sie auch schon kreideweiss im Gesicht geworden und kraftlos auf einen Stuhl gesunken. Des Rätsels Lösung, das sie mit matter Stimme offenbart hat: sie leide unter einer ziemlich heftigen Höhlenphobie und könne jetzt keinesfalls »da rein«!
Also alles wieder zurück auf Anfang: hinaus aus der Höhle, Zeit zum Durchatmen, das ganze Team auf »Stand-by«, während man beruhigend auf die Kollegin eingeredet hat. Rund zwei Stunden später konnte es dann losgehen – in aller Hast und natürlich ohne größere Proben, dafür mit einer unter der Schminke leichenblassen Moderatorin, die nur deshalb nicht wie ein Höhlengeist ausgesehen hat, weil die erfahrene Maskenbildnerin all ihr in jahrzehntelanger Arbeit erworbenes Können aufgeboten hat, um das Moderatorinnenantlitz so familienkompatibel wie nur irgend möglich erscheinen zu lassen.

Ich also war draußen. Schon ein seltsames Gefühl, als eigentlich Unkündbarer dennoch gekündigt vor der Tür zu stehen. Denn immerhin war ich Betriebsrat gewesen, dazu über 20 Jahre im Sender und dennoch war ich von heute auf morgen weg vom Fenster! Und das Allerschlimmste: fortan ohne Gehalt. Denn meine Gehaltszahlung war schlagartig eingestellt worden. Arbeitsgericht hin oder her. Das war der Hebel, mit dem sie versuchten, mich gefügig zu machen. Geld ist ja schon ein starkes

Argument, vor allem dann, wenn man eine Familie mit zwei Kindern hat und dazu ein noch nicht abbezahltes Haus. Aberso nicht! Nicht mit mir! Das habe ich damals fest geschworen. Lieber zunächst einmal das zweite Auto verkaufen und den einen oder anderen Luxus zurückfahren. Aber nicht einknicken. Niemals!

Ich habe in dieser Zeit aber auch rührende Hilfestellungen erfahren. Zum Beispiel von Hanspeter Hagen, einem altgedienten Sozialdemokraten und Chef des (höchst empfehlenswerten) Kaffeehauses »Hagen« in Heilbronn. Der hat mir gleich einen Gutschein für eine Jahresration seines (wunderbaren) Kaffees geschenkt, damit ich trotz Gehaltsstopp meinen Lieblingskaffee weiter würde trinken können. Das ist echte Solidarität! Es heißt ja so schön: in der Not lernst du Deine wahren Freunde kennen. Das stimmt tatsächlich.

Wobei ich mich natürlich keinesfalls über meine zahlreichen Kollegen auslassen möchte, von denen ich viel Zuspruch erfahren habe. Vor allem abends haben sie mich angerufen und sich fürchterlich über den »Scheißladen« SWR echauffiert. Selbstverständlich sei mir ihre volle Solidarität gewiss. Leider aber könnten sie aktuell nichts für mich tun, »denn du weißt ja, wie das so ist: mein Haus (noch nicht abbezahlt), mein Auto (noch nicht abbezahlt) meine Frau (…)« Ja, klar! Ich hatte verstanden, und habe die armen Kollegen meist dann auch noch recht einfühlsam getröstet, dass sie immer noch in diesem »Scheißladen« arbeiten müssten, während ich (»Sei froh, dass du draußen bist!«) es endlich geschafft hätte, auf der anderen Seite der Tür zu landen.

Also: was jetzt? Ich müsse, erläuterte mir mein Rechtsanwalt, mich jetzt schnellstmöglich beim Arbeitsamt melden wg. Arbeitslosengeld und so.

Aber ich hätte doch Widerspruch gegen meine Kündigung eingelegt. Wieso denn Arbeitsamt? Antwort des Advokaten: »Weil-

Sie sonst in den nächsten Monaten keinen einzigen Cent mehr bekommen. Wenig genug wird es im Vergleich zu Ihrem bisherigen Gehalt ohnehin sein. Aber Sie müssen jetzt dort hin, denn das mit der Klage auf Wiedereinstellung, das wird sich mindestens über ein Jahr ziehen.«
»Selbst wenn die Kündigung unrechtmäßig war und ich doch sowieso gleich mehrfach unkündbar gewesen bin?!«
»Selbst dann!«
Das hätte ich, ehrlich gesagt, nicht für möglich gehalten! Da bist du eindeutig auf der rechtlich einwandfreien Seite – und trotzdem kannst du längst am ausgestreckten Arm verhungert sein, bis dir dein Recht dann endlich zuerkannt wird.

Seitdem weiß ich also, wie so ein Arbeitsamt von innen ausschaut – und auch, dass es in so einem Amt zwei Klassen von Menschen gibt. Denn bei meinem ersten Besuch habe ich mich natürlich brav unten im Flur angestellt: Linoleumfußboden, kahle Wände, alles in allem eine ziemlich kalte Atmosphäre, die mir besonders gut geeignet schien, um womöglich noch nicht vorhandenen Depressionen zum raschen Durchbruch zu verhelfen. Und so habe ich dort also geduldig ausgeharrt, bis ich an der Reihe sein würde: neben arbeitslosen Schweißern, Plattenlegern, LKW-Fahrern, Putzfrauen, ausländisch radebrechenden Hilfsarbeitern und so weiter. Es war eine beeindruckend große Warteschlange, die mich immerhin nach gut und gerne zwei Stunden ans Ziel geführt hat: zu der Frau am Schalter, die meinen Antrag auf Arbeitslosengeld bearbeiten würde!
Endlich! Aber die Frau am Schalter hat sofort gestutzt, als ich ihr meine Papiere vorgelegt habe. Komisch: wieso runzelt die denn jetzt die Stirn?
Des Rätsels Lösung erfolgte rasch: »Aber Sie haben studiert! Stimmt das?!«
»Ja, das stimmt!«
»Dann sind Sie also Akademiker?!«

»Logischerweise Ja!«
»Aber dann haben Sie hier bei mir nichts zu suchen!«
»Sondern wo?«
»Oben im 1. Stock. Dort befindet sich der Schalter für die Akademiker.«
Und so waren also zwei Stunden Wartezeit am Ende ergebnislos verstrichen. Ich habe meine Siebensachen genommen und bin missmutig die Treppe ins erste Stockwerk hoch geschlichen: in der Erwartung neuerlicher zwei Stunden in einer unangenehmen Umgebung. Aber von wegen!
Denn dort oben war der Boden mit Teppich belegt, die Atmosphäre hell und freundlich, eine Warteschlange nicht vorhanden, dagegen spielte ein nettes Lächeln um die Mundwinkel der Dame am Schalter, die mich mit den Worten begrüßte: »Guten Tag, Herr Haug, da sind sie ja! Wir haben sie nämlich schon erwartet, denn wir haben von ihrem Fall in der Zeitung gelesen!« Das war ja … ganz anders, als unten im Erdgeschoss. Und plötzlich erinnerte ich mich an den tiefsinnigen alten Spruch »per aspera ad astra«, was in etwas bedeutet: »Über raue Pfade zu den Sternen« oder um es auf meine persönliche Situation umzutexten: vom Stragula zur Auslegeware! Super! Ruckzuck war mein Antrag auf Arbeitslosengeld bearbeitet – und ich durfte wieder nach Hause gehen, nicht ohne zuvor noch den Hinweis mit auf den Weg bekommen zu haben: ich dürfe a) jetzt auf keinen Fall arbeiten und hätte mich b) aber immer für eventuelle Arbeitsangebote des Amtes zur Verfügung zu halten. Na bravo! Wenige Wochen später kann dann die erste Überweisung meines Arbeitslosengeldes. Tatsächlich nur ein bescheidener Bruchteil meines bisherigen Nettogehalts. Da würden wir den Gürtel tatsächlich ganz schön enger schnellen müssen!
Nun denn!
Nachdem für mein Empfinden eine gewaltig lange Zeit verstrichen war, bis endlich der erste Termin beim Arbeitsgericht in Stuttgart zustande kam, ging es dort gleich so richtig zu Sache.

Ausführlich erläuterte der Justitiar des Senders, weshalb meine eventuelle Wiederanstellung für den SWR, meinen Arbeitsgeber, völlig unakzeptabel sei, denn in meinem Krimi »Höllenfahrt« hätte ich besagte Anstalt ja auf das Übelste beleidigt. Mehltau, Vitamin B und andere Ungeheuerlichkeiten mehr.
Mein Einwand, dass es sich bei der erwähnten Anstalt doch gar nicht um den SWR gehandelt haben könne, sondern um eine fiktive Anstalt, weil die Geschichte zu einer Zeit spiele, in der es den SWR noch gar nicht gegeben habe, wurde mit der Feststellung: »Das glauben wir nicht!« ratzfatz vom Tisch gewischt.
Gut: gesetzt den Fall, es ist also nicht fiktiv… setzte ich meine Analyse munter fort, dann kann es sich aber niemals um den SWR handeln, den ich da beschrieben habe. Denn im SWR herrschen doch nicht diese Zustände, oder?!
Ein schmerzhafter Seitenhieb meines Anwalts, empörtes Aufbegehren des Justitiars von gegenüber: »Nein! Natürlich nicht!«
»Wenn es sich also gar nicht um den SWR handeln kann, wieso regen Sie sich dann so auf? Es heißt doch immer, dass nur getroffene Hunde bellen – und das wäre dann ja schon ein kleinerer Skand…« Weiter kam ich nicht: ein zweiter, stärkerer Seitenhieb meines Anwalts ließ mich verstummen. Aber ich hatte angemerkt, was ich vor den Ohren der zahlreich erschienenen Presse- und Radioleute hatte sagen wollen – und das war mir gelungen.
Der weitere verbaljuristische Schlagabtausch (jetzt nur noch zwischen meinem Anwalt und dem Justitiar) mündete im Angebot des SWR, die schöne Summe von 150.000 Euro auf den Tisch zu legen und damit die Sache ein für allemal schiedlich-friedlich zu beenden. »Nehmen Sie es und stimmen Sie dem Vergleich zu. Denn falls Sie das nicht tun und weiterstarrköpfig auf Ihrem vermeintlichen Recht beharren, dann haben sie am Ende vielleicht gar nichts. Außer den Prozesskosten, die Sie dann auch noch selber zahlen müssen«, meinte der Justitiar

mit einem maliziösem Lächeln, während die ersten Schweißtropfen von der Stirn meines Anwalts perlten.
Ein Alles-oder-Nichts-Spiel also, das sie mit mir spielen wollten! Soso!
Selbst die Unterbrechung, die mein Anwalt nach einem weiteren Hieb in meine Flanke durchgesetzt hatte und während der er auf mich eingeredet hat, wie auf einen kranken Ackergaul, änderte nicht das Mindeste an meiner Haltung. »Ich lasse mich nicht kaufen. Ich bin im Recht und lasse mir nicht mit Geldscheinen den Mund und das Schreiben verbieten. Ende der Debatte!«
Und so ging es, obwohl auch das Gericht starke Zweifel an der Rechtmäßigkeit meiner Kündigung angemeldet hatte, auf Antrag des SWR sofort in die nächste Instanz. Wobei der Begriff »sofort« in dieser Beziehung natürlich ein äußerst dehnbarer ist, denn wieder geschah erst einmal monatelang nichts außer dem gegenseitigen Austausch zentimeterdicker Schriftsätze. Zäh wie Kaugummi verstrich die Zeit, während mein Konto dahinschmolz. Allmählich wurde das Geld knapp – aber meine Frau und ich hatten vereinbart: »Wir schaffen das!« (was für ein zeitlos aktueller Satz!) und haben das Zweitauto verkauft. Der Erlös hat dann bis zur entscheidenden 2. Instanz gereicht.

Jetzt waren wir also vor dem Landesarbeitsgericht in Stuttgart gelandet und für dieses Verfahren hatte der SWR einen Staranwalt aus München eingeflogen, der dann auch sofort daran ging, ein wahres Donnerwetter samt einem lautstarken Redeschwall auf das Gericht und den Kläger niederprasseln zu lassen. Doch sämtliche, noch so lautstark vorgetragene Argumente schienen an dem gelangweilt dreinschauenden Richter abzuprallen, wie an einer Teflonschicht. All das, was er da grade vernommen habe, sei alles andere als stichhaltig, meinte der Richter. Damit – und nun wandte er sich direkt an den Star am Münchner Juristenhimmel – würde er niemals durchkommen, um meine

Kündigung zu rechtfertigen: »Und sowieso: der Begriff »Spätzlessender«. Wo bitte soll da der Aufreger sein?! Wir Schwaben mögen nämlich Spätzle. Das ist doch nichts Unanständiges. Das wird in einer schwäbischen Liebesbeziehung sogar als Kosewort verwendet. Und übrigens: Ich habe das Buch meiner Frau zum Lesen gegeben, die ist darüber eingeschlafen, so arg geht es da drin zur Sache! Was also wollen sie denn eigentlich?!«

Während ich mich ob dieser vernichtenden Kritik an meinem Jahrhundertwerk beleidigt zurücklehnte, ließen die Anmerkungen des Richters beim Staranwalt sämtliche Dämme brechen:
»Aha! Wenn das so ist! Dann pfeife ich auf ihre Meinung und gehe gleich in Berufung beim Bundesarbeitsgericht!«, brüllte er und verschränkte in einer demonstrativ-trotzigen Geste seine Arme. »Dann brauchen wir hier gar nicht mehr unsere Zeit zu verschwenden. So einfach ist das!«
»Ist es nicht«, lehnte sich der schwäbische Richter lächelnd zurück. »Denn was ist, wenn ich ihre Berufung erst gar nicht zulasse?«
Es war eine absolut filmreife Szene, denn so schnell, wie die Luft aus einem zerplatzten Luftballon entweicht, war die Drohkulisse in sich zusammengestürzt. Und keinerlei Chance auf Wiederaufbau. Das Mienenspiel des Rechtsvertreters hätte jedem Stummfilmstar zur Ehre gereicht. Ja, Stummfilm: denn ganz plötzlich hatte es ihm die Stimme verschlagen. So also sieht es aus, wenn einem jemand zeigt, wo der Barthel den Most holt, schoss es mir durch den Kopf, während der Richter bereits seine Akten zusammenklappte und sich langsam erhob. »Ich rate ihnen deshalb dringend, sich mit dem Herrn Haug da zu einigen, sonst muss ich die Sache entscheiden, was mutmaßlich bedeuten könnte, dass mein Urteil zu ihren Ungunsten ausfallen wird. Und zwar ohne Berufungsmöglichkeit. Ich gebe ihnen für eine gütliche Einigung mit dem Herrn Haug zwei Wochen Zeit.«

Also kam es zum Einigungsgespräch zwischen mir und dem SWR, an dem neben mir und meinem Anwalt ein gutes halbes Dutzend Direktoren des SWR teilgenommen haben. Trotz meiner mehr als 20 Jahre währenden Zugehörigkeit zu SWF, SDR und SWR hätte ich bis zu diesem Zeitpunkt eine derartige Häufung solcher Posten in den höheren Etagen des SWR nicht für möglich gehalten. Und alle schienen sie über ein unbegrenztes Zeitkontingent zu verfügen, um sich nun einen Nachmittag lang mit mir über die Modalitäten meiner Wiedereinstellung zu unterhalten. Alle waren sie gekommen – bis auf einen: den Intendanten. Ausgerechnet derjenige, der die Lawine losgetreten hatte, klemmte die Ente! Schade! Die Suppe auslöffeln sollten jetzt seine nachgeordneten Chargen.
So weit – so erstaunlich.

Die Ausgangslage für das Gespräch war im Grunde genommen klar: sie mussten mich wieder nehmen. Und dass mir der SWR mein gesamtes Gehalt würde nachzahlen müssen, das sie bei der Kündigung sofort gestoppt hatten, das stand von vornherein fest. Die Frage war nur: wie würden sie die heikle Angelegenheit angehen – und welchen Arbeitsplatz (zu meinen bisherigen Konditionen) würden sie mir anbieten? Eine Leitungsfunktion musste es ja schon sein. Und so lag schließlich das Angebot auf dem Tisch, künftig als Redaktionsleiter der legendären Sendung »Hund und Katz« mit Dienstsitz im Studio Mannheim zu fungieren. Wir haben herzlich gelacht. Also: mein Anwalt und ich. Die Herren Direktoren eher nicht.

Das Ende vom Lied bestand schließlich darin, dass ich dem Angebot formell zugestimmt habe, denn ich hatte mich bereits diebisch auf die Zeitungsschlagszeilen gefreut, die da kommen würden: »Haug macht Hund und Katz« – und sie kamen! In Wahrheit habe ich natürlich keine einzige »Hund und Katz« – Sendung geleitet. Ohnehin war klar: sie würden mich nicht mehr moderieren und auch keine Filme mehr machen lassen. Deshalb habe ich mir vertraglich zusichern lassen, dass der SWR zumindest zwei meiner schönsten landeskundlichen Filme (sozusagen als filmisches Abschiedsgeschenk) wiederholen würde. Dem haben sie zugestimmt. Weshalb der Landessenderdirektor sofort mit dem Kopf genickt und dabei leicht gegrinst hat, war mir damals ein Rätsel. Einige Wochen später ist mir dann ein Licht aufgegangen: sie haben die beiden Filme an zwei Feiertagen um jeweils 8.30 Uhr morgens ausgestrahlt. Womit sicher garantiert war, dass die Einschaltquote gegen Null tendierte. Die einen nennen das Geld verbrennen, die anderen zucken nur mit den Schultern und sagen, so sei es eben beim öffentlich-rechtlichen Rundfunk und seinen Zwangsgebühren. Ich dagegen – sage gar nichts mehr (aber der Herrgott hört mein Brummen …).

Kaum hatte ich als frisch ernannter »Hund und Katz«-Redaktionsleiter mein Büro in Mannheim bezogen, habe ich die Schlussphase eingeläutet, indem ich dem SWR das Angebot gemacht habe, gerne freiwillig auszuscheiden. Ein Angebot, von dem ich weiß, dass es den Intendanten beinahe vom Sessel gelupft hat, als es auf seinem Schreibtisch gelandet ist. »Wie das? Erst hat der Kerl sich mühsam wieder in den Sender hinein gekämpft und jetzt plötzlich will er wieder gehen?!«

Ja, das wollte ich. Aber zu meinen Bedingungen und schon gar nicht dann, wenn einer, dem meine Nase nicht passte, meinte, mich loswerden zu müssen. Diese Haltung wollte ich zum guten Schluss als Signal für meine im Sender verbliebenen Kollegen deutlich machen: Kämpfen, nicht ducken! Denn vom Grundsatz her ist es das öffentlich-rechtliche System ja eigentlich wert, dass man sich engagiert. Man muss es halt nur tun …

Bestsellerautor wider Willen

Vom Ballast des redaktionellen Hund-und-Katz-Korsetts befreit, ging es für mich nun weiter als ganz und gar freier Schriftsteller. Das ist in den heutigen Zeiten natürlich schon mit einem gewissen finanziellen Risiko behaftet. Aber ich habe Glück gehabt. Das Glück, dass mich meine Mutter in der Zwischenzeit zu einem Buch gezwungen hatte. Zu dem Buch »Niemands Tochter – auf den Spuren eines vergessenen Lebens«. Darin beschreibe ich das bitterarme Leben meiner fränkischen Großmutter Maria Staudacher aus Rothenburg ob der Tauber.
Wie es zu diesem Buch gekommen ist, das ist beinahe eine eigene Geschichte – und die geht so: ich habe im Lauf meines Lebens ja doch schon einige Bücher geschrieben. Mittlerweile dürften es deutlich über 30 geworden sein – und noch immer warte ich vergeblich darauf, einmal ein Lob aus dem Mund meines Vaters darüber zu hören.

Denn jedes Mal, wenn ich mit einem frisch aus der Druckerei angelieferten Buch zu meinen Eltern fahre und es ihnen voller Stolz präsentiere, dann beginnt das immer gleiche Ritual.
»Da! Schaut nur! Euer Junior hat wieder ein Buch geschafft! 400 Seiten dick! Nicht schlecht, oder?«
Das mit den 400 (oder noch mehr) Seiten, betone ich immer ganz besonders, denn damit wird ja mehr oder minder deutlich, dass es eine ordentlich Fleißarbeit gewesen ist, die ich da bewältigt habe. 400 Seiten: das schreibt man nicht an einem Nachmittag »auf einer Arschbacke« mal rasch herunter. Dazu braucht es Sitzfleisch. Disziplin! Geduld!
Ich betone das deswegen, weil die Sache mit dem Sitzfleisch während meiner Schulzeit nicht unbedingt zu meinen heraus-

ragenden Qualitäten gezählt hat. Eher im Gegenteil. Ich hatte da bekanntlich noch jede Menge weiterer Interessen, als stumpfsinnig am Schreibtisch über irgendwelchen Mathe-Hausaufgaben zu brüten, die mir ja sowieso ein Buch mit sieben Siegeln waren.

Nicht, dass es mir in der Schule nicht gefallen hätte (manchmal jedenfalls): ich habe sogar gleich 14 Jahre dort zugebracht.
Aber gut. Jedenfalls dachte ich, meine Eltern würden sich darüber freuen, dass es der Junior nun endlich gecheckt hätte. Dass man eben auch Sitzfleisch braucht, wenn man eine Sache gut zu Ende bringen will. Und bei 400 Seiten braucht es eine ordentliche Portion Sitzfleisch.
Die Reaktionen sind freilich nie so ausgefallen, wie ich das gerne gehabt hätte. Gut, mein Vater als gebürtiger Stuttgarter, lebt eh nach dem Motto: »Net gschempft isch gnuag globt!« (Nicht zu schimpfen ist Lob genug). Aber meine Mutter! Die nahm mein neues (dickes!) Buch immer nur mäßig interessiert in die Hand, betrachtete es von allen Seiten und … nichts mehr geschah.
Ha no!
Das konnte ja wohl nicht wahr sein! Und so habe ich ihr schließlich die Frage gestellt: »Was ist? Gefällts Dir denn nicht?«
»Ja. Doch. Schon.« Aber das klang irgendwie gequält und nicht sonderlich begeistert.
»Ja – und was genau gefällt dir nicht so sehr daran?«
Worauf sie kurz nachdenklich den Kopf gewiegt und mich dann mit ihrem Mutterblick angeguckt hat. Das ist so ein ganz spezieller Blick, den es nur zwischen Müttern und ihren Söhnen gibt. Ein ganz eigener Code. Damit hat sie mich also fixiert und gleichzeitig gemeint: »Ha, schreib doch mal was gscheits!«
Wie bitte?!
War das etwa nichts? Dieses wunderbare Buch mit seinen vierhundertundirgendwas Seiten?

Sie hat gemerkt, dass es wohl ein bisschen arg deftig gewesen ist, mit ihrer Aussage und deshalb hat sie nun versucht, zu beschwichtigen. Aber bei mir war der Treffer längst angekommen. Schuss. Versenkt! Dementsprechend säuerlich habe ich zurück gefragt: »Und was bitte ist Deiner Meinung nach was Gscheits?«
Wieder dieser Mutterblick!
»Ha, schreib doch mal was über das Leben von Deiner Großmutter!«
Meiner Großmutter! »Und Du meinst damit womöglich Deine Mutter?!«
Nachdrückliches Kopfnicken ihrerseits. Ja, genau die meine sie. Das konnte doch wohl nicht wahr sein! Ausgerechnet ihre Mutter, über die ich was schreiben sollte. Dabei habe ich meine fränkischen Großeltern doch kaum gekannt. Vielleicht drei- oder viermal im Leben gesehen. Als meine Rothenburger Großmutter gestorben ist, war ich zehn Jahre alt. Und es war ja, wie ich weiter vorne im Buch beschrieben habe, jedes Mal ein Alptraum für mich, zur buckligen Verwandtschaft nach Rothenburg zu müssen.
Nein, »meine Oma«, das war für mich die Großmutter väterlicherseits, in deren Haus ich ja meine ersten Lebensjahre verbracht habe. Dass ich auch eine fränkische Verwandtschaft hatte … na ja.
Und jetzt also kam meine Mutter daher und wollte, dass ich über ihre Mutter ein Buch schreibe. Über diese bitterarme Familie, die mit ihren acht Kindern, einem angenommenen Kind, der Ziege, einem Schwein, Hühner und Hasen im kleinsten Haus von ganz Rothenburg gehaust hatte. Arme Schlucker. Mein Großvater war Hilfsarbeiter gewesen, Straßenkehrer, Brauereikutschenfahrer, oft arbeitslos. Er hat mir später einmal erzählt, was für ein Gefühl es für ihn gewesen ist, als die Zwillinge geboren waren »und mich vier Augen aus der Wiege anschauen. Dann bin ich frühmorgens aus dem Haus gegangen und habe gehofft, heute irgendeine Arbeit zu bekommen, um

etwas zum Essen kaufen zu können.« Es war der sprichwörtliche Kampf ums tägliche Brot, den meine Großeltern jahrelang kämpfen mussten.
Und genau aus diesem Grund habe ich nur den Kopf geschüttelt und zu meiner Mutter gesagt: »So ein armes Leben! Das interessiert doch keineSau!«
Damit war erst einmal Ende der Debatte.

Aber wenn Sie meine Mutter kennen würden, dann würden Sie jetzt sagen: ja, da hat er ausnahmsweise mal Recht. Denn meine Mutter gibt nicht so schnell klein bei. Die kann ein Thema, von dem sie überzeugt ist, weitertreiben bis in alle Ewigkeit. Auf gut Deutsch: die kann nerven ohne Ende! Und so war auch ich eines schönen Tages mürbe geschossen.

Diesen Tag vergesse ich nie. Ich stand, völlig arglos, in der Küche meines Elternhauses in Gomadingen und einfach so, ganz nebenbei, hat mir meine Mutter die Geschichte erzählt, wie meine Großmutter als sechs Wochen altes Wickelkind am Tag nach ihrer Taufe von ihrer Mutter hat weggegeben werden müssen. Und diese Mutter musste davon ausgehen, dass sie ihre kleine Maria nie mehr im Leben wiedersehen würde.
Wie ein Blitz ist es in dieser Sekunde über mich gekommen. Schlagartig hatte ich begriffen, dass ich dieses Buch würde schreiben müssen. Unbedingt wollte ich herausfinden, was damals in Rothenburg geschehen war. Weshalb die Mutter ihr Kind hat hergeben müssen. Weshalb der Kindsvater sich geweigert hatte, sie zu heiraten. Und weshalb dann ausgerechnet diese Mutter viele Jahre später ihre Tochter verleugnet hat, als diese sie endlich wieder gefunden hatte. »Ich bin nicht Deine Mutter und Du bist nicht meine Tochter!« So sind die Buchtitel »Niemands Tochter« und »Niemands Mutter« zustande gekommen.
Ich habe mich also auf Spurensuche begeben und bin tief eingetaucht in die kleinbäuerliche Welt Mittelfrankens im zu Ende

gehenden 19. und beginnenden 20. Jahrhundert. Mit mehr und mehr Faszination und Begeisterung.
Dann habe ich das Manuskript einem der ganz großen deutschen Verlage angeboten – und hielt keine zwei Tage später bereits ein Fax in meinen Händen. »Wir machen das Buch!« Ein Buch bei »Hoffmann und Campe«! Das war mein Ritterschlag als Autor. Und mein überragender Erfolg. Denn das Buch ist momentan in der 32. Auflage. Das hätte ich nie für möglich gehalten. Ein Buch über das Leben armer Leute!

Erst viel später, als die damalige Bundesfamilienministerin Renate Schmidt (eine aufrechte Fränkin), nach Rothenburg gekommen ist, um am Wohnhaus von »Niemands Tochter« eine Gedenktafel anzubringen, so begeistert war sie vom Leben der Maria Staudacher, die im 2. Weltkrieg ja auch noch Menschen in Not versteckt hat (unter anderen den aus einem deutschen Internierungslager entflohenen französischen Soldaten Francois Mitterand) habe ich es begriffen: Dieses Buch ist ein Denkmal für die vielen hunderttausend namenlosen, armen Frauen, die ein ähnliches Schicksal haben bewältigen müssen. Niemand hat sie je gefragt, ob sie denn nicht auch ein besseres, schöneres Leben leben wollten (was sie sicherlich bejaht hätten). Aber sie haben ihr Schicksal angenommen und dieses arme Leben meist mit einem bewundernswerten Anstand und Würde zu Ende gelebt. Da könnte sich so manche(r) heutzutage eine gewaltige Scheibe davon abschneiden. Die gute alte Zeit! Die hat es niemals gegeben. Zumindest nicht für Leute wie uns. Auch das wird bei der Beschreibung dieses Lebens überdeutlich. Aber nur dann, wenn wir wissen, wie schlimm es früher zugegangen ist (manches ist noch gar nicht so lange her) – nur dann sind wir in der Lage, all diese Errungenschaften zu verteidigen, die wir mittlerweile wie selbstverständlich Tag für Tag genießen.
Meine Großeltern aus Rothenburg standen am untersten Ende der sozialen Stufenpyramide. Sie waren so arm, dass noch nicht

einmal alle ihre Kinder Schuhe hatten. Und dennoch haben sie es geschafft, dass keines der Kinder nach ganz unten durchgerutscht ist. Meinem arbeitslosen Großvater haben die Machthaber in der Nazizeit dann eine Arbeit angeboten: »Staudacher, du musst nur hier unterschreiben, dann hast du eine Arbeit.«
Aber den Eintritt in die Partei, nein: den hat er nicht unterschrieben. »Ihr führt nichts Gutes im Schilde. Das tue ich nicht!«
Lieber keine Arbeit, als Parteimitglied zu werden und im Gleichschritt mit den anderen zu marschieren. Donnerwetter! Das war ein Satz, der damals akute Lebensgefahr bedeutet hat. Und deshalb habe ich höchsten Respekt vor diesem einfachen armen Mann, der den Nazis die Stirn geboten hat. Ja, doch: ich bin stolz auf meine fränkischen Großeltern!
Wobei ich schon noch gerne hinzufügen möchte, dass Abstammung in meinen Augen lediglich eine biologische Tatsache darstellt. Würde und Anstand, das muss sich jede(r) selbst erarbeiten. Abstammung hin oder her!

Nach dem überragenden Erfolg von »Niemands Tochter« habe ich gleich weitergeschrieben. »Niemands Mutter« sollte das nächste Buch heißen, denn ich wollte unbedingt herausfinden, weshalb meine Urgroßmutter ihre Tochter verleugnet hat, als diese sie wiedergefunden hatte.
Frohgemut bin ich also wieder einmal zu meinen Eltern gepilgert und habe die gute Nachricht voller Stolz verkündet. Begeisterung pur hatte ich erwartet.
Aber von wegen!
Die Reaktion meiner Mutter war äußerst gedämpft. »Muss das denn unbedingt sein?«
Ich dachte, ich hätte mich verhört! Was war denn jetzt schon wieder falsch an meinen schriftstellerischen Ambitionen?
Das Rätsel war rasch gelöst: Meine Mutter hat ihrer Großmutter nie verziehen, dass die ihr Kind (» Niemands Tochter«) versto-

ßen hat. Und auch dieVerwandtschaft in Rothenburg war nicht sonderlich erfreut über mein neuerliches Wühlen in der Geschichte Mittelfrankens, denn »Wer weiß, was dabei noch alles herauskommen wird. Womöglich sind wir plötzlich mit Leuten verwandt, mit denen wir gar nicht verwandt sein wollen«. Solche und ähnliche Argumente bekam ich nun zu hören.
Doch wenn ich von meiner Mutter eines geerbt habe, dann ist es die Hartnäckigkeit. Jetzt war ich es, der nicht locker gelassen hat. Wochenlang habe ich also die Verwandtschaft mit der Frage genervt, wo ich wohl Spuren finden könne, die zu meiner Urgroßmutter Anna Reingruber (»Niemands Mutter«) führen könnten.
Mit sichtlich zusammengebissenen Zähnen haben sie schließlich geknurrt: »Dann musst Du halt mal bei der Auracher Marie nachfragen.«
»Bei wem?«
»Bei der Auracher Marie.«
»Aha. Und wer bitte soll das gewesen sein?«

Die Auracher Marie war ein altlediges Fräulein, das zusammen mit ihrem ebenfalls unverheirateten Bruder in einem kleinen, längst abgerissenen Häuschen in der Rothenburger Wenggasse gewohnt hat. Und bis in ihr hohes Alter ist sie mit einem rostigen Traktor durch die Rothenburger Gassen gedonnert. Wenn sie so um die Ecke gefegt kam, sind die Touristen aus Japan und Amerika erschrocken in alle Himmelsrichtungen auseinandergestoben. Und die Verwandtschaft hat sich geschämt … So eine Peinlichkeit. Und überhaupt: so eine Verwandtschaft! Auf die hätte man gerne verzichtet. Aber Verwandtschaft kann man sich im Gegensatz zu Freunden ja nicht aussuchen.
Wie auch immer. Die Auracher Marie war natürlich schon längst verblichen, als ich mit meinen Nachforschungen begonnen habe. Also, wollte ich wissen, was es denn mit diesem »Aurach« auf sichhabe?

Na ja, das solle wohl heißen, dass die Marie ursprünglich aus dem Dorf Aurach stamme. Aurach bei Feuchtwangen. So besage es die Familienlegende.
Folglich habe ich mich aufgemacht nach Aurach und bin dort an einem Werktag abends um 19 Uhr (ich hatte später am Abend noch eine Lesung aus »Niemands Tochter« in Dinkelsbühl) durchgefahren. Seltsam, dachte ich. Denn die Kirchenglocken läuteten endlos. Einige Menschen sind in die Kirche geeilt. Undenkbar in einem evangelischen Ort. Sollte das etwa bedeuten, dass man in Aurach katholisch ist? Am Ortsende hatte ich dann die Gewissheit, denn neben dem Ortsschild gab es da nur eine einzige Tafel: »Heilige Messe«. In Aurach sind sie also katholisch. Womit schlagartig klar war, dass die Auracher Marie niemals aus diesem Aurach stammen konnte. Denn in meiner Familie ist man evangelisch. Und dass evangelisch und katholisch zusammenkommen: das ist ja selbst heutzutage manchmal leider noch so eine Sache. Damals aber war es schlichtweg undenkbar. Wie Feuer und Wasser.
Womit die Familienlegende mitsamt der Abstammung der Auracher Marie schlagartig zerbröselt war. »Haben wir Dir doch gleich gesagt: Du wirst da nicht weiterkommen«, frohlockte die Verwandtschaft, die mich am Ende der Recherche meines somit gescheiterten Buchprojekts wähnte.
Aber nicht mit mir! Ich bin ja wie gesagt meiner Mutter Sohn und habe diesen Dickschädel (sorry Mama!) von ihr geerbt. So leicht würde ich die Flinte nicht ins Korn werfen!
Also: was jetzt? Am besten weiter suchen. In fränkischen Orten mit ähnlich klingenden Namen, in denen irgendwo auch »Aurach« drin steckt.
Herzogenaurach beispielsweise. Das wäre ja der Hit gewesen, mit »Adidas« oder »Puma« verwandt zu sein. War aber leider nicht so.
Weiter ging es auf der mittelfränkischen Landkarte. Was bin ich bei dieser Suche durch mir bislang völlig unbekannte Ortschaf-

ten gefahren: Wicklesgreuth, Leichendorf, Unternbibert (gutes Bier!), Jochsberg (auch gutes Bier!), Unterhinterhof, Oberhinterhof und viele andere mehr. Alles für mein hartnäckig verfolgtes Ziel, doch noch das richtige Dorf zu finden, in dem meine Urgroßmutter geboren worden ist!

Eines schönen Tages war ich somit in Auerbach bei Colmberg gelandet. Aurach – Auerbach. Könnte passen. Mit vergleichsweise wenig Hoffnung, denn ich hatte ja schon zahlreiche Enttäuschungen hinter mir, bin ich aufs dortige Standesamt gepilgert, um die Liste der Geburten aus der zweiten Hälfte des 19. Jahrhunderts durchzuschauen. Irgendwann in dieser Zeit musste die Urgroßmutter Anna Reingruber geboren worden sein. Die Frage war halt nur: wo? Auch in Auerbach deutete mittlerweile alles auf einen Fehlschlag hin: 1860, 1861, 1862, 1863 – überall Fehlanzeige. Doch dann, ich war gerade beim August 1882 gelandet und bereits kurz vor dem Aufgeben, durchzuckte es mich wie ein Stromschlag: da war er, der Geburtseintrag meiner Urgroßmutter! Datum: 5. August 1882! Da hat es mich gleich nochmal geschüttelt, denn der 5. August ist auch mein Geburtstag. Zufälle gibt es! In diesem Fall war und bin ich mir sicher: das ist kein Zufall. Das musste so sein!
Mit dieser Entdeckung und der sicheren Gewissheit, ihren Geburtsort ausfindig gemacht zu haben, konnte ich meine Recherchen jetzt also in und um Auerbach vertiefen und schließlich das Buch über das knüppelharte Leben meiner Urgroßmutter schreiben. »Niemands Mutter« ist ein ähnlicher Erfolg wie »Niemands Tochter« geworden. Und seitdem fahre ich weiter auf dieser auflagenstarken Schiene.

Das Einzige, worüber ich mich manchmal ärgere: dass ich nicht selber darauf gekommen bin! Das nervt mich schon ein bisschen, dass ich zu blöd dafür gewesen bin und dass es meine Mutter war, die mich erst mit der Nase darauf hat stoßen müssen! Aber andererseits: dafür sind Mütter ja schließlich da, um ihre leicht verpeilten Kinder auf die richtige Schiene zu setzen. Seit »Niemands Tochter« werde ich in den Zeitungen und von Veranstaltern immer wieder als »Frauenschriftsteller« vorgestellt. Anfangs hat mich das ein bisschen irritiert. Aber ok. In der Zwischenzeit bin ich der Meinung, es gibt Schlimmeres, was man einem anhängen kann, als die Bezeichnung »Frauenschriftsteller«.

Den überragenden Erfolg von »Niemands Tochter« und »Niemands Mutter« habe ich – trotz aller weiterhin sehr guten Auflagen – bislang nicht mehr erreichen können. Und so wächst in mir ganz allmählich ein kleines bisschen die Furcht, dass an meinem (hoffentlich noch fernen) Ende in meinem Nachruf stehen könnte: »konnte an den sensationellen Erfolg seiner beiden »Niemands«-Bücher nie mehr anknüpfen.«

Aber wer weiß … Noch besteht die Hoffnung auf einen neuerlichen Superknüller. Vielleicht ist es ja sogar schon dieses Buch, das sie gerade in ihren Händen halten.

Schwabe mit fränkischem Migrationshintergrund

Als Schwabe mit fränkischem Migrationshintergrund – die Gosch isch Schwäbisch, der übrige Teil zu 50 % fränkisch – toure ich bei meinen Vortragstouren inzwischen nicht mehr nur über die Schwäbische Alb, Stuttgart, Heilbronn und den Kraichgau, sondern sehr oft auch durch Hohenlohe und Mittelfranken. Beides Regionen, die ich erst dank meiner »Niemands Tochter« entdeckt habe und in die ich mit stetig wachsender Begeisterung eintauche.

Denn überall kannst du herrliche Begegnungen machen. Die schönsten dabei meistens in den kleinsten, abgelegensten Dörfern. Als bekennender Bratwurstfan (ja, die fränkischen Gene!) recherchiere ich besonders gerne, wo es wohl die besten Bratwürste zu kaufen gibt. Und ich sage Ihnen: meine Liste ist schon ganz schön lang geworden. Vielleicht mache ich eines Tages ja sogar einen fränkischen Bratwurstführer. Wäre sicherlich nicht die dümmste Idee. Denn rund um die Bratwurst kann man auch so manche schöne Gepflogenheit kennenlernen. Wie beispielsweise bei einem meiner Bratwurstkäufe in einer Metzgerei am Hesselberg, an dessen Ende mich die freundliche Verkäuferin (ich glaube, es war die Chefin) für meinen tatsächlich ziemlich üppigen Einkauf mit den schönen Abschiedsworten bedacht hat: »Vielen Dank und kommen Sie recht bald wieder!«
Ja, also: wenn einem dabei nicht das Herz aufgeht, bei soviel mittelfränkischer Metzgersfrauenherzlichkeit! Natürlich kommt man da ganz besonders gerne wieder! Von wegen, bei den Franken ginge es unfreundlich und mürrisch zu. Das stimmt einfach nicht. Und schon gar nicht bei den Bratwürsten.

Sogar den Spruch: »Man muss dem lieben Gott für alles danken, auch für einen Mittelfranken!« kann ich im Hinblick auf gebackenen Karpfen und Bratwürste nur nachdrücklich unterstreichen.
Und natürlich kommt man nach den Lesungen auch immer wieder mit den ZuhörerInnen ins eine oder andere Gespräch, in dem man dann weitere Lebensweisheiten mitgeteilt bekommt. Beispielsweise die folgende, die aus Hohenlohe stammt: »Ich sage nicht so und nicht so, damit hinterher keiner kommen und sagen kann, ich hätte so gesagt oder so.« (Auf gut hohenlohisch muss es natürlich heißen: »I sooch net so und i sooch net so …«). Das deckt sich zwar ganz und gar nicht mit meiner eigenen Einstellung, aber der Spruch als solcher ist ja schon zitierenswert. Finde ich …

A propos ZuhörerInnen. Es ist ja schon ein seltsames Phänomen, dass meistens rund 80 Prozent meiner Zuhörer Frauen sind. Nicht viel anders verhält es sich auch beim Lesen als solchem. Die Kerle lesen einfach nicht! Was ich überhaupt nicht verstehen kann, denn ich habe schon als Kind immer gern gelesen. Habe meine Karl-May-Bücher geradezu verschlungen. Aber ganz eindeutig: Frauen lesen mehr. Was mir kürzlich mein Automechaniker bestätigt hat, als er mir mit treuherzigem Augenaufschlag verkündete: er lese grundsätzlich nicht – höchstens die Gebrauchsanweisung für ein Ersatzteil. Aber seine Frau! Habe die doch tatsächlich 6 (in Worten: sechs!) Bücher in den Urlaub mitgenommen und den ganzen lieben langen Tag nur gelesen. Bis ihm – einem durch und durch gutmütigen Mann – schließlich der Kragen geplatzt sei und er sie fassungslos gefragt habe: »Spinnsch Du eigentlich?«
Sie habe ihn kurz und erstaunt angeguckt – und dann einfach weiter gelesen.
Also gut: mein wackerer Schrauber wird mich wohl nie mit seiner Anwesenheit bei einer Lesung beglücken. Aber dafür gibt

es ja viele andere, oft ganz besonders treue Fans, die es sich selbst beim größten Sauwetter nicht nehmen lassen, meine Lesung aus dem neuesten Buch wieder zu besuchen. Die meisten Lesungen finden ja in der dunklen Jahreszeit statt.
Denn wenn es draußen eklig und kalt ist, lesen die Leute lieber – und sie husten auch wieder mehr – besonders gerne tun sie das bei Autorenlesungen. Ja, das ist ein regelrechtes Ritual. Und es geht immer folgendermaßen vonstatten: im Saal wird behutsam das Licht gedämpft, die Gespräche verstummen, es wird mucksmäuschenstill. Die Büchereileitung (meistens ist es eine Frau) betritt die Bühne und kündigt den Autor an. Oft erzählt sie dabei bereits schon die schönsten Pointen des neuen Buches… dann endlich betritt der Autor die Bühne. Ein Beifallssturm bricht los – und nicht nur das: aus Leibeskräften wird von nun an gehustet und geschnieft, dass es eine wahre Freude ist.

Gegen Mitte der Lesung beruhigt sich die Hustenorgie ein wenig (so ein Husten ist ja eine extrem anstrengende Angelegenheit, da muss man zwischendurch schon ein bisschen neue Kraft schöpfen). Aber dann: geht es in Riesenschritten zum gut durchdachten Höhepunkt des Vortrags mit der auf das sorgfältigste ausgewählten Schlusspointe zu. Und kaum erblickt das geneigte Publikum, wie der Autor zum letzten seiner zahlreichen Post-it Zettel überwechselt, da ertönt schon in perfekter zeitlicher Abstimmung das nächste Hustenkonzert, das die Schlusspointe natürlich mühelos übertönt. Was aber eher weniger dem Autor anzulasten ist, der seinen Text schon seit geraumer Zeit ohnehin nur noch mit halber Kraft aus sich heraus krächzt, da ihn die Bakterienflut längst erreicht hat und sich das leise Kratzen in seinem Hals längst zu einer ausgewachsenen Bronchitis entwickelt hat.
Aber Hauptsache, die Lesung ist endlich überstanden und die obligatorischen Schläfer im Publikum reiben sich verwundert die Augen, dass die gemütliche Veranstaltung schon vorbei ist.

Anschließend werden sie dem Autor überschwänglich versichern: so eine tolle Lesung habe man schon lange nicht mehr erleben dürfen. Ende gut – alles gut.

Als Lohn und Dank für die erlittene Körperverletzung erfolgt von Seiten der Büchereileitung noch eine längere Abschiedsrede, die das Buch nochmals für all diejenigen zusammenfasst, die während der Husten-Schnupfen-Heiserkeit-Attacken akustisch keine Chance hatten, etwas vom Vortrag mitzubekommen. Neben einem kleinen Anerkennungshonorar, das hier und da – sehr zur überbordenden Freude des Autors – öffentlich vor der Kamera des Pressefotografen in bar überreicht wird, gibt es obendrauf oft noch »eine gute Flasche Wein«, deren Inhalt den Referenten nach einem verstohlenen Blick aufs Etikett zusätzlich erschaudern lässt. Die edlen Tropfen sind nach Ansicht des Autors nämlich grundsätzlich untrinkbar: Literflasche »Trollinger lieblich« mit Schraubverschluss, bestenfalls »TL« (Trollinger mit Lemberger) von der Weingärtner-Zentralgenossenschaft. Im Grunde genommen handelt es sich dabei nicht um ein Präsent, sondern um einen klassischen Versuch mittelschwerer Körperverletzung, der normalweise nicht mit Zuchthaus unter fünf Jahren bestraft wird – ohne Bewährung.
Nun gut, in seltenen Fällen kann auch mal ein südländischer Rebensaft darunter sein, falls die dem Alkohol strikt abgeneigte Büchereileitung vor vielen Jahren einmal so eine Flasche geschenkt bekommen hat. Die ist manchmal wenigstens noch ganz gut zum Kochen zu gebrauchen. Der »TL« oder »LT« (Lemberger mit Trollinger) dagegen wandern sofort nach Erhalt in den Keller des Autorenwohnhauses, wo sie sie im so genannten »Briefträgerregal« landen, aus dem sich Kinder, Freunde und Zufallsgäste des Hauses jederzeit kostenlos und in jeder gewünschten Menge bedienen dürfen. Falls an Weihnachten und Ostern noch Restbestände jener Gaumenschmeichler übrig geblieben sein sollten, werden diese an den Briefträger und die wackeren Männern von

der Müllabfuhr verschenkt, die sich grundsätzlich riesig über diese edle Geste freuen und beteuern, sie würden das großzügige Geschenk noch in derselben Woche einem ersten ausgiebigen Geschmackstest unterziehen. Das Erstaunliche: sie grüßen mich auch in der darauf folgenden Woche noch genauso freundlich, wie zuvor. Was den Umkehrschluss erlaubt, dass sowohl mein Briefträger, als auch die Müllmänner über beneidenswert robuste Magennerven zu verfügen scheinen!
Inzwischen freilich scheint die eine oder andere Büchereileitung einen gewissen Verdacht im Hinblick auf meine doch eher mittelmäßig geheuchelte »TL«-Begeisterung zu hegen und bedenkt mich, wie das neuerdings leider auch die Vorsitzenden der Landfrauenortsgruppen zu tun pflegen, mit einer Flasche Prosecco. Denn Prosecco ist leider grade »mega-in« und verhilft der Lesung wohl zu einem gewissen progressiven Gesamteindruck. Und so habe ich neben das Briefträgerregal im Keller nun auch noch ein großes Regal für meine mittlerweile recht üppige Sektflaschen- und Proseccosammlung stellen müssen, die jeder mittelprächtigen Sektkellerei zur Ehre gereichenwürde.
Wo aber sind bloß die wunderbaren Geschenkkörbe mit Hausmacher-Wurstdosen geblieben, die es früher bei den Landfrauen grundsätzlich mit auf den Heimweg gegeben hat? Sie sind längst vergangene Geschichte: all diese herrlichen Vesperabende, an denen ich mich, umgeben von den wohlschmeckendsten ländlichen Wurstspezialitäten, mit einem wohligen Sättigungsgefühl dankbar an meine Lesung zurück erinnert habe. Begleitet vom felsenfesten Vorsatz, dort so bald wie möglich wieder ein Gastspiel zu geben.

Aus! Vorbei! Vergangenheit sind diese herrlichen Zeiten, währenddessen ich trübsinnig auf das in edle Folie gehüllte Präsent starre, aus dem mir drohend die Proseccoflasche und das Päckchen mit dem Instantpulver für eine Portion Latte Macchiato entgegen blitzen! Oh Heimatland! Oh mores!

Auf gut staufisch

Ab und zu habe ich auch die Leitung der einen oder anderen Kulturfahrt beim »Schwäbischen Heimatbund« übernommen, um der geneigten Leserschaft die Handlungsorte meiner landesgeschichtlichen Tatsachenromane sozusagen »aus erster Hand« zeigen zu können.
Was ich, naiv wie ich anfangs an die Sache heran gegangen bin, nicht bedacht hatte: Solche Reiseleitungen sind Schwerstarbeit! Denn wehe dem, der den Tag von morgens bis abends mit zahlreichen Programmpunkten füllt – und mögen die auch noch so attraktiv sein! Sowas geht grundsätzlich in die Hose. Und zwar im wahrsten Sinn des Wortes. Denn viel wichtiger als sämtliche kulturellen Highlights sind dem geneigten, im Durchschnitt gut und gerne 80-jährigen Publikum die Fragen:
a) Wo und vor allem WANN gibt es endlich die erste Pinkelpause?
b) Wann findet wo das Mittagessen statt – und: gibt es eine Speisekarte, mit der man sich schon im Bus sein Lieblingsessen aussuchen kann?
c) Wann ist die Kaffeepause geplant?
d) Muss man arg weit laufen?
Wehe dem Reiseleiter, der diese Punkte nicht ernst nimmt. Die Folgen können sein: Totalverweigerung, Ohren auf Durchzug, trotziges Sitzenbleiben im Bus (»Mir ist es viel zu heiß heute, um in der Sonne herum zu latschen« – ersatzweise: »Bei dem Regen steige ich nicht aus! Da holt man sich ja den Tod!«), Verlaufen im Wald nahe der Burgruine, eisiges Schweigen im Bus während der Rückfahrt.
Und so habe auch ich bei meinen bestens durchgeplanten Kulturfahrten das eine oder andere Waterloo erleben dürfen, das

eines Tages vor dem Besuch des dritten (höchst sehenswerten) Schlosses in dem Ausruf gipfelte: »Ach was! Lasset se uns doch mit Ihrer Kultur zufrieden! Jetzt hemmer Durscht!« (Jetzt haben wir Durst!)

Weswegen ich aus Rücksicht auf meine letzten, noch verbliebenen Nerven beschlossen hatte, nur noch eine einzige Fahrt für die schwäbisch-kulturbeflissene Seniorenklientel durchzuführen. Grundlage dafür war mein Buch »Die Rose ohne Dorn«, in dem ich das tragische Schicksal der Kaisertochter Irene von Byzanz schildere, die im Alter von nur 28 Jahren als Gemahlin des kurz zuvor in Bamberg ermordeten Stauferkönigs Philipp von Schwaben im August 1208 auf dem Hohenstaufen gestorben ist. Als die »Lady Di« des Hohen Mittelalters ist sie in die Geschichte eingegangen und bis heute wird sie im Stauferland in hohen Ehren gehalten. So finden alljährlich an ihrem Todestag in der Klosterkirche von Lorch, in der sie begraben worden ist, Gedenkveranstaltungen statt, die an die »Rose ohne Dorn« erinnern. Auch ich mache jedes Jahr in Lorch zu diesem Zeitpunkt einen Vortrag über das Leben der Königin. Das ist mittlerweile fast schon Ehre und Verpflichtung gleichermaßen für mich, denn inzwischen bin ich in den Kreis der ehrenwerten »Ritter und Herolde der Königin Irene« aufgenommen beziehungsweise von denen sogar zum Ritter geschlagen worden.
Schade nur, dass es kein einziges Bild von der Irene gibt, weshalb sich der Verlag bei der Produktion der »Rose ohne Dorn« trickreich dazu entschlossen hatte, einfach ein leicht bearbeitetes Bild aus der Manesse-Liederhandschrift zu verwenden. Und alle Welt hat seitdem geglaubt: so also hat die Königin Irene ausgesehen!
Mir selbst ist das immer ein bisschen peinlich gewesen – und megapeinlich spätestens dann, als im Kloster Lorch ein großes Stauferrundbild angefertigt worden ist, das den staunenden Besuchern aus aller Welt in einer Art Rundpanorama die ge-

samte Geschichte der Staufer bis zu ihrem Untergang in leuchtenden Farben präsentiert – samt dem Antlitz der Irene, das der Maler von meinem Buchcover abgezeichnet hatte!
Bei der zweiten Auflage des Buches habe ich deshalb durchgesetzt, dass das Bild nicht mehr auf das Cover gekommen ist, stattdessen – in Anlehnung an die »Rose ohne Dorn – die Abbildung einer roten Rose. Und kaum war das Buch erschienen, da haben mich die Damen vom Klostershop in Lorch, in dem das Buch ziemlich gut verkauft worden ist, so richtig rund gemacht: »Was ist denn das plötzlich für ein Scheiß-Cover?! Damit können unsere Besucher gar nichts anfangen! Wo haben sie denn das Bild von der Königin gelassen?«
»Das war doch gar kein echtes Bild!«
»Na und? Unseren Besuchern hat es aber gefallen und sie haben das Buch gekauft!«
Mit anderen Worten: der Zweck heiligt die Mittel. Das wollten sie mir damit sagen. Aber von wegen! Die historische Wahrheit geht für mich immer noch vor – Verkaufserfolg hin oder her!
Diese heroische Tat hat mich freilich nicht vor dem nächsten Tiefschlag in Sachen »Rose« bewahren können, denn als ich besagte Fahrt mit den oben erwähnten, kulturbeflissenen Senioren auf den Spuren der legendenumwobenen Königin absolviert habe, da habe ich vorsichtshalber gleich zu Beginn betont, man wisse leider nicht, wie sie in Wahrheit ausgesehen habe. Lange schwarze Haare, ein orientalisch anmutender Teint, das sei alles, was überliefert worden sei – aber ein Bild von der Irene, nein: das gebe es leider keines.
Was eine ganz besonders eifrige Irenen-Jüngerin jedoch nicht daran gehindert hat, mir auf jeder der Stationen, die wir besucht haben – und das waren neben dem Hohenstaufen und dem Wäscherschloss nicht wenige – die immer gleiche Frage zu stellen: »Isch denn des jetzt dui Rose dort an der Wand?«
Nein, das war sie nicht. Denn wie ich bereits anfangs erwähnt hätte …

Vergebliche Liebesmühe!
Bei jeder Station dieselbe Frage: »Ond jetzt? Isch des jetzt aber endlich dui Rose?«
Nein, war sie leider noch immer nicht. Denn …
Zweimal. Dreimal.
Schließlich war meine Gruppe mit ihrem leicht genervten Reiseleiter glücklich im Kloster Lorch angekommen und stand nun beeindruckt vor dem leuchtenden Stauferrundbild, als besagte Irenenfreundin plötzlich einen lauten Jubelschrei ausstieß und mit dem weit ausgestreckten Arm freudestrahlend auf das Bild einer blonden, jungen Königin deutete, die mindestens einhundert Jahre vor der Irene gelebt haben musste. »Gell, des isch se jetzt! Des isch aber doch jetzt dui Rose? Saget se's: des isch dui Irene!«
Ein hoffnungsvoll-schmachtender Blick lastete auf meinen müden Schultern und ich gebe zu: ich bin damals jämmerlich eingeknickt. Also habe ich meiner Irenenfreundin endlich die Antwort gegeben, auf die sie den ganzen lieben langen Tag schon gewartet hatte und für die ich mich bis heute schäme: »Ja, des isch die Irene!«
Es war definitiv gelogen, aber ich habe an diesem Tag eine Frau glücklich gemacht.
Wie ich mich in Sachen Cover entscheiden werde, wenn es an die dritte Auflage der »Rose ohne Dorn« geht … also … das weiß ich ehrlich gesagt noch nicht so richtig.

Überhaupt: mit den Staufern und der historischen Wahrheit ist es manchmal so eine Sache! Am 800.Todestag der Irene habe ich (große Ehre!) an der Grablege der Staufer in der Lorcher Klosterkirche einen Festvortrag halten dürfen über die Geschichte dieser schwäbischen Königs- und Kaiserdynastie.
Historisch korrekt, wie ich wieder mal unbedingt sein wollte, habe ich dabei auch nicht unerwähnt gelassen, dass die Staufer durchaus nicht nur gute Taten vollbracht haben, sondern auch

ziemlich grausam mit ihren Gegnern umgesprungen sind. Etwa der berühmte Kaiser Friedrich Barbarossa, der die Einwohner des rebellischen Mailand zur Strafe hat blenden lassen, weil sie ihm die Stadttore nicht geöffnet hatten. Oder sein Sohn, Kaiser Heinrich VI., der ein richtiges Scheusal gewesen ist und Dinge angestellt hat, die ich hier gar nicht beschreiben möchte.
Der Applaus der zahlreich versammelten Stauferfans am Ende meines Vortrags war dementsprechend höflich, aber bei weitem nicht enthusiastisch.

Eine – mir bis zu diesem Zeitpunkt immer wohlgesonnene – Zuhörerin hat es anschließend zielgenau auf den Punkt gebracht: »Des hättet Se net obedengt saga müssa – de andere waret nämlich au net besser!« (Das hätten Sie nicht unbedingt erwähnen müssen, die anderen waren auch nicht besser!)
»Aber trotzdem darf man so etwas doch nicht verschweigen«, startete ich den Versuch einer höflichen Gegenrede. »Es ist ja nicht so…«
»Ach was!« schnitt sie mir mit einer energischen Handbewegung das Wort mitten im Satz ab: »Lasset Se ons doch oifach onsere Staufer!« (Lassen Sie uns unsere Staufer!« Ende der Diskussion! Ich habe die Dame nie wiedergesehen.

Aus diesem Grund – was ich erst Jahre später mitbekommen habe – ist auch die längst geplant gewesene Verleihung der Irenenmedaille an mich erst einmal verschoben worden. Nach einer jahrelangen Zeit der Reue und der Buße habe ich sie (siehe oben) aber doch noch bekommen und bin, nachdem alle Zweifel an meiner Irenenbegeisterung ausgeräumt waren, huldvoll in den Kreis der Irenenritter aufgenommen worden.

Der allerletzte Krimi

Eigentlich hatte ich ja keine Krimis mehr schreiben wollen – aber erstens kommt es anders, und zweitens... weiß ich bis heute nicht, welcher Teufel mich geritten hat, es doch nochmal zu tun!

Für meinen dann aber wirklich allerletzten Krimi »Pumpensumpf« habe ich tatsächlich meinen altgedienten Kommissar Horst »Hotte« Meyer aus dem Vorruhestand geholt und ihn in Sachen »Stuttgart 21« ermitteln lassen. Gegen die idiotische Großbaustelle für den neuen Stuttgarter Bahnhof, die wie erwartet längst zum Milliardengrab geworden ist, habe ich mit meiner Frau und vielen tausend anderen Montag für Montag demonstriert, um die Zerstörung der Stuttgarter Innenstadt vielleicht doch noch verhindern zu können. Vergeblich, wie wir mittlerweile wissen. Aber was da alles rund um diesen Wahnsinn passiert ist: bis hin zum Schwarzen Donnerstag, das hat mich (und meinen Kommissar) nicht ruhen lassen und so hat er sich tief in die Geschichte der zahlreichen Bauskandale gestürzt, die sich wie ein roter Faden durch die Stuttgarter Nachkriegszeit ziehen.

Einen besonders wertvollen Tipp in dieser Hinsicht habe ich von meinem damaligen Verleger bekommen, der zwar den Krimi nicht in seinem Verlag verlegen mochte, mir dafür aber zuflüsterte: »Schauen Sie doch mal unter dem Stichwort Bürkle-Skandal nach! Das ist die Blaupause für all das, was später gelaufen ist.«

Und tatsächlich: der längst vergessene »Bürkle-Skandal«, der die Landeshauptstadt Ende der 40er, Anfang der 50er Jahre erschüttert hatte, das war der Hammer. Da war ein kleiner, ursprünglich solider, Unternehmer plötzlich dem Größenwahn verfallen und hatte sich über ein ausgeklügeltes Modell mit Hilfe der örtlichen Politgrößen und den Banken einen Kredit nach dem anderen verschafft, bis das ganze Kartenhaus mit Millionenschulden schließlich in sich zusammen brach – und am Ende der Steuerzahler, nicht die Helfershelfer, die Zeche bezahlen musste.

Das war wirklich ein toller Tipp gewesen, der dann auch zum Fundament für die Ermittlungen meines »Hotte« Meyer geworden ist. Und wie es sich gehört, habe ich mich deshalb im Nachwort des Buches artig beim Tippgeber für diesen Hinweis bedankt. Womit das Unheil seinen Lauf nahm: kaum war das Buch erschienen, da hat es bereits gewaltig gerumst! Denn mein Tippgeber war alles andere als einverstanden damit, von mir als bedankenswerter Informant benannt worden zu sein. Schlimmer noch: er hat von heute auf morgen sämtliche Buchprojekte von mir in seinem Verlag gekündigt und mich sogar noch auf Schadenersatz verklagt! Was da genau den Ausschlag gegeben haben könnte, das ist mir damals wie heute ein Rätsel geblieben. Aber wie auch immer. Kein Grübeln half mir weiter, denn es ging vor Gericht. Und zwar wegen einer ganz ordentlichen Summe, die da plötzlich im Raum stand.
Die Frage war nur: welcher Rechtsanwalt würde mich vor Gericht am effektivsten vertreten können?
Nach kurzem Überlegen ist mir der richtige Name eingefallen. Der Name eines Rechtanwalts aus Stuttgart, der mich wenige Monate zuvor angerufen hatte. Er hatte sich überschwänglich für eine Initiative von mir bedankt. Dabei ging es um einen Leserbrief, den ich den Stuttgarter Zeitungen nach dem berüchtigten »Schwarzen Donnerstag« geschrieben hatte, als hunderte friedlicher »S-21«-Demonstranten von der Polizei im Stuttgarter Schlossgarten verprügelt worden waren. Genau gesagt, handelte es sich dabei um einen offenen Brief an den damaligen Ministerpräsidenten Mappus, in dem ich den Regierungschef

als eine Schande für dieses demokratische Land bezeichnet habe. Gleichzeitig habe ich gefordert, dass von diesem Ministerpräsidenten keine Bücher von mir mehr an Staatsgäste und verdiente Bürger verschenkt werden sollten (mein Buch über Robert Bosch hatte das Staatsministerium nämlich als repräsentatives Geschenk erworben). Aber Mappus und Bosch: einen größeren Gegensatz konnte ich mir kaum denken! Und dass dieser sich mit meinen Büchern und dem Namen Robert Bosch schmückte: nein, danke! Da verzichtete ich lieber auf das Absatzhonorar!

Diesen Text fand der Rechtsanwalt namens Bürkle nun so richtig klasse und hat mir angeboten, falls ich jemals juristischen Beistand bräuchte, dann solle ich mich bitte bei ihm melden. Ich habe damals gelacht: vielen Dank fürs Angebot, aber das sei sehr unwahrscheinlich … um nur wenige Monate später in der Kanzlei Bürkle zu sitzen. Gleich zu Beginn des Gesprächs habe ich dann bei meinem Gegenüber angemerkt, was für ein komischer Zufall diese Namensgleichheit zwischen dem Bürkle-Skandal und dem Rechtsanwalt doch sei – worauf mein Rechtsanwalt kurz stutzte, den Rücken durchdrückte und lächelnd antwortete: »Dieser Bürkle, das war mein Vater!«

Wumm! So platt, wie in diesem Augenblick war ich selten. Da haut es dir dann ruckzuck das Blech weg.

»Aber mein Vater war ein richtiges Arschloch. Machen Sie sich also wegen Befangenheit oder so keine Sorgen!«

Und so hat mich also der Rechtsanwalt Bürkle junior vor Gericht vertreten – äußerst erfolgreich übrigens, denn am Ende hatten wir in allen Punkten gewonnen und anstelle Schadenersatz zahlen zu müssen, habe ich sogar noch die mir zustehenden Veröffentlichungshonorare zugesprochen bekommen, die der Verleger zurück gehalten hatte. Auch die Gerichts- und Anwaltskosten gingen voll zu Lasten der Gegenseite!

Aber ich habe mir bei dieser Gelegenheit geschworen: keine Krimis mehr! Ganz sicher nicht mehr!

Niveau ist mehr als eine Hautcreme

Eines meiner Lebensmottos (wobei … gibt's diesen Ausdruck überhaupt: »Mottos«? Mehrzahl von Motto? Motti … Ich weiß es nicht!) lautet: »Niveau ist mehr als eine Hautcreme.« Nicht jede(r) scheint diesen Spruch freilich auf Anhieb zu verstehen. Noch nicht einmal die ehrenwerten Vertreter der reinen kulturellen Lehre.

Einige Jahre lang habe ich im Sommer eine Lesung in einem kleinen Städtchen in Bodenseenähe gemacht. Dort gibt es ein herrlich romantisches Schloss, in dem viele Räume leer stehen, die man, um aus der Not eine Tugend zu machen, manchmal für Kunstausstellungen öffnet.

Regelmäßig hat dort auch eine Künstlerin ausgestellt, die sich vorwiegend der Schrottkunst gewidmet hat – was für manche Kunstbanausen freilich die Unterscheidung etwas schwierig machte, ob es sich dabei lediglich um Teile des Rohbaus oder schon um wahre Kunst handelte. Erst, als die diversen Preisschilder angebracht waren, herrschte auch in dieser Hinsicht eine erstaunte Klarheit.

Eines Jahres nun stand zur Feier der xten Kunstausstellung ein großes Jubiläumsfest an und zwar nach dem Motto »Literatur trifft Kunst«. Eigens für diesen ganz besonders feierlichen Anlass hatte die Künstlerin sogar einen Pianisten engagiert, der mich vor und nach der Lesung begleiten sollte, wofür er, das hat mir die Künstlerin freudestrahlend zugeflüstert, im Überschwang der Gefühle extra gleich noch eine epochale Schrottmelodie dazu komponiert hatte.

Eine halbe Stunde vor Beginn der Veranstaltung dann die Vorbesprechung mit dem Tastenkünstler, der sich jedoch bereits im vorsinfonischen Nirwana befand und nun von mir bedauerlicherweise kurzfristig in die schnöde Gegenwart zurückgeholt werden musste.

»Also«, fasste ich die ursprüngliche Absprache in knappen Worten zusammen: »Sie beginnen vor meiner Lesung mit ihrem selbst komponierten Klavierstück. Meinetwegen können Sie dann noch ein zweites Stück spielen. Dann bin ich mit zirka 60 Minuten Vortragszeit an der Reihe, danach dann wieder sie mit einem weiteren Musikstück.«.

Erschrecktes Zusammenzucken des Pianisten: »Das ... das ist unmöglich!« stammelte der.

»Und wieso? So war es doch abgesprochen.«

»Aber 60 Minuten reine Redezeit! Das ist doch viel zu viel!«

»Warum?«

»Weil das langweilig ist.«

»Meine Lesungen sind nie langweilig!«

»Jede Lesung, die über 60 Minuten am Stück geht, ist langweilig!«

»Meine nicht!«

»Alle!«

»Nicht meine! Ja sagen Sie: was wollen Sie denn dann?«

»Zur Erholung dazwischen zwei Musikstücke einfügen!«

»Niemals! Das macht mir den ganzen Spannungsbogen kaputt!«

»Bei 60 Minuten Redezeit gibt es keinen Spannungsbogen mehr!«

»Doch!«

»Man muss das machen, sonst schlafen die Leute ein!«

»Aber sie kennen meine Lesung doch gar nicht – wie können sie sich also ein Urteil darüber erlauben?!«

»Ich kann das!«

»Das ist ja, als würde ich zu Ihnen sagen, Ihr Geklimper sei langweilig, obwohl ich es gar nicht kenne!«

Maestro (nach Luft schnappend): »Das ist ja ungeheuerlich!«

»Nein, dass ist die Wahrheit! Sie maßen sich an, über meinen Vortrag zu urteilen, den Sie gar nicht kennen. Und deshalb wollte ich Ihnen verdeutlichen, wie sich das anhört, wenn der Spieß umgedreht wird!«
»Ungeheuerlich!«
»Nein! Einfach nur realistisch!«
Mit den Worten: »Das lasse ich mir nicht länger bieten!« ist der Pianist aus dem Raum gestürmt und ward nicht mehr gesichtet. Kurz darauf sollte die Veranstaltung beginnen. Mit fragender Miene kam der leicht nervöse Bürgermeister, der die Begrüßung vornehmen sollte, auf mich zu: »Wo ist denn der Pianist?«
»Verschwunden!«
»Um Gottes Willen!«
Nach längerer Suche haben sie ihn dann gefunden: bitterlich weinend lag er in den Armen der ebenfalls untröstlichen Schrottkünstlerin.
»Er kann nicht mehr spielen! Er ist beleidigt worden!« gab sie dem bis ins Mark erschütterten Bürgermeister zu verstehen. »Er weigert sich, aufzutreten. Es sei denn …«
»Es sei denn?«
»Es sei denn … dieser Autor da entschuldigt sich!«
Also wurde die Bitte an mich heran getragen.
»Ich?! Mich entschuldigen?! Niemals! Wofür denn?! Aber reden, das können wir gern miteinander!« Und so habe ich um der guten Sache Willen den (immer noch in den Armen der Schrottkünstlerin schluchzenden) Pianisten fixiert und ihm versöhnlich die Hand entgegen gestreckt: »Jetzt kommen Sie schon. Lassen Sie doch den kindischen Quatsch und spielen sie endlich ihr Lied!«
Die Folge war ein neuerliches lautes Aufheulen. »Da! Er entschuldigt sich nicht! Ich spiele nicht!«

»Dann halt nicht! Ich brauche keine Musik zu meinem Vortrag. Ich kann auch sehr gerne alleine auftreten. Mache ich sonst ja auch immer.«

Wie eine Furie stürzte sich die Künstlerin nun auf mich und drückte mir ihren Daumen fest in meine Wange, während sie laut ausrief: »Sie haben mein Leben zerstört!«

»Dass das so schnell geht, hätte ich nicht gedacht.« Ich wischte den Künstlerinnendaumen von meiner Backe und wandte mich an den inzwischen völlig ratlosen Bürgermeister: »Vorschlag zur Güte: ich mache jetzt meine Lesung. Die dauert ja bekanntlich eine gute Stunde. So lange hat die Heulsuse also noch Bedenkzeit und kann sich überlegen, ob sie ihr tolles Stück dann ganz am Ende meiner Lesung spielen möchte.«

Genau so wurde es gemacht: kaum war ich von der Bühne verschwunden (übrigens war tatsächlich niemand eingeschlafen), da schlich sich der Maestro mit tränennassen Augen ans Klavier und klimperte sein Meisterwerk. Ende gut – alles gut. Der Bürgermeister jedenfalls war erleichtert, das Publikum war zufrieden und meine Lesung gut angenommen worden. Nur die Schrottkünstlerin und ihr Maestro haben kein einziges Wort mehr mit mir gesprochen – was mir jedoch keine schlaflosen Nächte bereitet hat.

Sie haben bei dieser Szene unwillkürlich an Loriot und seinen Dr. Müller-Lüdenscheid denken müssen? Ich auch – nur mit dem kleinen Unterschied, dass ich dabei unfreiwillig zu einem der Hauptakteure geworden bin.

Das kommt halt davon, wenn man nichts »Gescheites« gelernt hat. Da bleibt es nicht aus, dass man ab und an dem einen oder anderen Kulturbeflissenen in die Hände fällt. Dabei habe ich mit dieser pseudokulturellen Wonnebrunzerei doch nun wirklich absolut gar nichts am Hut!

Tour de France durchs Leintal

Immerhin kann ich voller Stolz von mir sagen, dass ich neben der brotlosen Schriftstellerei auch noch einer handfesteren Tätigkeit nachgehe: ich bin nämlich Biowengerter (Weingärtner). Und zwar natürlich nicht irgendeiner, sondern der kleinste (und vermutlich einzige) baden-württembergische Biowengerter. Noch dazu als Halbfranke!
Wie das?!
Weil sich der kleine Weinberg, den ich vom verstorbenen Vater meiner Frau übernommen habe, in der Gemeinde Kirchardt im Landkreis Heilbronn befindet. Das ist altes kurpfälzisches, später badisch gewordenes, Territorium. Der Ausbau meines chemiefrei angebauten, edlen Tropfens findet jedoch knapp hinter der ehemaligen Landesgrenze im württembergischen Schwaigern statt. Wenn schon kein Weltrekord, dann ist das zumindest ein kleines baden-württembergisches Rekördle.

So – damit haben Sie (entgegen meiner ursprünglichen Absicht) jetzt doch erfahren, dass es mich nach Schwaigern in den Landkreis Heilbronn verschlagen hat.
Wo genau dieses Schwaigern liegt? Ganz einfach: in der Nähe von Eppingen. Kennen Sie Eppingen? Na klar doch: das ist die Kartoffelhauptstadt von Süddeutschland. Bei den Zwiebeln, sind sie, glaube ich, ebenfalls die Nummer eins. Worauf sie dort sehr stolz sind. Fast so stolz, wie auf die Tatsache, dass der örtliche Fußballverein, der VfB Eppingen, im Oktober 1974 den Hamburger SV aus dem DFB-Pokal geschossen hat. Ein sensationelles 2:1 gegen den Bundesligisten vor 15.000 Zuschauern, die natürlich völlig aus dem Häuschen waren! Na ja, mögen Sie

jetzt sagen, der HSV … gegen den gewinnt doch jeder. Heute vielleicht – aber damals nicht. Damals ist der HSV nämlich als Bundesligaspitzenreiter zum Spiel in der badischen Provinz angetreten. Nach dem denkwürdigen Match aber war der HSV draußen und der VfB Eppingen (ein kleines bisschen) weltberühmt. Noch heute erinnern sie sich dort logischerweise mit vor Stolz geschwellter Brust an die einstige Glanztat, auch wenn die goldenen Fußballzeiten in Eppingen nach gleich mehreren Abstiegen hintereinander längst Vergangenheit sind. Ebenso Geschichte, wie der glorreiche Tag, als die Tour de France durch Eppingen geradelt ist.

Die Tour de France? Durch Eppingen? Ja. Das stimmt. Es war die Etappe Karlsruhe – Stuttgart, die am 4. Juli 1987 stattgefunden hat. Und nicht nur das. Denn Eppingen hat bei diesem geschichtsträchtigen Ereignis gleich noch für weitere, jetzt sogar weltweite, Schlagzeilen gesorgt! Das wiederum lag an der Eisenbahn. Denn just als ein Ausreißer dem Feld kurz vor Eppingen davon gesprintet ist, senkten sich in der Stadt die Bahnschranken und der arme Kerl musste minutenlang warten, bis der Zug endlich durchgefahren war und er weiterradeln konnte. Leider hatte ihn das Feld inzwischen eingeholt und mit frischen Kräften (dank der Zwangspause an der Bahnschranke) hatten es die bestens erholten Konkurrenten geschafft, dass es mit dem Etappensieg für den Ausreißer leider nichts geworden ist.
In Schwaigern ist die Tour an diesem Tag übrigens auch vorbei gekommen. Aber das war ein eher flüchtiges Ereignis. Denn hier war keine Schranke geschlossen. Unbestätigten (bösen!) Gerüchten zufolge deshalb, weil der einzige Zug des Tages dort schon durchgebrettert war. Weshalb es von Schwaigern aus mit einem Höllentempo zügig weiter in Richtung Heilbronn und Stuttgart gehen konnte.

Sowohl geographisch wie auch sportpolitisch sind Sie nun also darüber im Bilde, wo genau dieses Schwaigern zu finden ist. So viel sei noch ergänzt: es handelt sich um eine altehrwürdige Stadt, die kürzlich sogar ihr 1250-jähriges Bestehen hat feiern können (die erste urkundliche Erwähnung). Das Motto für das Festjahr lautete: Schwai – gern. Nicht verstanden? Na, dann denken sie halt ein kleines bisschen nach! Der Stadtname besteht aus zwei Teilen: Schwai und gern. Hat es jetzt gefunkt? Na bitte!
Wir sind gern-Schwai!
Ein wahrhaft genialer Geistesblitz für das kleine Städtchen an der ehemaligen Grenze zwischen Württemberg und Baden. Einer Weinbaugemeinde im Speckgürtel von Heilbronn, in der es sich ganz gut wohnen, leben und einkaufen läßt. Alles da, was man fürs tägliche Leben so braucht: Arzt, Bäcker, Metzger, Buchhandlung, Schreibwaren, Schulen, Café, Gaststätten, Blumengeschäft, sogar ein Obstladen ist vorhanden. Mehr muss man über die Perle des Leintals eigentlich nicht wissen.
Ah, halt! Doch! Natürlich! Das absolute Highlight von Schwaigern, ein echtes Alleinstellungsmerkmal, habe ich nämlich noch vergessen, zu erwähnen. Nein, ich meine damit nicht die Geschichte vom Grafen Adam Albert von Neipperg aus dem örtlichen Grafengeschlecht, der immerhin mit der österreichischen Kaisertochter Marie-Louise, der zweiten Frau von Napoleon Bonaparte, drei uneheliche Kinder zustande gebracht hat. Denn nach Napoleons Sturz hatte man diese Marie-Louise kurzerhand zur Herzogin von Parma gemacht und auf Geheiß des Herrn Papa (des österreichischen Kaisers Franz I.) ist im Zuge jener familiären Neuorganisation Adam Albert von Neipperg ihr Aufpasser, Oberhofmeister, Militärchef, Außenminister und späterer Lover geworden. Und obwohl es für eine Kaisertochter eigentlich keine so richtig standesgemäße Ehe gewesen ist, wurde später trotzdem noch geheiratet. Meinen Recherchen zufolge hat der Adam Albert damals den Parmaschinken zwar

nicht erfunden, aber im gräflichen Schloss ist man nach wie vor stolz auf den bedeutenden Altvorderen, weshalb das markante Konterfei des Ahnherren (er hatte aufgrund einer Kriegsverletzung nur noch ein Auge, das andere war mit einer piratenmäßigen Augenklappe bedeckt) immerhin das Etikett eines beliebten Apfelschnapses aus dem Hause derer von Neipperg ziert.
Aber auf diesen – sicherlich erwähnenswerten Spross des Schwaigerner Ortsadels hatte ich eigentlich nicht abgezielt – und auch nicht auf Marie, die Lieblingstochter des württembergischen Königs Wilhelm I., die Mitte des 19. Jahrhunderts einen Grafen Neipperg geheiratet hat und dann in Schwaigern kreuzunglücklich geworden ist, weil ihr Mann sie mit einer Geschlechtskrankheit angesteckt hatte. Nein, auch die habe ich nicht gemeint. Es ist ja auch keine so arg schöne Geschichte. So was sollte man nicht unbedingt in ein Buch schreiben!
Auch nicht die Sache mit dem Schwaigerner Stadtwappen, das identisch mit dem Wappen der Grafen von Neipperg ist. Dieses Wappen besteht aus drei weißen Kreisen auf rotem Grund. Was das bedeuten soll? Böse Zunge aus der Nachbarschaft behaupten, das seien die drei Nullen von Schwaigern (kann nichts, weiß nichts, ist nichts), was natürlich eine bodenlose Unverschämtheit ist! Ich dagegen halte mich lieber an die vom gräflichen Haus ausgegebene Deutung, die ich (ich schwöre!), in genau diesem Wortlaut aus dem erbgräflichen Mund gehört habe:
»Das sind zwei Kreise zu wenig für die Olympischen Spiele und ein Kreis zu viel fürs Scheißhaus!« Schreibt man eigentlich auch nicht in ein Buch. Sorry also!

Jetzt aber zur Hauptattraktion von Schwaigern. Das ist ein Bauwerk. Ein schönes sogar. Der so genannte Hexenturm. Darin war im Jahr 1713 eine der Hexerei bezichtigte Frau eingesperrt, die dann tatsächlich später hier verbrannt worden ist. Es war die letzte Hexenverbrennung in Württemberg – und die Schwaigerner haben bei der Hinrichtung, so berichtet es die Chronik,

heftig protestiert. Aber nicht wegen der Tatsache als solcher, sondern weil der Scharfrichter die Delinquentin vor ihrer Hinrichtung betäubt hatte und dem Spektakel somit die ganz Würze genommen hatte. Unverschämtheit!
Wieso ausgerechnet in Schwaigern die letzte Hexenverbrennung stattgefunden hat? Die schon erwähnten bösen Zungen aus der Nachbarschaft behaupten, weil man in Schwaigern damals schlichtweg verschlafen habe, dass »so etwas« nicht mehr gemacht werde. Nun denn. Jetzt aber war es halt dennoch passiert. Und immerhin kann man seitdem darauf verweisen, dass hier in dieser Stadt die letzte Hexenverbrennung von Württemberg stattgefunden haben soll. Also wenn das kein Alleinstellungsmerkmal ist!

Sage noch einer, hier sei der Hund begraben.
Von wegen Hund begraben! Allüberall beschreitet man in und um die Leintalmetropole neue, fortschrittliche Wege. So auch das örtliche Gewerbe. Um nur ein Beispiel zu nennen: Der hiesige Obst- und Gemüsehändler ist Mitglied des Handels- und Gewerbevereins, dessen wunderbarer Slogan lautet: »Schwaigern hat's«. Schon deshalb zeigt man natürlich gerne, dass das auch wirklich stimmt. Weshalb es unter anderem einen so genannten Schwaigerner »Winterzauber« gab, bei dem das Obstgeschäft seiner Kundschaft ein Getränk kredenzt hat, bei dem man erraten sollte, aus welchen Früchten der Saft zusammen gemixt sein könnte. Erraten hat es zunächst niemand, erst als der Chef persönlich ein bisschen nachgeholfen hat: »Also, die eine Frucht, die da drin ist, die ist lang und gelb und fängt mit B an …« So ging es munter weiter, bis ich schließlich zwei Gewinngutscheine über je drei Euro (plus freiem Eintritt zum Schnuppertraining im örtlichen Sportstudio) ergattert habe. Schon kurz danach hatte ich den Gewinn komplett vergessen und erst zwei Monate später in den Tiefen meiner Jacke wieder entdeckt. Obwohl ich ernste Zweifel daran hegte, ob ich die

Gutscheine beim nächsten Einkauf wirklich einlösen sollte, habe ich sie mitgenommen. Ich habe nicht viel gebraucht, so dass die Verkäuferin auf eine Gesamtsumme von 4,20 Euro gekommen ist. Aber während sie erwartungsfroh die Hand ausgestreckt hat, landeten zu ihrer Verblüffung keine Münzen oder Geldscheine darin, sondern meine beiden Gutscheine. Unwillkürlich ist die arme Frau zusammengezuckt, hat die Stirn in ernste Falten gelegt und mich mit einem derart ernsten Blick fixiert, als hätte ich ihr gerade einen unsittlichen Antrag gemacht. Eine Zeitlang hat sie dann meine Gutscheine von allen Seiten misstrauisch beäugt und lange nachgedacht, bevor sie mir mit fester Stimme, die unüberhörbar keinerlei Widerspruch duldete, das Ergebnis ihrer Überlegungen verkündet hat: »Also gut: den einen Gutschein, den können wir nehmen. Aber auf keinen Fall zwei. Und Geld rausgeben, das geht natürlich auch nicht.«

Das hätte ich doch gar nicht gewollt, habe ich darauf beteuert, aber ihrem Blick nach hat sie mir das wohl nicht geglaubt.

Es ging noch weiter: »Und das mit dem Sportstudio … wollet Sie denn jetzt auch noch ins Sportstudio?« Ein neuerlicher, prüfend-misstrauischer Blick. »Nein danke. Ich mache meinen Sport selber. Dazu brauche ich kein Sportstudio!« Dank dieses glasklaren Bekenntnisses entspannte sich die Miene meines Gegenübers sichtlich. »Also gut. Das macht dann noch einen Restbetrag von 1,20 Euro!«

So schnell wie möglich habe ich die geforderte Summe aus dem Geldbeutel gefingert und bin dann schleunigst aus dem Laden gestürmt – verfolgt von den immer noch ziemlich verständnislosen Blicken der Verkäuferin.

Meinen zweiten Gutschein habe ich draußen in den erstbesten Papierkorb geworfen, den ich finden konnte.

Tja, mit den Werbeaktionen ist das halt so eine Sache. Nicht immer erreichen sie ganz und gar komplikationslos das eigent-

lich erwünschte Ziel. So ist es auch einem örtlichen Bauunternehmer ergangen, ebenfalls einem Mitglied der Werbeinitiative »Schwaigern hat's«, das stolz auf den am Ortseingang platzierten Werbetafeln ein Banner mit seinem neuen Slogan angebracht hatte: »Wir bauen für die Ewigkeit!«
Dummerweise ist in der folgenden Nacht ein kleiner Frühjahrssturm über das Städtchen hinweg gefegt, der das Plakat mitsamt dem schönen Werbespruch auf Nimmerwiedersehen fortgeweht hat. Die bautechnische Ewigkeit hatte in diesem Fall leider nur für eine halbe Nacht Bestand.

Kulinarische Höhenflüge

Mein (nicht ganz ernst gemeintes) Lebensziel ist ja viele Jahre lang eigentlich ein Job als Bergsteiger auf den Malediven gewesen, das Ganze natürlich ohne Sauerstoffmaske, aber leider ist die Stelle bis heute nicht ausgeschrieben worden. Also bin ich auf den Malediven halt unters Wasser gegangen. Tauchen ist eine feine Sache, das hatte ich mir schon als Kind immer gewünscht, es eines Tages machen zu können. Genauso wie Fallschirmspringen. Beides habe ich getan. Und beides war (und ist) ein gigantisches Erlebnis. Besonders ein Tauchurlaub, der meine Frau und mich immer wieder in exotische Welten führt. Unter Wasser ist die Welt so wunderbar bunt, klar, ruhig und vielfältig. Und dann tauchst du wieder auf und siehst an Land nur Wüste. Nichts als Wüste. Was für ein gewaltiger Gegensatz!

Vor einigen Jahren sind wir zum Tauchen zusammen mit einer Kollegin vom SWR und deren Mann nach Curacao gereist. Das ist dort schon über Wasser manchmal ein Abenteuer. Und erst recht natürlich unter Wasser: wir sind getaucht wie die Weltmeister. Drei-, viermal am Tag. Was natürlich irgendwie idiotisch ist, aber gut. Was macht man nicht manchmal für seltsame Dinge?! Aber Hauptsache, es macht Spaß, oder?

Jedenfalls bekommt man vom Tauchen so richtig Kohldampf, was in Curacao mit seinen eher bescheidenen kulinarischen Höhepunkten so eine Sache ist. Denn sich ewig nur von Steaks und Hamburgern ernähren zu müssen, ist auf Dauer gesehen nicht unbedingt der ganz große Hit. Irgendwann hatte wir jedenfalls genug davon und haben uns auf die Suche nach einem Lokal mit echten, einheimischen Spezialitäten begeben. Wir bevorzugten etwas Regionales, haben wir dem Gastwirt erläutert, der uns freudestrahlend verstanden und die absolute Insel-Spezialität empfohlen hat, die natürlich nirgendwo besser und authentischer gekocht würde, als in seinem Lokal: eine Suppe nach bester Curacao-Küchentradition, deren Rezept noch von seiner Oma stamme.

Während die Kollegin begeistert in die Hände geklatscht und die Suppe sofort bestellt hat, sind wir anderen etwas zurückhaltender geblieben und haben, Feiglinge, die wir waren, lieber doch noch mal Steak mit Pommes bestellt. Denn so ein Essen, das man nirgendwo auf der Welt kennt, außer in Curacao, das schien uns irgendwie verdächtig.

Was die Kollegin natürlich überhaupt nicht nachvollziehen konnte. Und wir dann zunächst auch nicht mehr, als ihr die herrlich duftende Suppe serviert wurde. Vielleicht hatten wir mit den doofen »Steak mit Pommes« also doch einen Fehler begangen? Die Suppe schien ein kleines bisschen dicklich, aber genau so hatte es sich die Kollegin, die für asiatische Suppen schwärmte, auch vorgestellt. Dann ein erster vorsichtiger Löffel in den Mund: »Schmeckt super! Da habt ihr gewaltig daneben gelangt! Selber schuld!«

Eifrig löffelte sie weiter und schlürfte die dickliche Flüssigkeit genussvoll und beinahe so geschickt wie ein Einheimischer in sich hinein.

Dicklich? »Also mir kommt das irgendwie schlonzig vor. Erinnert mich an die Schleimsuppen meiner Kindheit«, war es wieder mal ich, der seinen Mund nicht halten konnte.

Das Esstempo der Kollegin verlangsamte sich augenblicklich, während sie mich mit einem irritierten Blick bedachte.

»Wie heißt die Suppe denn eigentlich?« wandte ich mich interessiert an den Gastwirt.

Die stolze Antwort erfolgte wie aus der Pistole geschossen: »Das ist die berühmte Curacao-Iguana Suppe!« frohlockte der Gefragte, während er mir meine Pommes auf den Tisch stellte.

»Iguanasoup … Soso …«
»Sieht ja schon auch irgendwie so aus, wie es heißt«, ergänzte mein Tauchkollege und stierte nachdenklich in den zur Hälfte ausgelöffelten Suppenteller seiner Gemahlin »So komisch grau und so zäh …«
»Iguana … Iguana …« Irgendwo in Curacao hatte ich den Begriff schon einmal gehört. Aber wo genau war das gewesen? Hmm … Ganz plötzlich schoss mir die Anmutung eines Gedanken durch den Kopf. »Sagt mal, wie heißen denn diese großen Eidechsen, die es hier gibt? Sagen sie zu denen nicht irgendwas mit Iguana oder so?«
So schnell, wie an diesem Tag, habe ich seitdem nie wieder jemanden aschfahl werden sehen: die von Hause aus mit einer eigentlich gesunden Gesichtsfarbe gesegnete Kollegin war schlagartig weiß wie die Wand geworden. Kraftlos ließ sie den Löffel aus ihrer Hand in den Teller mit der Schleimbrühe sinken, um nur Sekundenbruchteile später ohnmächtig auf dem Boden zu liegen.
Geistesgegenwärtig eilte der Gastwirt mit einem Riechfläschchen herbei und erweckte die stöhnende Kollegin rasch wieder zum Leben. Das sah nach jahrelanger, oft geübter Routine aus, wie er der Kollegin da aus ihrer Ohnmacht half und sie mit wenigen, hochprofessionellen Handgriffen wieder auf dem Stuhl platzierte, von dem sie gesunken war. Ganz offenkundig war der Mann an solche Szenen bestens gewöhnt.
Wir jedenfalls haben auf unsere Steaks verzichtet, rasch gezahlt und sind mit leeren Mägen von dannen geschlichen: ein größerer Appetit wollte sich an diesem Tag bei uns auch nicht mehr einstellen.

Noch Jahre später brauchte man meiner Kollegin gegenüber nur das Stichwort »Echse« in den Mund nehmen – und postwendend stellte sich wieder dieses Schauspiel eines jähen Wechsels der Gesichtsfarbe ein, das ich von Curacao her kannte. Irgendwie schon faszinierend, dass ein Mensch in manchen Situationen ähnlich wie ein Chamäleon reagieren kann…

Übrigens: bei der Kollegin mit der Echsenallergie handelte es sich um genau dieselbe, die sich dann einige Jahre später mit ihrer Höhlenphobie in der Eberstadter Tropfsteinhöhle wiederfand, wo sie mich bei der Moderation der »Abendmelodie« ersetzen musste. Vermutlich hat sie in der Höhle den Fehler gemacht, erst an mich zu denken, dann an Curacao, danach kamen zwangsläufig die Echsen – und schon nahm das Unheil in Form einer ausgewachsenen Höhlenangst seinen gnadenlosen Lauf!

Wobei mir wieder einmal der oft gehörte Kommentar meiner Oma in den Sinn kommt: »Wäret se halt drhoim blieba (Wären sie eben zuhause geblieben)!«

Mit anderen Worten: Im Zweifelsfall dann doch lieber Linsen mit Spätzle – alternativ gerne auch Kloß mit Soß'. Da weiß man wenigstens, was man hat!

Person irakisch

»Hallo, ich bin Haider.«
Er war genauso tropfnass wie ich, als wir uns zum ersten Mal begegnet sind. Das war im Frühjahr 2016. Der Himmel hatte alle Schleusen geöffnet, dazu war es ekelig kalt und windig. Typisches Mitteleuropawetter eben. Haider hat gefroren wie ein Schneider. Gleichzeitig aber hat er gestrahlt wie ein Honigkuchenpferd, denn er hatte ja gerade eben eine neue Brille bekommen. Und endlich wieder klar sehen können. Obwohl das schöne Nasenfahrrad inzwischen genauso klatschnass war, wie sein stolzer Besitzer. Weswegen er sicherlich nicht alles mitbekommen hat, was um ihn herum abgegangen ist. Auch wegen der wenigen Worte, die er damals auf Deutsch gekonnt hat.
In diesem Fall war das ein Vorteil. Denn unser Treffen fand an einem Samstagvormittag statt, auf dem Marktplatz von Schwaigern. Es war kurz vor der Landtagswahl und ich war Teilnehmer einer Demonstration gegen den Auftritt einer rechtsidiotischen Gruppe, die unbedingt meinte, sie müsse AFD und NPD auf der rechten Außenseite überholen.

Während die Glatzköpfe rings um uns ihre seltsamen Parolen gebrüllt haben, hat er mir mit einem strahlenden Lächeln seine eiskalte Hand gegeben. »Hallo, Person irakisch.«
»Hallo Haider. Ich bin Gunter«, habe ich geantwortet. Worauf er mit dem Zeigefinger auf seine Brille gedeutet hat:
»Brille gut!« Und wieder dieses offene Lächeln, das sich von einem Ohr zum anderen zieht. Eines seiner Markenzeichen.
Das also war mein erster Eindruck: ein freundlicher junger Mann mit einem offenbar selbst bei Schmuddelwetter recht sonnigen Gemüt.

In Wirklichkeit aber, das hat er mir viele Monate später erzählt, als er sich besser auf Deutsch verständigen konnte, ging es ihm damals überhaupt nicht gut. Seit November lebte er im Obdachlosenheim am Stadtrand. Zusammen mit zwei weiteren Flüchtlingen im 12,5 Quadratmeter großen Zimmer. Insgesamt waren zirka 30 Asylbewerber im Haus. Und keiner sprach irakisch. Er hat niemanden verstanden. Die deutsche Sprache sowieso nicht. Englisch konnte er auch nicht. So fühlte er sich mitten in dem überbelegten Haus mutterseelenallein. Und dann noch das Wetter! Jeden Tag Regen. Kälte. Graue Wolken. Kaum Sonne. Heimweh. Deutschland im Herbst. Anruf zuhause. »Ich komme wieder! Ich halte es in Deutschland nicht aus!«
»Nein Haider! Tu das nicht! Halte durch!« hat ihn sein Papa beschworen, obwohl es ihm beinahe das Herz gebrochen hat. Denn dann wäre ja alles vergeblich gewesen.

Am 3. Oktober war er in Bagdad aufgebrochen, um nach Europa zu fliehen. Deutschland stand nicht unbedingt auf seiner Liste. Zunächst einmal nur Europa. Hauptsache weg aus dem Irak. Es ging darum, sein Leben zu retten. Um nichts anderes. Um kein »Wir schaffen das!« Und auch nicht um einen Traumjob im Wirtschaftswunderland. Es ging um Leben oder Tod.
Was war passiert?
Jahrelang hat Haider, geboren im Jahr 1988 in Bagdad, als drittes Kind einer gut situierten irakischen Familie, ein ganz normales Leben geführt. So, wie man es in einem Land, das unter den Nachwirkungen zahlreicher Kriege, den Nachwehen des diktatorischen Regimes eines Saddam Hussein und einer tiefen Spaltung der Gesellschaft leidet, eben führen kann. Doch trotz aller Widrigkeiten ist es Haider nicht schlecht gegangen. Als Fotograf in einem Bagdader Ministerium hatte er eine gute Arbeit, besaß ein eigenes Auto – das elterliche Haus, in dem er gewohnt hat, war groß und sehr gut ausgestattet, das Familienleben intakt. Zusätzlich zum Job hatte er beschlossen, abends an

einer privaten Universität in Bagdad noch Geschichte zu studieren. Ein Jahr hätte es noch gebraucht, dann hätte er seinen Studienabschluss in der Tasche gehabt.
Aber dazu ist es nicht mehr gekommen. Denn Haider ist Schiit. Und hat in einem schiitischen Ministerium gearbeitet. Das haben ihm sunnitische Fanatiker irgendwann übel genommen. Er ist weiß Gott kein religiöser Eiferer. Es hat den anderen schon gereicht, dass er als Schiit in einem schiitischen Ministerium tätig war.
Zunächst kamen Drohanrufe. Dann klebten Drohbriefe am Scheibenwischer. Dass man ihn schon irgendwann kriegen würde.
Seinem Bruder hat eine Bombe beinahe den Fuß abgerissen. Wochenlange Behandlung im Krankenhaus. Monatelanger Heilungsprozess. Aber der Fuß ist nicht mehr hundertprozentig zu gebrauchen.
»Und jetzt bist Du dran!« Der Abstand zwischen den Drohungen wurde kürzer.
Die nächste Bombenexplosion hat seinen Chef getötet. Er selbst ist mit dem Schrecken davon gekommen.
Gleich darauf noch eine Explosion. Wieder hatte er unwahrscheinliches Glück. Eine neuerliche Drohung: »Wir sind Dir auf den Fersen!«
Familienrat: »So kann das nicht weiter gehen. Irgendwann erwischen sie Dich. Hier wirst Du sterben. Du musst gehen! Nach Europa. Nur dort bist Du sicher. Geh! So schnell wie möglich!«

Das Auto wird verkauft. Adressen müssen her. Von Leuten, die sich auskennen, wie man einen jungen Mann ohne Visum nach Europa einschleusen kann. Denn ein Visum wird er auf keinen Fall bekommen. Von keinem europäischen Land. Aber ein Flugticket nach Istanbul kann man kaufen. Das erspart ihm wenigstens den Fußmarsch über die irakisch-türkische Grenze.

Mit dem Flugzeug geht es rasch. In Istanbul wird man weitersehen.
Anfang Oktober 2015 setzt sich Haider zum ersten Mal in seinem Leben in ein Flugzeug. Wer weiß, was ihn auf seiner Flucht erwartet?! Man hat ja schon so viele schreckliche Dinge gehört. Von untergegangenen Booten, von ertrunkenen Flüchtlingen, gewissenlosen Schleppern und Seelenverkäufern. Aber es muss sein. Ob er seine Familie jemals wiedersehen wird? Das Bett in seinem Zimmer wird jedenfalls immer für ihn bereitet sein, sagt seine Mutter beim Abschied unter Tränen.
Ob er jemals wieder am Grab der geliebten Oma stehen wird, wo er sich am Tag vor dem Abflug extra verabschiedet hat?

In Istanbul ist schnell der Kontakt zu einem Mann hergestellt, der ihm verspricht, ihn nach Europa zu bringen. Er erhält weitere Anweisungen. Muss sich an einen bestimmten Ort in Istanbul begeben. Dort wird ein Auto warten. Und der Schlepper.
Der Mann nimmt ihm den Reisepass ab. »Den brauchst du jetzt nicht mehr!« Und eine Menge Geld.
Mit weiteren Flüchtlingen geht es zum nächsten Treffpunkt. Dort wartet schon ein kleiner Lieferwagen. In den werden sie hineingepfercht. Männer, Frauen, Kinder. Sie sind zu viele Menschen für den Wagen. Dann sollen sie gefälligst enger zusammenrücken. Noch immer geht die Tür nicht zu. Es wird aber so lange gedrückt, geflucht und geschoben, bis die Tür schließlich doch ins Schloss fällt. Es ist fürchterlich heiß und stickig, man bekommt keine Luft mehr. Es stinkt. Die Kinder weinen. Stundenlang geht es über Schlaglöcher, werden sie durchgerüttelt. Jeder Knochen tut ihnen weh. Und die Luft wird immer dicker. Alle sind kurz vor einer Ohnmacht.
Dann eine abrupte Bremsung. Die Tür wird geöffnet. Es ist Nacht. Die schwarze, wellige Fläche dort drüben, das ist das Meer. Die Schlepper sagen, sie müssten sich in den Büschen verstecken, bis der Morgen graut. Erschöpft kauern sie auf dem

staubigen Boden. Vor Aufregung sind sie zu müde zum Schlafen. Allen steckt noch die Fahrt in den Gliedern. Und das, was jetzt kommt, dürfte nicht besser werden. Keiner von ihnen kann schwimmen. Sie können nur warten – und hoffen. Immer wieder Motorengeräusche. Das Schlagen von Türen. Das Schlurfen von Füßen. Unterdrücktes Gemurmel. Neue Flüchtlinge sind angekommen. Es müssen mittlerweile mehrere hundert sein. Und alle sollen sie von hier aus mit den Schlauchbooten über das Meer fahren?! Zum Glück scheint es kaum Wellengang zu geben. Das Meer ist ruhig. Zumindest hier an der Küste. Aber dort draußen? Inschallah!
Kaum zeigt sich im Osten ein fahler Streifen am Horizont, kommt Bewegung in die Gruppe. Einer der Schlepper deutet mit dem ausgestreckten Arm hinunter an die Küste. Jetzt! Sie müssen los. Dort unten schälen sich die Konturen der grauen Schlauchboote aus dem Morgengrauen, die sie in den Felsen versteckt hatten.
Riesige, aufgeblasene Ungetüme, in denen schätzungsweise jeweils zwanzig Menschen Platz haben. »Schneller! Der Nächste! Und jetzt Du! Mach schon!« Haider klettert an Bord des schwankenden Schlauchboots, findet kaum Halt, stolpert, fällt auf den Vordermann. Weiter! Schon schiebt einer von hinten nach. Es ist wie im Lieferwagen. Viel zu viele verängstigte Menschen auf viel zu wenig Raum. Wie soll das nur gutgehen?
Noch mehr Menschen werden aufs Boot gedrückt. Kann es sein, dass es hier noch enger zugeht, als in dem fürchterlichen Wagen? Die Kinder weinen wieder, viele Flüchtlinge haben Tränen in den Augen. Andere sind vor Anspannung wie versteinert. Ein stotterndes Motorengeräusch ertönte. Der Motor heult auf, läuft schließlich rund.
So richtig vertrauenerweckend klingt der Ton in Haiders Ohren nicht. Aber was weiß er denn über Bootsmotoren? Es wird schon alles in Ordnung sein. Ein gurgelndes Geräusch, als die Schraube ins Wasser taucht. Das graue, sinnlos überladene

Schlauchboot nimmt langsam Fahrt auf. Der Motor schiebt sie auf das offene Meer. Gefolgt von weiteren Booten hinter ihnen. Es dürfte ein Dutzend sein. Mit vielen hundert Menschen an Bord. Viel zu vielen. Aber noch ist alles ok. Bis auf die fürchterliche Enge. Hoffentlich schaffen sie es bis zu einer dieser griechischen Inseln, von denen sie gehört haben, dass sie nicht weit entfernt vor der türkischen Küste liegen. Das ist dann Europa. Die EU. Die Sicherheit.

Hoffentlich hält das Wetter. Noch ist der Wind nur schwach. Der Wellengang ebenso. Noch ist alles gut. Sie müssen eben nur eine dieser Inseln finden, dann sind sie am Ziel. Doch jetzt sind sie erst einmal weit draußen auf dem Meer. Nichts als Wasser um sie herum. Eine endlose Wasserwüste. Durch die grauen Wolken kann man die Sonne erahnen. Es ist kalt. Aber wenigstens kein Regen.
Plötzlich ein seltsames Geräusch. Der Motor beginnt zu stottern. Fängt an zu husten und zu spucken. Erstirbt. Setzt aus. Eine gespenstische Ruhe senkt sich über das Boot.
Verzweifelte Versuche, den Motor wieder in Gang zu bringen. Aber es tut sich nichts. Und ringsum nur Wasser. Irgendwann wird Haider klar: das war es! Ich habe einen fürchterlichen Fehler begangen! Weshalb bin ich nur in dieses Schlauchboot gestiegen?! Er betet.
Dann, mitten in die hoffnungslose Stille hinein, hören sie von Ferne ein Geräusch, das rasch lauter wird. Das Knattern der Rotorblätter eines Hubschraubers! Er entdeckt sie und gibt ihre Positionsdaten durch. Wenig später kommen die Schiffe, die sie retten. Mit knapper Not sind sie dem Tod entronnen.
Kaum ist Haider in Sicherheit, da greift er nach dem Telefon und ruft seine Mama in Bagdad an. »Mama! Ich habe es überlebt! Ich bin noch am Leben!« Was für ein Wechselbad der Gefühle!

Im Herbst 2015 kommt Haider als Teil der großen Flüchtlingswelle in Deutschland an. Und landet schließlich in Schwaigern. Wäre meine Frau Karin nicht gewesen, dann wären Haider und ich uns nie begegnet. Denn auf dem Höhepunkt der Flüchtlingswelle, als tagtäglich von chaotischen Zuständen an den Grenzen, bei den Erstaufnahmeeinrichtungen und in den Flüchtlingsheimen zu hören war, hat sie gesagt: »Wir müssen etwas tun und nicht nur herumsitzen und die Zustände bedauern!«

Zunächst habe ich dagegen gehalten, sagte, »wir tun doch schon so viel mit Worten – ich als Autor, du als Journalistin.«

»Aber von Worten wird niemand satt und von Worten allein ändert sich auch nichts. Da sind jetzt Menschen angekommen, die stehen völlig hilflos da. Denen muss man helfen. Und zwar nicht mit irgendwelchen Worten, sondern mit konkreten Taten!« Das habe ich begriffen.

Über den Flüchtlingsarbeitskreis in Schwaigen haben wir also den Haider kennen gelernt, der eine neue Brille brauchte. »Wer kann mit ihm zum Optiker gehen?« Mittlerweile ist er unser »Patenkind«. Hat inzwischen seine Anerkennung. Und lernt fleißig Deutsch.

Schweinefleisch Halal

Manchmal begleitet mich Haider bei meinen Lesungen aus dem Buch »Margrets Schwester«. Darin beschreibe ich ein Flüchtlingsschicksal aus der Familie meiner Frau im 19. Jahrhundert. Aus einer Zeit, in der Hundertausende Deutschland verlassen mussten, weil es hier für sie keine Zukunft mehr gab. Wie sich die Bilder doch gleichen. Geschichte wiederholt sich. Leider!
Die Parallelen zwischen damals und heute sind atemberaubend. Denn damals waren es unsere Vorfahren, die von von gewissenlosen Schleppern ausgebeutet worden sind, auf engstem Raum unter fürchterlichen hygienischen Bedingungen in die Auswandererschiffe gestopft worden sind. Viele dieser Schiffe sind untergegangen. Tausende haben ihr Leben verloren. Damals im Atlantik – heute im Mittelmeer.
Eine solche Szene aus dem 19. Jahrhundert schildere ich bei meiner Lesung – und dann erzähle ich kurz die Geschichte von Haider, der mit knapper Not dem Tod auf dem Meer entkommen ist. »Und heute ist er mit mir hierher gekommen. Dort sitzt er!«
Beifall. Haider erhebt sich, bedankt sich für den Applaus, indem er seine rechte Hand aufs Herz legt und sich verneigt. Eine bewegende Szene. Oft haben die Leute Tränen in den Augen, wenn er nun vor ihnen steht und ich den Unterschied zwischen einer Zeitungsschlagzeile und einem lebendigen Menschen beschreibe.
Und ich spreche dann auch deutlich an, wo der Schlüssel zur Zukunft für diese neu ins Land gekommenen Menschen liegt, der Schlüssel zum Erfolg. Zum Wurzeln schlagen. Das ist zweifellos die deutsche Sprache: genau so, wie die Auswanderer damals unbedingt amerikanisch lernen mussten – so gut und so

schnell wie möglich – müssen die Flüchtlinge hierzulande Deutsch lernen. An dieser Stelle frage ich ihn immer: »Haider, kannst du schon etwas auf Deutsch sagen?«
Worauf Haider lächelnd antwortet: »Ja! A bissle!«
Wenn wir in Franken unterwegs sind, wird natürlich die fränkische Variante verwendet. Also anstelle von »a bissle« logischerweise »a weng«. Das beherrscht er genauso gut.
Spätestens jetzt sind ihm die Sympathien meiner ZuhörerInnen gewiss. Haider hat mal wieder die Veranstaltung gerockt, was er schon deshalb verdient hat, weil das mit dem »a bissle« und »a weng« seine eigene Idee gewesen ist.

Manchmal wird er bei diesen Veranstaltungen gefragt, wie das denn für ihn als Moslem bei uns so sei. Mit dem Schweinefleisch und diesem ganzen »Halal« da. Und was er denn heute Mittag gegessen habe.
Seine Antwort kommt prompt: »Ein ganzes Schaf!«
Erstaunte Blicke – ungläubiges Staunen. Dann erst sehen sie Haiders Gesicht. Der lacht! Haider ist nämlich ein Scherzkeks, der gerne seine Späßchen macht.

Im Januar 2017 habe ich wieder so eine Lesung aus »Margrets Schwester« absolviert. Haider ist auch dabei gewesen. Das war eine super Sache. Denn im Bürgerzentrum von Brackenheim hatten sich 560 Landfrauen eingefunden. Große Bühne! Wow!
Vorausschicken muss ich noch, dass ein Teil des Buches in Treschklingen bei Bad Rappenau spielt. Wie gesagt: in der Familie meiner Frau. Genau wie auch schon das Vorgängerbuch »Die Töchter des Herrn Wiederkehr«.
Früh am Morgen nach der wunderbaren Veranstaltung klingelt das Telefon. Ich nehme ab: »Gunter Haug. Hallo.«
Und schon brüllt mir eine Männerstimme aus dem Hörer entgegen: »Ghawmahkllöuo aus Leingarta (Leingarten)!«

»Wie bitte?« Ich habe nichts verstanden. Sicherheitshalber halte ich den Hörer ein Stück weit vom Ohr weg.
Wieder dieselbe Lautstärke, jetzt schon ein bisschen unwirsch darüber, dass ich den doch klar deutlich ausgesprochenen Namen nicht verstanden hatte: »Ghawmahkllöuo aus Leingarta!«
»Aha! Ja gut.« Namen sind schließlich Schall und Rauch. Daran soll unser Telefongespräch nicht scheitern. »Wie kann ich Ihnen helfen?«
»Mei Frau war geschtern obend mit de Landfraua bei Ihne en Brackenna (meine Frau war gestern Abend mit den Landfrauen bei Ihrer Veranstaltung in Brackenheim)!«
»Aha. Schön. Hat es ihr …«
»Do hot se so an Broschbekt mitbrocht (Von dort hat sie einen Prospekt mitgebracht)!«
»Ja, sie meinen wahrscheinlich den mit meinen …«
»… Send dia Biacher älle von Treschklinga (Handeln die Bücher alle über Treschklingen)?«
»Nein, nur »Margrets Schwester« und »Die Töchter des Herrn Wiederkehr«. Die anderen nicht.«
»Aha! Mei Frau ischt nämlich aus Treschklinga (Aha. Meine Frau stammt nämlich von Treschklingen)!«
»Schön.«
»Ja ond mo ko mr dia Biacher jetzt kaufa (Und wo kann man die Bücher kaufen)?«
»Überall. In jedem Buchladen.«
»Aha … Ond wo gibt's so an Buachlada (Aha. Und wo gibt es so einen Buchladen)?«
»In Heilbronn zum Beispiel …«
Schweigen. Totenstille im Hörer.
»… oder in Schwaigern.«
»Mo do (Wo da)?«
»Zum Beispiel die Frau Ebert gegenüber vom Schloss …« Schweigen.
»Oder der Buchladen in der Fußgängerzone …«

»Ahaa«
»Also in der Fußgängerzone gegenüber vom Hellerich-Elektronic.«
»Ahaa. Ond dia händ dia Biacher do (Aha. Und die haben diese Bücher vorrätig)?«
»Normalerweise schon.«
Befriedigtes Grunzen aus dem Hörer: »Guat. Mir ganget den Monet no zur Fuaßpflege noch Schwaigern. Dann nemmet mir dia Biacher noch dr Fuaßpflege dort mit (Gut. Wir gehen in diesem Monat noch zur Fußpflege nach Schwaigern. Dann nehmen wir die Bücher nach der Fußpflege dort mit)!«
»Das ist gut so«, habe ich den Treschklingenfan noch loben wollen. Aber der hatte bereits aufgelegt. Der Tag war für ihn gerettet. Und ich um eine nette Episode aus der Reihe »Wie das Leben so spielt« reicher.

Wicklesgreuth

Gut – und damit sind wir nun endgültig in der Jetzt-Zeit angekommen.
Schon höre ich allerdings den ersten LeserInnenprotest aufkeimen: »Und wieso steht in diesem Buch nirgendwo etwas über Wicklesgreuth?! Wo bitte bleibt Wicklesgreuth?«
Richtig: Sie haben es bemerkt!
Nirgendwo steht im Buch etwas über Wicklesgreuth! Nur im Untertitel auf dem Einband.
»Das kann ja wohl nicht wahr sein«, werden Sie jetzt sicherlich sagen.
Denn: »Wieso schreibt der das in den Untertitel, wenn er Wicklesgreuth im Buch dann gar nicht erwähnt?!«
Ok. Ich erkläre es Ihnen, möchte aber zuerst ein Dementi loswerden: es stimmt nämlich nicht, dass sie mich dort einmal auf dem Abstellgleis am Bahnhof vergessen haben. Das ist nur ein bösartiges Gerücht.
Und jetzt die Antwort: Weil es a) schön klingt und b) recht genau die Außengrenzen meines hauptsächlichen Wirkens aufzeigt. Denn dieses umfasst tatsächlich in etwa den Raum zwischen Wicklesgreuth und Schwäbisch Sibirien.
Reicht das?
Eigentlich nicht?
Ja, aber… Wieso sollte ich denn mehr über Wicklesgreuth schreiben, wo ich doch noch gar nie in diesem Ort gewesen bin? Höchstens am dortigen Bahnhof (aber wie gesagt nicht auf dem Abstellgleis!). Während einer Zugfahrt von Stuttgart in Richtung Nürnberg. Ich weiß noch, wie ich mich seinerzeit gewundert habe, dass ein »Schnellzug« einfach mitten in der mittelfränkischen Pampa halten kann. Erst in Dombühl und jetzt in

Wicklesgreuth! Und zwar, ohne dass etwas an der Lokomotive kaputt gewesen wäre – worüber ich mich logischerweise (weil das ja an der DB-Tagesordnung ist), weitaus weniger gewundert hätte, als über den Halt als solchen. Der Schaffner (der mittlerweile Zugbegleiter heißt) hat auf meine diesbezügliche Frage etwas von Eisenbahn-Knotenpunkt gemurmelt, kurz mit den Schultern gezuckt und anschließend seinen Kontrollgang durch den minutenlang stehenden Zug gemütlich fortgesetzt.

Mit anderen Worten: irgendwie war ich also doch schon da. Nur halt nicht so ganz richtig. Aber seitdem beschäftige ich mich immer wieder mit diesem Wicklesgreuth. Seit vielen Jahren schon. Ganz ehrlich! Wicklesgreuth, Sie mögen mir das jetzt glauben oder nicht, ist nämlich zu so einer Art Sehnsuchtsort für mich geworden.

Wobei das mit den Sehnsuchtsorten natürlich auch so eine Sache ist. Denn manchmal ist die Vorfreude schöner, als die Realität. So ist es mir beispielsweise mit meinem ehemaligen Sehnsuchtsort Wassertrüdingen ergangen, das ja ebenfalls in Mittelfranken liegt. Unbedingt wollte ich irgendwann einmal im Leben nach Wassertrüdingen. Weshalb auch immer. Ich weiß es nicht. Vielleicht wegen des einigermaßen interessanten Ortsnamens, vielleicht aber auch wegen des Flüsschens Wörnitz, das sich so herrlich von Dinkelsbühl kommend in Richtung Hesselberg und Wassertrüdingen schlängelt.

Jedenfalls war da diese nagende Sehnsucht in mir. Wassertrüdingen. Wann werde ich es endlich sehen dürfen? Jahrelang hat mich die Frage gequält. Bis es eines schönen Tages so weit war. Endlich war ich in Wassertrüdingen eingetroffen. Und meine Euphorie wie weggeblasen. Dabei ist Wassertrüdingen soo arg schlecht dann auch wieder nicht. Nein, sogar ganz und gar nicht. Ein typisches mittelfränkisches Kleinstädtchen halt. In

dem man vielleicht einmal gewesen sein kann – aber nicht unbedingt gewesen sein muss.
Obwohl: dieses neue Museum dort, dem sie – wieso auch immer – den sinnigen Namen »Fluvius« verpasst haben, das ist absolut besuchenswert. Das möchte ich fairerweise schon noch betont haben.

Von Wassertrüdingen nach Wicklesgreuth … gut: letzteres ist – zugegeben – nach wie vor ein ziemlich weißer Fleck auf meiner Lebens-Landkarte, der durchaus drängend seiner baldigen Beseitigung harrt.

Und so bin ich mittlerweile zu der zuversichtlichen Überzeugung gelangt, dass ich es höchstwahrscheinlich bald schaffen werde, mehr von Wicklesgreuth zu erleben, als nur den dortigen Bahnhof (und die Tankstelle, die als eine der preisgünstigsten im Landkreis Ansbach gilt). Beispielsweise könnte ich doch mal ein Spiel des Fußballvereins »FC Cobra« Wicklesgreuth anschauen. Die bewegen – habe ich mir (aus den bekannten, für gewöhnlich gut unterrichteten, Kreisen) flüstern lassen – an manchen Tagen ganz attraktiv den Ball. Wäre also eventuell einen Versuch wert, so ein Fußballspiel dort …

Habe ich Sie jetzt auf den Geschmack gebracht und Sie fragen sich bereits einigermaßen hektisch, wo denn dieses sehnsuchtserzeugende Wicklesgreuth eigentlich liegt? Grob gesagt finden Sie es zwischen Ansbach und Nürnberg. Es ist ein Ortsteil von Petersaurach. Nicht zu verwechseln mit Herzogenaurach. Da sind Adidas und Puma daheim. In Wicklesgreuth dagegen ist es wie gesagt nur der »FC Cobra« – laut eigener Darstellung allerdings nicht so ein x-beliebiger Verein, sondern der »Kultverein in Mittelfranken«.

Na bitte! Wenn das kein Grund für einen Besuch ist, was dann? Wicklesgreuth – ich komme (bald)!

So – das wäre also abgehakt.

Eventuelle nächste Anmerkung der geneigten LeserInnenschaft: ich hätte jetzt ja noch gar nichts über Geschwister, Ehefrau und Kinder geschrieben.
Was könnte das wohl für Gründe haben?
Dabei liegt die Antwort doch so was von auf der Hand: natürlich hat das etwas mit meinem Interesse an einem dauerhaften Familienfrieden zu tun. Ich bin doch nicht blöd!
Sie können mich jetzt ruhig einen Feigling nennen. Das nehme ich achselzuckend in Kauf.
Abwägungssache.
Aber ansonsten dürfen Sie getrost glauben, nun alles über mich zu wissen.
Glauben sie das ruhig weiter.
Glauben heißt ja bekanntlich nicht wissen.
Das ist eben der feine Unterschied zwischen einer und (k)einer Biografie.

Und jetzt hoffe ich zuversichtlich, dass Ihnen mein eiliger Ritt durch die vergangenen Jahrzehnte einigermaßen gefallen hat und Sie sich schon auf das nächste Buch von mir freuen. Das kommt bestimmt! Ehrenwort. Ich muss es halt nur noch schreiben.

Gunter Haug,
geboren 1955 in Stuttgart – Bad Cannstatt. Langjähriger Zeitungs- Radio- und Fernsehredakteur. Als Autor von zahlreichen biografischen und historischen Romanen hat er sich einen großen Leserkreis geschaffen. Seine Trilogie »Niemands Tochter« wurde zum Bestseller.
Gerade die detailreichen, einfühlsamen Beschreibungen der Menschen, die für Haug immer im Mittelpunkt der Geschichte stehen, machen den ganz besonderen Reiz seiner Bücher aus.
Bei den zahlreichen Lesungen und Vorträgen in Deutschland und Österreich schafft es Haug mit seinen plastischen Schilderungen immer wieder, das Publikum zu begeistern.
Gunter Haug lebt als freier Autor in der Region Franken.

www.gunter-haug.de
www.edition-inspiration.de

edition inspiration